万川
reflections

一步万里阔

聆听大陆的歌声

从大西洋到太平洋，
一路单车伴鸟鸣

Listening to a Continent Sing

Birdsong by Bicycle from the Atlantic to the Pacific

[美] 唐纳德·克鲁兹玛 著
Donald Kroodsma
傅临春 译

中国工人出版社

图书在版编目（CIP）数据

聆听大陆的歌声：从大西洋到太平洋，一路单车伴鸟鸣 /
(美) 唐纳德·克鲁兹玛著；傅临春译.
-- 北京:中国工人出版社, 2020.4
书名原文：
Listening to a Continent Sing:
Birdsong by Bicycle from the Atlantic to the Pacific

ISBN 978-7-5008-7385-3

Ⅰ. ①聆… Ⅱ. ①唐… ②傅… Ⅲ. ①随笔–作品集
–美国–现代 Ⅳ. ①I712.65

中国版本图书馆CIP数据核字（2020）第043504号

著作权合同登记号：图字：01-2020-2696

聆听大陆的歌声：从大西洋到太平洋，一路单车伴鸟鸣

出 版 人	王娇萍
责任编辑	董佳琳 金 伟 邢 璐
责任印制	黄 丽
出版发行	中国工人出版社
地 址	北京市东城区鼓楼外大街45号 邮编：100120
网 址	http://www.wp-china.com
电 话	（010）62005043（总编室） （010）62005039（印制管理中心） （010）62001780（万川文化项目组）
发行热线	（010）82029051 62383056
经 销	各地书店
印 刷	北京盛通印刷股份有限公司
开 本	787毫米×1092毫米 1/16
印 张	22.5
字 数	313千字
版 次	2020年11月第1版 2022年11月第3次印刷
定 价	78.00元

献给鸟类和戴维

如何使用二维码听取鸟鸣声

文中有 381 处编号录音，请参考以下内容获知如何听取。举个例子，正文第二页的左侧，我引用了一只北美知更鸟的录音，并为录音内容提供了简短的描述。描述上方是 QR 码（二维码），括号内是编号和录音时长（1，2:00）——指明这份录音是 381 份中的 1 号，并且它的时长恰好是 2 分钟。

使用读码器（如智能手机的 App），你就能访问 ListeningToAContinentSing.com 的相应页面，播放这份知更鸟的鸣声录音。扫描第二页棕林鸫的二维码，就能听到这位“弗吉尼亚州大音乐家”的演唱。读码器可以扫描全书中的 381 份录音，或选择性地扫描。只要连上网络，就能轻松地在 ListeningToAContinentSing.com 网站上找到你喜欢的录音。

在 ListeningToAContinentSing.com 上听取更多

这个网站上有不少详细的注释可作为本书内容的增补，在此可听到 200 多种不同鸟类的叫声，其中许多种类拥有不同的鸣声录音。另外，可以通过 App 下载任何一种鸣声，如免费的 Raven-lite（http://www.birds.cornell.edu/brp/raven/RavenOverview.html），来重温并了解它们。一边听着这些声音，一边看着它们在电脑屏幕上起舞，就如何倾听鸟鸣声而言，是一种极好的常用学习方式。过去 40 年的学习经验告诉我，学会用眼睛“倾听”，能够让听觉变得更加灵敏。

此外，在这个网站上除了能按书中 1～381 的编号选择录音外，还可以按地点来选择，从弗吉尼亚州到俄勒冈州的任何地点都可以；或者按照通常的野外指南顺序，从 200 多种鸟类中进行选择，比如鸫科、莺科或雀科；又或者试一试清晨的鸟类大合唱，沐浴着海岸至海岸间的第一缕阳光，享受特制录音，听鸟儿们如何以黎明的声浪迎接新一天的到来。

致　谢

如果没有这位优秀的骑行同伴——我的儿子戴维，那么生命将变得多么贫乏。谢谢你，戴维，谢谢你的存在，谢谢你促成这次旅行，谢谢你在烹饪上的天赋，谢谢你大清早和我一起出发，还要谢谢你教会我关于生命的许多事。

以前有人告诉我，骑行横穿整个美国能够重建你对人文精神的信念，事实的确如此。在这里，我要衷心感谢那些沿途欢迎我们在“他们的地头”留宿的诸多个人、组织与城镇：弗吉尼亚州梅卡尼克斯维尔的吉姆·柯克纳及其家人、米纳勒尔的志愿消防部门、阿夫顿的琼·柯里（已故）、威斯维尔的伊丽莎白·布朗纪念公园、罗斯代尔的联合卫理公会教堂；肯塔基州弗吉的杰夫·克兰、布恩维尔的布恩维尔长老会教堂、斯普林菲尔德的林肯农庄州立公园、霍金维尔的拉鲁县公园、尤蒂卡的蒙馆公园；伊利诺伊州切斯特的科尔纪念公园；密苏里州哈特维尔市的法院草坪、阿什格罗夫的城市公园；堪萨斯州基维拉国家野生动物保护区的环境教育中心、特里比恩的“横跨堪萨斯骑行”团队；怀俄明州萨拉托加的吉姆和卡罗尔·斯泰特斯、兰德的城市公园、杜波依斯的戴夫和若安·马丁；俄勒冈州戴维尔的长老会教堂、北本德的杰夫·凯勒、比弗顿的休和迪克·乌布利希。

感谢书中提及的从弗吉尼亚州至肯塔基州的那些民间友人，谢谢他们花时间用母语与我谈天。感谢已故的卡罗琳·詹森，谢谢她将这些访谈的一部分，以及其他穿越美国的音频整理成一个“电台探险”程序

（http://www.npr.org/templates/story/story.php?storyId=4699207）。

骑行的同伴在各种层面上让旅程变得更加丰富多彩。感谢克里斯和克斯、约翰和马克、阿尔、斯蒂芬、基思，尤其要感谢汤姆·亨特、埃德和伊弗·温格罗弗斯基。

感谢那些沿途扭转乾坤的人：弗吉尼亚州阿什兰，在我们出发的第三天，修好了一辆自行车的海蒂和赛克尔·埃德；肯塔基州弗吉，款待了我们的杰夫·克兰；哈维县东方公园，为我们提供了一顿精美晚餐的家庭；堪萨斯州内斯城，将雨中的我们拉进屋内的李；弗吉尼亚州列克星敦、肯塔基州巴兹敦及科罗拉多州伊兹，照顾我伤腿的医生们；科罗拉多州克雷姆灵的市民；还有沿路向我们友善地鸣笛或招手问好的无数人。

我们的单车之行是在2003年完成的，不过2008年至2010年，我再度分三次横穿美国，为本书的内容寻找合适的录音。许多人告诉我他们的私藏之地，那些地方安静到足以录下没有过多人为噪声的音频：弗吉尼亚州，已故的柯特·阿基森、罗杰和林达·梅霍恩、瑞安·梅斯、奥布里·尼斯；肯塔基州的约翰·奥默；伊利诺伊州的罗德·麦克拉纳汉；密苏里州的约翰·法伯格、布拉德·雅各布斯、马克·罗宾斯；堪萨斯州的马克·罗宾斯；科罗拉多州的肯·贝伦斯、帕姆·比尔贝西、内森·皮普洛、吉姆·塞奇威克；怀俄明州的特里·麦克尼尼、吉姆和卡罗尔·斯泰特斯、杰克·斯泰特斯；爱达荷州的弗雷德和梅利·泽伊利梅克，他们很亲切地在他们的“木质农庄”里招待了我们；俄勒冈州的萨莉·金特里、戴夫·赫尔、杰夫·凯勒、金·纳尔逊。我知道肯定还有别人，但我的记性不够好，记录或许不够详尽，感谢所有人！

还有一些人以意义深远的方式帮助推进这个项目。维尔·赫什伯格和兰·埃利奥特——尤其是后者——以音响剪辑软件提供了慷慨的帮助。康奈尔大学麦考利图书馆（自然音声部）的格雷格·布德尼和比尔·麦克维尔在预备音频上起到了不可或缺的作用。还有及时创造了如此美妙画作的南希·哈弗，你是最棒的。

我要特别感谢珍妮特·格伦兹克，她记录了许多文本适用的音频，并逐字逐句细读了拙作，对疏漏之处提出了许多有效的建议。其他读者包括赞恩·科特克、埃德·温格罗弗斯基、肯达·克鲁斯玛和格雷格·奥茨。

非常感谢极度专业的作品经纪人雷吉娜·瑞安，谢谢你对鸟鸣声（和我）赋予的信任；还有普林斯顿大学出版社的罗伯特·柯克，谢谢你对这个出版项目的乐观；还要感谢约迪·贝德优异的润稿编辑能力，感谢普林斯顿大学出版社参与本书出版过程的所有人士，尤其是埃伦·富斯和阿曼达·韦斯。

序　言

倾听海岸至海岸间的鸟鸣声，从大西洋海滨的麻雀和笑鸥，到太平洋沿岸的鹪雀鹛和西美鸥！我正乘着破晓的晨光和黎明的歌声横掠整片大陆，越过阿巴拉契亚山脉，跨过浩荡的密西西比河，碾过欧扎克斯湖沿岸，闯出东部森林，冲进大平原。现在我们行至中途，我撞上了高耸的落基山，往北冲上它的山脊，进入蒂顿山，穿越黄石公园，加入刘易斯与克拉克的远征行程*，滑下赫尔斯峡谷，再爬入现在名为俄勒冈州的地质奇境，一路听着鸟儿及其他一切生灵的“歌声”。从始至终，我的座席就是你所能想象的最棒的头等座——在一辆单车上。

我们是开拓者，我们横贯大陆的旅程不同于之前的任何人。诚然，在穿越大陆的人中，有一些观鸟人士列出了他们辨认的所有物种。我们与此不同，我们接触得更深入、更亲密，我们的记录远远超出这样的清单，因为我们倾听鸟类个体的秘密生活，将它们的歌当作窗口，窥探它们的思想。在35年的科研生涯中，我持续不断地研究鸟鸣声，现在获得了丰厚的回报——请听这横跨大陆的一路乐声。之前没有人像我们这样体验这片陆地，因为之前没有人像我一样知道如何倾听。

---

* 刘易斯与克拉克远征，美国国内首次横越大陆的往返考察活动。活动由杰斐逊总统发起，时间跨度为1804—1806年。领队是美国陆军的梅里韦瑟·刘易斯（Meriwether Lewis）上尉和威廉·克拉克（William Clark）少尉。——译者注

5月3日：乘车，从马萨诸塞州阿默斯特至弗吉尼亚州约克敦

当我正在幻想自己骑上自行车一路向西时，我发觉戴维在笑——在他的睡梦里发笑！5月3日，这个极为明媚的午后，我们已经沿着95号州际公路深入了弗吉尼亚州。我儿子在睡觉，而我正开着车，幻想从马萨诸塞州阿默斯特至弗吉尼亚州东南角约克敦的骑行之旅。我们将在那里弃置租来的汽车，骑上我们的自行车，踩着踏板向西前进。我热切地想要听到这整片大陆的歌声，戴维爱做什么就做什么吧，也许我们俩都能想清楚后半生该干什么。

我们俩体格相似，挂在车后的两部几乎一模一样的单车足以证明这一点，但是我们的世界观完全不同。我56岁，一生都在努力工作，甚至是紧张地工作。孩提时，我在炎热的夏季阳光下用双手和双膝劳苦工作，收拢萝卜，堆起洋葱，摘下豆角黄瓜之类的东西，或为它们除草，赚取一些零钱以维持开销。我坚持不懈地学习，一路从高中到大学，到研究所做博士后，再获得大学教授职位，供养一个不断壮大的家庭，从来没有好好休过一次假。我需要休息。

戴维才24岁，是我辛劳的工作给了他成功的机会。他是一名运动员、音乐家、学者、烹饪高手，他有各种美妙的天赋，生气勃勃、神采

飞扬。最棒的是，他是我儿子，并且正和我一起参加这次终极单车之旅。他提早一学期拿到了斯坦福大学的硕士学位，这样我们就能在早春出发，而不是等到仲夏，那时就过了鸟鸣声的高峰季节了。

当我们驱车开向弗吉尼亚时，我回顾自己的人生，发现我的这次骑行始于5年前阿默斯特的一家自行车店。当时我只是想和店主约翰随意聊聊，于是随口对他说，某天我将会骑车穿过马萨诸塞州的西部边界。他的眼中闪过一道光芒，看着我说：***"一年复一年，年年何其多。"***我礼貌地轻笑，然后意识到了这句话的深远意味，它说的不仅是骑行，它概括的是人生。

翌年夏，我在科罗拉多州和2000名骑行者一起参加为期一周的"落基山骑行"活动。第三年参加的是在宰恩国家公园和布赖斯峡谷国家公园的"环犹他骑行"。接着我又用了两年时间为这次重要活动做准备，我清空了行程表，好为此行空出整个春天和夏天，远离工作和家庭。

我拼命地计划（戴维的计划是"就这么干吧"），最终把路线确定为流行的穿越美国之路。这条线路是1976年由美国的"二百周年骑行"（Bikecentennial）活动确立的，在那次活动中，有超过4000名骑手骑单车跨越东西两岸。我们将从英国人投降之处——弗吉尼亚州约克敦出发，之后的两到三个月里，尽情徜徉于这个国家的历史和自然奇迹中。只有单车骑手能够享受这样的旅程。我预判了路途中可能遇见的鸟类，搜索出最佳的露营地，一切都是为了确保获得最棒的鸟鸣体验。我们买了自行车：葛顿的全地形旅行单车，坚固的钢架结构，26英寸*车轮。我选了红色的车架，戴维选的是黑色。两辆车都配备了前后货架和4个红色的驮篮，这样我们就能带上所有的装备。在挑拣一大堆补给品时，我的16位信用卡号码几乎刻在了脑子里。

---

* 1英寸≈2.54厘米。

我们还得做一个决定：是从东骑到西，还是从西骑到东？[1]从弗吉尼亚州到俄勒冈州，还是从俄勒冈州到弗吉尼亚州？大多数骑手都从太平洋沿岸出发，以借助盛行的西风。但是，最流行的骑行方向对我来说显得越来越没有意义。我列举了以下理由：

1. 北美的独立进程（至少在近代）是从东向西发展的，我们东部人自然会想从这个方向来体验整片大陆。太阳也是从东照射到西的，黎明的鸟鸣大合唱也在这个方向响起。我们怎么能抗拒太阳和鸟儿？
2. 如果向西骑行，早晨的阳光就会照在我们背上，而不是直接照进眼睛里。这将会对一个人如何感知风景造成巨大影响，同时也会对安全产生巨大影响，因为从后面赶超我们的汽车司机也不会被太阳晃花眼睛。
3. 大多数骑手都渴望借助盛行风势，他们会从西骑向东，因此，比起都往同一方向骑，从东往西将让我们遇到更多单车骑手，而在路上遇到其他骑手是骑行的乐趣之一。
4. 当然了，最终的决定因素还是鸟鸣！要通过西部山区的小路，你必须等到6月才能从太平洋沿岸骑车出发。那样我们就得在7月、8月，甚至可能是9月穿过火热潮湿的肯塔基州和弗吉尼亚州，并且完全错过鸟鸣的季节。相比之下，5月从大西洋沿岸出发该有多好，我们将在春季体验弗吉尼亚和肯塔基，那里有地球上最绚烂的景色之一。等进入凉爽干燥的落基山脉，我们将一路向上向北，从而延长春季，鸟儿的鸣唱声将伴随我们穿越整片大陆。

事情已经很清楚了：从东往西是唯一可选的路线。梭罗与我意见一致：“我只是被迫往东走，却自由地向西行。”[2]这恰是我的心情。

我们从弗吉尼亚州出发，驱车前往纽波特纽斯城市公园的露营地。

我们在那儿卸下装备。归还租来的车，把自行车停放架寄回家去。我们吃过晚饭，手忙脚乱地处理最后的细节，接着好好睡一晚上。万事俱备，只欠东风。第二天，我们将在朝阳升起之前起床，吃早饭，拔营起程，骑车穿过几英里*林地，去用眼睛和耳朵欣赏约克敦胜利纪念碑的日出。那将是我们4200英里穿越美国骑行之路的起点。

* 1英里≈1.61千米。

目　录
CONTENTS

第1章　出　发
BEGINNINGS

第 1 天，5 月 4 日：弗吉尼亚州，约克敦至詹姆斯敦

下雨。为什么？当我们准备踏上重要的人生之旅时，为什么老天非得下雨？我又焦躁又担心，只希望这雨能停一会儿。过去的几个小时里，我尽了最大努力去享受帐篷两侧传来的闲适滴答声，可现在已经接近凌晨5点，而时间还在不停地溜走。戴维的睡袋深处传来闷住的声音，我勉强听清了，“……下雨……再睡会儿……不会错过什么”。

我勉强地接受了他的说法。在近两年的计划与想象中，我为这次旅行设想了一个隆重的开场，场景中有高耸的纪念碑，以及朝阳中鸟儿的鸣唱。

在舒适的睡袋里，B 计划轻松出炉，但我依旧不能轻松地入睡。我警醒地躺着，全面梳理这次旅行的准备工作，并疑惑自己现在在这里干什么。从大西

洋到太平洋，前面有4000多英里的路等着我们，还有各种各样极富挑战性的地貌和天气。我训诫自己：赶紧适应B计划，因为接下来的日子里谁也不知道我们还会遇到什么情况。

北美知更鸟（American robin）：
几个低音音符之后接着一个高音的**叽里**（1，2:00）

当我的手表走到5:34时，一只知更鸟开始唱歌，[1]此时离日出大约还有半小时。他甜美的低音鸣啭，一个音符接一个音符自上而下地落下来，***趣里，趣乐，趣若，趣里***，我很快就无声地和他合唱起来。几秒钟里有3~5个音符，然后是一次短暂的停顿，接着再几个音符，又是一次停顿。我感受着他的节拍，数着下一组乐章里音符的数量，然后停顿，数数，停顿，他初始的节奏让人平静。我尝试着把每1/4秒的音符扩展至一秒或更多，慢速播放他的演奏，享受着音高和韵律变幻的模式，一边倾听，一边看着微型乐谱飘过我的眼前。现在他加速了，并且在每一组鸣啭后加入一个尖锐的高音，一声***叽里***。不过，这种感叹的高音很快就会变成两个或更多。我知道如何倾听他的鸣唱模式，知道他会如何给不同的鸣啭和高音组合排序，以表达他意识中的一切，知道他有时甚至会同时唱出两个完全不同的音符，用左鸣管唱出低音，用右鸣管唱出高音。但现在，这种努力深入倾听的方式变得太像工作了。于是我在睡袋里蜷起身来，随着一只知更鸟的歌声放空自己，意识飘浮。一个大大的微笑慢慢出现在我脸上，这只知更鸟刚刚提醒了我身在此处的理由。

棕林鸫（Wood thrush）：
弗吉尼亚这位大音乐家的雨中之歌里有5个不同的***依依－哦－乐***段落（2，2:02）

棕林鸫

一只棕林鸫加入了。他用尖锐的***威威***声鸣叫着，似乎有点恼怒的样子，然后渐渐舒缓成更柔和的***芭芭***声。很快他就放开了歌喉，那鸣曲如此绚丽又如此优美，无休止的华彩乐章是东部林地的奇迹之一。我也和他一起唱着，辨认着每一曲开始时那低柔的***芭芭***音符，数着如长笛声一般醇美的***依依-哦-乐***低音短曲。接着我笑起来，因为他的装饰尾音在人类耳朵听来就像一串不和谐的震荡。开始我只是把每一段歌曲分解成短曲和装饰音，对比两者间的不同，但是我一边听着他的鸣唱，一边很快在脑海中描摹出了每段短曲。5 种不同的唱段浮现出来，这半秒的杰作起伏跌宕，丰富而纯净的音符节奏足够缓慢，让我能够知晓其歌唱的整体模式。还有那些装饰音，我现在没法把它们放慢实在太遗憾了，否则我就能以棕林鸫的方式听到纯粹的魔法，听到他精准的呼吸穿过两侧鸣管，[2] 形成你所能想象的最非凡的和声。

想象中，我看到了一棵宏伟的“进化树”，[3] 它巨大的树干从生命之源浮现，无数枝条足以容纳历史中以及现存的每一支族系和每一种生物。在这庞大的阵列中，有 3 条小细枝的最末端分别站着那只知更鸟、那只棕林鸫，还有我。回溯我们每一方的近代系谱，都能找到我们各自的两位双亲、4 位祖父母、8 位曾祖父母，依此类推。我们往这棵树的下方移动，回溯到数千万年前，知更鸟和棕林鸫的系谱相会在某个分叉点，他们在此拥有一位共同的祖先，他们在此不分彼此。现在，知更鸟和棕林鸫一起回溯寻根，又于数亿年前与我相会，我们三方在此拥有一位共同的祖先，我们在此不分彼此。我们属于一个大家庭，我们每一方都有一段伟大的成功史，我们每一方都有无数得胜的祖先，他们连成一串完整的链条回溯至时间之初。知更鸟、棕林鸫和我是对等的。“Mitakuye oyasin”[4]，这是苏族人[*] 在结束一段祈祷文时会说的话，即“一切都是我的亲属”。

一只山雀也唱起来了，一只卡罗山雀。一段段哨歌穿透了空气，每一声都锐利又明确。他唱着常见的高－低－高－低段落，***菲－比－菲－贝***，4 个哨声以高频到低频交错出现。接着他换了一种模式，这一种是高－低－低－高，***菲－比－比－菲***。很快他又唱起了***菲－比－贝－菲－比***，一共 3 种不同的唱段，他现在兴

卡罗山雀
（Carolina chickadee）：兴致勃勃地唱着各种各样的歌，中间点缀着鸣叫声（3，2:02）

* 苏族（Sioux），北美印第安人中的一个民族。

奋地在它们之间随意切换着，相邻的两段歌曲常常不同。多么狂热的演唱，就好像他热切地想要炫耀他知道的一切，热切地想在这日出前的合唱中挑战其他雄性，让正在倾听的雌鸟们领会到他是多么独一无二。这真是完全出乎我的意料，我以为他将重复某一支歌许多次，然后在大约一个小时后换成另一首歌，也许要等到注意他的雌性选定自己的配偶以后才会更换曲目。我听着，留心附近有没有另一只雄山雀，希望能听到他们之间的对话。但我没有听到。

簇山雀

不过，我听到了簇山雀之间的对话。近处的雄鸟唱着***皮皮皮***，另外两只远处的雄鸟在各自的地盘上回应以同样一首歌，这是他们通过彼此学会的歌曲。他们反复地唱着，互相应答。我看了看时间，是早晨 5:51，我知道这段***皮皮皮***的对话还得持续一阵子。因为每只雄鸟都能把某一首歌重复 500 次甚至更多，然后他们会几乎异口同声地切换成歌单里的另一首歌。

簇山雀
(Tufted titmice)：
相邻的雄鸟以同样的歌曲竞争
（4，1:21）

知更鸟、棕林鸫、卡罗山雀、簇山雀……***是的，我知道我为什么在这里，***在出发的第一天，甚至在我爬出睡袋前。纷乱的念头天马行空地以零落的词句浮出脑海……为了赞美生命——戴维的生命、我的生命，还有沿途一切造物的生命……为了聆听这片大陆的歌声，不只来自鸟类，还有人，花和树，岩石和河流，山川和草原，云朵和天空，所有的歌声……为了在一辆单车的座椅上，再一次认识美国……为了拥抱现世，把失控错乱的工作抛在身后……为了单纯的***存在***，为了剥去生活的伪装直至它露出本质所在，看看会出现什么……在这个过程中，也许还能找到我的未来……一切都只需倾听鸟儿的歌唱！

雨势逐渐变小，戴维翻身醒来，我们都认为是时候出发了。戴维在挤出帐篷时建议道：“最好不要在日出前起床。”我在这句话里听出了意味深长的，他的意思是要在鸟儿歌唱最华美的时段***之后***起床。我们真是截然相反，我钟爱黎明，他恋慕黄昏，我们各自想要清醒的时段错开了半天。其实我们应该正面讨论这个问题，但我只是微笑了一下，默默地猜测接下来的几周里这种状况会如何发展。

我们穿上了适合这凉湿天气的衣服，躲在干燥又温暖的亮黄色雨具下。睡袋很快被塞进专用袋里，睡垫被卷起系紧，潮湿的帐篷塌了下去，也被塞进专用袋里。戴维在他的自制易拉罐炉子[5]上热了水，我们用早餐——加了红糖和葡萄干的燕麦粥，掺了奶粉以提供更多的蛋白质——补充能量。接着我们继续完成之后两三个月里每天都要完成的日常工作：冲洗盘子和器皿，把各种各样的东西放回驮篮的相应位置，装满水瓶，把驮篮装上自行车，在自行车行李架上捆好睡袋、睡垫和帐篷。此时，我略有些费解地盯着满载的自行车，这真是个不可思议的场景，昨晚铺开来的那么多东西现在都整洁地收拢安置，我们准备上路了，着实让人吃惊。

"准备好了吗？""好了！"把当日里程计归零后，我们穿过露营地，骑进附近树林里一条没有标记的小路。我们尽可能地跟随某个营地管理员的行进方向，但是在旅程的最初几分钟里，我们十分不确定这条小路是否能把我们领到约克敦胜利纪念碑，我们将从那里开始，按照地图的指引前往太平洋。

尽管我们对路途不太确定，但我知道我在听什么：正处春日的弗吉尼亚到处都是候鸟，许多可能是昨晚才抵达的。树梢上挤满了力图展示自己的雄鸟。"戴维，听听这所有的声音！有知更鸟、巴尔的摩黄鹂、猩红丽唐纳雀、棕林鸫、大冠蝇霸鹟、卡罗山雀、簇山雀、褐头牛鹂、北美歌雀、红眼莺雀……还有森莺……蓝翅虫森莺、黑喉绿林莺、草原林莺、黄林莺、栗胁林莺、北森莺。这只是个开始，有许多鸟的歌声还是摇摆不定、易受影响的，他们还在学习怎么唱这些歌。"

戴维笑了笑，像是在说，***太多了***。但也许在接下来的几周里，他也会爱上这些鸟儿述说的一切；也许他在想，怎么才能把自己对碳循环和气候科学的兴趣转变为一生的探索，就像我对鸟鸣声的兴趣一样。我听他说过："这是个更了解我父亲的好机会……但我们可以选择一段更冒险的路途，而不选择两个海岸间清晰的地图路线。"我同样享受和他共处的时光，不过前方的路途在我看来是未知的，是新鲜且未开发过的，我们将用前所未有的方式倾听路过的世界。

我们向东北方行进，沿着林间小路和支线公路进入一处空地，那里有一个标识，告诉我们乔治·华盛顿于1781年末在这里设立了他的司令部。美国军队扎营在东边，我们的同盟法国人扎营在北边，东北方约3英里处沿着约克河扎营的是被围困的英国人。向东骑了两英里后，我们来到投降地点。1781年10月19日，英国将军康沃利斯和他的数千部属在此缴械投降，美国独立战争至此宣告结束。

我们骑车穿过战场，经过东边的堡垒，美国和法国联军曾在这里发动夜袭，横扫了英军驻地。整片园地里到处都巧妙地部署着加农炮，戴维翻下单车去操纵了一门加农炮，又爬上东部堡垒假装自己也身处这场战役之中。游客中心还关着门，我们继续穿过约克敦，来到胜利纪念碑下。这根缅因花岗岩制成的圆柱体高近100英尺，胜利女神高高地站在碑顶，傲然宣告这个“民治，民有，民享”的国家团结一致，强大并***独立***。这个标志不但是纪念英国战败及美国国家诞生的象征符号之一，而且是1976年“二百周年骑行”路线的正式起点，我们将沿着这条路线穿越整个美国。

卡罗苇鹪鹩

卡罗苇鹪鹩
(Carolina wren)：
逐步升级的鸣唱互动，两只雄鸟以相同的歌曲互相还击
(5，4:06)

胜利！胜利！胜利！[6]或者听起来还像***自由！自由！自由！***就在纪念碑那一边的空地边缘，灌木丛中突然响起了卡罗苇鹪鹩的歌声，用这种方法记住他的歌声是多么合适啊。他的挑衅几乎立刻就有另外3只雄鸟回应，后者的歌声向远方荡开。我专心听着回应的音高和节奏，它们全都不一样。至少目前，每一只雄鸟都选择了别的雄鸟不唱的歌。但每过5秒，每只雄鸟都会在几个曲段里再加以选择，这是完全可行的，因为每只雄鸟都有大约30段不同的***胜利***之歌。其中大多数是从他的邻居那里学的，所以听起来一模一样。每只雄鸟都默认选择继续唱现在这个版本的胜利之歌，如果他们和平地一直唱下去，最后每只雄鸟都会换上另一首邻居们当时没在唱的歌。可我却期待着他们之间

的紧张气氛升级——鸟儿们更倾向于选择相同的歌曲展开竞争，但就现在的局面来看，一切平静。

身边食物包装袋的沙沙声打断了我的倾听。要怎么样才能让一个 24 岁的年轻人精神焕发地穿越美国？我不知道，不过我也饿了。我一边啃着无花果条、百吉饼和一些奶酪，一边向戴维解释如何倾听鹪鹩的鸣声。“那真不错，音乐会呀。”他似乎是在专注地聆听，但从他语调的敷衍程度判断，他一定在想，之后几周的行程究竟会变成什么样子。

我们最后看了一眼周围，再次检查地图，然后爬上自行车，向西骑下了约克敦的主街。做这一切时，我们的态度比我曾经想象的还要随意得多。经过不到 50 码*的距离，我们就向右转入孔特德格拉斯大街，再向下滑行了约 200 码，来到约克河位于康沃利斯峡湾的河段，然后左转骑到沃特街。那一瞬间，整段旅程都在我眼前展开，一条路接着一条路，引领我们离开约克敦前往太平洋。我们将遵循单车探险协会的地图，穿过 10 个州，在 2～3 个月里越过 4000 英里的路。不过第一天，我们选择了轻松的出发方式，在弗吉尼亚州相当平坦的海岸平原上初试身手，以检验我们的身体状况和单车状况。不到一英里，我们已经上了殖民地公路，这条延伸 23 英里的公路连接起约克敦的战场和威廉斯堡殖民地，以及历史重镇詹姆斯敦。

海滨灰雀
(Seaside sparrow)：
在大西洋海岸颤鸣着两首有细微差别的歌（6，2:06）

“我们上当了，”戴维在约克河边一处停靠点停下，如此宣称道（我觉得他说这话时倒还挺认真的），“我们应该从大西洋出发，而不是倒着从一条将流入海里的河边出发。”鉴于他无礼的评价，不知哪儿冒出来的“悲剧”一词，以及我们得带着满载的自行车翻越眼前这道石墙才能到达河边，鉴于以上所有原因，我们放弃了穿越全国的惯常仪式：把自行车后轮浸入水里。这种仪式感的玩意儿让我轻笑起来，轮胎浸水本就毫无意义，但内心深处有一个小小的声音一直在朝我唠叨，说我们这事做得不太对。当

* 1码约为0.91米。

快乐的送行 鱼鸦
(Fish crow):
带着鼻音的，如“笑声”般的***啊－吖，啊－吖***
（7，1:15）

笑鸥
(Laughing gull):
哈－啊，敷衍的笑声（8，0:39）

我想象自己站在大西洋岸边，听着盐水沼泽里所有的鸟鸣声时，那个小小的声音变得更大了。挺过去，我对自己说。

鱼鸦和笑鸥突然间无处不在了。飞过的鱼鸦只留下他率直的笑声，一种带着鼻音的***啊－吖，啊－吖***声，更多的又或只是简单的***啊***。笑鸥的笑声从路边的田地里和河边的树梢上传来：***哈－啊，哈－啊，哈－啊***，每过一会儿就纵情发出一阵狂野又长久的***哈－哈－哈－哈－哈啊－哈啊啊－哈啊啊啊***。我认定这是一种预兆，鸟儿朝我们微笑，并爽朗地欢送我们的命定之行。是的，这就是我听到的，***谢谢你们***，我发现自己正在回答，***我也祝你们一切顺利***。

这么多声音！ 东唧鹀
(Eastern towhee):
两首不同的饮友之歌
（9，1:00）

冠蓝鸦
(Blue jays):
弗吉尼亚州东部各种各样的本地方言版鸣叫。
（10，1:40）

公路偏离河流，我们进入一片森林。这里有橡树、鹅掌楸、香枫和火炬松，树冠遮蔽了公路上方，拱卫出一条隧道，就像在邀请我们以越野骑行应有的步调深入一个魔法世界，四周遍布着护送的鸣禽。这么多声响，这么多故事，全都来自同一个大自然。我试图分辨每一种声音，每一只褐弯嘴嘲鸫、靛蓝彩鹀、东唧鹀、草原林莺、簇山雀、巴尔的摩黄鹂、猩红丽唐纳雀、大冠蝇霸鹟、普通拟八哥……哇，听这里的冠蓝鸦，他们的叫声和我家乡的种群很不一样。方言，口口相传的传统，是了，这里的冠蓝鸦文化和别处是不同的。所有这些声音，还有更多的声音，它们让人头晕目眩。我的意识在它们中飞掠，而我向西飘去，轮胎几乎飞离了路面。

戴维在前头骑车，带着我的节奏，很快我就发现自己专注在红眼莺雀舒缓的歌声中。这里有成群的红眼莺雀，每 100 码左右就有一只雄鸟在公路上方歌唱，总有一两位歌手待在听力范围内。我选中了第二只鸟，大概在我前方 50 码远——他唱着，仅仅活力四射地爆发 1/4 秒，就停顿一秒，然后再次开唱。我越接近他，他的歌声就越尖锐，每一段都和之前的那段明显不同。我骑过他下方，然后超过了他，这时他在唱着一连串似乎永远不会结束的曲段组合：***我在这……这上面……莺雀……听啊……相信我……这没错……***

我检查了我的里程计：每小时 12 英里。太快了。照这个速度，我只能在每只莺雀身上花 15 ~ 20 秒，可我需要更多的时间，有一分钟就很好。于是我把速度放慢到了每小时 4 英里，接着又降到了每小时 3 英里，虽然这样要挑战自己的平衡感，但现在我经过每只唱歌的莺雀时都有完整的一分钟了。我一心一意地听着，试图从下一只雄鸟的歌中辨认出与众不同的曲段，好借此深入了解他。第三只鸟儿满足了我，当我靠近他时，他唱出了像是模仿金翅雀鸣叫的歌曲，一声单薄的、渐升的***特维***——。我从他的下一段歌开始数：1，2，3，4，5，不过这 5 段歌都不是在模仿金翅雀，6—7—8—9—10，11—12—13—14—15，16—17，就在我刚刚经过他下方后，那声***特维***——又出现了，在第 18 段。我又开始数，5……10……15，然后掉头骑了回去以保证能听到他的歌声。它又出现了，在第 20 段。真不错。鉴于这只红眼莺雀喜欢在重复曲段之前唱出大多数他会唱的歌，我能听出他大约有 19 首可以自由支配的不同歌曲。

红眼莺雀
(Red-eyed vireo)：在他的整个演唱过程中，各有特色的曲段周期性出现（11，5：38）

我再次转头向西，朝威廉斯堡方向加速追赶戴维。我继续依次听着每一只莺雀的歌声，不过现在，只要能从每一只雄鸟那里听到一首与众不同的歌，我也就满足了，不需要逗留更久直至听见他重复唱。这些鸟儿的歌里都没有之前那只所唱的特殊的*特维*——，这让我发现了红眼莺雀的另一个故事：每位歌手都是特别的，他歌单里的歌拥有可辨识的声纹。这些鸟儿与簇山雀、卡罗苇鹪鹩以及卡罗山雀完全不同，后 3 种鸟的雄鸟会学习邻近者的歌曲，并分享几乎完全一样的歌单。

64 号州际公路太嘈杂了。卡车、公车、汽车从头上隆隆地碾过去，为什么每一辆都要开得这么快？到底在着急什么？它们的车窗都紧闭着，开着空调，无线电广播毫无疑问在发出响亮刺耳的声音，真实的世界被关在了车外。但我提醒自己，24 小时前，我们也在其中。我做了几次深呼吸，欣喜于我们为之后几个月的生活所做的选择。树木再次包裹了我，交通工具发出的咆哮声很快被鸟鸣声所取代，宁静重新降临。

13 英里后，威廉斯堡到了！戴维在路边的草坪上舒展着四肢等我。“抱歉——和一些鸟儿纠缠了一会儿，”我解释道。他看上去很快乐、很放松，更重要的是，他对我的延迟很宽容。

“我们得离那个巨大的、乱七八糟的游客中心远点，”他指着对面拥挤的停车场建议道，“那里到处都是人。顶棚上吊下来的巨型平板电视显示，额外的停车位要 37 美元。感觉这儿不像历史遗迹，更像大型游乐园。”

这天是周日，我们推着自行车穿过熙熙攘攘的人群，走过历史街区的街道。它大有来头，因为这里在 18 世纪是弗吉尼亚繁荣的首府，也是最具影响力的美国殖民地。我们来到草地上，坐在一棵小枫树下面，拿出了百吉饼、乳酪、香蕉、无花果条，外加一根士力架巧克力棒做甜点。道路那边，就在我们对面，游客们三三两两摆着姿势照相，脑袋和胳膊都僵直着。很快，我们也走到那边儿，伸着脖子和手腕，支着脑袋和手，微笑——甚至笑得不太庄重。一位行人自愿帮我们拍了照。

周围的一切都是真正的威廉斯堡……*叽喳*……*叽喳*……除了麻雀，18 世纪时他们并不在这里。讽刺的是，他们似乎在古城区里最为生机蓬勃。看起来，马粪中的草料让他们茁壮生长，而建筑物的角落和裂缝可以为他们提供合适且充足的筑巢点。但这些鸟儿并不属于古城威廉斯堡，因为他们相当晚才出现在北美大陆上，1851 年才在纽约的布鲁克林发出第一声***叽喳***。当时他们是从英国引进的，自此北美大陆上的歌声就永久地改变了。在 150 年里，这些麻雀如风暴般攻占了整个大陆，他们的***叽喳***声和***吱吱***声陪伴着我们从一个海岸直至另一个海岸。我承认，这种备受非议的鸟儿越来越让我感兴趣，并开始欣赏他们那不间断的鸣声中微妙的趣致。

麻雀
(House sparrows):
弗吉尼亚州一群麻雀的喧嚣（12，2：01）

到詹姆斯敦只需沿殖民地公路再走 11 英里。我在全速行驶中听到了红眼莺雀的鸣声。***饮－酒－契***，东唧鹀在路边的灌木丛里鼓励着我；树冠上是猩红丽唐纳雀和巴尔的摩黄鹂，他们能让人的眼睛和耳朵都为之一亮，不过现在我们只能听到他们，却一只也看不到。***波－法伊！***这鸣声让我沉醉，他就在左侧路边上，还有什么比山齿鹑的叫声更具南部风情呢？他的拉丁名是 Colinus virginianus，意思是“弗吉尼亚的鹌鹑”。现在他更近了，我听到了完整的一段鸣声，是引人注意的***呼－波－法伊！***他以柔和低沉的***呼***声开头，停顿 1/4 秒后，提高音量发出更大声的波，而后再停顿半秒，上滑升调发出响亮的***法伊***。是的，这就是 5 月的弗州！我在微笑，这已经不只是令人快乐了。在过去的 24 个小时里，我的意识经历了多少波动啊。

我们很快出了森林，沿詹姆斯河向前骑去。和约克河一样，这里也是半咸水入海口。但我提醒自己，它并非一直如此。250 万年前，这里还处于更新世冰河期，地球的大部分地表水以冰山的形式存在，因此海平面远低于现今。强劲汹涌的河水在此肆虐，冲刷着山脉使其向西消退，并在地表刨出宽阔的河谷——现在它们都被涨高的海水淹没了。

这一天，我们轻松地骑行了大约 30 英里，后驶入詹姆斯敦海滩露营地。周日晚上的营地空旷，我们在河堤最好的位置安顿下来。“精美”的晚餐是从营地商店里买的罐装食品，用野营炉煮熟。虽然错过了朝阳，但我们没有错过落日。帐篷轻薄的橙色面料很快变得通红耀眼，那光辉来自夕阳，它正在两棵伸出水面的柏树间徐徐下落。一只北美黑啄木鸟在柏树上寻觅着，想在回巢之前再找几口吃的；而他上方，一只鱼鹰正窝进巢中准备度过长夜。

“我不太懂，”戴维从他的日记本上抬起头来说，“你之前说的鸟鸣声让我一头雾水，它有什么神奇之处吗？”

“要从哪里开始呢……我想是35年前……在研究所里，距你出生还有11年……我开始研究这些鸟儿，甚至比对大多数人类朋友更了解。最重要的是，当我倾听每只鸟儿的歌声时不是把他当作一种需要鉴定造册的物种——这种做法相当狭隘并且草率，而是把他当作一个有话要说的个体，就和我倾听任何一个有话要说的人类个体发言而不是想鉴别他一样。当一只鸟儿鸣唱或鸣叫时，他道出的是他想的事，每分每秒都不相同，因此每一次倾听都是新鲜、特别、有趣的。在倾听每一只鸟时，与一个生命缔结联系的美妙体验像洪水般冲刷过我的意识，每一次新的倾听都搭建在以往倾听的基础上，每过一天，整个音景都比前一天更加丰富。”

“啊，”戴维回应道，他也许略有些明白了，“你可比我领先很多年。到了早晨我会再试一试的。”

清晨很快就会到来，我们希望能在5点起床——也就是比日出早整整一个小时。于是我们准备就寝，爬进双人轻便帐篷仔细地选好位置，这样只要没有雨，就能从网眼观察全景。我们安顿下来，确认了视野。西边的地平线还在隐隐发亮，木星出现在头顶偏西处的夜空中，柏树的剪影抵着地平线，橡树遮挡着上空。是的，一切都很好，这景色如此静谧，让人难以想象与美洲原住民的大规模冲突，难以想象第一名非洲黑人如何由此被卖到未来的美国。

我不确定我睡了多久，但在午夜前的那个小时里，当1/4个月亮斜挂在河西上端时，我听到了***她***的叫声：***呼－呜－呜－窝，呼－呜－呜－窝－噢——***。一只横斑林鸮！是“***噢——***”里的颤音暴露了她，那是一段延伸的震颤，是雌鸟特有的鸣叫声，就好像她无法随便地收住声音一般。上游远处，她的伴侣回应着，***呼－呜－呜－窝，呼－呜－呜－窝－噢?*** 简单的“***噢***”表明他是一只雄性。

我打着瞌睡，但在月亮完全升上天空之前，他们就来到柏树下。一切都简单地始于他的一声鸣叫，***呼－呼－呼－呼－呼－噢***，而她立刻就用***呼，呼－呼－呼－呼－噢***——来回应。随着两只鸟你来我往地互相应答，我现在能听出雄鸟的鸣叫声更浑厚柔和，而雌鸟的鸣声声调更高，***噢***——里的颤音与雄鸟简单的***噢***形成鲜明对比。他们又交换了一次应答后，雄鸟开始了号鸣。***呼***现在更倾向于***嘍***，就好像他现在张大嘴露出了牙齿（当然他一颗牙也没有）。他继续这样粗鲁地号鸣了 10～15 秒，然而时间像是过去了很久。现在她以简单的***呼－噢***——为他伴唱，颤音拉长了，并且更明显了。多么奇异的声音，就像是夜里的妖精，或像叫春的美洲狮，又或像决斗中的魔族，但实际上，只是两只横斑林鸮在相互表白“我是你的”。而后，告白便突兀地结束了，正如它突兀地开始。一切重归寂静。

横斑林鸮

横斑林鸮
(Barred owl):
一对林鸮正在高叫，发出特别颤音的是雌性（13，1:12）

我笑了起来，不过考虑到现在的时间，以及从头到尾熟睡着的儿子，我控制住了自己叫他起来一起聆听的冲动。***谢谢，谢谢你们，***我听到自己在悄声说，***真是个很棒的夜晚***。

第 2 章　和平与战争
PEACE, AND WAR

第 2 天，5 月 5 日：弗吉尼亚州，詹姆斯敦至梅卡尼克斯维尔，取道莫尔文高地。

“时间是 5 月 5 日，下午……不，早上 5∶41。我们在詹姆斯敦野营地。”戴维对着麦克风犹豫不决地说。他的行为令我深有触动。离日出还有一小时，但这位夜猫子先生已经起来了，起得这么早，并且付出了如此勇毅的努力，要来领会我对拂晓以及所有歌唱着的生灵的热情。“我们现在听到的应该是一大群知更鸟……”他们正在附近的一处围篱桩上鸣唱。戴维左手拿着迷你光碟录音机[1]，右手的定向麦克风指向了其中一只。他同样在唱歌，一场毫无间断的表演，只可惜很短暂。“好吧，这只知更鸟飞走了，所以我们要走到别处去……”很好，我默默地想，他往录音里添加的注释真是“有用”。

一只卡罗苇鹪鹩开始在我们头顶唱歌，发出了明确无误的***自由－不－离！自由－不－离！自由－不－离！***戴维将麦克风指向他。这孩子许诺要做一个野外录音师，但我怀疑他不知道自己在录什么。我们并肩静静地站在那里，戴维在录音，而我默默地试图跟上苇鹪鹩的歌声。他交替地唱了两段不同的歌，而后开始第三段，又换回第二段，循环往复，在接下来的 4 分钟里，他探索出了 5 段不同的歌以表达他的所思所想，而第二段每隔 4 秒出现一次。我从未听过哪只卡罗苇鹪鹩唱出如此美妙的联曲，他们通常在换歌前会把一段歌重复很多次，甚至多达 500 次。他明显在为什么事而激动。

“这只卡罗苇鹪鹩的歌真是展现出了惊人的变化性。”[2] 这只鸟儿飞走后，我朝戴维的麦克风说道。“那是只卡罗苇鹪鹩？我以为是只北美红雀。”戴维回复道。我试图解释两种鸟的不同，北美红雀的歌声中有连唱的哨音，而且一段歌往往分成两部分，而苇鹪鹩的歌是爆发性的，是生气蓬勃的吟唱，通常一段分成三部分。我希望我们的野外指南能派上用场，[3] 于是打开麦克风大声说道：北美红雀“是欢快清晰的哨鸣声，像是***我－期，我－期，***或***特维－特维－特维***；并且有很多变奏”，而苇鹪鹩“是嬉闹的、全音区的旋律，***自由不离－自由不离－自由不离－啾***，也有许多变奏”。

“‘许多变奏’是问题所在。每一只北美红雀都有十几首歌，而每一只苇鹪鹩都有 30 首以上的歌，两者都有本地方言，不同地区的曲调也不同，于是这两种鸟仿佛都有各种各样无穷无尽的歌。不过我想，只要倾听的时间够久，你就能感觉到两者的区别。”

“有可能。这就像是学一种新语言，有太多的词要学。单单记住鸟的名字就够难了，要区分出这所有的鸣唱更是难上加难。如果能像说一种新语言一样发出这种声音，我想这个过程会更容易些。‘沉浸式’应该对学习一种语言是有帮助的，只要在另一个国家以那种语言生活几个月——也许这就是我在之后几周要做的事。”

在去往野营地入口的那个方向，两只鸟正在砾石车道上对唱，彼此间只隔着几小步跳跃的距离。“棕顶雀鹀，”我轻声说，“他们在日出前就是这样鸣唱的，在地面上朝彼此喷吐着简短的曲段。极少观鸟者能听到这个，甚至专家也一样。稍后他们会在树上鸣唱比这长很多的歌曲，两者会隔得很远，待在自己的领地里——我说的是鸟，不是观鸟者。”我们缓缓地靠近，戴维先录其中一只棕顶雀鹀的鸣声，而后录另一只。

棕顶雀鹀
（Chipping sparrow）：
几乎一模一样的拂晓之歌，来自我们野营地里的两只鸟儿
第 1 只（14，0:59）
第 2 只（15，1:01）

“啊，仔细听——这很特别。一只唱了，另一只立刻回应以几乎完全一样的歌，听到了吗？……每只雄鸟都只有一首歌，但它们之间千差万别，像这样有着相似歌曲的邻居是很罕见的。[4] 只有一只年轻雄鸟从另一只成年雄鸟那里学习歌曲，然后停留在与后者毗连的领地上时，才会出现这种情况。”戴维点点头，无声地表示他听出了眼前这两位歌手间特别的关系。

“快，录那只山雀。”戴维转过麦克风，往上指向附近那团小小的浅棕色。这只山雀吹哨般唱了一首又一首，就和我昨天早晨在帐篷里听到的那只唱得一样清晰尖锐，并且在 3 首不同的歌曲间迅速地循环交替。山雀飞走了，留下戴维对着录音机发表他的见解：“卡罗苇鹪鹩……不是，那是什么？……哦对，是卡罗山雀，我知道他。”

这是上路后的第一个黎明，多么幸运啊！现在，比较头顶上黄腹松林莺和棕顶雀鹀的歌声变成了一件难以抗拒的事，哪怕对于最有经验的人类倾听者来说，他们的歌也近乎无法区分。在简短地介绍他们之后，我意识到这个早晨把戴维逼得太紧了。过去的 24 年里，他从未像现在这样和我一起倾听鸟类的歌声，而他正在尽最大的努力学习这相关的一切。当然了，鉴于他平日偏好的起床时间，我估计黎明前就起床不会经常发生。

北美黑啄木鸟
(Pileated woodpecker)：
这 7 段啄木声多么强劲（16，2:34）

在东边的地平线上，轻薄的云层闪耀着炽烈的橙色，它们上方是冷橙色，接连着淡蓝色渐渐过渡成我们头顶的深蓝色。在下游的河边，一只北美黑啄木鸟啄着树干，然后叫了起来，一段狂野的***卡 – 卡 – 卡卡卡卡卡 – 卡 – 卡***，啄木声和叫声都极其特别地加速了，然后逐渐减弱。我不知道这些北美啄木鸟为什么这么晚才出现，但就日出时间而言，他们的声音是最好的天然闹钟。

白喉带鹀
(White-throated sparrow):
近处，一只年轻的迁徙者正在练习他的歌（17，1:09）

我们退回营地，一边收拾东西一边吃了一份迟到的早餐。附近的灌木丛里，一只年轻的白喉带鹀正用他笨拙的练唱声鼓励我们。这只候鸟结结巴巴、支支吾吾，他的哨音破碎又断续，不过它们终于变得纯净又稳定。他仿佛是无法决定自己歌曲最终的形式，于是先以高音开始、以低音结束，而下一首歌他又以低音开始、以高音结束。每个哨音都在摇摆，整场练习都缺少成鸟歌曲中那种优美的韵律，后者是纯熟的*咿～吁～矣 悠乎乎 悠乎乎 悠乎乎*，两三个长哨音后接着几个双连音或三连音。眼前这只在行程开始前练习，几周后，他将成为一位行家里手，身处遥远北方的某处质朴山水中唱出他完美的歌。

我们花了一个小时打包行李和吃饭，然后上路向西前进。戴维拿着地图领路，5 号公路——约翰 · 泰勒纪念公路——蕴含着丰富的历史。前方有舍伍德森林种植园，它是威廉 · 亨利 · 哈里森和约翰 · 泰勒两位总统的故居，庄园本身的历史可追溯至 1730 年前后。在之后的几英里中，地图为我们呈现了更多老弗吉尼亚的风景，其中包括伊夫林顿种植园、伯克来种植园和雪莉种植园。其中一个种植园的园主在南北战争的萨姆特堡打响了战斗的第一枪，一个种植园声称自己是美国第一个正式感恩节（1619 年）活动的举办地，还有一个种植园是北美最古老的家族企业（农场）及南北战争的遗址，园主之一签署了《独立宣言》。然而今天，鸟儿一路鸣唱，鲜花遍地开放，你在这条静好的道路上几乎看不到一点 400 年前曾发生的所有事件的痕迹。

我们进入查尔斯城，也是查尔斯县政府所在地。不过我们没有看到任何城市风光，只有一个西铁古加油站和乡间小店，还有停车场两头的两个紫崖燕燕巢，它们都造在 15 英尺高的电线杆上。我飞快地骑到一个燕巢下，燕子们无动于衷，显然习惯了人来人往。我数了数燕巢的洞口，朝向我的一面有 3 排，每排 6 个洞口，另一面也有 18 个。停车场那头的燕巢也是 36 个洞口。这里共为这

紫崖燕
（*Purple martin*）

查尔斯·豪普特
（**Charles Haupt**）：
正如这位弗吉尼亚州绅士用方言所说，这是他与紫崖燕的缘分（18，5:34）

些华丽的燕子准备了 72 间宅邸 *。

只有至近距离能观察到燕子的社会体系。栖在自己公寓顶上的是 3 只成年雄鸟，他们至少有两岁大了，外表华美，黑色的羽毛在阳光下泛着蓝光。旁边还有年岁较大的雌鸟，每一只的头顶和背部都点缀着小块的蓝色虹彩，不过成鸟的腹部是泥灰色，颈部和前额也呈灰色。一些刚满一岁的燕子在四周飞舞，颜色比成鸟更暗淡。我们磕磕绊绊地使用地图、指南针、计时器和其他辅助工具，这在紫崖燕面前相形见绌。从去年夏天到现在，他们已经去了巴西南部又折返回来，年长的鸟儿甚至已经往返过一次以上，而他们飞行时凭借的完全是世世代代磨砺形成的导航技能。

他们***啾啾***、***啁啁***、***嘎嘎***地叫着，云集在箱巢周围。他们似乎是用简单的“***啾啾啾***”来彼此致意。先是热情洋溢地混杂各种腔调，然后过渡到更常用的***啁啁***，雄鸟短促地唱出杂乱的音符，以嘶哑的***嘎嘎***声结尾。

一位穿着职员服装的绅士从店里出来，站到我旁边看着紫崖燕。“查尔斯·豪普特，H-a-u-p-t，”他为我解释他名字的拼写。我迅速意识到他是“豪普特乡间小店”的主人，回头扫了一眼店门口的大招牌。他继续说：“我们这家店从 1893 年开始营业，一直在家族内传承……今年我们鸟儿的数量相当多，它们很开心……我祖父的家人在县政府大楼里出生成长，就在前头一英里的地方。世纪之交时（1900 年），他们那里有了紫崖燕。到了 1938 年，他们在这里建造了这些设施，我祖父就把一座燕巢带到了这里，从那以后我们这里也有紫崖燕了。有它们在周围，真是让人心情非常非常愉快。它们让你感到快乐。”

我能倾听查尔斯的故事一整天都不腻，他随意的话语透露出对燕子的丰富知识。查尔斯告诉我，有一年暴风雨刮飞了燕巢，他修复燕巢并将燕子保护了

---

* 通常，当有人靠近燕巢时，紫崖燕会收拢翅膀从空中急速俯冲下来。另外，美国人（尤其是东部地区）常常为燕子准备人造巢穴，文中提到的便是人造燕巢。——译者注

起来（“哦，老实跟你说，我经常射杀椋鸟*”）。从他的声音里，我不仅能听出他对紫崖燕的爱，还能听出一个扎根于此的当地人是如何被当地方言所熏陶的。当我们向西前进，向上翻越阿巴拉契亚山脉，进入肯塔基州时，我将探访更多像查尔斯这样的当地人。我想听到他们的声音，想听听这些声音与鸟儿的声音在我们横越大陆的过程中将如何变化。

戴维从包罗万象的乡村小店里出来了，我们继续向西，5 月的里弗州乡村景致使我们精神振奋。又骑了 15 英里后，我们向右拐骑到威利斯教堂路，向发生过几场南北战争中最激烈战斗的里士满外围的内战战场进发。在臭名昭著的七天战役里，军队和炮兵正是通过这条路上进行调遣的，而罗伯特 ·E. 李的指挥所就在威利斯教堂中，沿路再走几英里就能看到它。接下来的一英里，我们攀爬出发至今最陡峭的山丘——莫尔文高地，这里现在作为里士满国家战场遗址的一部分成为保护区。在 1862 年难忘的 7 天里，8 万北方联邦军和 8 万南方邦联军的最后 6 场激烈战斗就在这山地中打响。

我们在山顶停歇，立起自行车的脚撑，眺望北方开阔的旷野。在 141 年前的 7 月 1 日†，这斜坡上应该堆满了等待收获的麦垛，而南方邦联军就聚集在 1/4 英里外的树林里。我们右边是西溪，左边是克鲁溪，两者差不多隔了 1.5 英里。这两条山涧陡峭的地势形成了天然边界，使邦联军可以爬上山丘，冲入联邦军的步兵团。山脊上陈列着联邦军的 29 门大炮，山丘边缘环绕着 70 门，还有 150 门位于附近的保护区。山顶大炮向远处的敌军发射出实心炮弹，然而树后的灰衣军队挥动了他们的战旗，联邦军炮兵换上霰弹筒，每一次爆炸都像一把巨型猎枪在南军阵地上撕开诸多裂口。战役结束时已近黄昏，没有哪个南方士兵能冲上山顶，只留下数千尸体躺在下方的缓坡上。就像一位联邦军军官的报告所说，翌日黎明，“地上有超过 5000 名死者及重伤者[5]，但还是有一些能动弹的活人，在地表爬出仿如龟裂般的奇异纹路”。

我们一路滑行到山脚下的南军阵地，“石墙”杰克逊就坐镇此处指挥，马

---

* 北美常见的欧椋鸟因缺少天敌而泛滥成灾，挤压了北美原生物种的生存空间。

† 作者在2003年完成单车之旅，书中的时间皆以这一年为基准。——译者注

格鲁德的部队于西边不远处，朗斯特里特和 A. P. 希尔也在附近——这都是美国内战史中耳熟能详的名字。我们又抬头望向山上联邦军的炮兵阵地，对这种正面进攻的疯狂感到惊诧。我闭上眼，试图想象那恐怖的场景：朝着联邦军大炮的轰炸，自杀式的冲锋，战役最后一天 8000 多名士兵惨遭屠戮，双方将士伤亡仅 7 天便达到约 3.5 万人。

“我可能会在这里，”戴维严肃地思考着，“就这么冲上眼前这座山。当然，现在看来，他们这样互相残杀简直是太荒谬了。照《冷山》中的描述，如果那时出生在南方就别无选择。当逃兵会被枪杀，拒绝服役或者冲上一座山峰也会被杀。”

田雀鹀
（***Field sparrow***）

来自莫尔文高地上内战战场的声音

田雀鹀：
（哀鸣的）每一只都有属于自己的独特嗓音
第 1 只（19，1:03）
第 2 只（20，1:02）
第 3 只（21，1:09）

近处的一只田雀鹀唱起令人挣脱疯狂的安魂曲。他温和的哨音渐渐增速，音阶渐降，每一个哨音都比前一个更短一点儿、更低一点儿。一曲两秒钟的挽歌，就像献给此处受难的所有灵魂。他每隔几秒便重复这首哀歌，一遍又一遍，永不停歇。我听到远处还有另外两只，每一只的节奏都不一样，每一只似乎都对过去的场景发表着自己的见解，那是他们百代前的祖先在此见证的场景。

坡上有两只黄喉地莺在吵嘴，轮流唱着独创版本的两秒曲调，在我们听来是***喂－依－叽 喂－依－叽 喂－依－叽***，一个三音节的段落重复了三四次。他们离我们整整 50 码远，但是在阳光下闪耀着明亮的黄色，在我眼里就像战争场景一样清晰。来来回回，彼此对歌，宣告着领土主权。比起近一个半世纪前至暗时刻人类军队的殊死搏斗，这种声乐外交看起来要通情达理得多。

另一些声音加入此刻祥和的氛围中。山腹高处，离联邦军阵地不远的地方，一只东草地鹨哀伤的哨鸣飘落下来，五六声长笛般的哨鸣含混在一起，温和地递降。在南军向山坡冲锋时越过的卡特斯米尔路旁，一只靛蓝彩鹀在树丛里鸣唱……一只红眼莺雀……一只北美红雀……现在是一只玫红丽唐纳雀，他就在我们头顶上，圆润的歌声和知更鸟很像，并与近处蚋莺的颤鸣声形成了鲜明的反差。灰蓝蚋莺身披蓝灰中性色，就仿佛费尽九牛二虎之力才能出声般嘶哑地不停颤鸣着，***不不不不不离，不不不不离***，仿若弥留之际的话语，这无疑也是众多南军士兵在此的最后念头。

普通黄喉地莺
(Common yellowthroat):
两只雄鸟用歌曲彼此回击
（22，1:20）

我花了几分钟收集音乐场景，戴维则在拍摄战场景象与诸多标识。我们共同聆听鸟儿鸣唱，反思过去与现在。曾经爆发的宏大战斗足以淹没我们的思考，要知道，那与眼前的和平景象有着天壤之别。

玫红丽唐纳雀
(Summer tanager):
一只玫红丽唐纳雀在婉转悦耳地欢唱
（23，2:22）

我们沉默地骑上车继续前行……经过威利斯教堂和李将军的司令部旧址，穿过格伦代尔遗址，在之后的14英里中越过了奇克哈默尼河。向前再行进2英里，就到了冷港国家公墓，这里埋葬了2000名联邦士兵——***只有*** 2000名。1864年春天，在格兰特对里士满的猛烈攻击中，阵亡的联邦士兵超过了6万人。6万，这仅仅是联邦军的战亡数，邦联军的阵亡人数至今未知。[6]

灰蓝蚋莺
(Blue-gray gnatcatcher):
两只远眺着战场的鸟儿发出了警告的颤鸣声
第1只（24，1:47）
第2只（25，4:03）

我们在肃穆的气氛中骑向里士满北边的梅卡尼克斯维尔。在一时冲动刹停于松饼屋之后，我们的第二站是“踏能”自行车店，去给戴维的车子买一对简单的平台踏板。他的踝关节在一次极限飞盘赛中严重扭伤，因此需要调整踏板动作。他不再用前脚掌踩踏板，而是把脚移向踏板前方，更多地使用后脚跟发力。在蹬车时，他将没法使用巧劲，动作也无法做得更流畅有效，但他愿意付出这些代价，以便继续向前。

在单车店里，你可以轻松地与人攀谈。一位叫吉姆的顾客邀请我们到他家的后院扎营过夜。他解释道：“你们准备去的野营地在机场跑道的尽头，会很

吵。”曾经有人告诉我，越野骑行能重振一个人对人性的信念，眼前就是绝佳的例证。从吉姆脸上温和的笑容中，你还能看出一点儿对远方的憧憬，一些清晰的渴望——渴望加入我们，渴望进入开阔的天地，渴望看到并听到美国。而这些念头没过多久就被宣之于口：“总有一天我也要这么干。”我想到了数年前在另一家单车店听到的建议，于是微笑着点点头，说：“吉姆，你可要知道，**一年复一年，年年何其多**。”

那天晚上，我们借宿在吉姆家的后院里，将 70 多英里的路程甩在身后。安宁的弗州村郊骑行令人振奋，而 1862 年莫尔文高地上发生的惨剧令人战栗。我们在飞机和火车的声音中入睡，近处的 295 号州际公路上传来汽车和卡车的行驶声与喇叭声，那是美国都市的声音，但哪怕是最嘈杂的声音，最终也将被暗夜的死寂和砸在帐篷上的暴雨轰鸣声吞没。

第 3 章　柠檬水
LEMONADE

第 3 天，5 月 6 日：弗吉尼亚州，梅卡尼克斯维尔至米纳勒尔

5:15，手表内置闹铃于日出前 55 分钟响起。外面还在下雨，可吉姆慷慨地为我们准备了今天的早饭，所以我们并不急于出发，这个骑行“小队”中有一半的人选择继续安睡。山茱萸、香枫、鹅掌楸、冬青树、橡树以及一切南部景象围住了这个安逸的郊区后院，在这里，我只想躺在睡袋里，听着周围的世界渐渐苏醒。我需要感觉掠过的第一缕晨光，需要听到光线与歌曲组成的黎明潮涌，它将向西横扫，去往我们几天、几周后将要倾听的地方。

戴维睡在我旁边，除了他轻柔的呼吸声外，还有……一只知更鸟的声音——北美知更鸟。现在是 5:29，知更鸟***啧啧***地呢喃着醒了过来，然后尖锐又响亮地叫着***匹克***抱怨着，但很快神采奕奕地唱起歌来。我一直听着，连续三个圆润欢快的段落，后面跟着单个短促的高音***叽里***，略微停顿后，又是四段欢唱和又一个***叽里***，而后是三段加一个***叽里***。这两种唱段形成了鲜明的对比，前一种是圆润又欢快的低音，后一种是尖着嗓子发出的一个极高的音。二者形成的原因及其功能都还是谜团。我脑中正在运行的“知更鸟程序”被一只北美红雀打断了，然后是一只卡罗苇鹪鹩，再是一只棕林鸫，每一只出现的间隔都不超过一分钟，每一只的歌都像一张魔毯般载着我飞掠他们的世界。

现在，有 4 只鸣禽在附近的树丛里唱着歌，我听着他们讲述自己的故事，以及自己祖先的故事。他们是亲族，继承祖先特有的鸣禽大脑和复杂鸣管，让他们能模仿并唱出复杂的歌曲，但这 4 位后裔表达自我的方式迥然不同。年轻的雄性苇鹪鹩和年轻的北美红雀从他们的成鸟邻居那里学习歌曲，所以他们的歌曲里带着方言特色，雄鸟往往是以同样的歌曲进行对决。但雄性知更鸟和棕林鸫要更有创意，每只雄鸟都会即兴创作许多支属于自己的独特歌曲，因此也就没有所谓的方言体系。苇鹪鹩和北美红雀在换歌之前通常会把某一首歌重复很多遍，但是知更鸟和棕林鸫常常迅速地切换歌曲，接续的曲段也总是各不相同。

他们要说的话在数量上也有区别：北美红雀大概有 12 首歌；苇鹪鹩有 30 ~ 40 首；知更鸟有 15 ~ 20 段不同的欢唱和更多种的***叽里***（没人数过，可能有 100 种）；棕林鸫有五六段序曲和十一二种花腔，并能组合成 30 ~ 40 首不同的歌。北美红雀飞速交替着使用他的两侧鸣管，唱出一种仿佛单个哨音，但频率极高的乐音；棕林鸫同时使用两侧鸣管，发出一种高频加低频的大师级二重奏；知更鸟使用上述两种技巧，他通常用左鸣管唱出低音欢颂，再用右鸣管发出高音的***叽里***，不过在某些情况下，他也会同时唱出两种极其不同的乐音；苇鹪鹩基本上都是交替着使用两侧鸣管，同时使用的情况相当罕见。雌性棕林鸫和知更鸟不唱歌，但雌性北美红雀几乎和她的伴侣一样会唱歌，而雌性苇鹪鹩会像唱歌一样嗡嗡地喋喋不休。

北美红雀

北美红雀
(Northern cardinal):
在黎明的大合唱里，两只雄鸟曲逢对手（26，2:44）

我听到的是怎样一场优美的混奏啊：知更鸟发出圆润的欢颂和尖声的***叽里***，相形之下，棕林鸫唱着长笛般的***依依－哦－乐***和震荡的颤音，还有北美红雀滑动的哨音和苇鹪鹩铃响般的赞歌。

现在，第五位歌者加入了他们，这是一只大冠蝇霸鹟。在过去的两天里，我曾听到这些蝇霸鹟在树间高处沙哑地

咴咴鸣叫着，但他们迎接黎明的歌曲是特别的。一声加重声调的***咴－唔***，接着又是一声，然后是一个模糊震颤的低音，几乎听不见。这个模式循环往复。我能听出交替的***咴－唔***之歌有所不同，他就像是在戏耍着音长、音频、重音和音质——像雪花一样，没有哪两片是一模一样的。他的歌和近处鸣唱的 4 只鸣禽的歌截然不同。蝇霸鹟并不算是“真正的鸣禽”，属于旁支系谱，这个系谱的大脑并没有模仿歌曲的功能。他的鸣管构造也更简单，歌曲直接由基因编码，深深植根于遗传信息中。因此，任何一处的蝇霸鹟都只会唱相对简单且相同的歌曲，他们不会学习歌曲，也不存在本地方言。他们确实与鸣禽不同，不过他们同样成功，霸鹟科在新大陆各处繁衍出约 400 种。

我跟随 5 只鸟儿在小雨中歌唱，苇鹪鹩和北美红雀切换到另一串不同的歌曲中，我与棕林鸫、知更鸟一起欢快地复习了他们知道的所有曲目，霸鹟从容的节奏和较为简单的曲调让我微笑。歌声渐渐平息，我迷迷糊糊，笑着想到艾米莉·迪金森*对鸟儿的想法，诸如“我希望你们也爱鸟。这很划算，你都不需要去天堂”。是的，天堂就是此刻。

大冠蝇霸鹟
(Great crested flycatcher)：
井井有条的晨曲和沙哑的日间叫声形成鲜明的对比
（27，2:01）

耶耶耶耶！我被一群闯进后院的冠蓝鸦唤醒了，不过戴维还在睡梦中。他们至少有 4 只，现在是 6:10，如果天空没有阴云密布，应该能看到刚冒出地平线的太阳。每只冠蓝鸦都有话要说，每只都刺耳地大叫着同一版本的***耶***。我仔细听着，等着其中有谁打乱阵形，换一串不同的***耶***，又或是换成更悦耳的***威嘟－威嘟***，即成对的高低纯音。如果其中一只换了歌，另外几只是不是也会换？会以什么样的模式换？他们彼此学习，并且常常选择和对方相同的鸣叫，就像北美红雀和卡罗苇鹪鹩那样跟上彼此的唱段。不过冠蓝鸦的成功又是另一个故事了——他们是没有明确歌曲的鸣禽，发音方式是我们所认为的“叫”。他们离开院子时和到达时一样，仍然尖叫着***耶耶耶耶！***

---

* 艾米莉·迪金森（Emily Dickinson）：19世纪美国女诗人。——译者注

“最好不要在日出前起床。”戴维曾认真地说道。我对苏醒中的儿子说：“一小时前，我听了一场很美妙的音乐会。”不过我没有讲述细节。吉姆说过早餐时间是6:30，因此，戴维睡醒这会儿刚好够我们穿好衣服，从帐篷出来走到吉姆家的后门。

吉姆为我们准备了一场真正的盛宴：培根、松饼，以及大量的黄油和糖浆，他准备得如此周到，就像早知道自己在骑行穿越全国时会喜欢吃什么一样。食物美味，谈话真诚，不过能感觉到他们正急于开始一天的日程。吉姆和他妻子凯西都必须去上班，女儿米歇尔和考特妮必须赶紧去上学。这种紧张感多么熟悉，可抛弃租来的车子进入新生后，这种紧张感又显得多么奇异。

9：00，我们已然上路，穿着雨衣雨裤，一路踩着单车出城郊。亮黄色的雨披盖住驮篮，遮蔽小雨。不过天空越来越明亮了，今天天气可能会不错。

“山雀？”戴维问的是右侧上方在唱歌的鸟。

“不是，是黄腹松林莺。”我轻笑，虽然他一定是瞎猜的，但至少听到了那只鸟的声音。我喜欢这个进展。我回想起35年前自己第一次真正倾听某只鸟的鸣唱。那时我刚刚从大学毕业，在密歇根大学野外工作站同时上两门野生鸟类学课程——“小型鸟”和“大型鸟”。我坚持不懈地研究鸣唱中的每一个线索，没完没了地记笔记。开始，这些任务着实艰巨，不过我听的时间越多，就能听懂越多。1/3个世纪后，我发现最有挑战性的不是鉴别，而是试图理解鸟儿意图传达的东西。

刚出阿什兰城，经过兰道尔夫—麦肯学院时，两只灰猫嘲鸫在路两边盛开的丁香丛中唱歌，我们穿行而过。***快啊 快啊 快啊***，他们像是在用急促的吱吱喵喵声唱歌，全无重复，就像一片没完没了的弹幕——或者只是听上去没完没了。事实并非如此，我知道他们在想什么。如果能想办法窥视其中一只的大脑，我会在里面发现200～400种不同的小段吱吱曲，大多数是他在自己只有几个月大时编组而后记下的。猫鹊是即兴创作大师，不过我们碰到的这只猫鹊同时也是一位模仿大师。我听着他的叫声，这只“猫鹊乔纳森”[*1]看来达到了大多数猫鹊追求的境界。

我们骑车穿过灰猫嘲鸫，经过风景如画的马场，身侧是绿油油的牧草和闪亮的白色栅栏。我们越过南安娜河，爬上对岸陡峭的山坡，就在此时，戴维单车的右踏板掉了。哈？怎么会发生这种事？我们正为这个窘境伤脑筋时，我们几分钟前打过招呼的女士——海蒂突然出现，她很快就把自己的小卡车开了过来，装上戴维的单车，把他载回阿什兰的赛克尔·埃德修理铺，我则喘着粗气把车踩回阿什兰。

灰猫嘲鸫
(Gray catbird)：这即兴派大师炫耀着他花式多变的歌曲，以及喵呜声（28，2:05）

埃德的诊断很简单：“踏板磨掉了曲臂上的螺纹，你需要一个新曲臂。”他试图凑合着使用手边的零件，但最终判定这行不通，于是他和戴维出发前往里士满去寻找一个曲臂，而把我留在了原地……留在原地的我思考着，上路才三天，昨天处理了脚踝，今天处理单车……明天又会是什么？

当一只嘲鸫在附近唱歌时，我想起了自己的大学办公室里挂了许多年的海报：一大碗鲜亮的柠檬，还有结了冰霜的大水罐，海报上写着，“当生活给了你柠檬时，就做柠檬水吧”。我迅速意识到这是一次上天赠予的机缘——被迫留在埃德的院子里，而这只嘲鸫像是在尽其所能地向谁证明着什么。埃德之前说他“唱了一整晚”。我推断这是一只单身的小雄鸟，因为只

---

* 《海鸥乔纳森》（*Jonathan Livingston Seagull*）是一本以一只海鸥为主角的美国小说，此处喻指这只猫鹊和海鸥乔纳森一样追求梦想和生命的真理。——译者注

小嘲鸫
（Northern mockingbird）：一位非凡的模仿大师，他正在模仿啄木鸟、紫崖燕、松鸦、黄喉地莺、北美红雀以及其他许许多多的鸟类（29，7：25）

有他们才会在深夜唱歌，可能是想在听力范围内从某只倒霉的雄鸟身边勾引走一只雌鸟。

我摊开轻便折椅，塞上空气垫，舒舒服服地坐在院子里。我拿着笔记本，就这么听着，惊讶于他的非凡技巧。5 分钟过去了，10 分钟过去了，我开始列出他最明显的模仿对象，都是些我能认出的声音：

双色树燕的叫声 / 北扑翅鴷***克利－耶！***的叫声 / 美洲凤头山雀的歌 / 双领鸻***纪咿***的叫声 / 紫崖燕的叫声 / 红腹啄木鸟的叫声 / 冠蓝鸦***耶耶***的叫声 / 北美红雀的歌声 / 红翅黑鹂的叫声 / 束带翠鸟的咯咯声 / 棕林鸫***威威***的叫声 / 麻雀的叫声 / 家朱雀的叫声 / 莺鹪鹩的叫声 / 灰蓝蚋莺的叫声 / 普通黄喉地莺的歌 / 大冠蝇霸鹟的叫声 / 东蓝鸲的歌 / 美洲茶隼的歌 / 东菲比霸鹟的歌 / 卡罗苇鹪鹩的歌

小嘲鸫

他唱了许多鸟儿的各种歌曲，听起来掌握了冠蓝鸦和紫崖燕的完整曲目，以及山雀、北美红雀和卡罗苇鹪鹩的歌。

一个声音在和他说话——听起来像是我：“嘲鸫先生，你知道多少不同的歌？要知道，你们这一族的最高纪录是接近于 200 种。你能做到吗？”我需要做的，就是识别他所唱的诸多独特曲目，计算他唱歌时几次切换不同曲目（大约每分钟 15 次，这我已经注意到了），然后做一些简单的计算。

当然，我得找到某几种能轻松辨别的音色。我看了看刚刚的列表，立刻抛弃了北美红雀、鹪鹩、山雀和松鸦的不同版本，因为我无法辨别他们的相似曲段，只专注于他所演唱的仅具有固定一个模板的 5 种鸟类叫声。东菲比霸鹟是一种霸鹟，他们的歌不是习得的，因此，所有东菲比霸鹟都唱相同的***菲－比***之歌。它何时何地都不会被弄错。棕林鸫有着庞大的曲库，但所有的棕林鸫都会用一种特别***威威***的叫声，这也不是习得的，所以嘲鸫对此的模仿也只有一个版本。与上述情况类似的还有北扑翅鴷***克利–耶！***的叫声、双领鸻***纪咿***的叫声以及束带翠鸟***咯咯***的叫声。这就足够了。我敲定了。

我在笔记本上随手画了一张粗略的七列图表，设好秒表，开始第一分钟的倾听。他每换一首新歌，我就在最右边的那一列上计数一次；他每唱上述5种曲段的某段一次，我就在对应的格子里记录一次。第一分钟结束时，图表上记录了一次北扑翅鴷***克利–耶！***的叫声，换的歌总共是15首。第二分钟：一次***纪咿***，又是15首歌。第三分钟他短暂地飞到地面上吃了些东西，这一分钟的8首歌里没有唱到5种曲段中的任何一种。他又接着唱，唱啊唱，16分钟后，他飞到了邻居的院子里。

分钟	菲比霸鹟	棕林鸫	北扑翅鴷	双领鸻	翠鸟	歌曲总数
1			1			15
2				1		15
3						8
4		1			1	15
5			1			12
6						15
7			1			13
8		1				15
9						16
10	1		1	1		17
11		1			1	16
12						7
13		1				10
14						14
15						16
16			1			16
总数	1	4	5	2	2	220

我倾听着他歌唱的16分钟，的确有所发现。根据他对每一个曲段鸣唱的次数，我发现他应该是最喜欢北扑翅鴷***克利-耶！***的叫声，对东菲比霸鹟的歌最没兴趣。这5种曲段的平均被唱次数是（1+4+5+2+2）/5=2.8次。假设这5种叫声代表了这只嘲鸫全部曲库里的其他歌曲，我可以将220除以2.8，由此估计这只雄鸟在这16分钟里唱了大约80首不同的歌。不算很多，但仍然使人印象深刻，他的叫声模仿让人尤为难忘。

戴维和埃德带着他们确信有用的零件回来了，看到他们时我几乎堪称沮丧。和蔼的埃德不仅修好了戴维的单车，还飞快调试好两辆车，接着送我们离开。行程上小小的拖延让我的精神更加富足，不过钱包倒是变贫瘠了。"旅行里最棒的事就是信用卡是爸爸的。"完工时戴维这样对埃德说。

我们再次进入弗州的郊野，经过马场，越过南安娜河，一路爬上山顶，经过了海蒂的家——我们又一次上路了。戴维把他和海蒂的故事告诉我："她是一位非常虔诚的女教徒，或者只是我这个异教徒这么觉得。她说到了爱家协会——广播脱口秀节目，还给了我一本关于耶稣的小册子。当我们到达赛克尔·埃德修理铺时，她念了一段祈祷文，里面有'父啊……你创造了伟大的世界……伟大的耶稣……'，还好几次加进了'让戴维的跟腱康复'以及'帮助修复他的曲臂'。她帮我们的忙，是因为耶稣也会这么做。"

"真有趣。这就是南部，圣经地带*，"我回应道，"我有没有告诉过你，我上大学时某个夏天差点儿在肯塔基州卖《圣经》？我的一些朋友卖得非常成功，赚了很多钱。但我在最后关头退出了。当时差点成为我老板的人说，我此刻退出，余生也只会是失败者。我回答他说，'你瞧着吧'。"

车轮迅速地碾过旅途，越过斯科奇镇上帕特里克·亨利的家，然后越过科茨维尔，接着是邦帕斯，我们倚靠于此。戴维想在邮局门口照一张展示自己肌肉的照片，巨大（有些缺损的）印刷字从某种意义上显示了他所感觉到的能量：

---

* 圣经地带（Bible Belt）指的是基督教福音派在社会文化中占主导地位的美国南部部分地区。

“美国邮尸”（U□ITED STATES POST□FFICE*）

邦帕斯，弗州，23024

再向前几英里，我们越过安娜湖。从阿什兰到米纳勒尔，我们一直在紧赶慢赶，想在黄昏时抵达露营地。但傍晚时分，我们却停在了堤道上，惊叹地看着几棵泡桐树，数不清的紫色大花朵一簇簇缀满枝头。

“戴维，听……湖那头的半岛上有一只褐弯嘴嘲鸫。”宁静的黄昏，早晨的雨水早已消失无踪，褐弯嘴嘲鸫的歌声掠过湖面飘进耳朵。它们多半成双成对，将一句歌唱两次，形成一曲动人小调：***好啊好啊，这里这里，听嘛听嘛，两两，嘲鸫嘲鸫***。车轮驶过的路旁，我们听过无数嘲鸫的歌谣，他们响亮又欢快地唱着，在灌木丛里窜来窜去。但现在，我们遇到了一位声音洪亮的歌者，哪怕隔着这么远的距离都听得清楚。

戴维能听到“有一只褐弯嘴嘲鸫”纯粹是因为我告诉了他，并没有体会的过程。而当我听到这只鸟儿的歌声时，过去 35 年里关于鸫鸟的宝贵记忆闪过脑海。在 1968 年，作为新手鸟类学者的我茫然无措、毫无头绪地观察一窝鸟……记得研究亲手养育的嘲鸫雏鸟如何学会歌唱……记得和岳母一起研究某只褐弯嘴嘲鸫，发现他能唱 2000 多首不同的歌[2]……记得自己在早春某株光秃秃的树顶上见过的无数歌手，他们弓着背，摆着熟悉的姿势……还有西部的其他嘲鸫，特别是高山弯嘴嘲鸫……每一次邂逅都搅动起平时沉睡的旧日记忆，与之混合，于是每一次体验都比前一次更丰富，很像是路易斯·哈利在《华盛顿的春天》里写到的“复利”。旅途中，有这么多的鸟儿令我着迷，戴维

褐弯嘴嘲鸫

褐弯嘴嘲鸫（Brown thrasher）：唱的歌大都是叠句，他的模仿揭示了他倾听的一生（30，5:02）

* 没有缺字母的话，应为“美国邮局”，即United States Post Office。

虽然和我听到了同一只鸟的歌声，我们的体验却截然不同。

早上是阿什兰的灰猫嘲鸫，中午是赛克尔·埃德修理铺的小嘲鸫，现在是褐弯嘴嘲鸫，多么棒的三重奏，这几种鸟儿常常被叫作“效舌嘲鸫”。灰猫嘲鸫唱的是单句，每一个短促的乐句都只唱一次；褐弯嘴嘲鸫唱的是双叠句；而小嘲鸫会把乐句重复五次以上。基本上，灰猫嘲鸫会唱大约 300 首不同的歌，褐弯嘴嘲鸫 2000 首，小嘲鸫只有 100 首。小嘲鸫可能是受制于天性对模仿的需求，灰猫嘲鸫和褐弯嘴嘲鸫则喜欢自由地即兴创作。褐弯嘴嘲鸫仅仅凭借把这些曲段编织在一起，以根植于基因中的鸫鸟主旋律为基础进行即兴表演，就已形成鸟类种群已知的最庞大曲库。

离开安娜湖和那只还在歌唱的嘲鸫，我们又骑行了短短一段路程，来到米纳勒尔。棕林鸫已经开始演唱小夜曲，空气中浸润着林间精灵豪迈的序曲与空灵的华彩乐章。

虽然我们费力地爬了一段坡，但米纳勒尔未免太近了，此时刚刚日落，运动场上某场比赛的光线和欢呼声引领着我们进入市镇。我们要在志愿者消防站后面的亭子附近露营。东西两岸的骑行路线上，许多小社群慷慨地长期提供便利，这是我们第一次享受这种便利。我请求使用浴室，得到的回答是，“当然可以，就在进门后的左边，厨房在楼上——请自便”。

我们迅速搭好帐篷，煮饭，洗漱，爬进睡袋时刚好晚 10 点。

米纳勒尔的 424 名常住人口此时也陷入寂静，我很快意识到这将会是怎样一个夜晚。我早该知道的，早该期待的。昨晚下了一整夜雨，这阻碍了他们，打断了百折不挠飞向北方的旅程。今天天气绝佳，不计其数的北飞候鸟将循先祖的记忆于今夜再度临空，昨夜的雨给我们以报偿，而我们两个小时前才刚刚攀上米纳勒尔。

它简简单单地开始了，一声***噌***一闪而过，如幻影般消失无踪，但紧接着就是扑棱棱的拍翅声、啾鸣声，然后是许许多多的鸟，天空就像正流淌着一条汹涌的候鸟之河。“戴维，那上面，从头顶飞过去了，你听……那里。听到了吗？……又来了……还有……有的声音很模糊，有的很大声。”是的，他听着，但在我有机会告诉他我从未听过这样的歌声前，他就睡着了。从未听过。我曾听过夜间高空传来的雁鸣：某年9月，我睡在阿迪朗达克山脉一个湖畔，破晓前，我听到一群鸟儿从空中降下，那一定是一群鸫鸟，他们圆润柔和的鸣声雨点般落进我的耳朵；去年，我还研究了一盘名为《候鸟的飞行鸣叫》[3]的CD，想学会分辨几种比较常见的鸫鸟。

但我从未预想到现在头顶上发生的一切。我仰躺着，脸朝上，脚朝南，头朝北，我听着，听着，一直听着。各种各样的***哑哑、喁喁、啾啾***声无休止地落在帐篷上。集中精神，我提醒自己——试着分辨出一种鸟儿。我专心寻找鸫鸟的声音，“河”中一定有，因为五月的第一周是鸫鸟的黄金迁移时段。那是棕夜鸫还是灰颊夜鸫？南面的隐约鸣叫是棕林鸫吗？我想是的，他一定正靠近这里，现在他飞过我上方，再度传来一声清晰的***比唧***——，可能就是之前叫的那一只。太棒了！

我的棕夜鸫侦察兵开火了，一秒内便有4声响起——先是头顶，下一瞬间是左边，而后是右边，最后是我脚朝向的南方。4只棕夜鸫，黑暗中知晓彼此存在的4个个体。我听到了4只鸟儿鸣唱，他们听到了什么？除他们之外一定还有别的棕夜鸫，今夜也许有一整片棕夜鸫之海在上空移动，他们彼此相隔得宜，但经常相互联系，仿佛是以集体航行技能确保所有成员都在正确航线上。

所有鸟儿合为一体，天气正好，头顶上的***哑哑、喁喁、啾啾***声无疑是从热带地区开始，一直延伸至北方前锋线上，那可能是5月时适宜栖息的任何位置。我躺在这里，在弗吉尼亚州一个与天空连接的小山丘顶峰，半梦半醒，而候鸟的浪潮仿佛永无止歇。我开始与他们一起飞翔，在星光下乘着温柔的顺风，越过鸣声已落在南方的三声夜鹰，越过附近不停鸣唱的小嘲鸫，越过在北边某处鸣叫的布谷鸟，越过一处夜里仍在歌唱的风景，被引向北方某个特别的所在，那里是故土。它也许在我的梦里……

第 4 章　蓝岭黎明
BLUE RIDGE DAWN

第 5 天，5 月 8 日：弗吉尼亚州，夜鹰小道至阿夫顿

我们每天都在大陆上啃下一点儿版图，里程渐渐累积。出发第一天是周日，那天我们只轻松地骑了 33 英里，周一 73 英里，周二 69 英里。昨天从米纳勒尔到扎营地为 70 英里，穿过梅奇昂斯河畔的树林，沿河的路是夜鹰小道（不过我们完全没有听到夜鹰的叫声）。昨天确实把我们俩累坏了，部分是因为早晨洗衣服导致较晚才出发，使我们不得不在正午骄阳下赶路，高温令人难以适应。沿途虽然这里停停那里歇歇，但没什么用处，丘陵地带也并不能让旅程更舒服。

戴维的日记总结了这天："昨天真是糟糕的一天……又热又闷……杰斐逊故居里游客成群……爸爸和我都累坏了……但夏洛茨维尔有弗吉尼亚大学。我已经很久没见到正值念大学年纪的女生了！"

今天是出发的第五天，我们决定换种做法：起得更早些，歇得更频繁些，但每次不要歇太久。不过昨晚的雨一直延续到清晨，我们不得不再次推迟出发。思来想去，我们决定把今天当作"休息日"——只骑 20 英里左右到阿夫顿，于当地的"曲奇小姐"之家过夜。然后，是的，然后是明天，我迫切地盼望着能于黄昏时分在蓝岭公园车道上骑行。上午匆匆过半时，我们才骑出露营

地，行程滞后相当令人沮丧。

菲-比，菲-波-布利-比，菲-比，菲-波-布利-比……“戴维，听到了吗？听到那两段歌了吗？他唱完刺耳的***菲-比***后，就换成结结巴巴的***菲-波-布利-比***。那是他的名字，东菲比霸鹟——霸鹟科的一种——每一个体共享同样的两段歌且并非是习得性的，所以没有方言版。当他不那么兴奋时，他就唱出一连串刺耳的***菲-比***之歌，再唱一句***菲-波-布利-比***，这句只唱一遍。”

东菲比霸鹟

东菲比霸鹟
(Easten phoebe)：
热情地切换他的两首歌——***菲-比***、***菲-波-布利-比***
（31，1：35）

“我知道这个，”戴维很平静地回答。啊，对，许多年前，他大约 6 岁时，曾帮忙将东菲比霸鹟雏鸟托回巢中，那时我正在研究鸟类如何学会他们种群的歌。他是真的记得吗，还是觉得自己应该知道？又或者他只是在逗我玩？

唧-步儿。更近了，头顶正上方，毫无疑问是猩红丽唐纳雀的叫声。“戴维，是猩红丽唐纳雀！你想看看他吗？”我带了一架小小的双筒望远镜，只不过我们还没有用过。“谁要看啊？”戴维说。

一只松鼠高高翘着疯狂抖动的尾巴，在我们与一辆迎面驶来的卡车之间尖叫。“他是不是接受了某个松鼠朋友的挑战？”戴维的声调都变尖了。

叽-叽-叽-叽-叽-叽-叽-叽-叽，一支刺耳的曲调越攀越高，就仿佛他在唱出自己的名字，y–u–a–n，明显是一只草原林莺。“戴维，你得看看他，他有明黄色和……”

“这不重要，”他说。没错，他在捉弄我，可我朝他扫了一眼，没看到什么迹象。他曾听我说过观鸟并没有那么了不起，我们一路走来，听到了数百只棕林鸫和红眼莺雀的叫声，我也没有去观察其中任何一只。是的，对我来说，最特别的是声音，鸟儿非唱不可的歌谣正如他们思想的窗口。“谁在乎他们长什么样？”这句话被扔回我头

草原林莺
(Prairie warblers)：
刺耳的、吸引配偶的歌通常是在白天唱（32，0:48），更简洁、更富有挑衅意味的歌更可能在清晨的大合唱中出现
（33，0:40）

上了。

嘻－嘻－嘻－嘻－嘻－嘻－嘻－嘻。很好，另一只草原林莺飞到我们头上，不过这次是一串升调的尖细啸声。我在戴维身边停下来，解释道："这是另一只草原林莺。他们有两种不同的歌，一首大多用在雌性身上——就是刚刚我们听到的那串吵闹的*叽叽叽*的歌，而这串*嘻嘻嘻*的啸声是他们用来和其他雄性对决时的歌。你只要听着就能明白鸟儿的心情。我们一路上会听到很多其他的森莺唱这样的歌，打起精神来！"

"是小嘲鸫？"他问的是左上方那只在唱歌的鸟。"不，是褐弯嘴嘲鸫。你可以数一数。记住，单句是猫鹊，双叠句是嘲鸫，把段落重复 5 次或 5 次以上的是小嘲鸫。"那只褐弯嘴嘲鸫继续鸣唱他的对句——当你有意识地去数时，会发现与重复五六次甚或更多次的小嘲鸫有着显著差异。大概过了 5 秒钟，我听到一声"嗯——"，可见戴维已经"习得"了这一记数游戏。

"菲比霸鹟！我听出来了！"他骄傲地宣告。"好吧，很像，但这是那只小嘲鸫在唱菲比霸鹟的歌。他也很擅长这歌。听那个速度——你绝对不会听到一只菲比霸鹟用这么快的速度唱他的*菲－比*乐段。""你这是乱来啊，"他就此宣判。

晚春时节，林木已郁郁葱葱，蓝岭巍然屹立在远处。山巅上——也许是 1000 英尺以上——嫩芽才刚刚冒出头，幼小的叶片为山脉染上一层金红的早春秀色。很快，我们穿过繁忙的 I-64 公路，在石鱼口高速公路上骑了一小会儿，接着转上老高速路，降挡，降挡，再降挡，直至车子降到最低速，飘然往山上滑行。空气更加丰美且纯粹，我们觉得它尤为洁净，也许只是因为想到自己已离开了熙熙攘攘的山谷，向天空攀升。

我们反应过来已身处阿夫顿时，正是上午 11 点，今天的目的地到了。但我们怎么能这么早就停下来？我们可以再轻松越过 15 英里，黄昏前抵达芦苇峡的公园车道，在谢多兰湖边扎营。虽然这很诱人，但是不，我们停下了。我们要好好地休息，然后明天清晨开始以新模式骑行。

我们经过邮局，路右侧的指示标记上写着："琼·柯里，曲奇小姐。"[1] 一个红色的大箭号指向右边。我们很快就和琼本人像老友一般攀谈起来，她的旁边是一根花园水管和一个写着“单车骑手饮水处”的牌子，她站在那里，脸上挂着友善的微笑，穿着自己的T恤，就如同宣告着：“阿夫顿，弗吉尼亚州。曲奇小姐之家。”

“那么，你们为什么叫曲奇小姐？”我问。“哦，这是因为当它开业时，‘穿越美国’的自行车之路正开始横跨这个国家……”我们听着这位“穿美”传奇讲述着她自己的故事。1976年，她和她父亲哈罗德拯救了一群疲累的百年单车纪念团骑手，他们以为能在阿夫顿的一家小杂货店补充给养，然后继续驶上公园车道，然而这家店已经关门了。琼和她的父亲拿出了他们的花生酱、果子冻以及一切能拿出来的东西，但最被人惦记的是曲奇。他们的热情好客被广为传颂，从那时起，她已经在家中接待了超过1.5万名骑手，来自美国的50个州和十几个其他国家。“单车之家”里满墙都贴着骑手们留下或寄来的明信片和其他纪念品，琼热心地领着我们参观每个房间，她对我们说的故事无疑已经讲述给了之前的无数来信人：“这是第29年……我今年83岁了……我把骑手们看作我的家人……他们记得我。我甚至收到过母亲节贺卡，他们回来这里看望我，他们还写信给我。”我赞同道：“我们单车骑手都爱您，琼。”

（已故的）

琼·柯里（June Curry）：“曲奇小姐”：她告诉我们一切，关于她的历史，关于单车之家，她对单车骑手的爱，以及他们对她的爱（34，3：48）

如果问她，琼也会谈起鸟：“因为那些火车啊汽车啊，还有猫啊狗啊，你们懂的，之前能看到的很多很多鸟儿都不见了……我们现在时不时能看到的大多是冠蓝鸦和啄木鸟。还有那些不知道名字的、正在那里叽叽喳喳的小鸟儿。”此刻头顶上的主唱之一是一只褐弯嘴嘲鸫，我解释说他有成千首不同的歌可以唱。“哦，我的老天！”琼惊叹道。

“我去年读了一篇关于‘穿越美国之路’的论文，”戴维稍后对我说，“我记得的是，大多数骑手都是二十多岁的富裕白人男性，不过各个年龄段都有骑手分布。其中有几百人每年都要横跨一遍大陆。蒙大拿州米苏拉的单车探险小组一直在统计这个数据。”

我们吃过午饭，洗干净衣服，然后在空气清新的门廊上打了个盹儿。下午，我们受邀进了琼的房子，看其他骑手给她寄来的视频，再听听她的其他故事。晚上 8 点，我们回到门廊上的睡袋里。我们的计划就是这次旅行中每晚都睡在户外，呼吸夜晚的空气，倾听夜晚的美国，一如倾听日间的美国。闹钟设在凌晨 3:55，约为日出两小时一刻钟前。这样我们就有充足的时间，赶在鸟儿开始歌唱前，于黑暗中抵达蓝岭公园车道。

第 6 天，5 月 9 日：弗吉尼亚州，阿夫顿至列克星敦

远处有一只小嘲鸫唱了一整个晚上，还有一只布谷鸟时不时地唱几句。过往车辆耀眼的灯光似乎永远都在我们脸上闪来闪去……

哔哔哔哔哔。手表闹铃在我脑袋边上响了起来。急切盼望早晨的我低下头，看了看身边那个昏睡中的形体。“戴维？”我轻声喊他。睡袋某处传来闷住的声音：“再睡 5 分钟。”好吧。我把自己的睡袋塞进专用袋里，前往厨房煮燕麦粥。

几分钟后我回到原处。“戴维？”……睡袋缓慢地蠕动，一个头钻了出来。“来了。”谢天谢地。总归是会出现这样的情况。这是挺极端的，他昨天刚刚说过“我最喜欢在傍晚，华灯初上时骑单车”，而我热爱所有的清晨。不过他相当顽强，尽管他的天然生物钟和我不同，但他知道黎明骑行对我来说有多重要。

4:50，我们整装待发，准备从曲奇小姐家的前门离开。就在此时，开始下

雨了。下雨！不不不不不，我的内心在哀号，生怕这个早晨也被耽搁。抱着这是一场短暂阵雨的希望，我们翻出雨具盖住自己和单车上的驮篮，5 分钟后依旧出发了。

出发点距车道只有一英里多一点儿的路程，但却是陡峭的上坡路。我的车前灯光柱细窄，只能照亮前方的戴维和我们之间的一小段路，余下的世界悄悄消失了。一片静默，只有雨水敲打雨衣的声音，还有踩踏板时尼龙雨裤的沙沙声。多诡异啊，就好像我们正在一个小小的发光气泡里，踩着车穿越虚空。我们很快来到了平常很繁忙的石鱼口高速公路边，它现在很安静，只有一些幽灵般的 18 轮巨兽缓缓往陡坡上移动。我们从石鱼口的出口匝道拐上了公园车道，转而朝南骑，到 5:15 时四周只剩下了我们两个人。神奇的是，雨停了！耶！太棒了！

我们向南骑去，在黑暗里静静地滑行。黑暗里山茱萸花竟然会发光？它们灿烂的白色花瓣列在路两旁，指引着我们的方向。不，等等，那不是花瓣，甚至根本不是花朵的一部分，我现在回想起来了，我最喜欢的大学课程之一教过——弗吉尼亚艳丽的州花并不是花朵，而是被称为“苞片”的 4 片特化叶。那明亮的白色大概是为了吸引传粉昆虫来领取它们的奖赏：不显眼的小花朵被白色苞片包围。这很特别，和鸟儿一样，山茱萸也是悠久时光中的幸存者。

雨水冲刷过后散发的馥郁香气，是樱桃鲜明的芬芳吗？山茱萸没有气味——扬基烛业*没有称为“山茱萸”的香型，但是有“野樱桃”香型。如此馥郁、如此浓烈，空气的成分里似乎至少有两分是花香，还有两分氧气，以及八分氮气。

还是很安静……直到有一声踌躇的*次威*刺穿了静默，是一只东唧鹀。我用右手摸索着左手腕的袖子下面，摁亮手表，向左侧车把俯身，瞄了一眼时间。5:25，离日出还有 45 分钟。这一声鸣叫感染了周围，现在路边的每个灌木丛里似乎都迸发出了*次威*声。不到一分钟，我先是听到了一支柔弱的歌，然后是

* 扬基烛业，Yankee Candle Company，美国香蕉蜡烛、烛台、配件和餐具的制造商及零售商。

一支响亮的歌，很快整丛灌木都唱起来了，***饮－酒－契——***，两个强有力且清晰的开场音符之后跟着一系列急促的重叠音符。鸟儿们进入状态，先是把一首歌重复了几次，很像是他们在天光大亮后的唱法。不过暖场这就结束了，无拘无束的欢唱现在开始。左上方，我听到一声***饮－酒－契——***，声调顺序是高－低－高。接着还是同一只鸟，唱出了完全不同的模式，一声低－高－低的***饮－酒－契－契－契－契－契－契***，歌中“***契***”的部分每个重复段都缓慢又从容。现在我们经过的每只雄鸟都更换着歌曲或歌曲片段，同时还穿插着***次威***的鸣叫声。东唧鹀以如此疯狂又出人意料的形式表现出了他们对黎明的热情。

东唧鹀

“全都是唧鹀，”我对戴维喊道，和他分享细节，“东唧鹀，因为他们外表华美，也曾被称为棕肋唧鹀。或者就当他们是更大更漂亮的麻雀，‘唧鹀’（towhee）这一命名来自其叫声。后面还有很多很多鸟。这太棒了！”

威威威，棕林鸫醒了，听起来和平常一样骚动不安，很快他们也唱起来。有了下层植被中的唧鹀和上层树冠中的棕林鸫，整条公园车道都醒了！蓝岭峰顶，骑行在这条天空之中的偏远公路上，东边和西边山谷的喧嚣在半英里下的遥远深处，我们和鸟儿此刻占领了这条穿行于天堂中的狭窄车道。

东唧鹀
（Eastern towhee）：
一只苏醒的唧鹀，先叫着***次威***，然后唱歌，还有一只丘鹬（woodcock）在上方表演“空中舞蹈”
（35，3:14）

棕林鸫
（Wood thrushes）：
锐利的***威威***音符，来自正在苏醒（以及正要栖息）的鸟儿
（36，4:50）

平嗯！右边空地上传来一声带着鼻音的简单叫声，这是一只丘鹬在他的表演地界里卖弄自己。***平嗯！***……***平嗯！***……***平嗯！***这只有着超大号鸟喙的圆胖涉禽每隔几秒就叫一声，这边走走，那边走走，向四面八方的雌鸟表现自己，然后他沉默了。5分钟后我听见他飞到我们头顶，每一次拍打翅膀，风都穿过其特别的硬羽，发出啸响。他的声音消失在远处，但15秒后又回来了，翅膀呼啸着，同时在高高的天空中咯咯地叫着。“听到上面那只丘鹬了吗，戴维？他是一种古怪的涉禽，就像是矶

鹨搬进森林里，还能在高空中唱歌。”丘鹨静默不语，重归地面，然后……当然，他在我们身后又重新开始唱那首地面之歌***平嗯！***了。毫无疑问，他肯定又回到之前那块特别表演区了。

威－普普－喂 威－普普－喂 威－普普－喂。左坡上方，三声夜鹰在长满青草的路肩上歌唱。“威－普普－喂”，戴维很有自信地用自己的声音叫着。

三声夜鹰

三声夜鹰
(Whip–poor–will)：
在公园车道上一路震撼着黑暗，每秒一段歌
（37，1:33）

他（不是戴维，是鸟儿）继续叫着，***威－普普－喂 威－普普－喂 威－普普－喂－威***……我们吓了他一跳，他唱到一半便停下了。等我们踩着车经过他，便听到他又在身后另一侧路边毫无阻碍地继续唱起来。前方还有两只三声夜鹰分占路的两侧进行对决，远处还有更多。我们踩着单车穿过，稍稍打扰了一下他们的演出，他们暂时休战，等待眼前奇怪的两轮兽离开。

唧－步儿。***唧－步儿***。在右边树上的高处。“听”，我对戴维喊道：“听到了吗？***唧－步儿***，一只猩红丽唐纳雀。这是他刚醒来时的唱法。”就好像他有点起床气，相似的有东唧鹀的***次威***声、棕林鸫的***威威***声以及知更鸟的***啧***和***匹克***声。这些音符在白天使用时，多是因为这些鸟儿被某种事物打扰。我想象着他在树冠上，喉咙鼓胀着发出***唧***，再发出***步儿***，他的尾巴就像是要从张开的鸟喙中迸出每一个音节。很快他就将唱出他犹豫而散乱的黎明之歌了，每隔几段歌曲他就会插入这种鸣叫声。等拂晓狂欢结束时，他将以每10～15秒一次的节奏唱出生气勃勃的四段式或五段式歌曲，与现在的歌曲完全不同。

猩红丽唐纳雀

猩红丽唐纳雀
(Scarlet tanager)：
在黎明之歌里，他在***唧－步儿***的叫声和一些唱腔缓慢的乐段间切换
（38，2:21）

“太多了！”戴维喊道，“我能听到他们所有的叫声，但是跟不上，记不住哪只鸟是哪只。来一只新的

鸟就会把旧的那一只踢出脑子。”

我的鼓励被下坡时的风声吹得七零八落，车速加快，风于耳内呼啸，盖过鸟儿的乐声。我捏住刹车，把车速降到每小时 20 英里，以便更好地享受歌曲而非速度。戴维则飞驰向前。

一只棕顶雀鹀在右方地面上滔滔不绝地演唱，另一只，又一只，现在左右两侧都响起乐声，开阔草地到处都是这些地面上的黎明歌者。我从他们的声音里听出了多少变化啊，虽然每只雄鸟只有一支歌，但它是从这些东方雄鸟能唱的 30 首左右的不同乐曲中选出来的。此刻，这 30 首歌大都被唱响。

我们又慢慢爬上一座小山，我用力蹬到戴维身边：“嘿，物理先生，如果我以每小时 20 英里的速度经过一只以 3000 赫兹频率唱歌的鸟，那我接近以及离开鸟儿的表观频率是多少？”我应该从为他念完斯坦福大学所花的大把钱里得到些回报，对不对？物理学是他的大学主修专业，不过他去读斯坦福的真正原因是为了极限飞盘，他去年是全美冠军 SMUT（斯坦福大学男子极限飞盘队）的队长。“我猜你明白多普勒效应*是怎么回事。”我对他点点头，脑子里戏耍着一些数字，试图领会刚刚经过棕顶雀鹀时听到的鸣唱。

让我们瞧瞧……我想，要判断闪电的距离，就要知道雷声在 5 秒内传播了大约一英里。5 秒一英里也就是每分钟 12 英里的音速，或每 60 分钟（每小时）约 720 英里。我每小时前进 20 英里，大约是音速的 1/36 或 3%。这些数字在我脑袋里流动得太快了，快得让人无法相信。但如果我是对的，那么我接近鸟儿时听到的频率就是 3000（1+3%），离开时听到的是 3000（1−3%），从 3090 赫兹降至 2910 赫兹。是的，由于多普勒效应，我听到的棕顶雀鹀鸣声的差别，差不多相当于钢琴最右侧两个毗邻琴键的音差。戴维骑着单车，显然没有察觉此间表演中宏大的物理学原理。

田雀鹀？是的，好极了！“戴维，左边空地上方，记得几天前莫尔文高地上那些‘弹球’田雀鹀的歌吗？这一只在唱他的黎明之歌。”就好像他憋了整

* 多普勒效应：声源与观测者在相对运动时，观测者所听到的声音频率会发生变化。当声源离观测者而去（或观测者离声源而去）时，声波的波长拉长，声调变得低沉；反之，声波的波长缩短，声调就变高。——译者注

晚的能量终于在拂晓中爆发，他唱着四段式的***替替替替替替替式式式式式 提提提提提提提 岁岁岁岁四喜***，有一点儿像两首日间歌曲的拼接，不过是反向的，每一段都从半中间开始减速而非加速。“再听，他的歌曲一直夹杂着细小的鸣声，我都不知道田雀鹀会这么唱。”

我不可避免地听到了两种雀鹀的故事，棕顶雀鹀和田雀鹀。他们是近亲，都属于雀鹀属，都有相对简单的日间歌曲，唱起来像是一点儿也不着急或是没有多少热情，但我刚刚感受到了他们在拂晓时的活力。雄性田雀鹀有一支奉献给黎明的特别的歌，长度是日间之歌的两倍，并且显得非常急促，中间还夹杂着狂乱的细鸣声。拂晓时，棕顶雀鹀同样精力充沛，不过所唱的歌和日间是同一首，他几乎一直都在编排他那像在打机关枪一样滔滔不绝的黎明之歌。诚然，两种雀鹀都以自己的方式完成了工作。

田雀鹀
（Field sparrow）：
在复杂的黎明之歌中夹杂着狂热的细碎鸣叫
（39，2:00）

我们重新踏上山路，就顺手给车子降了一挡，万幸，买车时早已考虑到陡峭的东部山峰需要最低速挡。我向下瞟了一眼前轮的 3 圈牙盘，记起它们分别有 22 个、32 个、44 个齿，后轮轴的九速飞轮上有 11 ~ 34 个齿，共计 27 种齿轮组合。我现在调到了最低挡，速度大约 10%，用的是前轮最小的牙盘和后轮最大的飞轮，于是我的腿流畅地将 270 磅 * 重量运上山峰。

早春，我曾在训练时回答那些不骑单车的朋友们经常问的问题：“是的，实际上我会用到所有的挡位。”作为一个对研究数字成癖的科学家，我已经把它们都弄清楚了。当我从后轮的某个飞轮切换到下一个飞轮时，齿会产生 13% ~ 18% 的微小改变。前轮的 3 个牙盘会有更大的改变，跨度为 37% ~ 45%。你不可能从最低挡开始一步步切换到第 27 挡——这些齿轮不是这样工作的。相反，调整挡位不需要想太多，先在前轮的 3 个牙盘中选择一个，感受后轮的 9 个飞轮为你提供的切换范围。平坦地区，从刹停飙到每小时 15 英里，会用上

* 1磅≈0.45公斤。

3 个或 4 个齿轮组合。爬坡的秘诀是趁早换挡，这样腿就能以相同速率保持动作，踏频是每分钟 80 ~ 85 转。

我朋友桑迪的想法让我大笑了一场。这些齿轮让他纠结万分，以至于对电视上的某条午夜广告一见倾心，买了一辆自动换挡的自行车，这样就不用为它们困扰了。但那辆单车是个灾难，换挡装置根本没用。他很快就把自动挡单车转手给某个毫无戒备的陌生人，后者也梦想着骑上一辆不需要知道如何换挡的单车。

现在我慢慢地骑着，车速低至每小时 3 英里，我听着车座轻微的嘎吱声，每踩一轮踏板就响两声；我的呼吸声，沉重但是稳定，没有气喘；轮胎在路面上流畅的滚动声，时不时碾过某些沙砾发出嘎吱嘎吱的响声；充分上油的链条流畅地滑过传动齿轮的声音；还有儿子的声音，他正在我前方向山坡冲锋。完全没有内燃机的任何声音，因为这条车道上只有我们两个人与四周鸟儿的交响乐。我们的移动速度缓慢到能够倾听***一切***；还有我的思考，我知道不会比现在更多。

小丘鹬

栗胁林莺

我们滑行着，而后在路旁的一团东西边上停下。"一只丘鹬。"我下了车，把单车靠在腿上俯下身，轻抚这只躺在路上毫无生气的生物，我们已经经过很多这样在路边死去的动物了。我以为丘鹬都是胖鼓鼓的，但这羽毛下冰冷僵硬的躯体感觉是如此单薄，它的鸟喙甚至比我认知中的还要长得诡异。我展开它又宽又圆的一只翅膀，翻看着飞羽，把最外面的 3 根主翼羽指给戴维看，它们比其他的羽毛要短很多，并且硬很多。"主翼羽相当于翅膀上的'音箱'，当丘鹬空舞求偶时，翅膀每扇动一下都会在风中发出呼啸声。我们几分钟前刚听到过。"

转移我注意力的是一首熟悉的歌，从路对面的小灌木丛里爆发出来。他再度开腔，这首歌以半秒为单位逐级叠加，而后以一个爆发性的灿烂重音结尾。它是栗胁林莺的日间歌曲，熟悉又好记的***这里 这里 这里 这里 维－维查***。他又开始唱了，另一只鸟在前面一点儿开唱，又一只，全都是***维查***之歌。这个早晨，整条车道上我都完全没听到他们婉转的拂晓之歌，真古怪。“时间和地点，”我想，“这些鸟儿正在告诉我什么？”是的，就是这个——现在是5月初，这里是阿巴拉契亚山脉高处，这些森莺从美洲中部抵达此处才第一周，他们起得很晚，将近日出才开始唱歌，于是就直接用上了他们的日间求偶之歌，也就是我们现在听到四面八方的***维查***之歌。只有雌鸟抵达，伴侣们适应了繁育模式后，雄鸟才会在黎明大合唱中唱起对决之歌。

栗胁林莺
(Chestnut-sided warbler):
日间吸引配偶的维查之歌
第1只（40，0:41）
第2只（41，0:37）
第3只（42，0:27）

真让人满足——了解这些鸟儿……在马萨诸塞州西部伯克希尔山中的数年间我花费无数的早晨研究他们的习性……从密歇根州到明尼苏达州，从阿巴拉契亚山脉向下到弗吉尼亚州，在他们的领域里搜寻他们……发现每一处的雄鸟唱的***维查***之歌都是四五首不同的习得版本之一，并且没有本地方言版，就好像所有雄鸟都一丝不苟地唱着所有雌鸟想听的讯息；与之截然相反的是，相邻领地的雄鸟分享的对决型黎明之歌是小小邻里空间中尤为独特的存在，其曲式包含了整个繁育领地里的无数小方言……与森莺的每一次新相遇和新发现逐渐累积，每一次累积的体验都比前一次更丰富……此刻于公园车道上的相遇，仅仅几首歌就引发了原本潜伏在脑海深处记忆的雪崩。

这个季节稍晚些时候将能听到的狂热的黎明之歌
（43，3:18）

栗胁林莺又点亮了另外一层记忆，为什么我如此热切地想要在弗州阿巴拉契亚山脉上骑行：这道古老的山脉是空间里的一道皱痕，海拔更高的区域，几十种北方鸟类都将他们的繁育领域延伸到南方深处。我向往着能够听到故乡新英格兰地区我熟知的鸟鸣声，向往着在新地区与老朋友们一起重新认识自我，相比于在新地区找到新鸟类，这样的体验更让我觉得满足。

我们又在下坡了，加速，飞驰着经过另一位站在路边的骑手。是吉米！**“嘿，吉米！”**我们互相热诚且迅速地打了个招呼，呼啸而过。我们第一次遇见吉米是 3 天前，那时他正沿路推着单车，于是我们停下来聊了聊天，知道他从约克敦骑车启程前往加州某处。一天后，我们在夏洛茨维尔附近又碰到正在步行的他，而昨天遇见他时他正坐在怀特霍尔一家小店门外。然后是今天早晨，他***又在推着单车走路***，这附近有一个车道访客中心，他可能是在那里过的夜。

我们喜欢吉米的风格，和我们完全不同。他没有抢眼的高科技单车头盔，而是戴了一顶柔软的暗色宽檐帽来遮挡阳光；我们的曲形低车把是为了提升空气动力效率，而他的车把又高又直，仅为舒适而设计；我们优选的踏板上有夹子，特殊的单车鞋上有防滑钉，防滑钉勾住夹子就可以将脚固定在踏板上，使骑行效率最大化，在踩下一边踏板的同时把另一边往上提，而吉米的踏板只是简单的平踏板，他的鞋子是普通的休闲鞋，整体风格单纯得就像任何一个刚开始学车的孩子；我们穿着导汗衬衫和填料弹力纤维短裤，而吉米穿着一件 T 恤衫和蓝色牛仔裤；我们觉得旅行负重已经相当沉了，但吉米的 4 个驮篮甚至比我们的更大，他的前后行李架上堆满了装备；我们在静默中骑行，听着周围的世界，而吉米的收音机高高地安放在他前面堆着的东西上，放着他喜欢的音乐。无论我们何时见到他，我们都在骑车，他都在走路，然而他总是跑到我们

前头。等到吉米远远落在后方，我们俩都大笑起来，问道：“他是怎么做到的，永远都在走路，可是永远都在我们前面？”

前方，路右边的树冠高处，我几乎可以肯定那是我听过的新南区森莺的声音，黄喉地莺。野外指南里描述道：“清晰递降的哨鸣，最后一个音符升调，***叽酒－叽酒－叽酒－酒－吐威***。”他的哨鸣声如此纯净，如此有穿透力，比我期待的还要美。不过这种森莺让人感到困惑。那些最了解他们的人声称每只雄鸟都只有一首歌，但是他的近亲们的曲库里都包含两首歌，一首专门献给黎明，一首用于日间求偶，我们从草原林莺和栗胁林莺那里听到过。也许黄喉地莺和他的近亲一样，也曾有两首不同的歌，但进化途中不知为何遗失了其中一首。接下来的几周，我将仔细倾听这些有黄色喉咙的森莺，因为他们将一路与我们为伴，直至穿越密苏里州的森林。

黄喉地莺（Yellow-throated warbler）：悠闲的日间鸣唱，清晰且温和递降的哨鸣，末尾声调升高（44，2:00）

现在，太阳从左侧山脊上露出了一线光芒，我们停下来远眺，那一望无际的山川溪谷向西方蔓延而去，这景色让人惊叹，而头顶上的两位歌手让一切景致变得更加甘美。晨光直射之处，空地边缘一棵橡树高处刚刚萌芽的红色嫩叶里，有两位极其显眼的歌者，一只是靛蓝色的，另一只是黄色的。靛蓝彩鹀唱出四段成对的短语，全都甜美又利落，音高和强度都渐渐减弱，***摇摇救救呦呦扬扬飞呦***；[2]紧跟着的是黑枕威森莺优雅圆润的哨鸣，以重音结尾，***塔威 塔威 塔威 提－欧***。在一次略微有点漫长的停顿后，靛蓝彩鹀再度领唱，黑枕威森莺则立即跟上。两分多钟的时间，他们唱了 13 首对歌，黑枕威森莺总是顺从于靛蓝彩鹀，等着轮到自己时再唱。只除了其中一次，靛蓝彩鹀停顿的时间比较久，足以让黑枕威森莺额外挤进一首歌。

靛蓝彩鹀（Indigo bunting）和**黑枕威森莺**（Hooded warbler）：轮流鸣唱，不过控场的是靛蓝彩鹀（45，2:00）

一阵翅膀的旋风中，一只暗色的鸟儿闯入此间，打断了歌唱。黑枕威森莺匆匆撤退，新来者的歌声如此高亢、单薄又尖锐，这是一只橙尾鸲莺，他切换着两首不同的歌，似乎在为什么事情而激动。***叽嗒 叽嗒 叽嗒 叽……桀特 桀特 桀特 桀特 桀特……叽嗒 叽嗒 叽嗒 叽……桀特 桀特 桀特 桀特 桀特***……如果这是他例行的日间演唱，他会一遍又一遍地唱一首歌；而如果这是他真正的黎明模式，他则会在这两首歌里强势加入细鸣声。目前来看，他的情绪似乎在这两个极端间摇摆。

我们继续往前骑，上坡，然后下坡，只为了再度上坡。一只森莺，更明确地说，是一只北森莺，我们听到的是北森莺东部方言版的日间歌曲。“戴维，”我喊他，“听听这个。”他在我旁边停车，略有期待地看着头顶的树木。“据野外指南的描述，这是一种很漂亮的鸟，并且有着迷人的故事*。他的背部是蓝灰色，喉咙是黄色，覆羽色带是白色，胸部是铁锈色，非常引人注目。听听这里对他歌曲的描述：‘单薄，急速连发的颤音，持续升调，然后在末尾突兀地中断，***兹－兹－兹兹－兹兹伊伊－呀***。’我们从约克敦开始就经常听到他的叫声，甚至一整天都能听到，***直到***我们抵达肯塔基州的某个特殊地点。在那里，由于某种神秘的原因，这首歌会变成西部方言版，而指南里对这首歌的描述只有一半是对的。你的工作就是听听这首歌什么时候发生变化。”他像是很感兴趣，倾听得更专心了。“路对面还有一只，”他指出道。我想他明白了，看看这种兴趣是否能持久吧。

北森莺
(Northern parula):
一只东部鸟儿的日间歌曲
（46，1：55）

呱啊……呱啊……呱啊……半分钟左右的时间里，就这 3 声，3 声明确无误的、低沉沙哑的***呱啊***声。他黑色的身影在左边山脊的上空翱翔。“谢谢你，渡鸦先生。”我扭头喊着，朝这只智力非凡、词库惊人的鸟儿斜了斜头盔。我发现自己和这些鸟儿交谈的次数越来越多，称赞他们漂亮的歌喉或是漂亮的故事，或者像感谢渡鸦一样感谢所有鸟儿。他在我们的蓝岭之旅末尾出现，只为了宣告他的存在，并引发我关于渡鸦的记忆。在东部，他也是那些偷偷溜下阿巴拉契亚山

---

* 作者在骑行过程中，认为每只鸟儿的歌谣都是在讲述他们自己的故事，可以将其理解为鸟类动人的歌曲。

脉，于南方的弗州筑巢的北方鸟儿之一。不过到了落基山，我们很快就会失去渡鸦的踪迹，不再能听到他们的叫声。

我想逗留在这公园车道上，想飞速滑下那些长长的斜坡，想爬上更多的山丘以听到更多的故事，但是快到中午时，我们已经从阿夫顿附近的石鱼口朝 56 号公路方向骑了 27 英里。我们一直慢慢地移动、停顿、倾听、采集，而现在，我们要转道向西，离开公园车道，进入谢南多厄河谷。清晨唧鸦们在发光的山茱萸里发出第一声***次威***似乎已经是几年前的事了，一路上，成千上万的鸟儿奉献了他们的鸣声。我知道我们将在东边再次攀爬到这样的山岭中，罗杰斯山——弗州最高峰，那里将有更多的北方鸟类倾诉他们的故事，给我带来安慰。

回想起两天前在肯特栈区里联合卫理公会教堂外面看到的标识，我不禁笑了起来。“伯德礼拜堂。期待自我变革。”阿门，没有什么东西能比鸟类保护区里的这样一个早晨更加震撼人心了。

第5章　弗吉尼亚高地
A VIRGINIA HIGH

第9天，5月12日：弗吉尼亚州，威斯维尔至罗杰斯山

西风，时速*20*英里，阵风可达时速*36*英里。天气预报先知道。而早上5:25，距日出还有50分钟，我们已经点亮前灯柱和闪烁的尾灯，去感受每一阵逆风了。此时，我们离开威斯维尔，今天的目的地是罗杰斯山。

3天前，我们拐下蓝岭，进入谢南多厄河谷，抵达列克星敦。我们两个北方人对骑行指南上游客中心的位置很是困惑，因为这里明显还在进行内战。在“石墙”杰克逊医院的急诊室里，我左胫骨上的红肿被诊断为蜂窝组织炎，医生让我“歇一歇”。虽然我们曾希望每晚都睡在户外，但我们接受了计划失败，在汽车旅馆订了个房间。“睡睡汽车旅馆的床”也不错，接下来的几周，我们可以哪里方便睡哪里了。

第二天，我们无视了急诊室“歇一歇”的建议一大早就出发了，骑行92英里到克里斯琴斯堡。我们在城市边缘欢呼起来，因为有一块广告牌宣告这座城市是一个鸟类保护区，而另一块广告牌逗乐了我们，它为喇叭鸣响规定了含义：一声是“谢谢”；两声是“请”；三声嘛，哦，是“见鬼去吧”。

昨天，我们骑了55英里抵达威斯维尔。上路已有8天，我们发现自己每过一天都变得更强壮一点。

漆黑中，我一边顶着凛冽的风骑行，一边对戴维大喊："我们为什么要这么干？"这话只有一半是在开玩笑。

"我这么干是因为你这么干，"他喊回来，"这是你的主意……好吧，事实上，我是为了自行车。"

这话我之前就听过了：如果我给他买一辆很棒的单车，能满足他接下来好几年的需求，那他就和我一起骑行横跨美国。但我觉得连他自己也不知道最后会变成什么样，不过他的确说过要从他旧金山湾区的家里骑到南美的最末端去，一路直抵火地岛。[1]

对我来说，这旅程的意义远远不只关乎鸟类。在《父亲与海》的序言里，我读到过针对"***为什么？***"这一问题的简明答案。父亲阐述他为什么想绕合恩角航行。他需要"为这见鬼的世界提升他的个人及专业界限"[2]，为了"再次新生"。从职业角度说，我是一个深陷某生物系所的教授，那里崇拜细胞、基因和分子，但最崇拜的是金钱。我得到的教导是："只要我们拿了足够多的经费，你就没必要浪费时间去教书。"我的研究生导师喊着："为了得到我想要的，我乐意变成一个混蛋！"我对此满心绝望。

所以我离开城镇，加速消失，只对一些好友说了我要去哪儿。邮件和工作短信全都保持原封不动的状态堆积起来。3 个月，我要更了解我是谁，我为什么是我。如果有人***真的***需要我，他们会致电家中，消息会被转达给我。在此期间，我要振作精神。

另外，非常简单的是，我渴望能礼赞生命，以一种简单、纯粹、没有杂质的方式，甩掉生命中几乎所有的职责数周，揭开生命的本质，单纯地睡觉、吃饭、横越大陆。而这一切都将发生在"鸟类礼拜堂"，自我变革必然发生。我还和我的儿子在一起。这就是天堂，我对自己说：一辆好单车，开阔的公路，优秀的同伴，鸣唱的鸟儿，还有偶尔刮来的逆风，为我提供领悟。

最终，在努力拼搏了 28 英里，离我们的目的地只有 17 英里的地方，风奇迹般地停了。路右侧竖着一块巨大的木牌，宣布这里是罗杰斯山休闲区，而我们踏进一个听上去像魔法森林的地方，到处都是歌唱的***森莺***。我们仍然在爬坡，但我感觉仿佛正飞向山顶，森莺们拽着我，风也不再将我往下推。***济-济-济-济-族-济伊***——这是黑喉绿林莺，同一音高的几个***济***，接着一个较低的***族***，然后是更高、更长、更有振动感的***济伊***。还有他血缘最近的亲族，黑喉蓝林莺***这 这 这 济伊***——彼得森[*]的“***就是要闲谈***”，这首慢吞吞的、带着颤音的歌曲在最后一个音符升调。路边的一处小空地，一只栗胁林莺宣告着***这里 这里 这里 这里 维-维查***。另一只黑白苔莺说着高音、单薄、交替起伏的***维西-维西-维西-维西-维西***。还有一只橙尾鸲莺，他的***七 七 七 七喂***尖锐刺耳，但没有黑白苔莺的声调高，这首特别的鸲莺之歌在末尾向下降调。一只橙胸林莺——***伊欤 伊欤 伊欤 伊欤唧***——比黑白苔莺的更尖细、更高，最后一个音符的声调如此之高，以至于我几乎捕捉不到。一只蓝翅虫森莺，第一个音符听上去像在吸气，第二个音符像在呼气，***哔-布兹***——还有更多的鸟，这些唱歌的雄鸟可能全都刚刚从他们热带的家中来到这里，都唱着他们日间吸引雌鸟的歌，没有哪一只在唱他们对决性的黎明之歌。“戴维，在约克敦时我就和你提到过这些森莺！听听他们所有的声音。”是的，***这就是***天堂。

我还听到了灶鸫的声音，***忒-忌恶 忒-忌恶 忒-忌恶 忒-忌恶***，响亮又有力，对一只体型这么小的鸟来说，渐次加强的双音节简直音量非凡。“灶鸫没有黎明歌曲，”我对戴维喊道，“只有这首***忒-忌恶***之歌，不过他们有一首神秘的夜半之歌，他们会在高处唱它，有时候甚至远高于树顶。”

橙胸林莺

黑喉蓝林莺
(Black-throated blue warbler):
一首慵懒的升调***这 这 这 济伊***，节奏如此不紧不慢（47，1:46）

灶鸫
(Ovenbird):
雄鸟的***忒-忌恶，忒-忌恶***版本，第一个音节不予重音（48，2:00）

中午，越过阿巴拉契亚山道，来到罗杰斯山脚下，我们横贯大陆的北美单

---

* 罗杰·彼得森（Roger Peterson）：美国鸟类学家、博物学家、艺术家及教育家，也是20世纪环保运动奠基者之一。——译者注

车之路和徒步攀登这条2200英里山道的远足者的旅程交叉。有两个徒步旅行者正停下来吃东西，他们自称萨西和科迪亚克——这是开始远足*之前*仔细选择的做运动时的昵称，这样山道上的其他人就不能给他们取个不好听的外号，比如鼻涕火箭、泥屁股、恐惧症或汗屁股。戴维和我意识到，在别人给我们取外号之前先选个昵称可能是个好主意。但创意和疲惫总是互不相容，我们回头再搞定这事。另外，我们在路上已经第二周了，还只见过一个单车手——吉米，他现在可能正在我们前面的某处走路。至于我们什么时候会开始碰到向东的骑手，我估计那得是深入怀俄明州后的事。

13:00，我们在格赖恩斯通野营地搭起帐篷，里程计显示我们才骑行了45英里。午餐是花生酱和果冻三明治、百吉饼和乳酪、一根香蕉以及无花果条。餐后点心是一根银河巧克力棒，然后再来一根。下午我们休息，徒步爬了一段山道。晚餐我们回顾至今为止的骑行旅程，列出了一些亮点（我同意把鸟类撤出这张清单，至少现在是这样）：

1. 首日骑行后，詹姆斯河上的野营地。

2. 海蒂和赛克尔·埃德——他们挽救了我们的第三天，让戴维的单车能重新上路。

3. 吉姆——在我们出发的第二天，他邀请我们到他后院露营，还有他精美的早餐，以及我们单车骑手间的情谊。

4. 弗州乡野和战场。

5. 蓝岭——荒僻又无垠的风景（还有鸟！），开阔了人的精神。

6. 比利·赖斯·史密斯——这家伙正在路边遛他的狗，当我们停下来和他攀谈之后，不知怎么的，他很快变得像一个老友。他的名字不是我在新英格兰熟知的史密斯，而是“史密——嗯斯”，拉长到两个音节。他住在列克星敦和天然“石——嗯桥”之间，他解释说，那是世界自然奇迹之一。他有关于各种山雀、小雀、火鸡、鹿、熊、鹌鹑、乌鸦和其他野生生物的故事，他说到自己如何在清晨的床上透过打开的窗户倾听它们，然后总结："太多人不听鸟儿的声音，真是遗——嗯憾。"是的，比利·赖斯，那真是个遗憾。

比利·赖斯·史密斯： 用他优美的当地腔调说："我爱……所有的野生生物……看着它们，倾听它们……"（49，4：10）

7. 我的手表闹铃——它被设定为每15分钟响一次，提醒我吃饭喝水，让身体跟上节奏。

8. 黎明时花朵的浓香——它们是什么？忍冬？樱桃？野玫瑰？也许所有，还有众多其他花朵参与了这场恣意狂欢。所有气味都是植物们的交易，它们毫不羞涩地用食物换取性，引诱授粉者靠近花朵。还有鸟儿，每天早晨，我们都沉浸在雄鸟的日出前大合唱里，他们在寻求性，而关注这事的雌鸟作为隐秘的听众，鼓励着所有鸣唱，以帮助她们确认相配的雄性。是的，性无处不在，奔放的、毫无界限的性。我几乎以为教堂外面的标示会宣告已进入春季紧急状态，禁止享受由这些放肆的性欲产生的芬芳与声响。

9. "还有你，"我对戴维说，"和你那天中午在卡托巴休息站倾听歌带鹀斗曲时的样子。"那时我要他听一只歌带鹀的歌，后者当时的歌以两三个刺耳的音符开头，以一系列相当优美的哨音结束。我听到戴维无力地咕哝了一声，他躺在草地上，闭着眼，所以我只能说他可能是在听。歌带鹀一遍又一遍地唱着这首歌，而当他切换到另一首歌时，戴维吓了一跳，问："哇啊，那是什么？"然后我们又听了3批完全不同的歌，直到小鸟陷入沉默。"你正在领悟这种倾听，让我印象深刻。"

歌带鹀（Song sparrow）： 唱了半个小时，用了他所知的9支不同的歌（50，32:57）

10. 欢迎来到威斯维尔——来自一名律师，他的两只狗正用力地拽着项圈。他走过时我们刚刚抵达，正瘫在社区活动中心外的草地上。他是个外地人，因为结婚而迁居到这里。最让我们好奇的是他的腔调。一个人能用多少种方式说出相同的3个词，而使它具有极其不同的意味？我想某一种极端是本城的市长用这3个词夸耀这个绝妙的地方时展现出的自豪感，他的***"欢迎来到威斯维尔"***热情洋溢，让你想要永远留在这里。然而我们的朋友送出的是不同的信息。他用的词是一样的，可是它们现在听起来更像是低声的抱怨，是对别处的渴望，意思几乎是只要不是这里哪里都行。让我想起了哥斯达黎加的一个乡村，它的名字直译出来是“没什么比这更糟”。

我们已经习惯了人类话语中的微妙之处，如果人类只能识别单词而不包括声调，那将错失日常对话里的无数信息。我们所倾听的鸣禽一定也是如此，他们在发声时调配着信息，但调配的方式过于精妙，以至于我们无法得知。也许我们能够识别他们的词库，比如一只歌带鹀有 8 首不同的歌，或是棕林鸫的 4 支序曲，但是，其中肯定有重要的信息，超越了单纯的“词”。

戴维给我看他写在日志里的话：

在我父亲的世界里，一切都非常严肃。一切都有一张带勾选框的清单。这次旅行的每个条目都经过了预先准备，仔细商酌，放入清单，权衡、再度思考，用魔术贴卷好。我完全没有做计划……我父亲总是在他的脑子里检查备忘录，思考需要采取的预防措施。这挺好的，只不过它们取代了有趣的念头。

我对此略做反省。他是对的，人生里如果没有这么多雨伞和降落伞——更像他会用的词——那我会觉得更加自由。但我也告诉自己，关注细节自有它的好处。诚然，我们俩非常不同，同时我可以从他身上学到很多东西。在路上共度两三个月应该是个不错的开始。

一天若是开始得早，那也会结束得早。离日落还有很长时间，而我已经在帐篷里了，望穿秋水地想着海拔 3700 英尺的我们与 5729 英尺的罗杰斯山山巅之间 2000 英尺高度中所有的北方鸟类。我在《弗吉尼亚观鸟指南》[3] 中读到过这些特别的鸟，拂晓时我能听到其中的多少呢，此刻仍然是个未知之谜。

第 10 天，5 月 13 日：弗吉尼亚州，罗杰斯山至罗斯代尔

4:30，我已经起床。虽然离日出还有近两个小时，但我不想错过罗杰斯山东部至高点上的任何东西，***但是真的的的是是是很冷***[*]，只有 30 华氏度[†]出头，甚至可能只有 20 多华氏度。我裹上了所有衣服，包括雨衣，在营地里大步走路，绕着圈，听着一切动静。

4:36，棕夜鸫已经歌唱。***居然在这个时候***。或者他们可能于近乎满月的夜里零星唱了一个晚上。一只棕夜鸫。多棒呀，今早的第一只鸟就是那些弗州能发现的北方鸟类之一，不过他们只在较高海拔出现。我走来走去，听着***维伊……维伊***，是棕夜鸫的叫声，但接下来的一个小时，我没有听到其他鸣唱声。

棕夜鸫
(Veery):
在弗州屋脊上，一系列的鸣叫和歌曲
（51，2:03）

5:39，我看了看手表，有更多棕夜鸫开始歌唱。曾有人告诉我棕夜鸫的歌曲储备丰富，而且总是要把某一支重复几次再换成另一支歌。一点儿都不像鸫鸟的风格，我想，他们和棕林鸫的歌唱方式完全不同，和此刻可能已在罗杰斯山高处唱歌的隐夜鸫也完全不同——这两种鸫鸟依次替换的歌都***极为不同***，就好似让紧接着的两首歌呈现高度反差是一件很重要的事。我听着棕夜鸫的歌声，专注于每一首歌，熟记它的模式，然后将它与下一首进行对比。我推测他用了 3 首不同的歌，轮换的模式是 ABCABC。真令人着迷。这些鸟儿与他们堂表亲的差别可能没有我想得那么大，不过他们的曲库确实相当小。

5:45，***啾 啾 啾 啾 啾***……营地旁的杜鹃花丛中传出鸣声，先不论他是哪种鸟儿，但生物正在苏醒。半分钟内，他每秒发出两三声啾，就像喷吐着子弹，然后在一首混乱大串烧的歌曲里截出很短的一段来唱。是的，是一只***加拿大威森莺***。难道我还能要求出现一只比他更具北方特色的鸣禽吗？

---

* 牙齿打着颤音说的话。

† 摄氏度＝（华氏度−32℉）÷ 1.8。——译者注

加拿大威森莺

啾 啾 啾，然后又是一首串烧，这次的串烧稍微长了点。***啾 啾 啾 啾***，再一首，他嘴里爆发出成串的鸣叫声和歌声，其间无法找到一秒的安静。他的歌令人振奋且急促，每一次噼里啪啦的爆发都是成串的简短音符，一会儿高一会儿低，涵盖整个频谱，没有哪两个音符听起来相似。节奏越来越快，歌曲越来越长，此刻他隔几首歌还发出***唧唧***的颤鸣声，好像***啾啾***不够表达一样。这只 10 克重的小喷火鸟用激昂堆叠着疯狂，仿佛他整晚都越来越紧地被盘成一个声圈，而现在终于可以释放了，于是如急流般倾倒出他的激情和怒火，以冲击其余一切急流。***啾 啾 啾 啾 唧 啾 啾 唧普提－吱威－叽趣－厄里－吱唔－吱伊－啾普里－锥－得－锥 啾 啾 啾 啾***，然后是另一首歌，更多的***啾***和***唧***，又一首歌，而我只能屏着气听着。

加拿大威森莺
(canada warbler)：
离日出还有许久便开始过度激动地鸣唱
（52，2:00）

北美知更鸟
(American robin)：
善于表达的知更鸟正在狂歌，歌中有低音的欢颂、高音的***叽里***，还有鸣叫的音符
（53，15:12）

我在那儿痴迷地站了 5 分钟，然后强迫自己继续往前走，但很快又在一只知更鸟下方停住了。别以为这“只不过是只知更鸟”，他可是一只***知更鸟***！多么超绝的表现力：他唱着惯常的低音颂歌和高且尖锐的***叽里***音符，另外还加入了一些叫声，***啧 啧***和更尖锐的***匹克 匹克***，甚至还有一些音符像是他发现老鹰时发出的警报——又高又薄的鸣声。接着是一长串单纯的低音颂歌，而后换成一长串单纯的***叽里***，如同它们之间极度相抵触般抹消了低音音符。所有音符与歌曲都以极快的速度发出，每秒超过两个单元，听上去令人激动不安。我爱知更鸟！但愿他能为我翻译一下他都说了什么。

右上方的***几哔 几哔 几哔***之歌轰炸了我。是小纹霸鹟（Empidonax minimus）！和各处的小纹霸鹟一样，他唱着最简单的歌，恒久不变。这可能就是著名的鸟类学家弗兰克·查普曼所倾听的那种霸鹟，他曾点评道，或许分派音乐时，霸鹟没有去占个好位置。[4] 走近他后，我听到了另一只，接着还有一

小纹霸鹟
(Least flycatchers):
毗邻而居的雄鸟向对方开炮，发出速射的*几哔*声
雄鸟 1（54，0:56）
雄鸟 2（55，1:05）

只……一共有 4 只，全都挤在人类听力可及的范围内，每一只都在自己小小的领地里唱着*几哔*。我脑海中浮现出他们的分布地图，有一条狭长的区域沿阿巴拉契亚山脉而下，从宾夕法尼亚州延伸到佐治亚州的最北端。很好。

这些鸟儿唱得有多快？一分钟里，最近处的雄鸟演唱了 70 首歌，每秒不止一首，而他的近邻们所唱的歌近乎完美地夹在他的每首歌之间。他们来回地唱着，先是这只，然后是另一只，在每一刹那计时精准地来回交换*几哔*声。他们只偶尔没有达成同步，其中一只鸟在下一首歌之前停顿了太久或是不够久，但是没问题，他们迅速地调整拍子，以及时恢复节奏。

霸鹟（*Empidonax*），多么优美的拉丁名，其字面直译为“蚊子王子”。可我不知道这是因为这一属的鸟儿都像蚊子般体形微小、飞得又急，还是因为他们是最优秀的蚊子捕食者。对我来说，“霸鹟”意味着“由体形微小的捕虫者形成的美妙集体，以其与众不同的歌曲而著称”。我希望能在穿越美国时听到 10 种霸鹟的叫声，此刻的倾听是个不错的开始。

溪流旁边的路边有第二种霸鹟，一只绿纹霸鹟！他叫得很尖锐，是一系列连续的强音*匹*，后面跟着一声爆发性的*匹秀*：*匹 匹 匹 匹 匹 匹 匹 匹秀 匹 匹 匹 匹 匹 匹 匹 匹秀*。他的精力渐渐减弱，到日出时仅会每分钟唱一些*匹秀*之歌。他不是北方鸟类，而是一种东南部的森林霸鹟，住在罗杰斯山侧翼高处。现在，有两种“蚊子王子”肩并肩地在唱歌了。

到 5 月末，另一种霸鹟——桤木纹霸鹟——将在我上方 2000 英尺处的罗杰斯山顶鸣唱。他们将迁徙到接近峰顶的空地上，在低矮的灌木丛中唱他们简单的*斐 – 毕 – 儿*之歌，在他们钟爱的凉爽又稀薄的空气中繁衍生息。他们完完全全是北方的鸟儿，主要繁殖地带从纽芬兰到育空，横跨加拿大，而后深入阿拉斯加，前沿则向南一直延伸至罗杰斯山顶。棒极了，10 种霸鹟中有 3 种正于罗杰斯山中歌唱。

我多想在那山巅听一次北方风格的清晨大合唱啊，在云杉、冷杉、橡树和杜鹃花之间，在他们所筑朝向的巢边，听众多北方鸟儿歌唱。冬鹪鹩用细细的哨鸣音符唱着他们的7秒天籁，奥吉布瓦族印第安人称他们为 **ka–wa–mitti–go–shi–que–na–go–mooch**，意为“这些鸟儿的歌曲无休无止”。隐夜鸫先是唱了一首清澈空灵的歌，接着切换到一首截然不同的歌，几乎算是所有北美鸟类的表演中最出色的一次。黑顶山雀在这片空中岛屿上唱着他们的***衣羽***之歌，歌曲本身很简单，但其音高在一系列频率中不停地切换。我几乎听到紫朱雀柔和圆润的啭鸣；金冠戴菊近乎飞入云端的高音；纹胸林莺的***微啼 微啼 微－提－尔***声；褐旋木雀甜美、精妙、滑润的哨鸣声；斯氏夜鸫螺旋升向天堂的喉音；红胸䴓急促且带着鼻音的***严 严 严***叫声，如同小小的锡质号角号；甚至可能还有绿胁绿霸鹟***咿，喂哟！***的叫声。

桤木纹霸鹟
（Alder flycatcher）：
在罗杰斯山顶的***斐－毕－儿***之歌与鸣叫声
（56，2:28）

隔邻帐篷上方传来一首熟悉的歌，打断了我的弗州屋脊想象之旅，***济伊－济伊－族－族－济伊***，一首缓慢、懒怠、气喘吁吁的歌曲，两声***族***比其他音符更低些，这是黑喉绿林莺的黎明之歌。而且，没错，他细碎地鸣唱着某种过渡段落，仍保留着早前黎明大合唱中的一点点热情。我正想着马上就

来自弗吉尼亚的高处

冬鹪鹩
（Winter wrens）：
唱着两首不同歌曲的雄鸟
（57，4:28）

黑顶山雀
（Black–capped chickadee）：
来自弗州高地，典型的***衣羽***
（58，1:15）

褐旋木雀
（Brown creeper）：
在这首简洁的歌曲中，圆润的哨鸣声渐渐加快成了一段精致的混响
（59，2:20）

红胸䴓
（Red–breasted nuthatch）：
自命不凡的***严严***声，歌曲拥有令人惊叹的变化
（60，1:18）

黑喉绿林莺
（Black-throated gree warbler）：
夹杂着鸣叫的黎明之歌（61，2:16）转向白日之歌的过渡唱段（62，2:20）

暗夜灯草鹀
（Dark-eyed junco）：
一共展示了 4 首不同的歌曲（63，2:22）

要日出了，然后……果然，我听见他切换到了日间歌曲，***济－济－济－济－族－济伊***，就是我们昨天早上进入这座森林时听到的那首。各地的黑喉绿林莺对这两首歌的模式都达成了共识，这是件多么有趣的事，你只需要听一听歌曲，就能知道歌者的心情。

我停下来听灯草鹀的声音……他在一丛杜鹃花里唱出某一首歌的一连串歌声……而后突然换成另一首……又一首……渐次唱完他知道的所有歌曲。

隔邻帐篷的另一边，有一只红眼……不，等等，是一只蓝头莺雀。这也是一种北方鸟类，其节奏分明的乐段比红眼莺雀的乐段声调略高一些，更纯粹，也更甜美。他每隔两秒唱一支歌，每一支都和前一支不同。我曾读到，每一只雄鸟都有约 15 段不同的乐曲，和红眼莺雀也不是那么不同。于是我听着，想确认能听到几首。大约一分钟后，我辨认出了一个特别的段落，他每唱几首歌就会重复它一次，但随后它消失了，直到一分钟后才重新出现。我又监听到另一个特别的曲段，体会着这种相同的模式。真迷人。他唱歌的方式不同于他的亲戚红眼莺雀——后者倾向于把所有的歌都唱一遍后再开始重复，而他更像知更鸟，喜欢在一段时间里唱一组歌曲，然后唱另一组，以“成套”的方式展现歌曲。

蓝头莺雀
（Blue-headed vireo）：
两只对抗中的雄鸟尽情展现出了蓝头莺雀的特质（64，3:15）

帐篷移动了……拉链拉开了……一个头钻了出来，其下连接的身体比我的身体拥有充足得多的睡眠，而且我知道这种区别在今天晚上会变得很明显。我和戴维分享了一些清晨历险的内容，同时忙活着早晨的例行程序，准备燕麦粥，打包装备，检视地图，预备出发。

营地后方的加拿大威森莺还在继续释放自我。距日出之时已过去一整个小时，我听到一声简单的***啾***，随即便爆发了一秒长的串烧歌曲，然后他安静了，什么声音也没有了，整整 10 秒钟的静寂！“戴维，就在那丛杜鹃花里面，你不会相信那只鸟儿清晨时唱得多么激情洋溢。”其后，他已经自然转换了模式，从活跃亢奋变为全然的平和，只是每一支短歌的串烧仍然展现出其狂热的思维。“我们看不到他真是太糟了，他很漂亮，那可是加拿大威森莺。”不过脑海中，我能看到他腹部明亮的黄色以及漂亮的黑色颈纹；还有背部鲜明的灰色眼纹；他翘着尾巴、扇着翅膀，身体和歌曲一样活跃——非常活跃——以至于他常常在疾速冲出的飞行途中捕捉昆虫，这个习惯为他赢得了“加拿大霸鹟”的别名。

相邻的单车骑手过来闲聊，对于那些能认出我们是“穿美骑手”的人，以及那些曾经踏上或向往这样的旅行人而言，这两辆满载的单车就如磁铁一般。汤姆来自克利夫兰，我们的谈话主题很快就转到骑行装备上，路上的交谈往往如此。“很棒的轮胎，”戴维回应汤姆的询问，“这次旅程中还没发生爆胎。”我开玩笑地对戴维的想法表示出十分恼怒的态度。但内心深处，我知道炫耀可能会导致一些后果。

15 分钟后，我们骑车下山前往大马士革，栗胁林莺在路左侧的一片灌木林地里唱着他的***这里 这里 这里 这里 维－维查***，接着是白眉灶莺，他在路右侧的月桂溪边唱出串烧歌曲，以及 3 声从清晰到含糊的哨鸣：***丢丢丢***。戴维夸口说轮胎没问题后 15 分钟，我就听到身后传来一声惨叫，并且在后视镜里瞥见戴维跳下单车。这是我们第一次遭遇爆胎。我转回头，暗自取笑着他的不走运，斥责他不应该在和汤姆聊天时那么狂妄轻率。“你的工作，”出于丰富的团队旅行经验，他平静地告诉我，“就是在我装新轮胎时补好坏掉的那个，这样我们就能更快动身，再次遇到爆胎也有补好的轮胎可以替换。”我表示赞同。

我们轻快地驶入大马士革，遇见第一家饭店便停下来吃今天第二顿早餐。就在我大快朵颐地对付 2 个鸡蛋、4 块烤饼、培根和橙子汁时，店主走过来打招呼，自我介绍说他叫伯特。他反思世界现状，说：“人们太匆匆忙忙了，总是坐上车子就走了。”我问他对鸟儿知道多少。“它们有很多颜色，会飞，吃虫

子。”他坦白说这就是他所知道的全部。稍加鼓励后，他又告诉我们，他非常喜欢在清晨到达饭店时倾听黎明的大合唱；他从孩提时就知道山齿鹑，但这个地区已经听不到他所珍爱的鸟儿的鸣叫声了；他还特别喜欢听秋季过路的大雁的鸣声。

和查尔斯·豪普特、曲奇小姐琼，以及过去这一周遇见的比利·赖斯·史密斯一样，我喜欢倾听这种本地人的语调，每个音节的轻微扭转都足以让一位资深语言学家确定我们在这颗行星上所处的位置。对旅途中听到的许多鸣禽来说也是如此，他们学会了地方方言，比如说，当你做完家务不妨去听听外头主红雀唱的歌，便可以精确地查明这只鸟儿的栖息地位于我们行星的哪个角落。

伯特·斯诺德格拉斯（Bert Snodgrass）：
一位说着当地方言的当地人
（65，1:06）

这天，我们只骑了 18 英里，虽然我热切地想要前进，但还是逗留了一会儿。我们在邮局又寄了一箱用不上的东西回家，在自行车店停了停，然后是网络咖啡屋……我坐在屋外的阴影里，一边等待，一边倾听着头顶知更鸟、卡罗苇鹪鹩、麻雀还有烟囱雨燕的呢喃。要有耐心，我对自己说，戴维有朋友，和他们保持联系对他来说很重要。至于我自己，朋友们知道我“消失”就足够了。

“谢谢你耐心等我。”他总算出来了。“不用客气。”我朝他微笑。此时，我想起他 8 年级时的某个星期五晚上。他独自坐在卧室里，他母亲出门了，所以轮到我来应付这个可怜的、孤独的、没有朋友的男孩。没有人邀他出门，他坐着，看着电话，空虚得直掉眼泪，自哀自怜。“给别人打个电话，”我鼓励他。不，好，不，好。“这事儿是这样的，”我努力对他解释道，“随便是谁，给你的任何一位朋友打个电话。今晚要做什么活动或许时间太晚了，但即使如此，你可以对他说想和他一起做些什么，他会多开心。等到下次他想找朋友一起做些什么时，会给谁打电话呢？你！这肯定管用。试试吧……我来帮你拨号……”看着小东西这么难过，真让人痛苦又揪心。他母亲呢？她对付这种事可比我在行多了。仿若一个世纪的半小时之后，他打了个电话。挂断电话后，喜笑颜开的孩子跑出门，留我笑个不停。

烟囱雨燕
(Chimney swift):
头顶上有烟囱，还有燕子啁啾而鸣
（66，0:59）

是的。“不用客气。”我又说了一遍。此时我们正在检视地图，确认出城路线，前方有不少挑战。这里离罗斯代尔只有 36 英里，我们想在那里的埃尔克加登卫理公会教堂旅馆过夜。过了大马士革，越过霍尔斯顿河南支流后，旅途就变得颇具意趣。我们将要爬上河谷山脊，然后俯冲至中部支流，而后再度攀爬，接着再俯冲至北部分支，再向上，再下至沃尔夫溪西岔口，接着继续攀爬陡峭的 4 英里，从海特峡谷里爬至山脊顶部，下行至罗斯代尔。

我们将横穿远古时期形成的大地皱褶，那时的古大陆板块（如今的非洲和北美洲）相互碰撞，产生的力量将数十亿年岁的蓝岭花岗岩撞向西北方，甚至影响到更西部的此处，大地折叠成如今所谓的“万壑之省”。这将是我们在弗州境内的最后一整天，明天中午的某个时候，我们将完成大约 600 英里的旅程，从大西洋岸边行至肯塔基州边界。

戴维睡饱了觉，又因在网上与朋友联系而得到鼓舞，正精神焕发。他冲在前头，而我在后面费劲地跟着。

第 6 章　阿巴拉契亚
APPALACHIA

第 11 天，5 月 14 日：弗吉尼亚州罗斯代尔，至肯塔基州弗吉

“欢迎来到肯塔基州，教育回报之地。”我们停下来赞美路边的这块标识，还照了相。至此，我们穿过了全美 10 州的其中之一，10 天半骑行了近 600 英里，大约是 4200 英里总路程的 1/7。照这个速度来看，我们应该可以在 7 月初抵达太平洋海岸，那时鸟儿还未进入夏季歇唱的时段。太好啦！

弗吉尼亚和肯塔基的交界处位于阿巴拉契亚山脉正中心的位置，此处与别处不同，我期望能在这里体验语言的矛盾之处。我们所说的每个音节都阐述了我们的来处和本质，尽管我们用语言沟通，但正是语言区分出了种族，并构成社会界限。比如“阿巴拉契亚”（Ap-pa-la-chia）的第三个音节，如果我们发长音的“a”，便立刻会被打上外地人的烙印：但如果将它发成短音，那就还有机会冒充本地人。这就是单元音的魔力，甚至可以判定你是否归属于此地。[1]

布雷克斯州际公园跨立于两州交界线上，我找到了公园博物学家，希望他是个讲方言的当地人。“我叫特里·欧文斯，来自弗吉尼亚州的海西。”没错，我默默地想，我们刚刚爬坡经过那个小镇，它在此地往东仅 8 英里的地方，根据单车探险地图显示，此处人口数量为 186 名。

这真是太难得了，听着当地人述说着自己对当地鸟类的热爱，对白眉食

虫莺（“莺儿”）的歌声、对红冠啄木鸟的“狂野咯咯声”（“我真是太激动了……那是公园里最美的鸟类之一……我展开了想象……一片大森林……那真是非常独特的叫声”）、对横斑林鸮的鸣叫声、对布谷鸟的咕咕声、对越来越珍稀且鸣如其名的三声夜鹰的热爱。黎明时“你就能听到早晨的大合唱。令人赞叹，太美了。因为我们这儿有峡谷，早晨还有持续的微风……接着突然间，大合唱就开始了……是个令人赞叹的地方”。

特里·欧文斯（Terry Owens）：
述说着他对黎明大合唱（真是太美了！）、莺儿、北美黑啄木鸟等事物的热爱（67，7:55）

阿巴拉契亚山区的偏僻性促使当地独有的方言得以保存。来一点儿英格兰人、苏格兰人或爱尔兰人，德国人、波兰人或意大利人，或其他谱系的血统，与此地美洲原住民或非洲人种的血统混合；还要隔离不同方言区域的人类活动（比如两个敌对家族间的往来限制，如长期彼此不和的哈特菲尔德家族和麦考伊家族）；为了加快这一进程，还要给某些社群领袖赋予特权，领袖们足以影响当地土音偏移：阿巴拉契亚山脉的丘陵和洼地间数百种独特亚方言的完美融合。

至于鸟类，有一个更重要的因素[2]协助维护了他们的方言。鸟儿们根据歌曲的区别积极地排斥外来者。一只北美歌雀唱的歌如果和邻居相同，那么他将比唱着非本地歌曲的歌雀[3]生存得更好。雌性牛鹂更乐意选择唱本地歌曲的雄鸟，因为后者阐述了自己生命的历程，说明他是扎根于当地族群至少两年的幸存者，即并非流浪鸟。[4]鸣禽在种群中对从众的需求十分强烈，由此产生的方言昭示着接纳或排斥，这无疑与人类方言的形成极其相似。无论从任何角度衡量，本地传统规则和个体的成功都取决于归属和从众程度。在阿巴拉契亚山区，外来者会感受到孤立，而本地鸟类则会感受到独立，以及一种对特别生活方式的积极承诺。独立意味着免受外来者规则的束缚，后者有着不同的语言。如果鸣禽能反思自己的行为方式，或许也会得出相同的结论。

要离开公园时我很郁闷，但我们必须前进。不过出发前，我们还是先补充了能量，吃了百吉饼、乳酪、花生酱和果冻三明治、香蕉、咸脆饼干，都喝了水，以及更多的水。在进食的过程中，我们身居高处，俯瞰 1600 英尺深的“东方大峡谷”（布雷克斯公园的“裂口”）的壮丽景色，这个峡谷是拉塞尔福克河冲刷派恩山所形成的。峡谷岩崖上暴露出原始的砂岩层和煤层，前方的广阔地层都如此撕裂开来，沿着断层线形成此间风景。

沿路往前，我问戴维：“听到这个了吗？……听。”“和我们之前听到的一样，是莺鸟，森莺。”他回应了我。是的，他听懂了，是东部北森莺的日间歌曲。再过不久我们会邂逅西部的歌曲，到时他能听出来吗？

左侧路边有两辆被人遗弃的车子，如今已爬满藤蔓。车子的型号还算新，看上去也很完好，似乎只要有人清理掉藤蔓，就能把它们发动起来。我们真希望能在下一个转弯处发现一座也被藤蔓覆盖的城堡，也许其中有古老时光中的居住者等待着被人们发现与解救。

从布雷克斯公园出来后全是下坡路，我们飞速追溯地质年代，横穿过连续的砂岩层和页岩层，当然还有煤层以及各种以地质学家名字命名的地层。最上层的是克林特坞地层，接着是格拉摩根层、哈居层和斯普莱什丹层，而后是班纳地层，它与河面齐平，大约在我们下方 50 英尺处。我们骑行穿越石炭纪，各大陆在 3 亿年前仍是一整片横跨赤道的联合古陆，我们身周的环境当时是广袤的热带沼泽，有巨大的两栖动物、树蕨、木贼属植物以及远古针叶林，而它们在遥远的今天都变成了“化石燃料”，被一种名为“人类”的生物所珍视。

道路如迷宫般穿行于狭窄的山谷中，每个山谷都有其溪流，以及必不可少的路边垃圾，后者看上去堆得比“请勿乱扔”的标识还要高。小房子三五成群地挤在可用的空地上，我们向门廊上的人挥手致意，直至感到厌烦——有太多人坐在门廊上了。我们沿着贫底路往前，戴维称这条路“相当名副其实”。

距布雷克斯公园 15 英里远的一条蜿蜒窄路上，我们第一次听到右上方传来他们的声音，一大片嘈杂的*喔－喔－喔－喔*。接近时，我们看到了他们，一只接一只的公鸡被拴在小窝里，其间隔恰好让他们够不到彼此。公鸡遍布整片山坡，每一只都有鲜红的鸡冠和华丽的尾羽，每一只的翅膀都有独特的花色。他们的鸣声传上小山，沿着小路蔓延过丛林，直至我的听力范围。

“他们只可能是斗鸡吧？可斗鸡不是非法的吗？”我在书里读到过斗鸡，用作斗鸡的公鸡指甲会被装上剃刀般锋利的3英寸长刀片，接着被施以某种兴奋剂，好让他们变得极其具有攻击欲望。人们将两只鸡凑近，让他们彼此啄咬以提高兴奋度，然后将他们放进一个小场地中，让他们在那里折断腿和翅膀，用那些可怕的刀片劈砍或刺穿彼此。任何一只蹒跚的战士都会被弄清醒，而后重新扔进斗场——这场比赛不能退出。

斗鸡
(Fighting cocks):
在路边吵嚷地鸣叫
（68，1:48）

赌赛结果决定大笔钱财的去向，喧闹喝彩的人们灌下无数酒精。我们询问一位路人，得到了回答：“哦，当然，斗鸡违法，但养斗鸡可不违法。”

到弗州时尚存天光，我们向人咨询是否有可以支帐篷过夜的地方。加油站里，我们的询问引起了几个男人的一场交谈。“路尽头有个公园……警察不会来烦你们的……走这条路……”一个人从中站了出来，称自己为杰夫。他说：“到我那儿去吧。”杰夫迅速指明方向，是沿路几英里外的地方，但就在我们出城的路线上。出了加油站，他对我们说了实话：“你们不会想去那个公园的，天黑以后会发生很多事。”我想起布雷克斯公园一个露营者说的话，我想那并不完全是开玩笑：“肯塔基州东部的每个人都会做些违法的事，你只是不知道他们做了什么。”

第 12 天，5 月 15 日：肯塔基州，弗吉到皮帕帕塞斯

早晨迅速来临，但我们为从昨日漫长的行程中恢复精神还在睡懒觉。我半睡半醒地躺在睡袋里，和一只知更鸟、一只主红雀、一只北美歌雀一起歌唱。路对面有只黄林莺活泼地啾啾鸣叫，并且随意切换十多首不同的黎明之歌，都是***叽啾 叽啾 叽啾 喂喂喂 叽叽啾***的变化版。

北美黄林莺
(Yellow warbler)：
日出前啾啾的叫声和花式多变的歌曲
（69，2∶38）

8∶00，我们整理好行装，向杰夫及其家人致谢并辞别。上主路便是爬坡的一段路，正如杰夫所提醒的，坡很陡。我对自己说，这么早还是慢点儿好，便切换到最慢挡，沿着盘旋向上的山路慢慢热身。

上山过程中，世界以慢镜头掠过身侧。两三英寸长的马陆爬过路面，身体随着千足起伏，它们的祖先是一米长的千足虫，曾在石炭纪中悠游于此。还有蜈蚣。还有毛虫。它们都在***穿过***路面，没人随我们一起沿路旅行，任何鼓励这种愚行的基因无疑在许久前就被挤出了基因库。

一只红冠啄木鸟死在路中间。戴维越过她，但我停了下来。她很大，几乎和乌鸦差不多，左翅摊开俯卧着，展现出翅膀上的大白斑。我仔细观察了她火红的羽冠、黄褐色的前额、腹下黑白分明的条纹、强大且锐利的喙部、硬化的尾羽。她的左眼一直盯着我。

郁郁葱葱的山路，有红冠啄木鸟一路护卫。他们在路边的落木中寻找蚂蚁食用，然后飞起来冲向空中，围绕我们飞翔，沿着路中线向前飞行，并常常发出毫无节奏的叫声，就像在大笑：***卡 – 卡 – 卡卡卡卡卡 – 卡 – 卡***。我们几乎每天都能听到他们缓慢且独特的啄木声，宣告着太阳正要升起。红冠啄木鸟伴侣也常常互相呼唤，在一天伊始用他们狂野的叫声重建联系，雌鸟的叫声比雄鸟略高一些。周围比较安静的时候，能听到他们觅食时敲击解剖树木的声音。但不是这一只。她已经离去了，陷入永远的沉默。我轻轻把她放到路边高高的草丛里，让她能更有尊严地回归尘土，而不是躺在路面上等待已定的结局。

我们一路走来发现了太多的路毙动物，以至于开始“为路毙动物命名”。一雄一雌两只主红雀宁静地并排躺着。两只黑美洲鹫的尸体就在10码外，其中一只腐烂得更快，攻击同族显然是得到了报应。还有蓝岭公园车道上的丘鹬，碾进路面的大片羽毛提供了少许迹象。金花鼠，负鼠，更多的负鼠，其中一只正躺在路缘白线下方。“我知道鸡为什么过马路，”戴维说，“是为了告诉负鼠这是件容易的事。”

红冠啄木鸟

红冠啄木鸟（Pileated woodpecker）：
觅食的声音——听听这木屑横飞的声音！
（70，1:50）

我们骑行向上，陡峭上坡导致的慢节奏为我们提供了美妙的音响环境。出了比凡斯维尔后我换到一挡，这时我们开始攀登最陡的坡，我听着……一只红眼莺雀正接近右上方……一只橙尾鸲莺掠过头顶……右边有一道小瀑布……左边又有莺雀和鸲莺靠近，但很快被撇在后边……一辆经过的汽车短暂地打破了魔咒，但它很快就被下方的山谷吞噬了……两只卡罗苇鹪鹩在右边清晰细致地叫着***离－不 离－不***，而左侧回应以爆发式的***威嘟 威嘟 威嘟 威嘟 威嘟 威嘟 威嘟***……我车座发出的嘎吱声……我粗重的呼吸声，吸入的氧气来自周围繁茂绿叶的慷慨赠予……远处天空隆隆的雷声……另一道瀑布……头顶正中卡罗山雀急促的叫声，***喊－呃－滴－滴－滴－滴***，又落在了身后……猩红丽唐纳雀十足刺耳的歌曲……黑枕威森莺的***塔威 塔威 塔威 提－欧***……簇山雀……靛蓝彩鹀……金翅雀的歌声……又一只红眼莺雀，这一只的声音很粗糙，***买耶 买耶 买耶***，也许是在对我们发表意见……我们攀登陡坡向德玛前进时，听着这一切以及更多的声音，于鸣禽的交响曲中穿行。

更多的雷声，一道闪电，日光正在消退。天空完全暗沉前，我们把自行车拉上德玛某栋房子的有顶大门廊。我敲了敲门，希望能为我们已经做出的举动补上许可。“当我听到这个敲门声时，我正巧想到了耶稣，”她激动地说。是的，当然没问题，她说，只不过她承认，和她打招呼的不是耶稣让她很失望。

在单车上倾听：
东部森林丰富多彩的鸟鸣声正在身边缓缓流过
（71，1:35）

她谈及自己的 5 个孩子，说到她如何以种植的不过 150 磅土豆就养活了他们。她走开了，而雨还在下，还在下……一列运煤火车轰隆隆地经过，载着 3 亿年前产生的黑化物质。水从屋顶倾泻而下，但我们是干燥的，并且很快又变得饱足，我们利用食品来消磨时光。

里程计显示今天只骑了 20 英里，沿路再往前 9 英里就是皮帕帕塞斯，我们可以在那里的一家单车旅社住宿，不过那样的话今天的行程就相当短了。昨天我们骑了 80 英里，今天则是 30 英里——无论长短，每一天都在这片大陆上有些许前进。我们最终穿上全副雨具离开了，近一个小时后抵达艾丽丝洛依德学院。

我们骑行在校园内的综合车道上，横穿过正诚路，接着是信仰大道，而后是行动路、品德路、道德路、毅力路、勇气路、奉献路，停歇在每个十字路口。大学无线电台的频道是 91.7WWJD，仿佛在问“耶稣会怎么做？”（What Would Jesus Do？）1915 年，一切从艾丽丝·洛依德来到这个县开始，当时县里只有一个大学生，50 人里只有 1 人能够读写。我们眼前是她当时住的小屋，她的座右铭是：“阿巴拉契亚未来的领袖就在此处，等待被教育。”

我们骑车穿过大学，来到旅社，总算在干燥的环境里舒展了手脚。我返回大学的洗衣房，沮丧又灰心地坐着，并且又湿又冷。为什么？我自问，为什么我会这么消沉？是因为这一天没有完成足够的里程？是因为又湿又冷也没有吃饱喝足？还是因为自行车隐隐让我失望？或是因为我有一条需要治愈的腿？

我回想起旅社记录簿里瞥到的那一点智慧的闪光：“享受每个当下，它很快就将完结。”写下这句话的是一位朝东去的旅行者，他的旅程大概还剩下 10 天。我们可能还有两个月的行程，但我迅速意识到这日志形容的是某些更宏大的东西，比如人生。我提醒自己，现在我正在这里，和戴维一起进行一生难得一次的冒险。而我居然情绪低落？我斥责自己。活着，活在当下，打起精神来，享受世界。我很快说服自己，没有什么能比这更好的了。大学食堂里“随你选”的自助餐也大有帮助。

第 13 天，5 月 16 日：肯塔基州，皮帕帕塞斯至布恩维尔

4:45，我们俩都起床了，热切地期盼着比昨天更有活力的新一天。装备都安置到了单车上，我们出发的时间远远早于日出，并且远远早于旅社其他骑手开始活动的时间。我们沿着综合车道穿过大学，每盏街灯边都有一小群知更鸟、菲比霸鹟和主红雀在歌唱，这些沐浴在灯光中的鸟儿也起了个大早。灯火外就是黑暗和寂静。到了主路上，我们向西前进，前灯照耀，尾灯闪烁。公鸡们用力地鸣叫着***喔－喔－喔－喔***，迎接即将到来的黎明。狗吠声从左传来，接着是右边，一群接一群地警告着路前方的邻居。当我们骑行穿过一道路堑时，岩壁从路两侧陡峭地升起，一整群燕子绕着我们纷飞。

呼－噢——一只雌性横斑林鸮对经过的这些奇怪生物发表着意见。一只蓝知更鸟在他的 50 多首歌里选了某两首，飞快地交替演唱，***趣尔－咿－俄***降调，***特尔－喊－咦***升调，***趣尔－咿－俄***降调，***特尔－喊－咦***升调，两首歌之间总是接续着颤鸣。3 只雄性主红雀竭力对彼此唱着同样的歌曲。一只菲比霸鹟切换着歌曲，***菲－比，菲－波－布利－比，菲－比，菲－波－布利－比***。“菲比霸鹟，”戴维宣布道。我笑了，他在认真听。我们骑过的道路很快成为东肯塔基州必然拥有的黎明大合唱会场，穿行其中时，我尽力分辨所有的声音：蚋莺、鵖、棕顶雀鹀、歌雀、卡罗苇鹪鹩、卡罗山

东方蓝知更鸟
（Eastern bluebird）：
黎明时分，一腔热血、激情四射地在歌曲间穿插颤鸣
（72，3:49）

森莺唱着振奋的黎明之歌

蓝翅虫森莺
（Blue-winged warbler）
（73，1:03）

黑白苔莺
（Black-and-white warbler）
（74，1:00）

橙尾鸲莺
（American redstart）
（75，1:01）

黑枕威森莺
（Hooded warbler）
（76，1:01）

雀、簇山雀、棕林鸫、靛蓝彩鹀、白眼莺雀，每一种鸟儿都在以自己的方式宣告黎明的到来。我们获准从其中通过，悄悄从每位歌者外放的讯号中获知他们内心深处的想法，只不过对我们来说，翻译十分含糊。狗儿们也加进了他们的声音，有一只从左侧突然袭击，猛地出现在我脚边大声吠叫，吓了我一跳。

“大马士革那本骑手日志，”戴维对我喊道，“看上去大都是在说怎么对付肯塔基州的狗。里头的建议包括扔大个儿的东西，大声地叫，还有装满氨水的超大号水枪。或者干脆不要骑车了，回家去。瞧瞧我们会怎么做吧。”

身边有无数森莺在宣告黎明的到来，每一种都有自己的声调。3 种雄鸟在一遍又一遍地重复一支简单的歌：蓝翅虫森莺唱着他们结结巴巴的***七 七 七 七 七 七 兹喂—— 戚 戚 戚***；黑白苔莺加入三段式的歌曲，从单薄急促的***维西 维西***音符开始，而后降至更低的音符，末尾再度升调；北森莺的歌曲打着旋儿向上，音质震颤，比白天简单的升调嗡鸣曲更加复杂。另外 3 种雄鸟正疾速展现着其庞大的黎明歌曲库：北美黄林莺唱了十几首歌，每一首都有他独特的***叽啾***声；每一只橙尾鸲莺都在 2 ~ 4 首歌间跳来跳去，几乎没有间歇；黑枕威森莺唱的歌和他们唯一的日间歌曲一样音质清澈，但现在的每一支歌听起来都更加混杂，并且接续的歌往往与前一首不同。不过所有森莺都对某件事达成了共识：即雄鸟要在两首歌的间隙里狂热地叽喳鸣叫。

蓝翅虫森莺

“戴维，我真希望你能听懂所有的森莺叫声！”我竭尽所能地指出一些种类，但并不指望他能理解很多——首次听到这些声音的感觉，与我和这些鸟儿数十年的相处是无法相比的。

快日出时，我暂时在路边停下，好听得更仔细些。近处有一只蓝翅虫森莺唱着他慵懒的日间歌曲***哔－布兹——***；前方林中一只黑白苔莺唱着他的***维西－维西－维西***之歌；还有一只北森莺唱着他的日间歌曲。北美黄林莺、鸲莺和黑枕威森莺也更换了歌曲，现在每只都在唱特别曲目——是专门为非黎明也非对决的状态准备的——比如用来讨好一只雌性。

森莺唱着日间之歌

蓝翅虫森莺 （77，1:00）	黑白苔莺 （78，1:00）	橙尾鸲莺 （79，0:54）	黑枕威森莺 （80，1:02）

两种森莺继续着原先的曲调，因为他们没有特别的黎明之歌，不过却能唱即兴的串烧飞行曲。林中的灶鸫唱着渐次增强的***忒–忌恶 忒–忌恶 忒–忌恶 忒–忌恶***，路边的黄喉地莺则抛着他们的***叽依 叽依 叽依 叽依***音符。

我们骑着车缓缓穿过黎明合唱地，不过现在要提速掠过海恩德曼城区了。欢迎标识上注明这里的人口数量是787名，但它在早晨的这个时间段就像座鬼城。接着是卡里、埃玛勒那和德沃夫，每一处除了一座邮局外都没有多少建筑。我喜欢慢慢向上骑过这些乡间小道，穿过由橡树、山核桃、胡桃、美国梧桐和鹅掌楸组成的浓密森林，真希望能在这些树种里加入美洲栗树。路边的树木和岩石滴落着夜间的露水，鸟鸣声和植被一样丰饶，阳光几乎无法穿过叶片照至地面。

“戴维，那里有一只黄腹地莺。他本来应该是州鸟的，但肯塔基州最终选了主红雀。”我们停靠在路边，更仔细地听着这婉转的咏叹调，它由几个重复的乐句组成：***徐哩 徐哩 徐哩 徐哩***，第二个音节总是比第一个高。这支歌能让我想起黑胸地莺或灰头地莺，这三种近亲种类可能都保留了其祖先歌声中圆润婉转的音质。我试着对戴维多说一些：“他是另一种‘只有一支歌’的森莺，不过他在歌唱时显然多加了一点其他森莺没有的技巧：就像黑顶山雀唱的***衣羽***一样，黄腹地莺可以升高或降低歌曲的音频。[5]这样，他的歌就略有一些变化，和邻居斗歌时，他也可以选择是否唱和对方一样的歌。”

德沃夫外的80号四车道公路上全是运煤卡车，这些乌黑的大怪兽居高临下地看着我们穿行于路肩上散落的大煤块间。我通过后视镜看着每一辆卡车接

黄腹地莺
（Kentucky warbler）：黄腹地莺的叠句***徐哩***之歌后紧接着黑枕威森莺的***维咿－维咿－维咿－维图***之歌（81，0:59）

近我们，确保我们与车子间空出足够距离，并在它们经过时算着轮轴的数量，4，8，12，16，20，再加上驾驶室前方的两个轮子，一共22个。再一辆，又一辆，这是个没完没了的行列，它们笨重地挪上山，再咆哮着冲下山，把去年的富余产出运向市场。毫无修饰的路堑高耸在我们身旁，用煤黑色的沉积层昭示着这个地区生存的命脉。戴维在我身后摆弄着他的照相机，试图用快门捕捉完美的瞬间，以代替无尽的语言。

在查维斯，我们越过肯塔基河北部支流泥泞的河水，在桥上歇脚。***未－不咿***！只消一支歌，我的脑海便被柳纹霸鹟的相关记忆淹没。“戴维，那边，垂于右边水面的那棵树上，是我们的第四位‘蚊子王子’！你才几岁大时，曾经在我们家地下室里帮忙抚养过他们的几只宝宝，当时我们正在试图弄清楚一只雄鸟是怎么学会唱歌的。”我鼓励戴维找出那3支不同的歌，我知道它们会被唱出来的。据我们所知，这种鸟儿的歌唱基因决定了无论何处的柳纹霸鹟都有这3支歌，我们也全部分辨出来了：全颤音的***未兹－不咿***，起头更锐利的***未－不咿***，还有略显支吾的升调短音符***唔咿***。“我搞懂了，”戴维向我保证。我告诉他，这是“东部的”柳纹霸鹟，大平原另一头，我们会邂逅西部的柳纹霸鹟。在某些分类概念里，他们是两个

不同的“物种”，因为东部和西部鸟类的歌唱基因与歌曲一贯相异。[6]

狗！我们出了查维斯，在一只黄喉地莺温和递降的***叽酒 叽酒 叽酒 叽酒 叽酒 叽酒 叽酒 酒 酒 吐威***的歌声中，右边一只机警的小狗先看到了我们，而后一只猎犬的嚎叫很快跟上了它的吠声。我们很难数清到底有多少只狗加入了狂吠的行列，有些音比较高，有些音比较低，有些居中。叫声五花八门，满怀激情和躁动，但显然也压抑又消沉，因为我能听到链条的咔嗒声。我们经过时，小狗的吠声噎住了。道路转了个弯，带着我们绕过它们，骚动持续了将近两分钟。嚎叫声渐低时，几只鸟儿唱起了他们的叠句，先是一只主红雀，然后是一只卡罗苇鹪鹩，接着是一只歌雀。

柳纹霸鹟
(Willow flycatcher)：
3 首不同的歌，全世界的柳纹霸鹟都唱同样的歌
（82，10：43）

狗！
在肯塔基州，这真是耳熟能详的叫声
（83，0：58）

经过一群特别激动的狗后，我通常会选择多加两次辅助行动，也就是返回去再从它们中间经过两次。我对自己说，这是个科学实验，看看在我第二次以及第三次经过时，它们的热情是否会消退。答案时：通常不会，至少那些可以随意走动的群体不会，它们的肾上腺素似乎在每一次邂逅中都会飙升。

我们还做了另一个实验，这个实验最好的环境是一条没有往来车辆的宽敞公路。我知道当一群鸟儿遭到一只猛禽追捕时，鸟群会聚成一团加速飞行。这种情况下，猛禽似乎不确定要怎么进行攻击，又或许是担心猎物会失控地反击。为测试狗的反应是否和猛禽相似，我们两人先是拉开足够远的距离，这样任何一条好狗都会攻击领头的自行车，而此时跟在后面的骑手开始加速，接近狗的后方。前面的骑手向外驶离这条狗，而后方骑手撵在狗屁股后面，就像是要袭击这条狗。接着后方骑手驶离，领头的骑手再次驶近它，于是这只狗再次进入袭击领头自行车的状态。我曾注意到狗的眼中露出了恐惧和困惑，因为它回头看到一辆自行车正在追赶它，但一瞬间后又发现它自己在追赶另一辆自行车，而后在追赶与被追赶之间切换。自然，几次切换后，哪怕是最勇敢的狗都

会撤离，只不过伴随着几声令人毛骨悚然的尖叫。

昨天戴维在他的日志里写道：“我最喜欢的狗是那些跑到我脚跟前，又被我踢到沟里的小个子笨狗。”他昨天把强力驱犬喷雾喷进一只巨大的德国牧羊犬眼睛里，我们迅速改变了态度，当那条狗在路中间停下来揉自己的眼睛时，我们逃之夭夭。

我们骑行进入位于肯塔基河中段的巴克霍恩湖州立公园，停下来和一位露营者谈天。“我的名字是玛丽·洛乌·内皮尔，我来自哈泽德……我们生了火，正在听鸟叫声。”哦，那么她是和我一样的露营者。“主红雀，州鸟。对，他的嗓音真的非常优美……我得说，我最爱的还是蓝知更鸟，他们太可爱了……”我告诉她我好奇于她和我的嗓音区别，沉迷于这些人类的方言。“我们取笑彼此，但我喜欢（我们不同的嗓音）……人们常常喊我们乡巴佬……但乡巴佬往往是友善的人……这种区别在这里变小了……你听……（一只红冠啄木鸟在附近咯咯叫着）……听！……真美……城里可听不到这声音，只能听到一堆鸽子到处拉屎，但听不到这个……听啊！”在玛丽·洛乌动听的嗓音中，我听到这位“乡巴佬”超越大多数人的智慧。

玛丽·洛乌·内皮尔（Mary Lou Napier）：
她只是倾听着鸟叫声，全身就散发着一种自称为乡巴佬的快乐
（84，14:58）

回到巴克霍恩的十字路口，我们在肯塔基食品店停下。橱窗里有个很大的标识，“我们卖墓碑”。还有一个标识，“警告，这家店受一只斗兔保护”。巨大的橱窗广告兜售着云斯顿、万宝路香烟和红印烟民牙膏。屋外人行道上摆着4把椅子，4位本地绅士稳如泰山地占据着自己的位置。他们谈话的主题是谁开着皮卡刚刚路过，谁搬走了谁又从别处搬来了，谁说话“相当奇怪”。两个男人高高兴兴地从店里出来，咧着嘴对彼此轻声笑着，其中一个向我们走来，说了一些话，可我没听太懂。我礼貌地请他再说一遍，还是没听懂。尴尬地重复了3次后，我放弃了。但幸运的是戴维听懂了，他为我翻译了一番，原来那个男人邀请我们在留言簿上签名。是的，留言簿，没错，经过这个镇子的其他骑手也会在上面签名。

我们很快又上路了。戴维指着左边说：“北森莺，东部地区的。”他很有自信，东西部分隔线离此不远了——他已经准备好了。

从巴克霍恩出来，我们爬上布雷西特县和奥斯利县的县界，然后下坡，很快开始沿着考尔溪前进，这条溪流汇入肯塔基河的南端。到了布恩维尔，在前往长老会教堂慷慨提供的后院凉棚之前，我们饿疯了的主厨（他声称自己是唯一的主厨，因为我弄的燕麦粥不够格被称为烹饪）用我的信用卡在食杂店补充了给养。晚餐是照烧鸡肉，加了洋葱、青椒、西兰花和鲜奶油，另外还有牛奶、糙米，以及甜点巨型饼干——真是一场盛宴，这是旅行至今戴维做得最棒的一餐。

身体状态恢复，嘴里嚼着饼干，野餐桌上炉子、晚餐材料和脏碟子散乱，屋顶下方所有可用的空间都晾满了我们昨天被雨打湿的装备。除了这一切，还有两个蹬着车进来的骑手——克里斯和克斯。我们第一次见到他们是在弗州和肯州的交界处，之后又遇到一次，昨天晚上我们 4 个人都留在皮帕帕塞斯。我们为他们欢呼鼓掌，也为了我们今天完成的 80 英里里程鼓掌。戴维和我迅速整理了东西，给他们腾出空间，开始分享食物和故事。

快日落时，戴维和我到原野里逛了逛，用双筒望远镜观察，看看我们能发现什么。我们欣赏了一只蓝色知更鸟、一只褐弯嘴嘲鸫，还有更多鸟儿。“那里有根长翅膀的雪茄*，”戴维指着头上的一只烟囱雨燕说，“这是一天里观鸟的最佳时间。”

从现在的所见所闻来看，明天早晨的天气会很不错。我们把帐篷搭在凉棚外的草地上，就此收工。最后一次看表的时间是 21:23，太阳早已落在了地平线下的深处。

* 烟囱雨燕的羽毛是炭灰色，飞行时又尤其显得身形修长，因此被观鸟者称为“飞行的雪茄”。——译者注

第 7 章　布恩乡间
BOONE COUNTRY

第 14 天，5 月 17 日：肯塔基州，布恩维尔至欧文

我不确定黄莺何时变成了梦境，又或是梦境变成了黄莺，总之我第一次看表时是凌晨 2 点。他也许是为明亮月光而唱，午夜前的某时月亮爬上天空，又或者他可能总归都要唱。位于东面近处，无疑就是我昨晚在路边看到的某丛纠缠的灌木里。我听着，是黄胸大鹛莺。极其古怪的鸟儿，他到底算不算是莺？专家也无法决定。野外指南把他列入"莺"的条目，但只是因为没人知道还能把他放到哪儿。林奈认为黄胸大鹛莺是一种伪装的知更鸟，还有些人提议把他归为唐纳雀。要我说，他不可能是莺。没有哪种莺会这样唱歌。不过话说回来，也没有其他鸟儿会这样唱歌。

他又是昂昂，又是吱吱，又是嗡嗡，又是叽叽，又是啉啉，又是嗤嗤，又是啊啊，又是咪咪，又是咯咯，又是呱呱，又是呀呀。他的发声习惯更是诡异，简直完全无法预知。下一段是什么？是一声哨鸣，还是一连串哨鸣？是一声高鸣，还是一长溜高鸣？下一段爆发前，是要停一秒、两秒、更长，还是完全不停顿？他真是一名特立独行的歌者，其他鸟儿缄默的静夜里，在这没有他便会全然寂静的舞台上，他的独奏更显精妙。我躺在睡袋里，于倾听和睡梦间徘徊。

距日出还有45分钟时，我走出帐篷逛了逛。一个小时前，一只知更鸟已经在路灯边上唱歌了。紫崖燕和其他燕子们在空中徜徉，一只双领鸻在近处激情洋溢，***纪滴滴滴滴滴纪咿纪咿纪咿***。我旁边的一棵小树上正迸发出声音的是一只东王霸鹟，他猛然冲向空中，很快便在高高的头顶上盘旋，唱着***提提提着，提提提着，提提忌提忌提忌，提提提着，提提提着，提提忌提忌提忌***。他还有两个邻居做着同样的事。我听着，笑着，对，沃尔特·法克森*，你是对的，他们就好像是“想发出‘清晰’这个词，但是……只发出了一种令人难受的、结结巴巴的版本”。[1] 到处都是熟悉的鸟儿：靛蓝彩鹀、北美红雀、猫鹊、蓝知更鸟。不过吸引我的还是黄胸大鹏莺。

我走近他，震惊地听到了昨夜帐篷里没有听到的一切。跨越上百码传递至帐篷的昂昂声、咯咯声和咻咻声里，夹杂着各种各样柔和的哔哔和扑扑声。真是太古怪了！

东王霸鹟（Eastern kingbird）：黎明之歌，激情且连续，口若悬河，唠唠叨叨，吵闹不休（85，2:06）

我把麦克风对准他开始录音，***扎－利 扎－利 扎－利 扎－利 扎－利 扎－利***，每一段都以刺耳的***扎***开始，后面跟着高音纯音的***利***。接下来的一分钟，我从大约30声不同的鸣声里听到了5次突发的***扎－利***，不过之后它就消失了。我又挑中了另一个古怪的曲段，3～4分钟内，于50首左右不同的歌中听到它出现了10次，然后它又消失了。这位声乐家转移到他曲库里其他声音上。他配合了我14分钟，而后飞走了。

黄胸大鹏莺（Yellow-breasted chat）：非凡的多变性与不可预测性，最好能站在他旁边听（86，9:59）

脚步声？“早上好。”我对戴维说，他从帐篷中钻出来，正向我走来。他的“早安”后面跟着一个克制了但依然巨大的哈欠。6点整，但他已经和我站在一起倾听了。很好。“主红雀？”他一边问着，一边朝左边的***雨滴 雨滴 雨滴 雨滴***之歌点点头。他说的对。“卡罗苇鹪鹩在下方的河边，”

---

* 沃尔特·法克森（Walter Faxton）：美国鸟类学家及甲壳类动物学家。——译者注

我指出，然后问他，“睡够了吗？”“嗯。”我兴致勃勃地说起黄胸大鹟莺，不过尽力控制在他于这个时段能掌握的部分。

“蚊子，”我说着，在自己胳膊上拍死了一只，而后继续道，“听到山雀了吗？靛蓝彩鹀在那电线上面唱歌……北美歌雀在那里，看到他满是条纹的胸膛了吗？……”我听到一声哈欠，不过他看来全都听进去了。我们听着远处的鸦叫声，听着靛蓝彩鹀，教堂边的树上是圃拟黄鹂，那只东王霸鹟现在栖息在靛蓝彩鹀旁边的电线上。

“我饿了，”我试探道。他回嘴道：“我累了，我要回去睡觉。”6:10，还有15分钟日出。

“要不要准备出发？”我又提议道。“我想再躺十几分钟。”他说了什么？一只鹿朝河水喷着鼻子，圃拟黄鹂在教堂上空唱着歌，乌鸦呱呱叫，山雀***皮皮***叫，一只黄喉地莺唱着***喂－依－叽***，而他想再多睡一会儿？“好的。”

戴维拖着脚回帐篷去了，我则往凉棚走，去准备一点早餐，并且全程都在倾听。烟囱雨燕在头上啾啾而鸣。河流下方的北面有只黄喉莺雀在唱歌，慢悠悠地唱着他多喉音的歌曲，以献给一轮正试图从地平线云隙间露脸的太阳。过了一会儿，一只红腹啄木鸟在附近叫了起来，这是今天早上的第一只啄木鸟。很快又有两只啄木鸟加入，一只是绒啄木鸟，一只是北扑翅鴷。绒啄木鸟唱着他递降的低鸣之歌，北扑翅鴷响亮的***喂－喂－喂***之歌持续了整整5秒。在远处，还有一只红冠啄木鸟敲着他的鼓。教堂上方那只迟起的牛鹂用他飞行的哨鸣和歌声完善了这场合唱。

褐头牛鹂
(Brown-headed cowbird):
在飞翔的哨鸣与歌声中宣告日出
(87，1:00)

7点左右，戴维也来吃早餐了。“最好别在日出前起床。”我笑着提示他。过去的两周里他还算是一个好同伴，陪我进行了几次凌晨骑行。年轻人啊！

今天是周六，正是布恩维尔周末的开始。一台割草机在篱笆后面的隔壁响了起来，标志着我晨间倾听活动的结束，以及其他人一天的开始。

我们很快打包好行李准备出发，但下了整晚的雨又下了起来，于是我们坐在凉棚里等它停。一开始克里斯跟我们一起坐着，他是佐治亚大学的英语教授，后来克斯也来了，他是非营利组织的环境事务律师。克斯热爱晨间睡眠，和戴维很像。

我读了一点儿戴维带的《禅与摩托车维修艺术》[2]，但难以集中精神。我在小笔记本（购于巴克霍恩的肯塔基食品店）上随手写下一些杂感。我列出今天早晨听到鸣唱的所有漂亮鸟儿，努力让自己更有耐性。

黄胸大鹏莺

黄胸大鹏莺

(Yellow-breasted chat): 在这位男士的歌声中，模仿与“歌曲包”的调性是如此明显（88，10:25）

我们的骑行友人有一台收音机，它调准了美国国家公共电台的周末版块。我们喜欢这两位自由的南方人，可是听到这些新闻多痛苦啊。它们让你想起中东的一团混乱，想起我们如何对待那里，想起世界上其他的所有混乱。我在狭窄的凉棚里悄悄挪远了一点，将注意力集中于自己那些恍惚的念头上。

雨还在下，不过我很快意识到自己是在逃避。我取出早晨录的黄胸大鹏莺鸣声，将耳机塞进耳朵里，按下“播放”听了起来。我随时准备在笔记本里写下重要的想法，不过到了最后，我只是听着，在心里默默做着笔记。一遍不够，于是我又听了一遍，听到第三遍时，我笑了起来。

他以“打包”的形式歌唱，就像知更鸟和蓝头莺雀一样。每个歌曲包中包括 4 首或 5 首不同的歌，他会花几分钟时间唱它们，然后切换另一个歌曲包，最后又切换成另一个。如果他有 60 首左右不同的歌——就像我听到的那样，那么他的整个曲库就会以大约一打的歌曲包来呈现。

雨小了一点儿，戴维和我决定冒雨前进，但克里斯和克斯决定再等等。又是套话般的“我们可能再也不会碰面了……旅行愉快……希望我们回头再偶遇……在日志簿里留个信息”，然后留影，接着我们出发了，被黄色雨具全副武装。

出城 5 分钟后，身后潮湿的人行道上传来轮胎打滑声，我们转过身，看到一辆汽车滑下路堤，抵着一棵树停住了。我们掉头回去，安然无恙的司机抱怨道：“路太滑。”我们是不是只和他差了几秒钟？我提醒自己要记得通过后视镜看身后的情形。

我们很快攀入丹尼尔·布恩*的森林——丹尼尔·布恩国家森林，只是这里没有任何标识告诉我们身处何方。弗吉尼亚州，有“76号路”用以纪念1976年穿过该州的二百周年骑行活动，但肯塔基州并没有。公路看起来很荒凉，我们默默地骑着车，听着昆虫、青蛙、蟾蜍和鸟儿的合奏，总觉得丹尼尔·布恩会从森林里走出来。一辆黑色的皮卡从上方的转角处出现，沿着路正中向我们俯冲而来，在经过时突然转向，溅了我们一身泥点。我们继续向上骑，只是更警醒了点。半个小时后，一辆黑色的SUV（运动型多用途汽车）从后方接近我们，经过时放慢了速度，给了我们足够的空间。但是有个小姑娘在敞开的后窗那里嚷着：“傻瓜……傻瓜。”

很多狗！
在骑手就要攀上山顶的最脆弱时候，攻其不备
（89，3:05）

很多狗。我们攀上坡顶前，它们在左面看到了我们，便从房子里冲到路上。大狗，小狗，一共6只，尖叫、咆哮，有几只晃到了我们的右边，半包围着我们。我们又是踢又是晃腿，大声叫嚷着，不过很快在开始下坡、渐渐加速时抛下了它们。我们回头看了看，一个男人正坐在门廊上，似乎在自娱自乐地欣赏这场游戏。西部的列车强盗总是在列车缓慢上坡时一拥而上，这些狗看来也知道要趁骑手最脆弱时给自己找乐子。

几分钟后，布恩森林再次笼罩了我们，到处都是歌唱的鸟儿。我随意指着左边，似乎漫不经心地问戴维：“那是什么？”

“是北森莺，西部方言版！”***他听懂了！***

我们靠边停下，我拿出录音机，模仿着广播主持的声调，向全世界宣告：

---

* 丹尼尔·布恩（Daniel Boone）：美国史上最著名的拓荒者之一，肯塔基州垦荒先驱。——译者注

我们正站在这里，在这座以丹尼尔·布恩命名的国家森林里，在著名的北森莺分界线上。我们从大西洋骑向太平洋的700英里旅程中，我们听到的北森莺东部版日间之歌即便没有成千遍，至少也有几百遍，每首歌都有持续升调、急速连发的颤音，而后在最高音处爆发式地中止，***兹兹兹兹兹兹一呀***。但从这里开始向西而去，北森莺将有不同的歌曲，它以相同的升调疾发的颤音开始，但中止符不是一声低音的爆破，而是一声高音的呜咽。这其中有什么意义？我们毫无头绪，世界上也没有人知道。我们只知道此处以东、以西的北森莺在羽毛和大小上有少许不同，暗示着语调的不同在北森莺进化史上或有着某种特殊的意义。

北森莺

北森莺
（Northern parula）：黎明之歌，1:45处是西部方言版日间之歌的弱音（90，1:51）

我们继续前进，里程计显示今日里程已达26英里，我正享受着整片森林献上的歌声。16:05，在1209号县公路某段偏僻的、令人愉悦的下坡路上，我听到麻烦来了。车轮每转一圈都有咔嗒一声，甚至能感觉到问题，后轮不是那么圆了，每转一圈都有一次明显的颠簸。我停下来，用手迅速拨动辐条，在轮子打转时抓握成对的辐条。不是一根断掉的辐条，而是两根！啊啊啊啊啊啊！我们有额外的辐条，但我几天前已经弄断了一根，断掉更多的辐条意味着整个车轮变得不对称了，剩余的辐条承受了相当可怕的压力。

我们沿路走着，直至找到一条通向林中的小路，戴维修车铺于此处开张。我从自行车上拆下轮子，再从轮子上拆下轮胎，而戴维老练地开始更换辐条。他很喜欢《禅与摩托车维修艺术》的一些段落，它们提醒他冷静下来，思考，与单车融为一体。他尝试着从零开始组装车轮，先是轮毂，然后是辐条，最后是轮辋，现在他的修补工作获得了成功。

我看着、听着，森林中洋溢着歌声。树蛙、靛蓝彩鹀、各种各样的莺鸟，到处都是猩红丽唐纳雀在树顶沙哑地歌唱。如果老树会说话，它们肯定会谈到旅鸽，后者有“蓝色流星”的昵称，因为其雄性的头是石蓝色，背部是浅灰蓝色。老树会说到旅鸽锐长的翅膀和有力的飞行，说到他们在空中的迅捷、优雅与灵动，说到他们的数量多得无法估量。[3] 近 200 年前，约翰 · 詹姆斯 · 奥杜邦就站在离此不远处，看着一整群鸽子飞过，这鸟群无边无际，花了整整三天才全部通过。他估算有些时候一小时内就有三亿只鸽子经过。

猩红丽唐纳雀
(Scarlet tanager):
在树顶倾诉着的声音嘶哑的知更鸟，这种鸟儿有着暗哑的喉咙
（91，1:22）

我想象这里是一片旅鸽的夜间群栖地，刚刚入夜，我站在这里，惊异于他们造成的毁坏。直径两英尺的树都折断了，其他的干脆连根翻倒，粗壮的树枝落得满地都是，就仿佛一场龙卷风刚刚扫荡了这片区域。地面上堆积的粪便足有几英寸深。太阳才落下去不久，已经能听到远处鸟群的轰鸣声，还能听到猎手在大喊：“他们来了！”一开始，他们听起来就像一片遥远的瀑布，很快，成千上万——甚至更可能是数百万只鸟儿飞了过来，无数翅膀扇起了一阵轻柔的风。他们一层叠着一层降落，大树枝常常因不堪重负而折断，砸到地面上。喧闹中，我们哪怕是吼叫也无法听见彼此，而渐暗天光里一次又一次的枪响也同样听不到。

但这一切都消失了。像路毙动物一样，旅鸽也陷入了永远的静默，在这片大陆的歌声中永久地缺位了。那时候，这里还有许多卡罗来纳长尾鹦鹉，甚至可能还会有一些黑胸虫森莺，或偶尔出现一只象牙喙啄木鸟。但现在都消失了。

当鸽子和长尾鹦鹉在我的想象里来来去去时，我也在看着戴维工作。他

置换了那两根辐条，然后在翻倒的自行车上反复拨转车轮，在轮辋不圆的地方做上记号，接着调整张力，使它们分布在合适的辐条上，让车轮恢复正常形状。“能搞定的，一般都能搞定。”戴维说。是的，我点点头，这孩子可以教我不少事。

不过他告诉我这只是临时修理，我们都同意要去找一个擅长修车轮的专业人士。从戴维的“林中修车铺”到欧文之间是轻松的12英里路程，我们要在欧文找一家汽车旅馆，再确定如何修理车轮才能更长久地保证效果。今天是周六，在肯塔基州中部的圣经地带，我们肯定得等到周一才能找到修车的人，至少有两天不能骑车上路。迎接我们入城的雨倒是很适合此刻的情境。

第 8 章　天堂骑行
A RIDE IN HEAVEN

第 17 天，5 月 20 日：肯塔基州，欧文至林肯农庄州立公园

一只雌性圃拟黄鹂贴着我眼前飞掠到路的左边，后面跟着一只雄鸟，他的翅膀扇得又慢又夸张，整只鸟儿完全藐视了重力，像一只黑色与焦橙色交织的蝴蝶般飞舞。当翅膀往下扇时，黑色的头和尾也下坠；当翅膀上扬时，头尾也上扬，黑色的翅膀扬起时露出翅下与腹部的铁锈色，往下拍便突出了亮锈色的尾部，这灿烂的色彩与上部其他部分的全黑形成鲜明对比。扬起，落下，黑色，橙色，就像一只巨大的帝王斑蝶。我在脑海里把他挪近了些，再把他的动作放得更慢，他展开的双翼上每一根羽毛都纤毫毕现，他的每一处细节都像一位穿着春装求偶的男士，要多绚烂便有多绚烂。然后他唱了起来，爆发出一阵丰润的、活泼的、混杂的颤音，以及笛声般的哨鸣。这些音符也在我脑海中放慢了，我能享受从他两个鸣管中呼出的每一个迷你气团。这飞行与歌唱仿佛要在路面上以慢动作持续到永远。

圃拟黄鹂
(Orchard oriole):
迅捷而跳跃的音符组成了一段欢乐的大串烧，大多数音符都很动听，不过有一些比较刺耳
（92，2:02）

离开欧文刚刚一英里，我兴奋得要命，因为我们刚刚熬过了一段近乎濒死的日子。过去两天，我们不得不重新加入***疲于奔命的人生***，租一辆汽车，以催命般的速度在州

际公路上奔向列克星敦和辛辛那提，并且在一家汽车旅馆里住了三晚——这一切都是为了找一位能修好车后轮的技工。我对此又沮丧又绝望。但当车轮修好，我们再次骑行上路时，欢欣之情强化了我所有的感官。

风吹在脸上，掠过耳侧，我的大腿因运动而温度上升，它们习惯了一种令人愉悦的节奏，让我踩着踏板一路巡游。在流畅的动作里，左腿抬起，折叠臀部与膝盖，往上拉起脚踝、脚和踏板，滑过运动弧线的顶端，接着臀部与膝盖向下伸展，将踏板往下推，踏板和曲臂为前车轮轴上的链条提供动力，将力量转移到后飞轮的齿轮上，继而传递到后轮本身。右腿与左腿相互平衡，我能感觉到节奏，感觉到重心于车座上在每一次动作中的转移。我们向西滑行，单车和我融为一体，成为一台流畅的机器，而这台机器的每一处细节都让我欣喜。

瞧，我从来不如现在这般懂得欣赏细节。树不再仅仅是绿色的，我无法用言语描述它们绿色的明暗、色度与质感，还有它们的形状与大小；我沿路扫视它们的树干，赞美着树皮的花纹、枝条独特的样式，以及叶片的形态。我歌颂着橡树、枫树、鹅掌楸、山核桃、白蜡树、柳树、紫荆，以及其他不知名的树。我看着前方的道路、篱笆、旷野上穿梭的燕子、正在反刍的牛、农庄和谷仓，远远近近的一切风景同时映入我的眼帘。一只北美黑啄木鸟从路边冲出，飞在前方引领我们向前。狗还没想到要追逐我们之前，我就先看到了它们。狗确实有趣儿，我看着锻炼中的小狗跟着大狗跑上路面。对它们来说，这就是个好玩的大游戏，不过对我来说就不怎么愉快了，因为今天早晨我已经有三次不得不做出肢体上的防御，两次踢到了狗的肋骨，还有一次跳下了单车，用车子把狗和我隔开。

我嗅到了忍冬、野樱桃，还有各种植物的味道，它们混合成浓郁的早春芬芳，诱惑着传粉者……有苜蓿……最近施于草场上的粪肥……农舍里新割下的草……路边有一只死负鼠，肉体腐败的浓重气味能让一只红头美洲鹫垂涎不已，就如烤苹果派之于我。

一只黑黄交织的蝴蝶从路左面飘起，轻轻点了点我的鼻子，而后又向路右

侧飞去，很快消失在我身后。

最棒的是，我听到这片大陆在歌唱！到处都是褐斑翅雀鹀，我轮流听着他们每一只的歌声，欣赏着他们的演奏方式以及歌曲韵律和声调的多样性。嘲鸫匆匆忙忙地演示他们的曲库，我从半空摘下这些歌曲，搁置，而后等着下一首，再下一首，迷恋于鸟儿的才艺，品味我所听到的一切模仿。我听到田雀鹀经典的活泼圆音，夹杂着一系列渐渐缩短的哨鸣；有一些田雀鹀的歌明显分成了两段，两声缓慢的哨鸣后跟着一串迅捷的连鸣；还有一些分成了3段，唱得最棒的以一些低音哨鸣开场，接着是一些高音，而后是急速的较低的颤音。我靠近了一只独处的雄性歌带鹀，感受着他歌曲的旋律，等着他重复自己的曲段。就在我经过他的这一会儿，大概有1/10的鸟儿换了一首新歌。巴尔的摩黄鹂在树顶上鸣唱，他们清澈的哨音是如此丰润又明亮，每一只鸟都有独特的歌曲印记，有时我能听到相同的歌，只是不知道唱歌的双方是伴侣还是相邻的雄鸟。

田雀鹀
(Field sparrow)：
明显的两段式歌曲，开始时很缓慢，而后突然转变成一串急速的颤音
（93，2:00）

莺鸟们阐述着自己的思想。路边沟渠里的每一只黄喉地莺都锋利地表达着自己独特的***喂－依－叽***……太阳升起很久了，北美黄林莺重复着他们的***祭 祭 祭我美酒***日间之歌……草原林莺用声调渐升震颤式日间之歌拼着自己的名字，***p–r–a–i–r–i–e***……北森莺团结一致，全都唱着西部方言版的日间之歌，我们已经完全跨越了北森莺分界线，它就在身后几英里外的丹尼尔·布恩国家森林里……黄腹地莺的英文名Kentucky warbler正是源自我们正在骑行的这片州域，他们唱着***徐哩 徐哩 徐哩 徐哩***。

北美黄林莺
(Yellow warbler)：
甜美的日间模式，一首循环往复的特别歌曲
（94，0:50）

我回头看了一眼，只是想确认戴维还跟在后面。啊，他今天早上看起来相当愁苦，行动间不情不愿。我想一部分原因是

靛蓝彩鹀

作为早餐的油腻腻玉米卷饼影响了他的心情，我的6块烤饼和橙汁倒是给我带来了无穷动力。我也有点儿担心他是在对我生气，他或许厌倦了和一个在清晨精神亢奋的鸟鸣声狂人一起骑行。但他只是无声地示意我“好好保持车距”，我了然地继续前进，时间和咖啡因会让他恢复精神的。

靛蓝彩鹀沿着公路列队，对所有听者讲述着他们的故事。轮流唱着的有两种歌，一种是尖锐又干脆的发音，接续的歌曲是一样的，这些歌唱家是技巧纯熟、两岁以上的成鸟；另一种发音草率又含糊，重复的音符并不一致，接续的歌曲各不相同，这些咿呀学语的是一岁的雄鸟，刚刚才开始学唱歌。一岁雄鸟每一只都有自己的任务，我听到他们在修整打磨自己的歌，也许会加入一两个合适的段落，试图唱出和隔壁成鸟一样的歌，从而加入本地“迷你方言区”。如果仔细观察，我应该能用双筒望远镜证明事实：歌唱家都是色彩纯净的靛蓝彩鹀，新手的羽毛则混杂着褐色与蓝色，这是一岁雄鸟的标记——但是我骑过去了。

靛蓝彩鹀（Indigo bunting）的生活，
如歌所示
两只明艳的靛蓝彩鹀成鸟唱着完全相同的歌
鸟1（95，1:03）
鸟2（96，0:58）
还有一只一岁雄鸟啰啰唆唆，寻找着属于自己的声音
（97，2:00）

白眼莺雀

威威威次威。前上方有棕林鸫和东唧鹀，我想着，因为我认识这些鸣声，可是他们为什么如此烦乱？我慢慢地骑上山坡，靠近他们。***威威威次威***。一只白眼莺雀跟在他们后面迅速唱了起来。等等……不对……再听一次。啊，没错！刚刚唱歌的是同一只白眼莺雀，一开始他模仿了棕林鸫和东唧鹀两种鸟，然后用他自己惯常爽利的音符大串烧结束了歌曲。不错，再一遍，又一遍。他有十几首歌，当我骑车经过时，他换到了另一首，这一首里

白眼莺雀（White-eyed vireo）：
模仿了棕林鸫、山雀等鸟类
（98，1:58），
在解构的歌曲中听起来焦躁不安
（99，2:05）

有一声清晰无误的***克利－耶！***，是扑翅鴷的叫声，最后的尾音是雄性卡罗苇鹪鹩***叽儿***的鸣声。他真是个偷学其他鸟类鸣声的大师，却从不学其他鸟类的歌。躁动时的白眼莺雀特别富有表现力，时而狂攻一只猫头鹰，时而和另一只雄鸟斗嘴；接着他拆解自己的歌曲，一个个地用上其他鸟类所用的全部听似愤怒的鸣叫音符，他自己一个就仿如一群暴徒。

我们骑车穿过满目翠绿的山谷，阿巴拉契亚山脉崎岖的地貌渐渐转化成了一座座分离的、更小的圆形山丘。我们穿过一片公墓，这让我想起了罗伯特·富尔格姆*的墓地[1]。他先是掘地三尺，以确定没有别人占据这个位置，之后便时不时拖一把椅子到此，坐在自己未来墓地的上方，思考未来。富尔格姆说这能帮助他集中精神，明智地选择如何度过余生，毕竟这颗星球上生存的人余生有限。骑行时，我也展望了自己的未来，想着太平洋和更远的远方。我还等着大学里的朋友布鲁斯给我传递信息，他答应过我，如果在我离开时，学校有任何可供退休的理由，他便来提醒我。和富尔格姆一样，我热切地想要明智地度过余生，因为我越来越清醒地意识到，工作是为了赚钱，但用来购买物质资料的货币其实是生活本身。

经过激动人心的 19.5 英里后，我停在马蹄弯道杂货店，戴维一分钟后到达。我在店里搜罗了一些补给品，之后便在外面等着，希望戴维吞下一堆咖啡因后能活力四射地出现。

“多美的天色啊！”他如此评论，好像刚刚才看见一样。他又回归了友善可亲的一面，很快骑上单车，高高兴兴地在前面领路了。真是年轻人！

越过杂货店后，我们又经过了红焰浸礼会教堂，接着遵照地图，越过派勒特山后立刻向左转，这座孤零零的残丘是一道饱经风霜的山脉所余下的，比我们高出大约 500 英尺。我们在比格山上向右绕了 1.5 英里，爬升了数百英尺，然后再冲下伯里亚。我们进入了一片极其不同的乡野。从伯里亚朝后看，可以看到疙瘩般的小山群，阿巴拉契亚山脉在此逐渐淡出。而前方是起伏的郊野，

---

* 罗伯特·富尔格姆（Robert Fulghum）：美国哲学家，作家，唯一神教派牧师。著有《我需要知道的一切》等著作。——译者注

翠绿的草场上有放牧的牛群，有许多黑鹂和草地鹨，还有不少草蜢沙鹀。空旷的野外应该有什么鸟类，这里就有什么。骑行变得容易了许多，我们一路飘过，轻柔的东南风托着后背。

一路上都有热情友好的草地鹨，他们的胸部是黄色的，围脖是黑色的，每一只都唱着一首哀婉又坚毅的组合式哨曲。音符含糊地混在一起，温和地降调，渐渐减弱：***嘿哟，我在这儿，或是春天也在这儿***。每只雄鸟的这首歌都有50～100种不同的版本。当我们经过时，他们从路边哗地飞起，白色的外尾羽闪着光芒。他们飞行时就像小鹌鹑，浅浅地拍打着僵硬的翅膀。其中一些鸟儿用一种粗糙的爆发音符***孑维***来表达自己温和的不快，或是更激动地用上延长的***孑维－得－得－得－得－得***。堪萨斯……我想到这里时笑了起来，我始终期待在这片地域的尖角上听到第一首不同的歌或第一声不同的鸣叫，它将意味着东草地鹨与西草地鹨的领地变换。

雄性红翅黑鹂栖息在路边灌木丛的高处以及公用电缆上。我听着他们亲切的***噢和啊－醉意***——之歌，记下每只雄鸟如何重复，区分不同雄鸟所唱的歌。但我在找的是她的歌。这种鸟通常一夫多妻，雄鸟的秘密伴侣会在贴近地面的草丛、香蒲或短粗的灌木里，以刺耳的***居－居－居－居－居－剧－剧***回应雄鸟的歌。骑行而过，我不停地听到他们的社交联系。

前方戴维的身边，一只雌性黑鹂从路边扑出，一边飞一边叫着***居－居－居－居－居－剧－剧***。“嘿，戴维，你看到了吗？……那只雌黑鹂离开了自己的巢。巢一定就在那儿，那丛小灌木底下。幸好捕食动物不知道，否则没有哪只黑鹂的巢里能剩下雏鸟。”真古怪，我想，这些雌鸟怎么能如此明目张胆地宣告自己的价值所在，一点儿都不合理。

伯里亚后是柯克斯维尔，接着是布瑞伊特斯维尔，至此行程已达令人眼花缭乱的近70英里。而后，就在伯金外郊，我听到了一支崭新的歌，唱歌的鸟儿栖息在路右侧的一根围篱桩

东草地鹨
(Eastern meadowlark)：
路边的两只雄鸟在用歌曲相互反击
（100，4:59）

红翅黑鹂
(Red-winged blackbird)：
一群繁忙的黑鹂，雌鸟鸣叫，雄鸟又叫又唱
（101，1:51）

上。***那是什么？***我减慢了速度绕回去，独唱家非常配合地停留在原地。我看着他麻雀大小的身躯，黑色的围脖，头上交织着鲜明的黄色、灰色与白色花纹，胸膛是泥黄色，肩部是铁锈色——一只美洲斯皮札雀！我之前听过或是见过他们吗？应该没有。此时此刻，阿巴拉契亚山脉刚刚被抛在我们身后，从大草场上、从大陆的心脏地带发出了这样一声迎接我们进入西部的欢唱是多么美好。他唱着，就好像结结巴巴唱着自己的名字，***嗞皮喷喷喷……嗞皮喷喷喷***，他把仅知的这首歌用锐利的发音唱了一遍又一遍。

进入伯金后，戴维骑在前头，可我被一所中学旁边停车场里的男孩们吓了一跳，他们正在那里乱喊乱叫。什么，他们是在把书扔进垃圾车里？我好奇地在他们身边停了下来。他们告诉我，老师寻找志愿者时，他们无私地站了出来。现在他们正把整箱书扔进垃圾车，有时会特别关照某些书籍，先将它们的封面撕下来。各种各样的书在空中飞舞，但是当某个学生拿起斯特伦克和怀特所著的《风格的要素》时，我作为教授的那个自我十分忐忑。我试图让他等一等，想告诉他我大学时曾志愿教导写作，当时没有别人想接这个任务，我还想告诉他学习写作能让人拥有地位。但我很快笑了起来，因为我在他们身上看到了我自己，看到了遍布世界的高中新生，那时候的我也会享受同样的乐趣。

“我们爱肯塔基州，”我起了个头。

高中学生：
开开心心地扔掉他们的旧参考书
（102，6:42）

他们轮流开始说唱：“肯塔基是个不错的州……对，肯塔基是最好的州……没错！（我爱）乡郊……不像加州一样备受污染……我们不喜欢同性婚姻……更棒的是……”我告诉他们我们来自马萨诸塞州，他们知道那里发生了什么。“和同性结婚合法了……你要和我结婚吗，本？……啊，我会和你结婚的，才怪！……”

当我问到他们的名字时，明显是领头的那个学生说：“我是詹森，这是本（发音是‘本—恩’）；戴维，也叫大傻；穆斯；特拉维斯；还有罗伯……如果你想知道昵称，那就是鼹鼠，贝迪，呃，大傻，穆斯，懒蛋，我只是我，不能当众说出我的昵称……比奇……B 要大写。”

“你们如果离开这儿会准备去哪儿？”我问，“大家以后都待在伯金吗？”

“我要去加州……他要上床去……我要去得州……***你不能对着录像机说‘上床’***……我要去密歇根州……就你这口音？”

一个老师冒了出来，催促学生们赶紧完成工作，又向我解释道：“我们尝试过了，但没人想要这些旧书。”我让这些学生继续玩他们的，然后发现戴维正在前头耐心地等着我。

再前进 4 英里，我们停在哈罗兹堡吃午饭，此时已经近 14 点了。我在西夫韦超市外护理自行车，给变速器、链条和刹车上油，而戴维在里面购物，最后笑逐颜开地拿着两个大包出来了。很快，我们坐到了老哈罗德堡州立公园的野餐桌前，这个公园是为了纪念一个早期的永久居留地而建立的，这片居留地紧邻阿勒格尼山脉西侧。餐桌两头各倚着一辆自行车，我们俩面对面坐着。我的开胃菜是咖啡因和卡路里高得离谱的星巴克星冰乐，接着我开始进攻属于我的草莓酥饼、纸杯水果冻糕、香蕉、星星薯片、甜甜圈、百吉饼和橙汁，尾菜则是一品脱“班与杰利”香草冰激凌。我们已经骑了 76 英里，主厨及营养学家认为我们可以想怎么吃就怎么吃，于是我们就这么干了。“雨一直没下，”我大胆地挑战了一下运气。我们之前一直很走运，早晨预报的暴雨并没有出现，下午我们也许一样能足够幸运地逃开大雨。

当戴维大嚼他的草莓酥饼时，我听着头顶椋鸟的叫声。19 世纪 90 年代初，这些流氓从欧洲被引进纽约城的中央公园，人们通常认为他们是害鸟。这些生物如今成百上千万地在大陆上蔓延，威胁到蓝知更鸟、啄木鸟和其他洞巢鸟类的生存。上百万的巨大鸟群用他们的排泄物污染着城市街道与水源。这一切都使他们成为两种不受法律保护[2]的特例鸟类之一（另一种是麻雀），人类可以射杀它们、诱捕它们、给它们下毒，可惜收效甚微。但如果你只是听着他们在上方的鸣唱……哨鸣声、咔嗒声、嘶吼声、尖

欧洲椋鸟
（European starling）：这位艺术大师的歌里蕴藏着魔力，他是我们行星上最优秀的歌唱家之一
（103，0：55）

叫声……还有啭鸣声、啁啾声、咯吱声和咕哝声……真是非凡的模仿，只不过声调非常朴素。

这棵枫树于我们头顶约 10 码处有一个巢洞，洞边栖着一位激情澎湃的歌者。他接下来的歌以一声压低的喉音哨鸣开始，清晰地盗用了红尾鵟含糊下降的**气——啊——**声。他顿了顿，又换了首歌。现在，他加速唱出复杂成对的段落，模仿了草地鹨的歌和冠蓝鸦的叫声；接着，他用自己的翅膀为这首歌打起节拍，用一个鸣管快速地发出咔嗒声，用另一个鸣管继续发出各种各样美妙的声音，只不过没有特别清晰的模仿。终曲！他疯狂地鼓动翅膀，身体从一侧抖向另一侧，唱出最响亮且最高的音。整整 30 秒后，他停下来休息，但也没休息多久，红尾鵟的叫声又出现了。如果你认真听了这些嘲鸫近亲的歌，你怎么可能还会恨他们呢？"你听到上面的声音了吗？"我为戴维指出这鸟儿来，不过没有详述更多细节。

好好休息了两个小时后，我们继续前进，骑行 5 英里到罗斯希尔，穿行于起起伏伏的美丽山丘，还时常骑上山脊顶部，享受全方位的美景。再往前 9 英里便到了麦克维尔，又 5 英里后是费尼克。巨大的草坪和怪兽般的驾驶割草机让我们越发惊奇，这景色和肯塔基东部的截然不同。在费尼克，我们绕过斯普林菲尔德，直接前往林肯农庄州立公园，那里欢迎骑手扎营过夜。就在莫尔溪路上，离开欧文 99 英里，距目的地仅 4 英里时下雨了。不过没有关系，我们穿上雨具，20 分钟后便在公园的凉亭底下避雨了。

这里没有别人，于是我们霸占了所有野餐桌，戴维准备了他的拿手菜：意大利面、乳酪和胡萝卜。鉴于我的厨艺有限，戴维只给我布置了简单的任务："只要把胡萝卜和乳酪切片就行。"我们甚至还预先留了一点哈罗兹堡曲奇当甜点。多美妙的一天，轻松的 103 英里，尽管天气预报很可怕，但我们只在最后 4 英里的路程中淋了点雨。我们的胃是饱足的，身体和自行车今天都很得力，干燥、温暖并且很愉快。

我们听着雨水咆哮着击打头顶的金属屋顶，一人占了一张桌子，摊开铺盖和睡袋，完美地躲开积在混凝土地板上的雨水。当我渐渐沉入梦乡时，我想，这一定是天堂：无忧无虑的一天，骑着自行车走了整整100英里；一路都有令人屏息的音乐、风景、气息和思想；完美的天气，云朵使气温下降，同时抑制住雨水；温和的顺风和地势让我们仿佛全程都在下坡；美好的食物；还有一个只要有咖啡因就能变得无与伦比的旅伴。对，天堂就是如此美妙的无止境的春天，哪怕时不时下点儿雨、偶尔来一丁点儿麻烦，也只是让我们更懂得享受这所有的一切。

第 9 章　卧　床
LAID UP

第 19 天，5 月 22 日：肯塔基州巴兹敦

并非没有预警。12 天前，在弗吉尼亚的列克星敦，出发的第五天，我的左胫骨就开始红肿疼痛。医院急救室的护士判断说："是蜂窝组织炎。"抗生素就能治疗。6 天前，在肯塔基州的哈泽德，为了避免继续发炎，我吃了一些强效抗生素。只要有机会——尤其是吃饭和睡觉的时候——我就尽可能地把左腿放高，想让情况好转。

麻雀
(House sparrows):
在林肯农庄，一只生气勃勃的雄鸟
（104，2:41）

昨天的开始是满含希望的，王霸鹟、拟黄鹂、麻雀和形形色色的优秀歌手在林肯父母相遇的林肯农庄里举行了一场黎明大合唱。一整夜的大雨形成了浓厚的雨雾，使前往巴兹敦的 20 英里路程又凉又湿，不过很舒服。就在那儿的一家宣传着酒精与枪支却没有浴室的街角小店里，我的左胫骨开始怨天怨地。

医院急救室最初担心是血栓，很快准备好微超声探头从腹股沟顺着血管来到脚踝，护士们都聚拢过来赞美一位长距离骑手漂亮清澈的血管。我的白细胞数量正常，他们认为我没有感染，也没有蜂窝组织炎，所以我可以把抗生素扔掉了。经 X 光照射，我的骨头也没有任何问题。诊断如

下：静脉炎——一种血管炎症。治疗如下：把腿放高休息，热敷，800 豪克布洛芬每日三次，直至症状消失。***不能骑车！***

与此同时，戴维找了一家汽车旅馆，很快用自行车把我带到那里。等安置好我后，他又去药房、杂货店和音像店补充库存。我的腿得到了照料，我们吃了饭，看了恐怖电影，然后上床睡觉。太阳升起时，我清醒地躺在床上，听着麻雀在小小的后窗外欢闹地合唱。一只夜鹰在天空某处叫着***比***音，时而表演俯冲，爆发出的呼隆声从敞开的窗户外传进来。吃早饭，看更多电影，比如《老大靠边闪》和《蠢蛋搞怪秀》。戴维已经前往商业区，他迫不及待地想去探索博物馆，并且很想在当地影院看看新的《黑客帝国》。

我躺在床上，看着“APEX”这个词在变暗的电视屏幕上有条不紊地沿着某种路径移动。最后一部电影放完后，DVD 和电视已经进入休眠模式很久了。我想起床把它们关掉，可是被固定住了：我仰躺着，一把椅子放在床上，我的左腿被放在椅子上，我的胫骨被包在一张电热垫里，一份新鲜的布洛芬正在我的血管里流淌。自从住进巴兹敦的老肯塔基家庭旅馆 102 室，已经过去了 24 个小时——整整一天什么也不做，就这么歇着，以便我的腿病能够康复。

两天前，我们从欧文骑了 103 英里抵达林肯农庄，病状恶化可能就是因为那天骑了太久，那天我有多兴奋，昨天我就有多低落。如果这条腿不能康复，旅程可能就结束了。如果我们能再次出发，这几天的耽搁就意味着我们在未来的西部仲夏能听到的鸟鸣声变得更少。我们还要去丹佛和戴维的校友汤姆会合，然后一起骑行穿过落基山脉。“汤姆，告诉我堪萨斯州怎么样？”

不过，我还是越来越放松了。“会有办法，”戴维在前几天换辐条时曾这么说过。《禅》一书中，男孩在旅途中急切地想要前进，但他父亲说，前方并没有什么比当下更好的东西。我努力适应这想法，父子的角色颠倒了过来。我也努力休息，重演着皮帕帕塞斯记录簿中的建议：“享受每个当下，它很快就将完结。”我脑海里看到了家中书房里的海报，上面有一只龟和一盆花：“人生不仅仅是加速。”我回忆起《珍贵的礼物》里贯穿全书的巨大谜团，那个“礼物”

一直是个谜，直到读者最终意识到“礼物”只是“当下”*——活在当下，不要重忆过往，也不要担忧未来。

我回忆着路上近三周里从鸟类歌声中听到的无数故事，沿时光回溯 1.5 亿年，去看第一批从恐龙变成鸟类的生物，然后再度沿着时间线前进，想象囊括了所有鸟类的参天生命树。我翻阅野外指南，研习每个物种的地域分布，期待着西部即将出现的种类。

在分布地图上，我看到了“蚊子王子”中的纹霸鹟属和其他族群如何分布于这片大陆，我试图想象地质与进化力量是如何作用于生物，使我们今日能看到如此种类繁多的鸟儿。大陆规模的故事让人沉醉，不过范围更小些的故事也令人很愉快。比如森莺，他们的日间歌曲或许于近现代才显著地分野成东部与西部版本，目前的分界地带在布恩森林；又或是诸多鸣禽，他们的本地方言述说着他们与世隔绝与相互影响的故事；还有许多莺鸟，他们选择用不同的歌曲来阐述自己最深刻的情绪。

接着我琢磨起了我的旅伴。因为我们希望他的出生略有不同，他便在家出生。我记得这个金发碧眼的卷毛小鬼快乐地骑在他的第一辆三轮车上，接着换成有辅助轮的小单车，很快我跑在了他身边，在他舍弃辅助轮学习在单车上保持平衡时扶着他，防止他摔跤。他的单车和他一起长大。念初中时，正在快速生长的他膝盖受伤了，和他一起骑车时，我半开玩笑地用专门带来的牵引绳把他拉上了一座小山。他蓬勃成长，在运动和学术上都有所成就。高中时期，他创下了游泳纪录，在一次工程比赛中和他的同学一起获得了全国冠军。作为一个高中新生，他和斯坦福大学极限飞盘队共同练习，而后飞盘队招募了他，在他进入大学后称他为“超级一年生”。数年后，他将带领他们的国家冠军队。

是的，年轻人啊，现在他在此处，这个 24 岁的小伙子正拉着我上山。不管发生了什么，都会好的。我们能上路时便将上路，或者反之。但我有预感，一旦我们越过巴兹敦的城市界线，单车与身体的整修就会变成过去式，我们将

* 英文里present既有“礼物”的意思，也有“此刻、现在”的意思，在这里有双关意义。——译者注

进入伊利诺伊，进入密苏里，然后是堪萨斯、科罗拉多，最后不知不觉抵达太平洋。

戴维在城里还没回来，我便拿起电话打到了家里，和女儿肯达聊了聊。她是当地医院的医生，并且是康奈尔大学的前体操运动员，她完全知道要怎么应对疼痛。听了我的故事后，她拿出训练有素的全副医生派头，简明扼要地说："忍过去，然后重新上路。"

我喜欢这建议。明天下午我要回急诊室复诊，但是在那里我还能得知什么？我想我可以试着骑 35 英里前往霍金维尔的县公园，它刚好在我们的西部路线上，通过这次骑行我能得到更多信息。如果顺利的话——它一定会顺利的——我们就能起飞了！

第 10 章　重新上路
ON THE ROAD AGAIN

第 21 天，5 月 24 日：肯塔基州，霍金维尔至尤蒂卡

凌晨某时，整个霍金维尔都处于沉睡中，远处有一只大角鸮在鸣叫，近处有一只嘲鸫唱着无止境的小夜曲，我在睡袋里翻了个身，捏了把自己。是的，我在这里，我们都在这里，快乐地在霍金维尔扎营。这是亚伯拉罕·林肯的出生地，不只是他父母相遇的农庄。我几乎不敢去想这事，但我真的相信我们能够飞越极限。昨天早晨，我的腿好转了一点儿，于是正午刚过我们就离开了巴兹敦。友好的顺风与布洛芬药片让这 35 英里骑行易如反掌。而天气也是最棒的，最高温只刚刚超过 70 华氏度，湿度很低，阳光明媚，毫无下雨的迹象，甚至连唱歌的鸟儿都像是在庆祝这天气。

我们能感觉到风景在转变，路边出现了越来越多的玉米和干草地。我们看到这一路出现的第一座天主教教堂，此前的千座教堂——仿佛每个街角都有一座——全是浸礼会教堂。浸礼会煞费苦心地提醒我们注意自己的失败，它的教堂大门外挂着巨大的标识，宣布“罪恶毁坏世界”，或是恳求我们“与真理之腐朽战斗，读一读《圣经》”，又或是询问“永恒在哪里？天堂还是地狱？”，更多时则是强调“要么皈依要么焚灭”。前院贴着的十诫和飘扬在上空的联邦旗与标识一同褪色。

日出前一个小时，我溜出帐篷，来到嘲鸫边上，他正在公园凉亭边的一棵小树上歌唱。他尽情展示自己，再现了他生命中出现过的菲比霸鹟、燕子、蓝知更鸟、北美红雀、翠鸟、鹪鹩和扑翅䴕，不过大多数时间还是在热情洋溢地阐述他的孤独与寻偶的欲望。知更鸟则是随灯光的出现而出现，他们早已唱了一个多小时。我不知道双色树燕具体是什么时候在露天球场上开始唱的，我走到他们下方，仰望星辰，寻找天鹅座和天鹰座，头顶上有一只燕子在黑暗中盘旋，离地约 20 码高。他持续不断地喷吐着流畅的叽啾声，大约每秒两个段落，其中的变化无穷无尽。不过我渐渐从中听出了一种节奏，他献给黎明的也只有几段简单的歌，可能是三段或四段。

东唧鹀在帐篷边上的灌木丛里热身，交替唱着两首不同的***饮－酒－契***，很快又引入第三首，在整棵树上蹦来蹦去，而后加入第四首。我已经弄不清楚哪首是哪首了，但他自己很清楚，因为每首歌都遵循着他熟记的路径，镌刻进他负责歌唱的大脑神经元中。

唧鹀近上方是一只蓝知更鸟，他也完全沉浸在黎明模式中，刺耳的吱吱声和歌曲交替出现。热爱蓝知更鸟的人们总是滔滔不绝地提起他的歌，称其每一首歌都丰润、低婉、优美、柔和、欢悦、怡人、迷人、感情充沛。我听着他换了两首歌，是这么唱的：***啊哟 啊哩，吱吱，啊哩 啦－咯，吱吱，啊哟 啊哩，吱吱，啊哩 啦－咯，吱吱***。就好像他用升调的***啊哟 啊哩***问了个问题，再用降调的***啊哩 啦－咯***来回答它。

我沿着公园东侧成排的树木漫步，黄胸大鹟莺那总是令人惊讶的歌依然让我惊奇……欣赏一只大冠蝇霸鹟有条有理的黎明之歌，他表演着变化无穷的***咴－***

小嘲鸫
(Northern mockingbird)：
夜之歌者，一位寻找伴侣的单身汉
（105，14:44）

东方蓝知更鸟
(*Eastern bluebird*)

哀鸽
(Mourning dove)：
黎明哀伤的合唱，其中也有北美红雀
（106，10:22）

美洲斯皮札雀
(*Dickcissel*)

唔呜声，用那弱得古怪的低音颤音做重音……享受哀鸽坚定、哀婉的***咕啊，咕呜，咕，咕***，极其类似于夜枭的鸣叫，旋律尤其与众不同……靛蓝彩鹀……更多的唧鹀……

回到扎营处，昨夜在帐篷上方唱歌的褐弯嘴嘲鸫重新开始了他的独唱。他一直唱着，唱到我们吃完早饭，打包好行李，直至日出约一小时后我们跨上单车准备离开时，他还在唱。这是我们离开大西洋的第 21 天。

是的，威利 · 纳尔逊*，我们“再次上路”了，用我们的单车创造音乐。这支乐队由两个沿着公路前行的吉卜赛人组成，我们是最好的朋友，正前往我们从未去过的地方，用我们的方式玩转世界。我现在已敢于想象，我们明天下午将抵达俄亥俄河河岸，它在我们西面约 180 英里处，我们将在那里乘上渡船，进入伊利诺伊州。

我一边骑着车，一边检阅周围的歌手，但没过多久，一块明显多年没有人耕种、荒草丛生的田地上，斯皮札雀的鸣叫令我应接不暇。他们都说着，***嗞皮啧啧啧啧***。又经过一个农庄，穿过一片林地后，我们邂逅了另一片田地里的斯皮札雀，他们都说着***皮克皮克皮克皮克***。

我骑到戴维身边：“你听到了吗，所有斯皮札雀都有同一首歌[1]。关注歌的质地和韵律，注意每首歌里都在缓慢地重复一个略长的单一段落，然后把它和下一片田地里将听到的歌做个比较，下一首将完全不同。”

“所以这到底有什么意义？你之前也跟我说过山雀、红雀和各种其他鸟类拥有方言。”戴维反问道。不错呀，我想，他开始领会了。

“啊，可是要听出那些鸟儿的方言比较困难，”我解释道，“要么，你就得在遇上另一种方言之前先走了足够长的路；要么，你就需要对声音有很好的记忆力，能在很短的路程内记住每只北美红雀的十几个不同曲目。而要听出斯皮札雀的方言相对容易，因为每只斯皮札雀只会唱一首歌，且相距一分钟路程的两片田里就足以出现完全不同的两首歌。”

---

* 威利 · 纳尔逊（Willie Nelson）：美国著名歌手，歌曲创作家及吉他演奏家，乡村摇滚运动的领头人。——译者注

果然，在接下来的路程中，戴维注意到了斯皮札雀如何唱出不同的歌。“一个机敏的倾听者必然会产生疑惑，为什么斯皮札雀一整天都在唱歌。”我试图引诱他，但他没反应。他听到我的话了吗？

美洲斯皮札雀方言

方言 1：
伊利诺伊南部，肖尼国家森林
（107，0:18）

方言 2：
伊利诺伊南部，密西西比河边的堤路
（108，0:21；109，0:20；110，0:24）

方言 3：
密苏里州，刚过密西西比河的佩里维尔
（111，0:33；112，0:29；113，0:31；114，0:24）

我们继续骑行向前，越过潮湿的草地，这里满是红翅黑鹂和黄喉地莺；穿过干燥的田地，东草地鹨和草蜢沙鹀在这里唱歌；从公用电缆下方钻过，线上站着一两只哀鸽，有时他们也在路边成群盘旋飞舞，翅膀带起呼啸的风。右上方的电线上，一群牛鹂像是比赛般歌唱，接着其中一只发出了飞行时的哨鸣，宣告其即将起飞，于是一整群鸟全都扑啦啦离开了。一路都有知更鸟、拟黄鹂、嘲鸫、靛蓝彩鹀的歌唱。

农庄边的林地里挤满了吵吵嚷嚷的椋鸟和拟八哥。我脑海中掠过许多种鸟类，每一种都与我有亲密的过往，不过我最终选择了专注于拟八哥。我回想着自己如何安静地坐在一片栖息地里，品味他们“锈铁链”般的歌声，亲

褐头牛鹂
(Brown-headed cowbird):
雄鸟一边炫耀一边歌唱，飞行哨鸣宣布他正离场
(115，2：05)

耳听着那些嘎吱嘎吱、又粗又哑、毫无美感、1/3 秒的***已抖-已撕***，不过我知道这些歌声慢下来时会充满精致的细节。我听着每一只鸟儿略有差别的歌声，听着雌鸟是怎么歌唱的，根据双方彼此回应歌曲的速度辨认出鸟群中成对的鸟儿，听着整个群落如何用那些***渣克***、***渣啊***和***嗟特***的叫声传递私密的信息。

今早湿度很低，阳光莫名甜美，光线清晰又纯粹地反射到我们眼中。我们前方的路面上有一只靛蓝彩鹀略停了停，其光芒之耀眼是我平生所见之最。其后很快又来了一只雄性北美红雀，而后是山齿鹑。后者为了躲开另一边车道的一辆卡车，向我们跑过来，然后一飞而起，掠过我们头顶，这只可爱的小禽鲜活地展现了自己每一处微小的细节。路两边长着高高的蓟，巨大的紫红色花头全都向东轻点。我们点头示意要"轻嗅蔷薇"，便停下来嗅了嗅这些蓟，它们隐约有点儿香气，但硕大的头状花序抢尽了风头。上方到处都是美洲金翅雀在鸣叫，***不-气-我-哩，不-气-我-哩***。他们也都对蓟很感兴趣，等到 7 月他们开始繁育时，蓟能为他们的窝提供绒毛，为他们的胃提供种子。

普通拟八哥
(Common grackle):
在鸟群中，有一只鸟儿在唱着独特的、嘎吱作响的铰链之歌
(116，0:52)

伊斯特优附近，路右边的一座白色农舍院子里布置了几十个禽舍，有大型的紫崖燕分屋大厦，也有为莺鹪鹩和蓝知更鸟准备的单间公寓。我们很快得知，照顾这些禽舍的是詹姆斯·洛夫教士。他穿着褪色的工装裤，右膝上有一块补丁，我猜他快 80 岁了。詹姆斯说他任职于当地的几座教堂，并长期同时参与好几个布道会，不过他"越来越老了，目前是半退休状态"。他用流畅的当地方言说着他喜欢制作喂食器和用箱子为鸟儿筑造巢，说他认为鸟儿活得比他知道的许多人都更欢喜，说他热爱早起欣赏清晨的鸟鸣。他聊起山雀、椋鸟和牛鹂，不过他最喜欢某只嘲鸫，他整夜在隔壁他儿子的房子上唱歌，然后再到他的房子来唱上一整个白天。我问："您知道他为什么唱歌吗？""快乐呀！

我觉得他享受生活，并且用唱歌来提醒人们关注并享受生活。”虽然詹姆斯可能很愿意知道他的夜歌者是个寻求真爱的单身贵族，但我还是附和了他对嘲鸫歌声的解释。如果我非要说出那个结论，我多多少少就得怀疑雌嘲鸫一定是非常不快活、非常沉闷的，因为她不唱歌，而雄鸟难免是为了性而欢唱。天朗气清、惠风和畅的日子，我们还是不要和詹姆斯的世界观作对了。

越过伊斯特优，我们滑下拉夫河的河谷，河滨的声景再度丰富起来，中间夹杂着绿纹霸鹟、白眉灶莺和黄腹地莺的歌声。一只蓝翅黄森莺加入了合唱，他唱着响亮优美的强音***唯唯唯唯唯***，每一声***唯***都是震荡四方的纯音。“戴维，有新的鸟儿！”当我们经过时，我指出了这首歌，并且伸着脖子想在纠缠的枝叶间瞥到毛茸茸、金灿灿的一小团，不过没能成功。我提醒自己，想看见他可是期待过高了。

洛夫教士：
聊着他院子里的鸟——红雀、松鸡、嘲鸫、还有“问题”鸟类椋鸟（117，11:13）

至正午，我们共前进 50 英里。我们飞掠过福兹维尔、雷诺兹车站和怀茨维尔，在里程计显示 100 英里时抵达尤蒂卡。我们在这里的小学旁边扎营，周六的夜晚一片寂静。我们已经进入北美中部时区，在这次旅程中，我第一次感到我们是以直线奔向太平洋的。我们很快入睡，第二天又很早出发，急切地想在黄昏时抵达伊利诺伊州。

第 22 天，5 月 25 日：肯塔基州尤蒂卡，至伊利诺伊州凯夫因罗克

蓝翅黄森莺（Prothonotary warbler）：
在路边一片树木繁茂的湿地里，有一小团阳光在歌唱（118，2:02）

我们刚出校园，一只山齿鹑就在右边的一根围篱桩上叫起来，他离得如此近，我们不仅能听到他，还能清楚地看见他。***呼－波－法伊***！叫声刚落，路对面一座房子的电视天线上有一只嘲鸫立即超越了他，***波－法伊！波－法伊！波－法***

伊！波－法伊！波－法伊！他蹦蹦跳跳，闪出翅膀和尾巴上的白色作为附赠。戴维全程聆听着，我预测道："这会是很棒的一天。"

山齿鹑
(Northern bobwhite):
与众不同、明确无误、引人注意的***波－法伊！***
（119，2:05）

下一片田地的栅栏边上站着许多牛，它们全都抬着头，用牛科动物特有的茫然表情盯着我们。"***哞耶——……哞耶——***"我听到戴维发出了这样的声音，我不禁问道"哈啊？"对此，他解释说他计划从西部开始测试一下牛的智力确认它们对***哞***、***咩***或***咳***有没有不同的反应。我喜欢这个纯粹又简单的研究计划，可以媲美某些我在动物交流领域已经发表的研究。

今天阴云密布，天光与昨日完全不同。很快，天空之水便向我们倾倒而下。我们浸在水里，但心情很好，沿路骑了 25 英里后抵达锡布里，在当地一家饭店里避了避雨。单车立于雨中，我们坐在能看到它们的窗边，将亮黄色的雨具摊在桌前的 4 张椅子上。空空荡荡的饭店里，小水洼慢慢累积到我们脚下，而我们狼吞虎咽地吃下了一份丰盛的早餐——今天第二顿，然后我们还预订了午饭。当礼拜日的人流直接从教堂来到此处时，饭店里迅速填满了人，那些离我们有点儿远的位置最先被选光了。戴维站起来调整窗户上的遮光帘，希望能更好地观察天气，结果它掉下来砸到桌上。"多谢帮忙，"店长走过来说，"我正准备下周把它们全换了。"

我们吃着饭，欣赏着街前方一座建筑侧面巨大的彩旗。它有 13 道红与白的条纹，左上角也有一块蓝色，但蓝色部分写着十诫，50 颗白星沿着蓝色方块的边围绕着它们。旗帜上方写着"新的辉煌"，下方写着"恢复法治，恢复荣光"。

雨势渐小，我们到收银台买单，此时一位须发都是灰色的老先生走近我，他穿着礼拜日的盛装，评论道："我钦佩你们做的事。"谢谢，我想着，不知道他是谁，不知道他是否也曾满足过自己"总有一天我想要"的渴望。

家朱雀用他们欢乐喧闹的啭鸣声一路送我们穿过城镇，他们的每一首歌都如此活泼又急促，偶尔往里面扔进一声稍长的、沙哑含糊的降调音符***与儿***。肯塔基州西部会有这些鸟儿真的是一件非同寻常的事，早在 1940 年，加州的一些家朱雀被放生到了纽约岛，自那时起，他们便在北美大陆的东半边定居，并呈现了爆发式的增长。

城外路左侧的一大片老田里，我听到了热切期盼能在这次旅程中听到的声音：***喳－喳－喳－特特特特特***——“戴维，短嘴沼泽鹪鹩！”我第一次遇见短嘴沼泽鹪鹩是 29 年前，为了解他们，我在加拿大和美国各地旅行，南至哥斯达黎加、委内瑞拉、巴西和马尔维纳斯群岛；为了知道他们如何歌唱，我们在自己的房子里养育小鹪鹩，用一整年追踪他们的歌唱技巧如何成长。

家朱雀
(House finch)：
欢乐而喧闹，锡布里的一只鸟儿唱了两首不同的歌
（120，2:02）

短嘴沼泽鹪鹩

“戴维，这些鸟儿很奇妙。”

“不是所有鸟儿都奇妙吗？”他突然插嘴道。

我没理会这句话：“他们是规则之外的例外。他们是鸣禽，每只雄鸟都有 100 首以上不同的歌，根据某种简单的标准模式将这些歌组合在一起。因此，没有哪两只雄鸟的歌是一样的，每支歌都像一片雪花，虽然构造相同，但又各有不同。他们这么做的理由是什么，你知道我怎么想吗？北美的短嘴沼泽鹪鹩到处迁移，类似于游牧民族。每只鸟都可能在同一年于两个不同地点繁育，也许第一次是萨斯喀彻温省，第二次可能就换成肯塔基州，然后前往墨西哥湾区过冬。所以他们并不像许多鸣禽那样在同一生态社群里互相模仿歌声并定点繁育，这些鸟儿会即兴创作出一支可以广泛传播的歌曲，无论他们去哪个地方，都能立刻被辨认出是短嘴沼泽鹪鹩。但是，请注意，从哥斯达黎加南部往南，那里的短嘴沼泽鹪鹩就不迁移，相反，他们全年都在同一个社群里定居并歌唱，终生如此。短嘴沼泽鹪鹩故事的精华就在于此：只有固定的同一社群中的鸟儿才会模仿彼此的歌曲。”

短嘴沼泽鹪鹩
(Sedge wren)：
他们唱的歌如雪花般支支不同
（121，3:46）

“那么规则是什么？”戴维问，“是不是如果你一生都只在一个小社群里

和这里的人交谈，那你就要学会像他们一样说话，就像阿巴拉契亚山脉的那些鸟？反过来的话，不管你去到哪里，你说话的方式都得让人能听懂？”对，相当大程度是这样，人类和鸣禽遵守相同的规则。

玫红丽唐纳雀
（Summer tanager）：
他一直重复叫着***匹－伊－特尔克……匹－伊－特尔克***，似乎很烦躁不安
（122，1:02）

我们又往前骑了 20 英里左右，刚过克莱镇，我就听到一声尖锐的***匹－伊－特尔克***，是玫红丽唐纳雀。他似乎是在路边的一棵枯树上，于是我们倒回去，希望能看见他。没错，他在那里，但明亮的天空只衬出了他的剪影。于是我们又移动位置，使他的背景变成树干，然后握起拳头，只留一个小孔来观察，好让他的背景只余下漆黑的树干。等我们的眼睛适应了更暗的光线后，一只华美的玫瑰红鸟儿出现在了视野中。虽然双筒望远镜还放在驮篮里，我得承认，有时候用眼睛观察也是件很棒的事。

离俄亥俄河只有十几英里了，下午才刚过去一半，我们骑得很快，平均每小时 13 英里，风掠过耳边，向北前进时太阳照在背后。就在此时，我听到右边铁丝围栏后的老田里传来一个很小的声音。我放慢速度，想那可能只是一只虫子，可能是一根枝条断了……但不是，它又出现了，一声毋庸置疑的***嘁－哩***，是亨氏沙鹀转瞬即逝的歌。我曾在电脑里放慢这些歌，将这一瞬间的歌曲拉长成一串欢悦纯音组成的波光粼粼的小瀑布，也许这些鸟儿自己就是以这种方式倾听他们的歌。但此刻，我用毫无辅助的肉耳只能听到一声小嗝。斯皮札雀、短嘴沼泽鹪鹩，又加上亨氏沙鹀，肯塔基的欢迎礼预示着大草原就在前方。“刚刚那一分钟唱了 13 首歌，”戴维高声说道。这是他科学家的天性，我想，他忍不住要收集有趣的数据。

亨氏沙鹀
（Henslow’s sparrow）：
嘁－哩。是的，很简短，但并不乏味
（123，1:49）

离俄亥俄河还有几英里时，戴维问：“靛蓝彩鹀为什么总是在唱？”啊，昨天他听我说过，一个机敏的倾听者一定会奇怪为什么斯皮札雀总是在唱，也许不是，但他没有给我别的线索。“有些彩鹀是刚刚迁移回来的一龄鸟，”我解

释道，“当他们向年纪更大的邻居学歌时，似乎会不间断地练习。其他歌声来自更年长的雄鸟，他们唱歌是为了吸引社区里的雌鸟。瞧，一只雄鸟和一只雌鸟会配对一起抚养雏鸟，因为雏鸟显然需要两只成鸟来照顾。但雄鸟却不能保证窝里的宝宝就是他的，因为雌鸟会进行鸟类学家定义的‘偶外交配’，和伴侣之外的雄鸟交媾。因此极其吸引人的雄鸟可能会有不少宝宝，他们散布在一个社区里的几个窝里。至于斯皮札雀，他们的雄鸟坦率地遵循一夫多妻制，能吸引到成群的‘妻妾’。一只雄鸟唱得越动人，就能吸引到越多雌鸟与他配对，并为他抚养雏鸟。”

抵达俄亥俄河时，我们大喊大叫：“再会肯塔基，你好伊利诺——伊！”家燕轻点路边沟渠的泥土，衔上满嘴的泥，然后起飞前往某处筑巢。王霸鹟不停地叽叽喳喳，在路边小树上飞来飞去。紧邻渡口右侧高高河堤的杨木上，一只巴尔的摩黄鹂唱着***吁吁，将吁亲***。河水是褐色的，河面很宽，有近半英里，急流向左奔腾而去。我们站着为这景色惊叹，为我们过去这些天的行程而感慨，对伊利诺伊州充满期盼，对200年前——1803年——刘易斯与克拉克站在这河边的景象感到敬畏。

我们前面有3辆车排队泊上小渡船，接着轮到我们将单车推上跳板，把它们捆在一辆红色皮卡车后的右侧扶手上。渡船很快起航了，不过当我们漂浮在河面上时，感觉就好像又作弊了一样，我们不能算是全程骑行至太平洋了。不过我们还有一个选择，那就是骑车在甲板上绕行——傻透了。我们穿着雨具，好在这个清凉的春日里保持温暖，四处乱晃、给彼此照相、给自行车照相、给远去的肯塔基州和迎面而来的伊利诺伊州照相。

渡口外面一块大标牌上写着“欢迎来到伊利诺伊国家景观公路”，它还有一行副标题，“俄亥俄河景观公路”。下方有一块较小的牌子，上面的话更加亲切，自弗吉尼亚州起我们就没见过这样的东西了：绿色背景上是一辆自行车的白色轮廓，上面写着“单车道”。我们瞬间有了宾至如归的感觉，这是我们穿行于整个肯塔基州时未曾出现过的感觉。

我们直接前往凯夫因罗克州立公园，搭好帐篷，淋浴，然后匆匆奔向饭

店，发现店内挤满了周六的人群。古怪的是，可以俯瞰河流的露天平台上还空着五六张桌子，却没有人去坐。我们在屋里点了烤牛肉和土豆泥作为晚餐，还点了餐后甜点，让侍者给我们送到屋外。核桃派和冰激凌都陆续呈上，我们逗留于此，看着天色渐渐变暗，感受着气温渐渐变低。

我们旁边的一棵小盆栽上，一对大胆的棕顶雀鹀正喂养着他们的雏鸟；下方河边，一只卡罗苇鹪鹩正唱着歌，而紫崖燕于河面点水嬉闹；两只巴尔的摩黄鹂在树丛高处歌唱，烟囱雨燕在更高的头顶叽叽啾啾。

戴维的日志里写道："我们高高在上，渡过了俄亥俄河。我们终于可以带着自信、速度和乐趣前进。只要再骑两天，我们就将到达密西西比河。旅程中最艰难的攀登已经被甩在身后。激动人心的旅程和开阔的道路就在我们前方，骑行真是太棒了！"

歌莺雀
（WSarbling vireo）：
在这支持单车骑行的俄亥俄河景观公路上，他就在我们头顶上
（124，2：00）

有只歌莺雀！这是我们一路来听到最棒的歌声，从近旁橡树的亭亭华盖上传来。歌声充满激情，他唱得如此之快，以至于后一个音符简直可以绊倒前一个音符。他沙哑的嗓音在高音与低音间穿梭，就仿佛是用了助记符般在高音上加重，***及余遇友，余欲拘友，余欲拥友及友慰***。他唱着，就好像是在提醒我们要认真听。大平原那一头，我们

一定会听到歌莺雀唱出一首截然不同的歌，两首歌天差地别，以至于人类可能会把西部的歌莺雀认作另一种不同的鸟类。

大平原！一想到就让我无奈……我们花了 10 天时间磕磕绊绊地穿过肯塔基东部，修整单车和身体就浪费了 4 天，但过去的两天，我们飞掠近 200 英里通过肯塔基西部。察看伊利诺伊地图的北部，我们已经到达芝加哥西侧，以我们如今飞行般的速度，两天内就能在密西西比河边扎营，再用 5 天就能穿过密苏里州，进入堪萨斯州。此刻我们吃饱喝足，身体和单车都状态上佳，计划看起来完全合理。

第 11 章　曙光拂过肖尼
DAWN SWEEPS THE SHAWNEE

第 24 天，5 月 27 日：伊利诺伊州，弗尼克利夫州立公园至切斯特

绿纹霸鹟
(Acadian flycatcher)：***平－仄！***之歌，重复的方式并非黎明模式（125，1∶58）

我似乎一整晚都听着绿纹霸鹟和东林绿霸鹟的歌，躺在睡袋里，他们大约每 15 分钟唱一次。绿纹霸鹟只唱着他爆发式的***平－仄！***，其间并没有重复***叽***这个音符，后者是他在黎明的疯狂模式中才会加入的。而东林绿霸鹟则只唱***喂－呼***，并不加入黎明大合唱里的***披－衣－吁***或***衣－迪－吁***。他们和我一样整夜翻来覆去，可能还会加入黎明的行动。

4 点刚过，我就完全清醒了。我迅速穿上衣服，沿小路漫步走向悬崖顶端，昨晚我们在那里欣赏了日落。弗尼克利夫州立公园，我想着它的名字，笑了。计划这次旅程时，我读到了此处的信息，并把它标记在地图上。我知道，当我们抵达伊利诺伊南部的肖尼国家森林公园时，便必定要在此处扎营。所以昨天我们只骑了 60 英里，从俄亥俄河的凯夫因罗克到达此处，然后和另外 4 位骑手分别。昨天大半的路程他们都与我们同行，不过他们会停留在戈尔维尔附近，又或是继续前行至卡本代尔。他们错过了此处，我想，这多可惜呀。

借着手电筒的光线，我把麦克风放在 100 英尺高的悬崖边缘，将它向外对

准黑暗，接着将电线一直拉到我的轻便折椅处。我舒舒服服地坐下来，把电线接进录音机，按下了录音键。我播报道：“弗尼克利夫，4：22，5月27日，离日出还有大约75分钟。”接下来的3个小时，我没有别的事情要做，只需聆听整个世界苏醒的声音。

悬崖边上，岩石发白的微光突兀地隐没进下方漆黑的深渊中。左侧，一棵高大的鹅掌楸稳稳地扎根在悬崖下，轮廓若隐若现；右侧是另一棵大树，可能是山核桃。到了天明时，这两棵树一定会与下方的森林相互映衬，构成非凡的景色。眼前这片风景里，有数百只鸟儿正在休憩，但很快，第一缕晨曦将唤醒他们。而我，正坐在他们之中，热切地等待着。

当紫崖燕再次闯入我的意识时，我正在深深地吸气，就好像一次深呼吸能将眼前的一切都锁进我的胸膛。一个多小时前，我还在帐篷里时就已经听到他们在叫了，此刻他们正在我高高的头顶上空唱歌。他们向右边去了，可能是上方100多码的地方。有多少只？其中两只连续不断地唱着，每一只都有自己特别的歌，听起来就像一大群，不过我猜在上面唱歌的鸟儿至少有5只，也可能是十一二只。这些鸟儿的蓝黑色羽毛闪着虹彩，有经验的成鸟早已在巴西和此地间迁移往返至少两次了，我真想知道，以他们所有的智慧，他们究竟“懂得”多少。

上方的歌唱俱乐部中，这些风流浪子是否是知道从巴西出发的一龄雄鸟和雌鸟会于夜色中掉队，而极早的黎明之歌只是为了能吸引一些年轻的鸟儿回归族群？无论是否有清楚的意识，他们都在一定程度上知晓：族群里有年轻的夫妇是件好事，尤其因为年轻的雌鸟易受影响，会采取最有利于她自身的行动。每只年纪较大的雄鸟都早已有一只雌鸟为伴，一龄的雌鸟则更可能与一龄的雄鸟配对，后者将帮助她抚养宝宝，但她却很可能把赌注下在不同的雄鸟身上，抚养血统混杂的后代。也许两个宝宝的爸爸是她自己年轻却身份未定的伴侣，另外两个宝宝的父亲则是最吸引她的年长雄鸟。

紫崖燕
(Purple martin)：
在弗尼克利夫高高的天空中，年纪较大的鸟儿在日出前几小时就开始唱了（126，2：54）

人类也可以玩大致相同的配对游戏，[1]在一夫一妻制社会，约有 1/3 的女性会为其非婚内配偶的男性生下孩子。“科学观”认为这些紫崖燕的行为由基因操纵，认为他们和人类不一样，对自己玩的配对游戏没有意识，我为什么应该接受这种“科学观”？我赌他们远比我们所认为的更理解自己的生活。

闪电掠过西北方遥远的地平线上，而我的周围全是细弱的光芒，到处都是萤火虫。我数着它们的节奏，发现大多数萤火虫在约两秒的时间里闪烁 3 次，然后短暂地停顿。有些萤火虫闪烁一轮的时间里，另外一些会持续闪烁好几秒，可能是不同的种类。我身后有一只极富节奏感的昆虫，一秒嗡鸣一次，循环往复。

黑暗中，我试图想象自己正坐在 5 亿年前[2]的同一空间，古老的陆地慢慢沉没，浅海入侵。其后的 3 亿年里，海水来了又去，远古的河流冲刷着此处，卸下如此多的沙砾，以至于形成了厚达 2 万英尺、几近 4 英里长的沙原。我所处的悬崖只是一道抵御住侵蚀的皱褶，飘浮在覆盖伊利诺伊南部及其毗邻的印第安纳州和肯塔基州的广袤砂岩层上。时代更近了一点儿，更新世的 200 万年里，我能感觉到大陆冰川上吹下来的寒风，这些冰川碾过伊利诺伊州大部，但在此地北边仅 3 英里处停下来，为肖尼留下了这些完好的山丘。

卡罗琳夜鹰
(Chuck-will's-widow):
看不见的景色里，两只夜鹰在对决
(127，4:02)

在这历经沧海桑田的位置上，我集中精神，听着。当一阵微风短暂地吹拂过我身周的树叶时，遥远的下方，我听到一只黄嘴杜鹃孤寂的歌曲结尾：***够-够-够普-够普-够普***。杜鹃的鸣声外，还有一只寂寞的狗吠叫。紫崖燕群朝南移动，现在已经几乎完全在我头顶上了。我下方，一只卡罗琳夜鹰重复着他的英文名字：***喳-维尔-维-都***。而另两只回应着他，一只在我左面，一只在我右面，都离我很远，我只能听到他们的***维尔-维***。夜鹰这个名字与他们着实合衬，他们常常在夜里没完没了地歌唱，可能是正寻求配偶的单身雄性。远方，一只三声夜鹰加入他们，现在有 4 只夜鹰在夜里吵嚷了。我身后邻近营帐的地方，一只横斑林鸮发出了简单的***呜-窝***，比较可能是雄鸟。

4:45，夜依然非常静谧、非常黑暗，星辰透过轻薄的云层明亮可见，最棒的是，一切都非常宁静安详。我左边有一只靛蓝彩鹀突然唱起来，但只有一只，似乎预示着随后将至的疯狂。下方的树冠上，一只大冠蝇霸鹟用一系列沙哑的***咴***奏响序曲，就像在甩脱梦魇，但接着他也沉默了。我一个个确认着黎明的常客，紫崖燕、萤火虫、身后嗡嗡叫的昆虫，以及偶尔出声的杜鹃和横斑林鸮。在我的手表显示 5:01 时，我听到大冠蝇霸鹟又爆发出两声***咴***，接着便完全切换成他惯常的黎明歌唱模式。此时，距离本地官方播报的日出时间还有 37 分钟，他在相对温柔的***咴－唔***叫声的两个版本和几不可闻的震颤低音间来回切换。真棒。黎明大合唱已经开始了，今天领唱的是大冠蝇霸鹟。

大冠蝇霸鹟
（Great crested flycatcher）：
很有条理地在两种不同的***咴－唔***叫声和一声古怪的震颤低音间切换
（128，1:32）

几乎同一瞬间，我左右两侧的两只靛蓝彩鹀喷吐出了急促的连续音符。左边有一只菲比霸鹟用一串***菲－比***之歌暖场，而另一只霸鹟也在左侧的鹅掌楸上开始了他完整的黎明小夜曲，是那只绿霸鹟：***披－衣－吁，喂－呼，衣－迪－吁，披－衣－吁，喂－呼，衣－迪－吁***，3 首歌循环往复，大约每两秒一首歌，每分钟 30 首。一只绿纹霸鹟加入合唱，***匹，匹，匹匹－秀！匹，匹，匹匹－秀！***两只菲比霸鹟唱了起来，一左一右，节奏逐渐加快，每一只都快速切换着自己的两首歌，***菲－比，菲－波－布利－比，菲－比，菲－波－布利－比***；后面有一只北美红雀突然唱了起来，两首不同的歌紧紧连接，接着他切入惯用模式，即先重复某一首歌几次，再切换成另一首。***下雨了！***……不过头顶的星星依然清晰可见，我意识到这只会是一场小阵雨，它果然很快就停了。

绿纹霸鹟
（Acadian flycatcher）：
在黎明模式中，每一串***匹***的叫声都以一次爆发式的***匹－秀！***为结尾（129，1:59）

5:09，我听到右侧半扎根于悬崖下方，足有 20 英尺高的橡树上，传来一只玫红丽唐纳雀***匹－伊－特尔克，匹－伊－特尔克***的叫声。但接着，橡树上传来了一首我以前从未听过的歌。它听起来很像是知更鸟的一串低音欢颂，但这只

玫红丽唐纳雀
（Summer tanager）：
犹犹豫豫的黎明之歌，就在克利夫悬崖下缘
（130，4:29）

北森莺
（Northern parula）：
黎明之歌，在逐渐上升的刺耳歌声之间疯狂地叽叽啾啾
（131，1:22）

白眉灶莺

白眉灶莺
（Louisiana waterthrush）：
我的同伴，与我一起栖息在克利夫悬崖顶上
（132，0:36）

神秘的鸟儿与知更鸟不同，他连续唱着，完全不停歇，而且知更鸟的节奏不会这么慢，他们每秒唱两段，而这只鸟每秒唱一段。我也没听过知更鸟唱出高音的***叽里***。另外，他的歌唱模式也和知更鸟不同，知更鸟喜欢先唱一组曲目，过一会儿再换成另一组，但我听到这只鸟大约每 6 个曲段就会唱出一个极其特别的段落。我推断他还是刚刚发出叫声的玫红丽唐纳雀，[3] 因为他是以唐纳雀的黎明模式在唱歌，从他大约两秒长的零散日间之歌里选取段落，并以更缓慢、更连续的方式演唱出来。猩红丽唐纳雀和黄腹丽唐纳雀也是这么做的，只不过这两种唐纳雀常常在一串短曲中加入特别的鸣音。

下方的树冠上，一只北森莺唱起黎明之歌，刺耳并且分成许多部分，音符盘旋向上，比日间之歌复杂得多。我身后的营地里，两只簇山雀来来回回地向彼此投掷出完全一样的古怪歌曲。三声夜鹰和一只卡罗琳夜鹰在下方远处继续唱了起来，而身后的***呜－窝***声告诉我，横斑林鸮还没有去休息。

左手边触手可及的地方停着一只很小的鸟，他很快便引吭高歌，唱起一支美丽的歌曲，如此清澈又甜美，是一连串朦胧的哨音，后面跟着混杂的啁啾声。他生气勃勃地轻摆着尾部，似乎是在用它转圈，然后又不停地唱起来。有那么一小会儿，在如此近的距离看到和听到一只鸟儿让我魂不守舍，不过我很快专注于他的外表，看到他发白的腹部有暗色的条纹，还有他褐色的背部、暗褐色的眼线和头顶、背部以及眼后醒目的白线。“嘿，白眉灶莺先生，”我轻声对这毛茸茸的小东西说。他和我一样享受这个栖息地。

戴维来了——真是个惊喜！我们没说什么话，不过他在悬崖边上找到一处舒适的所在——我的麦克风旁边。他打开一块山核桃丹麦酥饼，制造出来的噪音远超过我能忍受的范围。我设想了几处更好的位置让他坐，不过很快就意识到挪开麦克风会更容易些，而且丹麦酥饼很快就会被消灭。

戴维下方的半崖处长出的一棵小树上，传出了干哑又急促的咯咯声，我下意识地断定那是“棕顶雀鹀”。但是，依然在这棵小树上，我听到歌曲之间稳固地夹杂着一声叽啾。啊，我知道他是谁了！棕顶雀鹀可不会在歌曲之间这么鸣叫，但我在各种各样莺雀的黎明之歌中听到过这类叽啾声。我咧嘴笑起来，自信地悄声说：“食虫莺。”尽管我们之前可能已经偶尔听到过他们的歌声，但这是我首次确定是他。棒极了。

食虫莺
（Worm-eating warbler）：当黎明大合唱渐渐消隐时，他依然叽啾叫着，然后唱出他干哑的、咯咯作响的歌（133，2:00）

当我沉浸在食虫莺的歌声中时，戴维站起身，悄悄离开了。

5:30，离日出还有 8 分钟，我注意到周围合唱声的改变。身后营地里有一家子乌鸦在呱呱叫，下方传来了一只黄腹地莺的***徐哩 徐哩 徐哩 徐哩***。现在，我能看到头顶上的紫崖燕了，但他们比之前安静多了，再也不唱我之前听到过的那种连续不断的夜歌了。我后面的灌木丛里，一只灰蓝蚋莺呼哧呼哧地唱着，听着就好像不停地重复着一个音符，它们如此连续，让他听起来像一只乞食的雏鸟，但这个季节对繁育来说还太早。“他们全都如此不同，”我想着，“不同的造物，一样平等，全都是从时间之初存留至今的‘幸存者’。”我一边想，一边默默地赞美在这个早晨参加合唱的各色灵魂。

戴维又回来了，这次他带着自己的睡袋，把它摊在岩石表面，然后爬进去。他知道这是一处特别的地点。在昨晚的日志里，他写了从悬崖观看的日落有多么美丽，还有一些这样的句子：“我觉得我仿佛能从悬崖上跳下去，在树顶上奔跑。一只褐弯嘴嘲鸫唱着歌，成功地晋级为我迄今为止最喜欢的鸟。”

但今天早晨并不是那么美。他想在这里，只不过觉得以一种半清醒甚或不

清醒的状态参与会更好。孩提时，他常常在起床时哭泣，自那时候起，他就一直在与早起角力。还记得某个早晨，我们一家人在华盛顿的喀斯喀特山脉背包远足，戴维最后一个在帐篷中醒来，用他快活又响亮的声音嚷道："是早晨了！"那个时刻令人多么难忘啊。他是个户外运动家，热爱徒步旅行、骑行、游泳、攀岩、玩飞盘等运动，只不过任何类似的运动都最好在太阳完全升起后进行。

美国乌鸦

5:38，日出时分，我再次用耳朵四下感受音景。两只啄木鸟刚刚加入，这是他们在日出时的常态。下方的红腹啄木鸟***喳格 喳格***地叫着，我身后的绒啄木鸟则发出一些***霹霹***声，以及缓慢的啄木声。除了这两只新加入的鸟儿外，便都是惯常的那些成员，不过他们每一只都以自己的方式平静了些许，黎明的狂乱劲头已然过去。现在，仅留左边鹅掌楸上的一只靛蓝彩鹀在唱，两支歌的间隙比先前要长许多。北美红雀换歌前重复同一支歌曲的次数也比之前多许多。一只山雀继续在右边唱着。大冠蝇霸鹟放弃了他有条有理的黎明之歌，此刻只时不时爆发出一声沙哑的喉音：***咴***。菲比霸鹟唱歌的激情少了，不再迅速地切换他们的两首歌，而是更加缓慢地唱出一串由三四声***菲－比***组成的歌，后面相对迅速地跟着一声结结巴巴的***菲－波－布利－比***。绿霸鹟也还在唱，但他舍弃了特别的***衣－迪－吁***以及黎明的急促唱法，他闲散地唱一串***拔－衣－吁***，后面跟着一声***喂－呼***，每分钟只唱 4 ~ 5 首歌。森莺也用他的日间歌曲标记着时间，他唱着急速震颤的升调歌曲，结尾是一声高音的弱音。食虫莺用的歌曲与之前相同，不过叽啾声少了许多。我身后的灰蓝蚋莺也有自己平静下来的方式，他呼哧得似乎不那么用力了。夜鹰和横斑林鸮静默无言，亦如头顶的紫崖燕。

东林绿霸鹟

东林绿霸鹟：
(Eastern wood-pewee)：
日间歌曲模式，一分钟里闲散地唱 6～7 首歌
（134，2：10）

戴维睡在附近的岩石上，而我徘徊于此，看着，听着，嗅着，快活地思考，且心满意足。我注意到了新的鸟儿：迟起的红冠啄木鸟、红眼莺雀和褐头牛鹂。一声遥远雷鸣般的隆隆声响彻后，有只火鸡在下方的森林里用力地咯咯叫起来。现在，我们面前的树冠上有 3 只冠蓝鸦飞着，叫着***耶***，还有一只红玉喉北蜂鸟呜呜嗡嗡地从我鼻子边儿擦了过去。黎明已然消逝，一只褐斑翅雀鹀唱起日间歌曲，它远比任何食虫莺能奏出的歌更甜美。其他鸟儿同样。

渐渐聚拢的光线中，景色已悄然发生变幻。阴影构成形态与颜色，我左侧的鹅掌楸是一棵暗绿色的繁茂植物，山谷下方的松树略略透着些红色。远处缓坡渐渐向上形成山谷远端的一道山脊，从下方的森林至那温缓的山坡，一顶顶突出的树冠染着黄色、金色、绿色和红色，拼出五彩斑斓的春装。

日出近两个小时后，我不情不愿地叫醒戴维，返回营地。当我们煮着燕麦粥、收拾着行李时，早前我听到的红眼莺雀在我们头上的树冠间唱了起来。我不可避免地听到了几个特别不一样的段落，每过 15 ~ 20 个曲段，

褐斑翅雀鹀
(Chipping sparrow)：
他的日间鸣唱并不怎么匆忙
（135，1：52）

他就回到那特别的段落上。棒极了。

9:30，我们已经到达了戈尔维尔邮局。我们把一些东西寄回家去——比如，我从肯塔基巴兹敦就带着的电热毯，再收取一些新东西，这儿是我们的邮件接收站之一。短短 25 英里中，我们蜿蜒穿过风景如画的肖尼国家森林公园和克拉布奥查德国家野生动物保护区，于午时抵达卡本代尔。我们在这里再次与克里斯和克斯相遇，他们是我们在弗州和肯塔基州边界遇到的两位骑手；还有约翰和马克，这两位英国骑手是我们昨天刚刚遇见的。我们在当地的一家单车店为自行车做了防护检修，又在玛丽・卢出色的小饭馆里吃了一顿豪华午餐，15 点与马克一起出发。距密西西比河边的切斯特还有 50 英里，离日落则还有 5 个小时。我们推断时间很充裕，完全可以选择较长的沿河路线。约翰、克里斯和克斯随后就来，他们选择了更短的内陆路线，我们将在切斯特会合。

我们很快沿着大泥河俯冲进密西西比河的冲积平原中。这片平原比我们自大西洋海岸平原至此所见的任何一块平原都更平坦，我们毫不费力地往北骑行，路线和密西西比河平行，我们知道它离我们仅有一英里左右。右方升起郁郁葱葱的山丘和山脊，在往东约 4 英里处圈住冲积平原，西边也有相似的树木繁茂的山丘，远在河岸之外。红翅黑鹂和斯皮札雀一路叫着，路边到处都有双领鸻。我们很清楚自己在哪儿，但是直到我们爬上河堤路，亲眼看见那条大河就在 100 码外，才真正受到震撼。

密西西比河。我大声地说出了它的名字：***密西西比河***。它听起来真美，词语在舌尖萦绕。欧及布威族的语言中，Misi-ziibi 是“大河”的意思。它是马克・吐温和哈克贝利・费恩的河，在明尼苏达州近艾塔斯卡湖的上游源头处，它窄得可以一跃而过，而在此处，它的河面有约半英里宽。密西西比河约有 2500 英里长，水网遍及 31 个州和 2 个加拿大省份，是北美内陆的一条庞然大物。我曾读到它每秒流经的沉积物中含有 5 吨肥沃的泥土，或者可以简单置换为在这些褐色的河水里，

双领鸻
(Killdeer):
他们到处都是，叫着*吉－纪，吉－纪*
（136，0:34）

每小时都有一整个农场经过。要得出数据很容易，但要形容我们的兴奋之情却很难。24 天，我们骑车从大西洋来到密西西比河边，啃下了需要穿行 10 州中的 3 个州，而密西西比河就在眼前，真真切切。

如今，河上已不再有印第安独木舟或蒸汽轮船往来，我们只看到一艘驳船正被拖船推着逆流而上，很快又有更多的驳船紧贴河岸而行。右侧有一座巨大的煤炭设施——科拉煤炭工业，一列长长的火车正缓慢地绕着两英里长的椭圆形轨道运作。列车大约有 100 节车厢，每有一节进入一座小型建筑时，这节车厢似乎便会被举起，而后翻倒，煤炭便倾倒进运输系统，后者将煤炭从公路上方运至沿河等待的驳船中。列车一节一节地前进，煤炭由列车从伊利诺伊州中南部的广袤煤田中源源不断地运抵此处（卡本代尔的英文名 Carbondale* 即由此而来）。我也曾读到过相关数据，这里每年出产约 20 种不同的矿产，其中有 3000 万吨煤，还有卡车和列车日夜无休地来回运输货物。我们看着这一切，眼前自动化的景象把我们迷住了，似乎没有人类在监管，不过附近的停车场里停着一些车辆。

天色渐晚，我们加速向前推进，期望能在黄昏前抵达切斯特。我们轮流领头，让两名骑手在后面被拖拽着前进，先是戴维在前，之后轮到马克，然后是我，接着又是戴维。戴维扮演操练教官，宣布每 60 秒换一次位置，让领头的骑手撤到队伍后方。我们努力推进，在领头的 60 秒内竭尽全力，然后在其他人的带动下多少休息 120 秒钟。现在是马克在我前面用劲了。他又高又瘦，有一头狂野的红头发，年纪在 35 岁左右；他的旧骑行短裤失去了一部分弹性，所有装备好像都被随便地捆在单车后行李架上。他的英国道斯银河旅行单车的车把是直的，而且高得离谱，所以他骑车的姿势要比更有效能的姿势直很多，但他现在简直在飞啊！他是个有趣的人，有一点儿傻，这提醒了我：我们这些骑行横穿全国的人都有点儿疯，只不过是健康地疯。

我筋疲力尽，凌晨不眠的代价开始显现了。日落时，我们赶到了切斯特，

* Carbon意为炭，Carbondale可理解为“富含煤炭的”，因此作者说卡本代尔一名由煤矿而来。

但对我来说，编队速行的旅行方式一点儿都不有趣，因为除了路面或前方某人的后轮胎外，我能听到或看到的东西极其有限。戴维就不一样，他喜欢组织良好的编队骑行，骑手越多越好。他嘴里说着“效率……速度……强度……成就感……每个人都斗志昂扬”之类的话。

我瘫倒在城市公园的露营区，但戴维还多的是力气。他先是骑车去河边欣赏风景，在那里拍了日落的照片，然后从城里带回了我们的赛百味晚餐。他喜欢下午晚些时候的骑行和快速的编队前进，夜晚的光线似乎能给他充电。

晚上，我躺在睡袋里想着，明天我们会越过密西西比河。我喜欢这个词的转音，还有它暗含的意味，在心里又多念了几次。接着是密苏里州的奥沙克山脉，要享受自大西洋一路陪伴我们的所有东部森林鸟类的歌声，就只剩下这么几天了。在我进入梦乡时，我依旧听到了他们的合唱。

第 12 章　奥沙克山脉
THE OZARKS

第 25 天，5 月 28 日：伊利诺伊州的切斯特至密苏里州的派勒特山

7：00，我们在切斯特的城市公园里起床，收拾行李，听着一只红腹啄木鸟绕着凉亭啄木头。他先于低处啄一棵大枯木，共振声又沉又空洞，接着飞到高处去啄一根光滑的枯枝，枝条的树皮已经剥离很久了，此处的共振声很尖锐，并且音要高许多。而后这位打击乐大师又去了附近的其他树上，就好像是在实验、在测试他拥有的每样东西，以确定今天早上哪个声响让他最喜欢。

红腹啄木鸟（Red-bellied woodpecker）：打击乐大师正在搜寻最正确的共振音（137，4:42）

我们骑友四人都在忙碌，在温暖人心的告别和一句“路上见”后，我们出发了，前往市区的一家哈迪快餐吃巨无霸煎饼。就要进城时，戴维就提醒我：“我昨晚买晚餐时碰到些孩子，他们告诉我城里最激动人心的东西就在前面。”很快，我们便在大力水手的雕像旁屈伸肌肉。它能勾起 20 世纪 50 年代的回忆，儿童时代家里的第一台黑白电视机上，有米老鼠俱乐部、游侠传奇，自然还有大力水手和他的菠菜、奥丽弗和小豆子，还有布鲁托和温比，据说，这些形象的原型都是切斯特的真实居民，这里是大力水手的诞生地，或者至少

是他的创造者埃尔齐·西格的出生地。

“是密西西比河！哦耶！呜——呼！”这是我旅伴的修辞手法，他骑在前面，正奔向桥面，而我紧跟在他后面。狭窄的车道上交通拥挤，我们无法安全地逗留。但是在此时，在此刻，从壮阔的密西西比河上进入密苏里真是让人心潮澎湃。我如此评论这个时刻：“8:42，5月28日，我们在路上的第25天。”

我们停在“欢迎来到密苏里”的广告牌边，思考、拍照，突然戴维问道：“***那是什么？***”我也听到它了，但并不确定是什么，直到我看见头顶电线上的那只鸟儿。“哦，真不错，”我回答道，“一只雄性红翅黑鹂，他的叫声非常不同于我们自弗州以来听到的其他红翅黑鹂。一定是因为这宽阔的河流，密苏里的黑鹂无法听到伊利诺伊那边黑鹂的叫声，因此，这边的鸟儿可以随意发展他们的叫声方言。”[1]

自大西洋岸始，我一直在听黑鹂的叫声，欣赏着***啧，叽，喳，沽，噤***等类似音节间微妙的变化，还有一些与众不同的叫声，比如，尖锐且含糊的降调音***提－衣***。我知道每只雄鸟都有大约10种不同的叫声，在同一处田野或沼泽里的鸟儿倾向于共享习得叫声的相同曲目，这和斯皮札雀很相似，后者在不同的田地里有不同的歌曲方言。但黑鹂最特别的地方是他们运用叫声的方式，雄鸟就好像是在监视着周围相关的一切事物，所有邻居都使用同一种叫声，直到他们中的某一位发现了一个干扰项，他会切换到另一种叫声，好像正警示着其他雄鸟，接着他们全都会换成新的叫声。我们这一路来，黑鹂的叫声曲目可能一直在渐渐改变，但此处的大河将对岸的鸟儿隔离开来，因此使他们的方言产生了如此突兀的转变。

红翅黑鹂
(Red-winged blackbird):
密西西比河边的当地叫声方言（138，0:37）

我试图将此刻的兴奋传达给戴维，但很快就反应过来那看似简单的“***那是什么？***”这一问题透露着什么。对我们听过的所有鸟儿，戴维的熟悉程度足以让他知道这鸣叫声有别于他之前听过的任何鸣叫。真是令人震撼！他一路来吸收的鸟类相关知识超出了他表现出的样子。“我爱鸟儿……鸟儿们是最棒的。”他说这话时声调里一丝诚意都没有。

9：00，防晒时刻，我们慷慨地把防晒系数50的乳霜涂在脸上和小腿，这是整个旅程中我们在固定时间要做的事。不过气温只有50多华氏度，荧光黄的防风夹克能很好地保护我们的胳膊。我们很快就离开了密西西比河的冲积平原，爬上标着字母的公路，进入草木繁茂的小山，向西而去。我们先是骑行在县公路N上，然后是Z和H；从地图上看，再往前还有P、B、F、W、V，而后莫名又回到了N。已有人警告过我们，奥沙克山脉非常陡峭，攀爬的难度远超过落基山脉。我很快就换到了最低挡，以4英里的时速慢慢爬上山坡，而后，在呼啸而下时换到最高挡，接着再换到最低挡。"哦，妈呀，有这么多山，这么多山。"戴维如此播报着，就像我没注意到似的。

刚刚经过的一家农舍，仿佛全世界的麻雀都挤在那儿沸反盈天地吵嚷。一只茶隼在我们面前掠过公路，于杂技般的飞行中扇动通红的尾羽，黑色的羽尖特别显眼，带有蓝色的翅膀与红黑条纹的背部形成鲜明对比。他脸上有专属于隼的独特花纹，正紧追他的是一只东王霸鹟。昨天，我们还看见一只王霸鹟在空中追赶一只红尾鵟，相比于身形大许多的红尾鵟，王霸鹟就像一颗跳动的小球。这些鸟儿的拉丁名是*Tyrannus tyrannus*，意为"霸气的君王"，他们极其好斗，敢于追逐比他们大许多的鸟类，比如乌鸦和鹰。他们这么做往往是为了护巢，不过我打赌他们有时单纯就是在享受追逐的乐趣，他们当然可以这么做。

我的思绪漫无边际，一会儿想到最新的世界新闻，一会儿想到前方会有什么或没有什么，一会儿又想到过去四周的旅程。不过我提醒自己关注***此刻***，关注当下，有意识地注意周围的一切。路边有各种各样的树，枫树、橡树、野樱桃、椴树，还有我喜欢的鹅掌楸，出了弗州，许多树已经开花了。天气凉爽，只有60华氏度出头，吹着温和的逆风。一只椋鸟躺在路上，有人会说它很漂亮，但那个人不是我，我的路毙动物清单上又多了一只。我费劲地呼吸，传动链持续地呼呼转动——我们将其固定在8%的传动级别。野花盛开，有黄色的、白色的和紫色的。风吹在我脸

麻雀
(House sparrow):
典型的农院喧嚣
（139，4:19）

上，下山时 40 英里的时速带来纯粹的兴奋感。我不断将齿轮调整到最佳状态，试图让曲臂保持每分钟 80 ~ 90 转的速度。右边有一只褐弯嘴嘲鸫在唱歌，一瞥之下能看到他典型拱起的背部，树梢上的剪影尾部下垂，身体略微前倾。

“戴维，”我喊他，“最好能好好听听所有鸟儿的声音，他们大都是东部鸟类，我们进入密苏里西部的大草原时很快就会失去他们的声音。”我尤其会想念莺鸟：蓝翅虫森莺的***哔－布兹——***；黑白苔莺起伏的高音***维西－维西－维西－维西－维西***；橙尾鸲莺高而尖锐的歌声；北森莺的颤音之歌；草原林莺升调的 ***y–u–a–n***；黄腹松林莺和食虫莺像麻雀般的歌曲；黄腹地莺的***徐哩 徐哩 徐哩 徐哩***；白眉灶莺飞行之歌里混乱的狂喜。棕林鸫、白眼莺雀和黄喉莺雀、簇山雀、卡罗山雀、卡罗苇鹪鹩、东蓝鸲、玫红丽唐纳雀和猩红丽唐纳雀、北美红雀、东唧鹀、田雀鹀、东草地鹨、圃拟黄鹂和巴尔的摩黄鹂，还有其他许多鸟，我听着他们终场的歌声，几天内他们将会被许许多多新的鸟儿替换下场。

黄腹松林莺
(Pine warbler)：
东部居民的黎明之歌，唱着叽啾和变化多样的歌曲
（140，0:46）

哇哇啊啊啊，出法明顿的县公路 W 真难走。没有路肩，而且疯狂的快车手们像是想把我们推出公路。一辆经过的小汽车打开了门，一个男人在乘客座上不知所云地嚷嚷着；愤怒的喇叭声此起彼伏；一辆迎面而来的汽车就在我们面前拐进了自行车车道，像是要把我们清出去。我们好像又回到了肯塔基中部，这也许不是什么令人惊讶的事，因为据说在密苏里州定居的人都来自肯塔基的阿巴拉契亚山脉。

两小时后，我们抵达派勒特山，并欣然接受了 40 美元一天的汽车旅馆房间，我们推断住旅店比野营更容易在清晨早起。马克和约翰随后到来，他们也要了一个房间，还讲了县公路 W 历险记。克里斯和克斯似乎不知道在哪儿掉队了。

戴维决定好他单车的名字，并煞费苦心地用他在上一站买的标签贴将它拼写在车架管上：“‘QDR 10000’，意思是‘棒极了唷’‘环游’，其实是所有单车骑行的本质，”他对我解释道，“是浪费时间的绝妙方法。一万仅仅是个足够

大的数字，听起来比较酷。”

我也给我的单车取了名字：“‘YIS’，是‘你被花掉的遗产’的缩写，暗示着这数目很大。”

第 26 天，5 月 29 日，密苏里州的派勒特山至阿里温泉

好像才过去几小时，我们就已经在吃昨晚准备的冷调燕麦粥了。5:55，日出后 10 分钟，我们又骑上了单车，此时气温约为 50 华氏度。你很难使唤疲惫紧绷的双腿，让它们再次开始转动，也很难让你的屁股在车座上找到一个舒适的位置，但骑出几百码后我又变得自在开心了。不过戴维并非如此，他的整个身体都在痛苦地抵抗早起，很快落在了后面——戴维在日志里写道，我每天的这个时候常常“激情飞扬”，但我的这种状态对他没什么帮助。

右边围篱桩上有一只莺鹪鹩。自弗州以来我经常听到他们，不过都隔着一些距离，而这一只就在目光所及处，他在路边叽叽咕咕、蹦蹦跳跳。刚越过他，我就放慢到了龟爬的速度，希望他以为我已经消失了，他果然没停下。我回头望了一眼这大胆又活泼的生物，他在桩子上活力四射地跳跃着，尾巴在背后高高翘起，又开始唱了，以一系列简短又结结巴巴的咔咔声为开场，接着声调变得更高、更响亮，歌声如瀑布般汩汩倾泻而下。他的能量让人振奋，十分具有传染力，我轻快地向前骑去，希望戴维也能听见他的歌声。

莺鹪鹩

左边传来了一阵歌声，是这次旅程中的新歌吗？我的思绪在各种可能性中搜索，不过几秒后，第二首歌让我脱口而出：“比氏苇鹪鹩！”我曾希望我们能在肯塔基州听到他唱歌，然而尽管比氏苇鹪鹩曾广泛分布于东部，但现在看来，他们在密西西比河以东已大致消失了。我做下记录：

莺鹪鹩
(House wren)：
活跃于整片东陆的路边
（141，1:38）

“6:27，5 月 29 日，出派勒特山 4.32 英里后，县公路 N 上，有一只比氏苇鹪鹩！”我等着戴维追上来，以一种较为平和的语气尽力向他解释这个场景有多重要。1969～1972 年，我在研究院为写博士论文研究比氏苇鹪鹩。我大部分时间在俄勒冈州的芬利国家野生动物保护区工作，那里离太平洋海岸距离很近，不过我也在西部以及东至马里兰州的各地调查这些鹪鹩，那时候他们还生活在那里。科罗拉多东部的歌曲是最棒的，现在这只雄鸟在一座房子杂乱的前廊里唱的就是那些歌中的一首，它们都是又长又复杂的六分部歌曲，非常像是被人盛赞的歌带鹀的歌。我刚成为一名鸟类学家的头 4 年里，这些鹪鹩教会了我许多东西，我永远都感激他们。现在，他从门廊飞到附近一棵树的树顶，又唱了起来，然后越过马路飞向远处，又换了一首歌——他能唱 10 首左右的歌，接着沉默了。

我们继续前进，戴维没一会儿就问：“为什么这么安静？”

比氏苇鹪鹩
(Bewick' s wren)：
一位非凡的艺术大师，演奏了 5 首不同的歌曲杰作
（142，12:30）

“是的，”我赞同道，“很安静，黎明大合唱结束——日出后的一个小时左右，总是会有一段暂时的安静。不过我想，今天尤其安静是因为天气太冷了。昆虫在这种温度下都不太活跃，因此鸟儿就更难找到自己所需要的能量，也就没那么多时间唱歌。”

里程计显示 30 英里时，我们抵达了森特维尔，戴维在这里为自己补充了一些咖啡以恢复活力。他提醒我：“最好不要在天还没亮时起床。”而对我来说，那是早晨最棒的时光：相对较少的车辆，没有风，凉爽，鸟儿也在最好的状态，只不过略微安静些。

沿路才走了 3 公里，我们碰上了一条长长的上坡路，它可能是整个旅程里最陡峭的坡。就在这时，一张微笑的“咖啡因先生”的脸从旁掠过。他又回来了！接着我的手表闹钟再次蜂鸣，它今天每 15 分钟响一次，提醒我要吃点儿什么、喝点儿什么。这次我吃了两根无花果条，喝了一些佳得乐，又吃了两片布洛芬，好让我的左腿消肿。(“可能要 6 周才能痊愈。”我的医生女儿是这么

说的。）戴维停下车来，帮助一只龟过马路，免得它也变成碎裂扁平的尸体。我率先攀上山顶，接着冲下一道看似没有尽头的斜坡，它隐没在远方的树林中。在时速40英里，不，现在是44英里的速度下，我接近了一只正在路边尸骸上进餐的红头美洲鹫。他看见我时差点儿没来得及飞起来，有那么短短的一刹那，我们一起向山下滑翔，我越过他时，他刚刚飞到我上方，我几乎与他一起飞行。如此至近，他非常巨大、翼展恢宏，那宽大的翅膀就贴着我的头顶，每一根羽毛的轮廓都永远烙印在了我的记忆中。这真是云霄飞车般的一天！

柯伦特河上的猫头鹰弯道州立公园是欧扎克国家景观水道的一部分，我们停下来吃午饭。戴维意气风发。他步行前往上游，然后漂流而下。他休息、放松，甚至在树荫底下小睡了一会儿。如果这还不够让他恢复精神，那么在与那些乘轻舟漂流而下的大学生年纪的女生聊天后，他彻底精神抖擞了。

束带翠鸟

我努力让自己耐心点儿，因为我急于抵达这一天骑行的终点——阿里温泉，它离这里只有18英里。我走进水里，试图证明我的脾气没那么急躁，但岩石硌伤了我的脚。放松是个艰难的任务，睡觉就更不必提。我深深地呼吸，欣赏这美丽的河流，这里有我们在旅程中见过的最清澈的河水，我慢慢平静下来，听着周围的一切。这里有许多老朋友，可我最钟爱束带翠鸟。一对雄鸟和雌鸟沿河上上下下地进行飞行表演，在我看见他们之前，干哑的咯咯声已经宣告了其存在。最棒的是，看见戴维很快乐是件美妙的事，我很羡慕他，

束带翠鸟
(Belted kingfisher):
从弗吉尼亚州到俄勒冈州，都能听到雄鸟和雌鸟间经典的嬉闹
（143，1:51）

因为我没法像他那样享受这次小憩。

从猫头鹰弯道离开后，戴维骑车围着我绕圈。“整个旅程里最棒的一次休息，”他眉开眼笑。我暗暗咕哝了几句——就几句。他基本上是按照我的方式来旅行的：日出前起床，很早就开始骑行。我真的相当感激这一点。

阿里温泉很快就到了。我们在杰克福克河边搭了营帐，而我搜索了露营地，计划着明早的告别。这里是抵达大草原之前最后一个林木茂密的停靠站，也将是众多东部鸟儿最后的要塞。明天早晨，我将漫步于东部鸟类中，最后一次聆听他们的歌声。

第 27 天，5 月 30 日：密苏里州，阿里温泉至哈特维尔

一只横斑林鸮叫了整夜，虽然离日出还有很久，但我已经在营地里漫步了。河面上空燕子鸣叫，稍远处有一只黄胸大鹡莺和一只卡罗琳夜鹰唱歌。头顶上有一只东林绿霸鹟醒来，开始了他的黎明序曲，先是以闲散的日间节奏唱了一两分钟，真是太迷人了，4 组***披－衣－吁***后面跟着一声***喂－呼***，就好像是黎明演奏前的暖场。我在此逗留，听着北美红雀的歌，他简单地重复着***喔依 喔依 喔依 喔依 喔依***，每一声哨鸣***喔依***都以低音开头，而后飙升至高音，开头是左鸣管发声，结尾是右鸣管发声。到处都是知更鸟。一只东王霸鹟于路边空地上方盘旋，活力四射可结结巴巴地唱着黎明之歌。那边，绿霸鹟突然切换成黎明模式，开始了他的第三首歌：***衣－迪－吁***，速度是慢板序曲的五六倍。真好，一切井然有序。

东林绿霸鹟
(Eastern wood-pewee)：
急促但精致的黎明之歌，这是东部森林里的常见曲目
(144，7：05)

前方的人行道上，有 4 只褐斑翅雀鹀向彼此蹦来蹦去，每一只都朝其他鸟儿喷吐着歌曲。日出前的半个小时，他们会回到自己的领地，但此刻他们聚集在这个小小的舞台上，忙忙碌碌地以智力和歌曲角斗，也许是在争夺分数。他们每一只都在确定自己在当地雄性等级中的位置，而雌鸟们无疑

正在倾听着，做着记录。

我走进一条营地环道中，感慨于4种鸟儿以其特别的方式标记了黎明。绿纹霸鹟在他爆发式的***匹－秀！***之歌间连续叫着***匹，匹，匹***。两只黄林莺一曲一曲快速地演奏着他们的黎明曲目，有十一二首歌，还有3只橙尾鸲莺奏着他们的三四首歌。这5只雄鸟都在歌曲间疯狂地叽叽啾啾，并且5只都保留了一首特别的歌，预备在稍后更放松的演唱模式中使用。头顶的北森莺也在他的歌曲间狂乱地叽叽叫，不过他只有一首黎明之歌，他把它重复了一遍又一遍，还有一首日间歌曲要留到稍后再唱。

4只褐斑翅雀鹀
(Chipping sparrow):
在黎明的人行道上，向彼此喷吐着简短的歌曲
（145，5:01）

还有第五种鸟，一只圃拟黄鹂。我们曾在白天听到他们在高高的树梢唱歌，但现在他是在路边的一丛小灌木里唱的。哇哦，我以前从来没听过圃拟黄鹂像这样唱歌。他唱得太快了，大约每隔5秒钟就唱一支3秒长的歌，而大多数中场时间都被一支美妙的串烧填满，这串烧由颤音和鸣音组成。我慢慢靠近，直至站到离他只有几英尺的地方，现在他歌曲中的每个音符都如此锐利且具有穿透力。我挑了一个特别的段落，等着它再现：就在那里，在那支歌的末尾，然后出现在下首歌的中间，接着完全消失了，没有哪两支歌是相同的。然后噗的一声，他飞走了，这位幻影歌唱家在路对面的另一丛小灌木里又开始了他的黎明演奏。

当我专注于每一个种类的几首歌时，大多数东部鸟类都很慷慨：一只卡罗苇鹪鹩……一只靛蓝彩鹀……不，两只……远处有一只棕林鸫……一只卡罗山雀……一只黄腹地莺……一只灶莺……一只唧鹀……两只山雀……厕所旁边有一只菲比霸鹟……东林绿霸鹟还在唱他的黎明之歌。令人惊讶的是，卡罗琳夜鹰还在继续。他们都是雄鸟，然而控场的却是有权挑选伴侣的雌鸟，因为她们选择的雄鸟将会将他的歌曲和歌唱习性传给下一代。“谢谢你们，鸟小

圃拟黄鹂
(Orchard oriole):
在触手可及的灌木丛里唱着黎明之歌，热忱专注，激情洋溢
（146，4:54）

姐们，”我发现自己正想着，“我现在听到的所有曲子都由你们静默地创作。”

此时，太阳已经在厚厚的云层背后某处升起来了，演唱慢了下来，下起雨了。我在一棵树下躲雨，注意到还有其他鸟儿：一只红腹啄木鸟、乌鸦、一只歌莺雀和一只红眼莺雀。一只褐头牛鹂飞了过去，在飞行中发出哨鸣声，非常准时。牛鹂在日出前都在做什么？为什么莺雀们总是起得这么晚？

雪松太平鸟

雪松太平鸟
（Cedar waxwing）：
一种没有歌曲的鸣禽，一个谜题
（147，1：18）

一小群雪松太平鸟停在我上方的树间。“一首歌也没有的鸣禽。”我自顾自笑着。我听到了他们又高又薄的***唧***和一些刺耳的***哔叽***——不过我知道他们能将这两种叫声的细微变换表现得令人惊叹。从来没有哪只雄性雪松太平鸟飞到树顶，唱一首会让人觉得是歌的歌曲，这真是古怪。从来没有。他们的血统里没有这东西，哪怕他们是“真正的鸣禽”。为什么呢？雌性太平鸟一定知道他们为什么遗失了自己的歌，因为这些鸟儿几乎肯定是从会唱歌的祖先那里进化而来的。但答案依然是个谜，人类不知道要怎么问他们。

不过另一种莺雀的鸣声传了过来，一只黄喉莺雀，听起来非常像是一只唱得缓慢又沙哑的红眼莺雀。我走了过去，在他所属的那棵树下找到能躲雨的地方，听着他从上方洒下音符，大约每两秒一支歌。我玩了与红眼莺雀同样的游戏，挑了一段特别的歌，不过我很快意识到他正在两首不同的歌之间切换，A B A B A B。他可能切换了 10 次，然后又开始了另外 3 首不同的歌，C D E C D E，有规律地重复这个模式。一分钟后，他好像又回到了最初的那两首歌，下一分钟他又唱起了那 3 首歌，我猜他的歌单上只有 5 首不同的歌曲。多迷人呀，除了这小小的曲库，还有这打包演奏的风格——尤其是后者，和我常年习惯倾听的红眼莺雀截然不同。

6：30，雨继续下着，我回到帐篷里，爬进睡袋，听着雨水打在门帘上的节奏，听着头顶北森莺的日间之歌，听着河对岸黄胸大鹏莺最新的歌曲包，迷迷糊糊地睡去……8点时，风停雨罄，我又走出帐篷，戴维很快跟了出来。“菲比霸鹟，”他指出，“听到他又在轮换他的两首歌了吗？你应该更注意一点儿。”他在逗我。我只给了他一声“啊”，但心里正偷笑，我知道他比表现出来的听得更多。

黄喉莺雀
(Yellow-throated vireo):
密苏里的雄鸟唱着两个歌曲包中的曲目
（148，2:20）

10:00，我们已经在路上了，不过很快又停下来涂防晒霜。戴维还戴上了军人头巾，在他脑后顺风飞扬。肯塔基州，这个头巾让一个骑手给他取了个中东昵称，她还顺便给我取了昵称，叫“变身鸟人”。

早晨晚些时候，我们离开营地约7英里，来到106号公路和国道D的交叉口，刚刚有一辆白色的皮卡经过，司机友好地按了按喇叭，还朝我们招手。那儿有一座木质瞭望塔，它立在无名处，高高地越过树顶。它的楼梯邀请我们攀向天空，我们欣然接受，于是，奥沙克山区郁郁葱葱的风景很快便铺展开来。

我朝东望去，心中想着我们的路线，回顾着从约克敦到詹姆斯敦，到梅卡尼克斯维尔，再到米纳勒尔，横穿过弗吉尼亚和肯塔基，掠过伊利诺伊州的南角，此时已越过了半个密苏里州。我确认着旅程中的每一站，画面和声音飞掠过脑海，全都是东部的景致。

接着我又转身望向西方，望向太平洋。大平原就在前方，接着是落基山脉、提顿山脉、黄石国家公园；蒙大拿州、爱达荷州，还有俄勒冈州在召唤。由此刻起，大平原与远西地区的鸟儿将一路唱着直至太平洋，我几乎能够听到他们了。我准备好了！

第 13 章　普雷里之光
A PRAIRIE GEM

第 29 天，6 月 1 日：密苏里州，阿什格罗夫至普雷里州立公园

因为喜欢山雀，我曾全面研究过密苏里远西端的普雷里州立公园。堪萨斯大学的马克·罗宾斯是我朋友，他确认道："是的，卡罗山雀和黑顶山雀的杂交地带正好穿过那里。"东边的鸟儿是纯粹的卡罗山雀，西边的鸟儿是纯粹的黑顶山雀，而在这条狭窄的地带里有一些唱着混杂型歌曲的古怪鸟儿。这对我来说足够了——我在地图上查到这个公园，它就在穿美单车路线的旁边，我们还可以在山雀杂交地带正中扎营。鸟儿们将于满布林木的营地里出现，不过真正的盛宴可能是：我们能得以一窥置身于野性难驯的高草草原中的古老大平原。

6 月 1 日傍晚，我们"偏航"了，沿 43 号高速公路往北慢行了 6 英里，而后沿 160 号路向西骑了 2 英里，又沿高速路 NN 向北骑了 1 英里。由此开始，碎石铺就的中央路向西而去，通向另一个时代。我们停下来看了看。"你怎么想？给轮胎放点儿气，好保护轮辋？"我问戴维。"嗯。"随着空气的嘶嘶声，每个轮胎的压力都从 80psi* 降到了约 45psi。现在，我们可以在松散的碎石路上

* psi是美国常用计量单位，意为磅/平方英寸。1psi=6.895千帕。——译者注

获得更佳的牵引力，而且更软的轮胎能减少车轮损毁的风险。

我们慢慢地向西骑去，我回想着过去几天里景色上令人激动的变化。两天前，从阿里温泉到哈特维尔的75英里路上，森林分布变得零零碎碎，人类设计的开阔地多过了自然创造的。昨天，前往阿什格罗夫的68英里路中，森林和平原相互争斗，双方都没有占得上风。但今天，平原已经彻底赢了，东部森林的触手只能在堪称泛滥的平原上触及西部。沿中央路骑了3英里后，我们右转骑上NW第150号车道，进入公园的中心。碧蓝广袤的天幕朝四面延伸向地平线，到处都是草原野花。戴维看了北美野牛的警告标识后，提醒我："待在车上。"我们骑车前进，略有一点儿紧张。一阵柔和的微风吹动草的海洋，向左右方的缓坡拂去涟漪。下午明亮的光线里，我们骑行穿过这古老的高草草原，这里一块耕地也没有，沿路尽是草原鸣禽。是的，右边的山坡上就有野牛。你脑内很轻易就能浮现出这样的景象：高草草原向四面无边无际地铺展开去，到处都是野牛。我想象着这里200年前会是什么样子，1803年，作为路易斯安纳购买案的一部分，这块地被美国人从法国人手里买下来，也是此时，刘易斯和克拉克开始了他们前往太平洋史诗般的旅程。

向北骑了2英里后，我们左转进入一小片林地，涉过溪流，进入营区，同时也看到了当心山洪暴发的警告标识。山雀就好像是在等着我们一样。扎营时

混血山雀：
普雷里州立公园里歌手的混合曲
（149，3：08）

我注意听着，但很失望，因为近处的山雀唱的是一首黑顶山雀的典型歌曲。圆润的哨鸣音***嘿－衣羽***，***嘿***的音频比***衣羽***高，***衣羽***分为两个清晰的音节，中间有一个明显的暂停。他一遍又一遍重复它，很快又将这支歌调换到一个更低的频率，现在他唱起一整串的歌了——这是优秀的黑顶山雀歌手的做法。但是下一串歌很奇怪，是一首***依－咯－依－咯－依－咯－依***，每个***依***的哨音都比黑顶山雀最高的***嘿***要高出许多，而且更尖锐——现在他几乎是一只卡罗山雀了，但这首歌比卡罗山雀的歌要长出一倍！真不错，他是混合型。

营帐安好后，戴维走进草原，但我逗留在原地，热切地想听到营地附近山雀的更多歌声。他很给面子，很快唱起了***嘿－衣羽－依***，这是典型的黑顶山雀的歌曲，末尾加上了卡罗山雀的***依***。他终于唱了一句***嘿－衣羽－衣羽***，一连串优美的降调哨音，多分部像卡罗山雀，但元素是黑顶山雀的。

邻近的另一只山雀也一样创新，他至少有 5 首不同的歌。和刚才那只相同的***嘿－衣羽－衣羽***和黑顶山雀典型的***嘿－衣羽***一样，但他还有两首典型的***依－咯－依－咯***版卡罗山雀之歌。接着，他没唱***嘿－衣羽－依***，而是唱了***依－嘿－衣羽***。真的是混血儿！

这是个多么特别的地点，跨越两种山雀的边界。我在地图上研究过这个狭窄的杂交地带，它从这儿延伸向东北，穿过伊利诺伊州、印第安纳州、俄亥俄州和宾夕法尼亚州。它还有一条长长的杂交支线，沿阿巴拉契亚山脉的高海拔中轴向南延伸，在这条支线里，黑顶山雀占据高地，即弗吉尼亚州的罗杰斯山，卡罗山雀则栖息于低地。这一线地带上，你可以感觉到山雀在领地上的拉锯争夺，而后他们在边界上相互妥协，选择以爱代替战争，并与敌方联姻。

我也走进草原，发现戴维正在一处小丘顶上闲逛，四面风景壮观。我沉浸于景色中，野牛，温和起伏的地貌，柔和的微风从西而来掀起草浪，遥远的地平线，无垠的天空，空气中充盈着草原鸟类的歌声，整片生机勃勃的原野。这里为什么如此神奇？我感觉自己充满了能量，仿佛草原唤醒了根植在基因里的记忆，那时我的祖先正从树上一跃而下，准备开拓一个全新的世界。我想奔进这草原中，旋转摆动，腾空飞跃。

但我也注意到了西边的雷云，因此我掉头回到营地，确保我们一切都准备就绪。哦，是的，风云莫测，戴维刚刚回来，天空就开始向下倾倒雨水了。他高高兴兴地在帐篷门帘的遮蔽下煮了一餐，只是对我略有微词，因为我基本没有参与。“主厨特制”很快入口，就是用餐地点稍显狭小。于是我们这一天就此结束，在雨声中进入梦乡。

第 30 天，6 月 2 日：密苏里普雷里州立公园，至堪萨斯州沙努特

我被奔腾的水声惊醒了！我抓起一支手电筒，拉开网帐的拉链向外望去。除了水，我什么也没看见，帐篷就像是一条川流不息的河中的孤岛。我以闪电般的速度穿上凉鞋走出帐篷，向溪流跋涉而去，想知道是否有一道肆虐的洪流预备将我们冲走。我很快涉过及踝深的水，走到路面上，发现溪流只比平常高了一点点。我又回到帐篷那里，看到落在整片野营地中的雨水都从我们的营帐处流走了。没有危险，我们很干燥，多亏我们训练有素的眼睛为帐篷选了一处好位置，它就比旁边高了那么几英寸。我小心翼翼地爬进睡袋，没有惊醒我那睡得雷打不动的儿子，很快就梦见了草原的清晨。

距日出还有很久，我又走回横贯公园的车道上，急切地想回到溪流在南边约一英里处流经的地方。我推断那里会有最丰富的鸟类活动，溪边的树上会有东部森林里常有的鸟，而上方较干燥的坡地上会有草原鸟类。

连夜的雨浸透了草原的泥土。重力将带走泥土无法吸收的水分，补充给溪流，后者汩汩又潺潺地流着，比昨天下午强大许多。我毫不讶异地发现一只东菲比霸鹟喜欢这里，他很快便唱起了完整的黎明之歌。哦，是的，他切换着自己的两首歌，一只兴奋的菲比霸鹟在黎明总会这么做。我感觉着他的节奏，每两秒一首歌，但他的节拍器始终有一点误差，因为他从***菲－比***唱到

菲 – 波 – 布利 – 比时总会比他过渡到下一次***菲 – 比***时更快些。这都是天性，我沉思着，因为歌唱基因各处相同，所有菲比霸鹟都如此歌唱。回头我要向戴维传一份完整的菲比霸鹟报告。

东非比霸鹟
(Eastern phoebe)：
他在溪边以黎明模式切换着两首歌，近处还有野牛
（150，4:54）

我急于走下路面进入草原，但很谨慎，因为天还很暗，我不知道野牛在哪里。溪流北面的路两侧都有向上的缓坡，它们看上去最有吸引力，我很快便于高草间穿行，但仅仅走了几码就刹住了。我听到野牛在左边喷着鼻子，手电光下，至少有十几双眼睛闪闪发亮。更多的喷气声。我安慰自己，这一定只是吃草时正常的声响，没什么需要担心的。不过我沿路撤回，选择走到溪流的另一侧，我推断他们不太可能冲过河边浓密的植被来追我。果然，这就如“待在车上”一样安全。

前方一小丛灌木里爆发出贝氏莺雀的歌声，旅程中我第一次听到属于贝氏莺雀的歌。这歌声里蕴含着多么非凡的能量啊，这不可见的造物藏在浓密的枝叶里，每一支一秒半长的歌曲都是一组悠扬升降的音符的串烧，而每 3 秒就会迸发出另一首歌。我踩着小步慢吞吞地走向他，站到离他只有几码远的地方。他没有受干扰。

贝氏莺雀

我听着，回忆着我所知的关于这一种群的少许信息。[1] 他可能有五六支不同的歌，一般会在两首歌间切换，有时是 3 首，能鲜明地辨别出不同。有些歌的结尾是升调，有些是降调。他可能会在几分钟内唱出 50 段左右的歌，而其中一支会出现 15 ~ 20 次，然后它会消失，几分钟后重新出现。与黄胸大鹛莺、知更鸟还有黄喉莺雀和黑顶莺雀一样，他是个“串烧歌手”。

贝氏莺雀
(Bell’s vireo)：
在我身边的灌木丛里，他唱出一个问题，然后回答它
（151，4:55）

我对这藏在触手可及处的小精灵入了迷，选中了一首末尾上扬得很特别的歌，然后听着他又一次唱到它。显然，每过 2 ~ 3 支歌它便出现一次，这中间的歌曲都

不相同。然后它消失了，大约 3 分钟后再度出现。他共唱了 88 支歌，每次表演完曲库中的 2 ~ 3 首歌后，便回到我选的特殊曲段。“棒极了，谢谢你，莺雀先生。”

除他外，溪边还有一只黄胸大鹛莺正唱着。他发出了多么古怪的混合音符啊，而且节奏完全无法预测。第二只黄胸大鹛莺在上游距我仅 30 码处，上演着另一场同样无法想象的表演，远处还有别的黄胸大鹛莺，零星分布于沿溪植被繁茂的泛滥平原。他们唱得好像是在举行一场重要会议，每只鸟儿都很顽固，没有两只鸟对怎么唱达成统一意见。

黄胸大鹛莺
(Yellow-breasted chat)：
专心致志，只唱一组曲目
（152，3∶20）

柳纹霸鹟
(Willow flycatcher)：
他有 3 首特别的歌，他的族群在哪里都唱这 3 首（153，4∶00）

柳纹霸鹟在溪面上一条裸露的枯枝上唱歌，也有其古怪的方式。先是***未兹 – 不咿 未 – 不咿***，这是他拥有的 3 首歌里的两首，两者的长度都不超过一秒。他停了 7 秒钟才开始另一次***未 – 不咿***，又停了 5 秒开始下一次***未兹 – 不咿***以及两次***未 – 不咿***，再停了整整 10 秒钟叫了一声***唔咿***，这是他们种族的第三首歌，简单的、支支吾吾的升调。他的整个表演全凭着时有时无的兴致，就好像他不太能确定下一步要做什么，又好像他从近处黄胸大鹛莺的合唱中学到了不少唱法。

我在溪边的灌木丛和树林间简略地清点了一下其他熟悉的鸟类。一只东唧鹀轮流唱着他的两首***饮 – 酒 – 契***。一只北美红雀以黎明的歌唱方式发着哨鸣。一只褐弯嘴嘲鸫在我靠近时恼怒地扑着翅膀，然后在远处一棵树上安置下来，***原野原野，唱呀唱呀，呜呼呜呼，荣耀荣耀***……一只黄嘴杜鹃咕咕叫着，他的***咔 – 咔 – 咔 – 咔 – 够 – 够 – 够 – 够 – 哆普 – 够普 – 够普***持续了整整 10 秒钟。黄喉地莺，每只都宣扬着自己那一版本的***喂 – 依 – 叽 喂 – 依 – 叽***。红翅黑鹂始终唱着他的***噢和啊 – 醉意***————之歌，同样，一只山齿鹑也坚持着他加重声调的***呼 – 波 – 法伊***！头顶的天空，一只金翅雀叫着***不 – 气 – 我 – 哩***，他于近处着陆，只唱着一篇断章，告诉大家在这个季节要为筑巢而兴

美洲斯皮札雀
(Dickcissel):
6 只鸟儿唱着本地方言
鸟 1（154，0:28）
鸟 2（155，0:38）
鸟 3（156，0:28）
鸟 4（157，0:29）
鸟 5（158，0:35）
鸟 6（159，0:23）
鸟 1~6，每只鸟只有一支歌
（160，0:24）

奋还太早了。远处是有一只乌鸦吗？还是一只黄胸大鹏莺在模仿乌鸦？

泛滥平原向上就是草原，还有***草原鸟类***。到处都是斯皮札雀！我接近了一只，听着他的***啧 啧 啧 嗞 – 啊 啧 啧***，3 ~ 4 声尖锐的音符开场，然后升至***嗞***，再降到最低的***啧 啧***段落。这特别的歌曲从听力范围内的另外 5 只斯皮札雀那里得到了回应，每一只都在发送信息，没有哪位对歌曲产生异议。这些歌真的很有特色，不过往营地方向走不到 1/4 英里，那里斯皮札雀的方言就已经大有不同了。

草地鹨，全是东部种类。近处的一丛灌木里，有一只唱着***春天也在这儿***。我用口哨吹出这句助记的话来，它先往上升，接着降调，拖出了***这儿***，听起来好像要接着唱似的。它只是助记词，我提醒自己，关注每支歌的细节，关注速度和节奏。他继续唱着，不过我的靠近令他心烦，于是他爆发出了一声刺耳的***孑维***，接着是急促的***孑维 – 得 – 得 – 得 – 得 – 得 – 得 – 得***。他飞开了，停在足足有 100 码远的地方，在那里唱了明显是另一版本的***春天也在这儿***。他的领地和那些斯皮札雀比起来真是非常巨大。

接着出现了一首所有歌里最不同寻常的歌，是褐头牛鹂流水般的鸣声***叻叻噜空嘻嘻嘻***，只不过这助记词更像是在遗憾地评断我们人类的听力，而不像是在标注歌曲本身。我曾用我最好的抛物面反射式麦克风捕捉这些音符，然后在电脑上以正常速度的 1/10 将其播放出来，我知道当他在雌鸟面前这样唱时，后者能听到什么样的细节。他以一系列完美而细小的纯音音符开头，它们迅速地从一个跳到另一个，音高低得异乎寻常，并且极其柔和，只有她能听到它们。而后，他表演杂技般地从左鸣管迅速切换到右鸣管[2]，瞬间升至响亮、纯粹且含糊的声调，它们极高，对人类的耳朵来说是一个挑战。他掌握的杰作不止这一首，还有好几首。

斜坡上的一丛矮灌木中，我能看到两只牛鹂的剪影。雄鸟蓬着自己的羽毛，接着展开他的尾巴和翅膀，唱歌的同时往前点着头，几乎要从枝杈上掉下来。紧随他歌曲后***喊喊喊喊喊喊喊喊***的连鸣暴露了她的存在。他再次汩汩地唱出他的歌，而她用另一串连鸣回应。接着她又一次连鸣，而他恰如其分地发出一声飞行哨鸣：***微——吁***——，听起来他***微***——地尖声吸了口气，然后***吁***——地呼了出去。

东草地鹨
（Eastern meadowlark）：
很快将被西部种类的歌曲替代
叫声（161，2:56）
歌曲（162，:49）

褐头牛鹂

我思索着，他们是原始的“牛鸟”，这些鸟曾经只栖息于草原中，跟着野牛，捕食由吃草的畜群搅动而飞起的昆虫。我们人类因扫荡森林、开拓陆地而造成的麻烦实在不少，“牛鸟”便转变成“牛鹂”，并迅速在两个海岸间的新栖息地里大占便宜。这些鸟儿很会利用优势，雌性牛鹂（有人说她们是恶棍）将她的蛋下在别的鸟类窝中，骗其他鸣禽为她抚养后代。以进化时间量表来看，如黑纹背林莺等鸟类突然间遭到了灭绝的威胁，是因为他们并没有进化出防御牛鹂的生活方式。不过，我会说这不是牛鹂的错，每当我听到他们的歌声时，我都会赞美进化的奇迹。

褐头牛鹂
（Brown-headed cowbird）：
在他们祖先的家乡，在野牛群中求爱
（163，1:07）

更高一点儿的地方，在平原的草皮更薄、草长得更好的地方，有两只雀儿在唱歌。我在旅程的前半段听到过他们，但总是形单影只，这里一只，那里一只，从来没有见他们这样凑在一起过，也***从来没有***看到过如此多的数目。这里是草原，是他们的家乡！我不禁幻想着我是一只亨氏沙鹀，唱着独特的***喊－哩***之歌，开场音很高，然后下降，而后再次攀升，来势凶猛，却又放慢了速度。短暂的颤音，停顿，再次陡然唱出低音，来来回回，每次降音、慢板和短强音持续的时间都不超过 1/100 秒，变幻莫测的高速歌曲中，整串音符倾泻而下，开场近 1 万赫兹，结尾是 3000 赫兹，持续时长为灿烂的半秒钟。

接着是草蜢沙鹀。野外手册可能会形容他们的歌“像昆虫一样，从一些弱音开始，后面跟着又高又薄、嘶嘶作响、毫无音乐性的蜂鸣音：***滴－嗒－呃－唧——***”但把它们放慢至 1/10 的速度，就能听出其中的魔力：头半秒，4 声锋锐的序曲音符在音高与节奏中飞跃，对任何人的耳朵来说，它们都是此刻最甜美的乐音；而***唧——***每秒在高低音间转换 5 次，而不是 50 秒 5 次。这是一场发声的竞技，我可悲的人类耳朵永远无法实时侦测到它们。

现在，有两只草蜢沙鹀像是在他们的领地边境上争吵，所唱之歌不是相对简单的***滴－嗒－呃－唧——***还有一首更宽泛的歌。人类所能感受的实际时间中，它听上去像是一首随意排列的串烧音符，但当这首歌慢下来，我听到了具象化的细小词句和片段，还有 1/100 秒长的微型章节，正在时光之流中舞蹈。

时间转瞬即逝，我想我最好返回营地，准备开始这一天的旅程。就在戴维弄早餐的地方——那上方有着两位非凡的歌者，轮流在一棵枯树裸露的枝干上唱歌。“你听到上方为你准备的特别演出了吗？一只是玫胸白斑翅雀，是彼得森所说的‘开声乐课的知更鸟’[3]，他唱的歌太美了，所以彼得森把这只鸟放在他某本早期指南书的封面上；还有一只是巴尔的摩黄鹂，歌喉

亨氏沙鹀
(Henslow’s sparrow)：邻居们有着不同的“小嗝”，但放慢后，对我们的（人类的、可悲的）耳朵来说是一流的音符
鸟 1（164，2:09）
鸟 2（165，0:28）
1/4 的速度（166，0:07）
1/8 的速度（167，0:12）

草蜢沙鹀

草蜢沙鹀
(Grasshopper sparrow)：黄昏中的雄鸟，花式演唱着他的两首歌（168，0:31）

和前者不相上下。”

我们听着白斑翅雀丰润优美的曲段，他发出远比知更鸟的歌声更明亮、更流畅，以含糊哨鸣组成的 3 ~ 5 秒生机勃勃又散漫悠闲的段落，而后猛然结束，没有哪两段歌相同。接着轮到金黄鹂鸟，他的哨音圆润又清澈，韵律和节拍都如此与众不同。我呆愣愣地听着，看着，享受着，很快发现第三只鸟儿加入演唱。“东林绿霸鹟又出现了，带来他的两首日间之歌。他昨晚黄昏时鸣唱的小夜曲由他所拥有的全部 3 首歌组成，难道不够美吗？”

玫胸白斑翅雀
(Rose-breasted grosbeak)
巴尔的摩黄鹂
(Baltimore oriole):
翅膀与歌曲都闪着珠光，肩并肩，一个接一个
（169，4:0）

我们聊着前方等待着我们的一切。这 3 位歌手和山雀一起预告了即将出现的巨变。在这里唱歌的是一只玫胸白斑翅雀、一只巴尔的摩黄鹂还有一只东林绿霸鹟，但他们将很快被其西部亲属取代——黑头白斑翅雀、布氏拟鹂、西林绿霸鹟。晨间相遇的其他鸟儿也一样，东菲比霸鹟、柳纹霸鹟、东王霸鹟、东唧鹀和靛蓝彩鹀——他们将被棕腹长尾霸鹟、西部版的柳纹霸鹟、西王霸鹟、斑唧鹀，还有白腹蓝彩鹀代替。“新地貌，新鸟类——快帮我按捺住兴奋之情！”这是戴维准备给朋友们发的下一封长篇邮件的诉求稿。

“这得怪冰川，”我对他说，“还有气候变化，那是你的专业。”当前的鸟类分布地图展现了冰川时代的历史，它们曾向南推进直至北美的中心地带。鸟类祖先世系曾分布于更广阔的地带，但是当北美大陆中部的栖息地变得不再适合居住，他们就被隔绝在东边和西边。意外和选择随着时间的流逝而堆叠，在这些隔绝的族群中，羽毛与歌曲的变化渐渐累积，最终产生了独特的东部后裔和西部后裔，哪怕他们曾是一体。

冰川退去后，这些早先被隔绝的族群扩张其领土，沿大平原相接地带再度相遇。山雀、白斑翅雀、黄鹂、唧鹀和彩鹀都是后天习得歌曲的鸣禽，这一类鸣禽在遇见他们失散多年的表亲时似乎有一点儿困惑，因此无论他们相遇何处，往往都会杂交繁育，从而形成了目前看来贯穿整片大平原的狭长杂交地带。但非习得性的霸鹟就并非如此，其中包括菲比霸鹟、王霸鹟和绿霸

鹟。我们推断他们一点儿也不困惑，因为人们很少发现他们有杂交后代。这样看来，在指导配偶方面，霸鹟世系的先天曲库要远比鸣禽的习得曲库更具确定性。

8：30，我们走出营地，骑上第150号公路，左转骑入公路P，很快便发现自己置身于一个小镇中。停下来为戴维买咖啡时，我们同时检查了轮胎，发现上面有一些醒目的裂口。为了防止爆胎，我们拆下自己单车上的两个轮胎，在内胎和最糟糕的裂口间塞进了折叠的美元钞票，然后将车胎压力重新增加至80psi，准备骑上前方的铺面道路。它将带领我们到达下一间单车店，我们要在那里买四个新轮胎。

一辆警车停下，一位警员走出来询问我们是否需要帮助。戴维注意到车门上的“堪萨斯，马尔伯里”，不禁脱口而出：“嘿，我们在堪萨斯了！”日子一天天累加，每一天都与众不同，但我们还是常常庆祝自己进入又一个州。我们在堪萨斯了！这位穿着制服的友好堪萨斯人一开始脸上挂着“这不是废话吗”的表情，就好像我们是刚从山沟里走出来的一样，不过他还是和我们一起庆祝了这个时刻：“***欢迎来到堪萨斯！***”

“到罗萨莉娅还有140英里，”戴维估算着，“汤姆告诉我他明天中午会到。”我们应该可以赶到。戴维的这位大学朋友本来计划和我们一起在落基山脉骑行，但我们落后于预定计划，因此他改为和我们一起骑行穿过堪萨斯余下的部分。对汤姆来说，这两种场景的差别并不算小，但他乐于尝试，热切地想在他的旅行单车上创作点儿音乐，这车子要骑在哪条路上都可以。

一场持续的雨最终迫使我们走进沃尔纳特镇的一家饭馆。等雨停的空隙里，我们吃了第二顿早饭，听着隔壁桌的交谈。我们右边是4位盛装的女性，讨论着某栋建筑的色彩图案和装饰，她们刚从那里出来。五六个农夫坐在我们左边，都是男性，他们前来修理农场设备，正讨论着玉米、乳制品价格，以及这没完没了的雨。其中一位近30岁的男性正在上爱达荷州某所大学的远程课。穿着工装裤的大块头是位滑稽演员，他一边说着瞎话，一边咯咯笑着，笑出了脸上洞穴般的酒窝，他轻描淡写地问着：“你那里下雨了吗？”而后整个身体做起伏状。

回到路上后，我们又遇上一阵猛烈的逆风，使我们的速度降到每小时 4 英里，最多 5 英里。之前已经有人就堪萨斯的逆风警告过我们了。我们轮流领头，拖拽彼此，但风太大了。傍晚时分，我们骑进沙努特，在汽车旅馆订下房间。虽然今天我们只骑了 60 英里，但都赞同明天再早早动身。风总不会比今天更大了。

晚上我们待在旅馆里，把帐篷和工具摊在房间各处，晾干上面的雨水。我们看了天气预报："明天，最高风速达每小时 10 英里，阵风，接下来的 5 天风速稳定，从东北来的大风将使天气凉爽怡人。"我们询问彼此是不是听错了：***从东北来***。是的，我们没听错。我们将被吹过堪萨斯！

第 14 章　堪萨斯之海
KANSAS OCEANS

第 31 天，6 月 3 日：堪萨斯州，沙努特至哈维县东方公园

4：00，戴维把头伸出门外检验第一手信息："我们有顺风了！中午前要骑 80 英里，否则到不了。"我们计算，如果 5 点从沙努特出发，那我们就有 7 个小时骑到罗萨莉娅，每个小时平均骑 12 英里——包括休息时间。我们也许能完成这个任务。戴维的朋友汤姆则要从昨晚过夜的威奇托骑行约 50 英里。

我们出了汽车旅馆，骑进阴森沉睡中的沙努特，只有静静的路灯守卫着此刻的幽灵城镇，它们的晚班快要结束了。离日出还有约一个小时，知更鸟统治了行星，而副手是空中咯咯欢唱的紫崖燕。戴维在城市公园里打了个转，看看是不是有我们的骑友在这里扎营。"没人在这儿。"他汇报道。于是我们明确了路线，沿 21 号大街朝西骑去。

黑暗中，风吹着我们前进，我想象我们正航行穿过一片浩瀚的水域，这儿将会是堪萨斯。千万年前的白垩纪，现代的堪萨斯州还都整个淹没在一片热带浅海下。后方密苏里州的干燥陆地上，食肉动物中的霸主霸王龙，享用三角龙作为晚餐。而在这里，在我们下方的水域中有奇异的鹦鹉螺类、软体动物和棘皮动物；巨大的海龟和鱼龙、鲨鱼以及各种各样古怪的鱼类一起遨游。"海怪"则统治着海洋：即蛇颈龙，他们有龟一般的身体和蛇一样的长颈，穿越时光成

为尼斯湖水怪的灵感来源；强大的捕食者沧龙，其体长可达50英尺，也是海中的霸主。有翅膀的翼龙则在空中巡航。

最棒的是，到处都是鸟！还有黄昏鸟[1]！他像企鹅般有着鳍一般的翅膀，在水中呼啸而过，全长5英尺，不过能在他的史前鸟喙里看到尖锐的牙齿，这真是够古怪的。头顶上飞着形似燕鸥的鱼鸟，同样有满嘴的牙齿，这只远古鸟类一样靠此处丰富的鱼类谋生。我只是无法***听到***这个水世界以及岸上霸王龙统治的世界，不过反正这儿也没有鸣禽，他们还未降生。

最后，巨型恐龙消失了，太平洋板块从底部切入北美，猛地将落基山脉向上抬高了3英里。大陆中部抬升的高度更小些，大约比海平面高了半英里。宏伟的内海撤到如今的墨西哥湾和北冰洋，堪萨斯变得又高又干燥。留下一片茫茫的高草海洋，远古的微风在草面上吹出涟漪，由于它位于落基山脉西面的雨影区，所以整体气候偏干燥。大型哺乳动物在此繁衍生息，狮子、乳齿象、地懒、貘、巨大的短面熊、猛犸、骆驼、剑齿猫，还有更多的、形形色色的生物。直至约一万年前，早期人类来到此处。

在渐亮的天光里，我回到现实，堪萨斯正从黎明的晨光中浮现。我曾听过人们争论堪萨斯是不是平得像一块烤松饼，当时不免觉得这争论傻乎乎的，不过此刻离开奥沙克山脉，我们对这一结论再无疑问。公路上难见任何一道小坡，加上一股温和的顺风，我们简直就是在飞行。戴维检查了好几次里程计后评论道："路与路之间的间隔是精确的一英里。"

剪尾王霸鹟沿路点缀着围篱桩。他们真是优雅的造物，珠光白的头部有墨黑的喙，飞行时翅下呈现出明亮无瑕的粉红色。优美的尾部分叉很深，和剪刀的形状不相上下，几乎是身体的两倍长。你可能永远也想不到他们和其他霸鹟属的鸟儿一样霸道，此刻左边有两只剪尾王霸鹟在攻击一只红尾鵟，后者尖叫着飞离了电线杆。其中一只短暂地悬停于红尾鵟颈部，往那里狂啄一气。几分钟前，还有一只剪尾王霸鹟追着一只东王霸鹟，一个暴君撵着另一个暴君。体形有这些霸鹟两三倍大的鸟，还有哪怕是和霸王龙一样野蛮的兽类都免不了要遭受一顿痛打。

小美洲夜鹰
(Common nighthawk):
发着特别的***比***音，还有爆发式的俯冲音呼隆
（170，4：04）

高原鹬
(Upland sandpiper):
没有水滨的水滨鸟类，飞行和鸣叫都很优雅，***微露露露哩——呜微露呜——咻——***
（171，0:14）

放眼望去，触目尽是夜鹰，时不时发出一声***比***音。在清晨的黑暗中他们更有活力，几乎连续不断的***比***音像雨点一样洒在我们头上，每有十几声***比***音，就有翅羽在俯冲表演中发出一声响亮的呼隆。

微露露露哩——呜微露呜——咻——……“戴维，右边有只高原鹬！他喜欢草原，不生活在水滨，甚至根本不接近水域。”他飞行时会把长脖子远远伸向上前方，尾部展开，凭着有下翻飞羽的宽大翼展滑翔。我向前滑行，着迷于这支如最典型的狼嚎或潜鸟叫声一样令人难忘的歌，鸟类学家称之为“悠远的长哨”。开始是令人愉悦的圆润鸣声，接着上升为最纯净的哨音，而后是渐渐减弱至消失的3秒钟，迷人的***微露露露哩——呜微露呜——咻——***我觉得有必要以长篇大论将这一场景记录进录音机中，于是尽力说出了“高原鹬，令人难忘。7：38，离开沙努特29.72英里，不知名的某处”。很快，似乎每根电线杆上都停了一只高原鹬，当我们经过时，他们常常会飞到另一根电线杆上，高高向上扬着翅膀停下来，然后再优雅地叠好它们。

偶尔出现的双领鸻让我很迷惑。怎么，难道是在树木繁茂的溪滨里，或者偶尔在林地里，我曾听过这种歌曲吗？它就像卡罗山雀经典的高—低—高—低的歌声。我也听到了***纪－滴－滴－滴***的叫声，速度快得也像是卡罗山雀。那条杂交地带不是应该很狭窄吗？它不是在密苏里西部的普雷里州立公园里吗，不是属于卡罗山雀和西边的黑顶山雀吗？世界似乎比我以为的还要混乱一点。

麻雀！每个农家院落都有一个麻雀的小宇宙，大群麻雀像暴徒般挤在一起叽叽喳喳、吱吱咔咔。不过我们一经过那里，喧闹声就变小了，外边的农田里一只麻雀也没有。

这片土地上有一点儿石油资源，古老的油泵便掠渎糟蹋着风景，每天从地里挤出几桶油来。有斯皮札雀，有妄图过马路却深受打击的犰狳。令人惊讶的

是，还有不少迷路的东部鸟类：路边的许多桥上都栖息着东菲比霸鹟，溪滨林地里有不少东林霸鹟和大冠蝇霸鹟。

11:57，离约定时间还有3分钟，里程计标着每小时81英里，我们满意地大笑着骑进罗萨莉娅，在本地的饭店里找到了汤姆，他5分钟前刚刚骑到这里。我们3个人穿着骑行弹力短裤和亮色的运动衫，并且兴高采烈，与周围低调的午餐人群格格不入。他们都是当地农夫，与我和戴维在肯塔基锡布里遇到的周日晚餐人群一样。牛肉和土豆是特色菜，甜点是奶油核桃派或奶油椰子派——对于周围穿着工作牛仔裤和工装裤的人来说，它们只是日常菜肴。

油泵：
震耳欲聋，对平原来说越来越可称为一种祸害
（172，2:02）

向北前往卡索迪的17英里是一片长空旷野，一棵树也找不到，从近处到遥远的地平线上只有放牧的牛群，视野里没有一辆车。据报道称，有野马在这片区域漫游。“嘿，这真是相当棒。”这是汤姆的结论，他多少对这样一个适合旅行的堪萨斯感到有些惊讶。在卡索迪的郊区，他们两人在欢迎标识下又是叫又是跳，标识上将城镇赞为“世界草原松鸡之都”。作为一名专业人士，我克制住了自己的兴奋，倒是被他们拿我取笑的样子逗乐了，他们玩笑式的嘲弄和标识上趾高气扬的鸡一样夸张。

刚出城外，一辆皮卡就停在我们身边，司机问：“你们是不是落了一个皮夹在店里？”这种时候，你会意识到你果然是在堪萨斯——戴维意识到它的确是我们的。汤姆飞一般地骑着单车疾驰回杂货店，很快拿着皮夹回来了，它的内容物自然全部都在。

受到顺风和汤姆的鼓舞，我们又骑了30英里，抵达哈维县东方公园。自戴维和我离开沙努特，我们已经骑了12个小时，共计130英里。汤姆和戴维很快就鼓捣出了一顿美妙的意大利面晚餐。此时，一些友善的邻居打断了我们，他们正在自己家卡车后面拉着的住宅里“露营”。“过来吃晚餐。”他们14岁的孩子发出邀请，爸爸妈妈则在远处向我们挥手。几分钟后，由于不满意我们的进展速度，他们开始把晚餐送到我们这边。于是我们便挪到他们的桌前，享受了一顿不限量的晚餐，有猪排、土豆、玉米、面包卷和冰激凌。对于体量超出丰满程度的慷慨主人来说，这超出充足程度的食物显然只是日常饮食。

“堪萨斯人实在是太友好了。”戴维总结道。

第32天，6月4日：堪萨斯州，哈维县东方公园到基维拉国家野生动物保护区

大冠蝇霸鹟（Great crested flycatcher）：黎明时忙着他自己的事，这是堪萨斯大冠蝇霸鹟的终场歌曲（173，5:04）

和惯常一样，日出前45分钟，我已经在营地里徘徊了。汤姆和戴维依然在睡，但我期待能享受一场霸鹟属的黎明节目，因为我确信昨晚在营地里见到了此地所有的3种霸鹟。一只大冠蝇霸鹟已经开始暖场了，但我越过了他。

东王霸鹟是第一位吸引了我的暴君，在我的听力范围内有4只，都飞翔于自己的领空，噼里啪啦的尖声支支吾吾地发出，***提提提着，提提提着，提提忌提忌提忌，提提提着，提提提着，提提忌提忌提忌***，一遍又一遍。雌鸟在这些叫声

里听到了什么？她们一定比较了每一只雄鸟，她们的倾听以某种方式帮助她们决定了哪只雄鸟将成为其后代的父亲。我逗留了几分钟，愉快地回忆着黎明遇到的其他东王霸鹟，然后走开了。这是第一种。

营地远端的一棵小树上，有一只西王霸鹟在唱歌。我悄悄潜近了。他的整体节奏和东王霸鹟一样，结结巴巴，还有伪装的开场，接着爆发出一阵高潮，然后又再度开始结结巴巴地斗嘴。他喷吐着***维 维 维 维–哔***，先是几声低音的***维***，接着有一声***维***后面带着一声更高更尖的***哔***，整个序列也许重复一到两次，最后爆发出***维–呗–呗–呗–呗，呗***拉得更长、也不那么刺耳，并且从音量和频率上渐次减弱。多有趣啊，两种王霸鹟身形一样大，体重都将近40克，但西王霸鹟的整体音高要低很多。两种了。

我越过所有正在唱歌的鸟，走回凉亭，就在此刻，我听到了第三种王霸鹟：剪尾王霸鹟。我环绕了一圈，从他歌唱处对面的凉亭边上绕到他近前，最后站在一棵树下——就在他栖着的那棵小树的旁边。我**非常非常慢**地斜出身子，窥视上方树顶，他就在那里，就在两码高的地方！他面朝着我，停在那棵小洋槐中部一根没有叶子的横枝上，白色的胸膛在晨曦中发亮。吐出每一个音符的同时，他华丽的尾巴都显眼地上下摆动。我一心一意地听着，他的支吾声和西王霸鹟的一样低，不过更尖锐，于歌曲高潮部分显得越发激昂，最后一个音是所有音里最响亮且最高的，浪峰般的终场不同于西王霸鹟的渐弱终场。

堪萨斯的王霸鹟：
东西之争
东王霸鹟：
结结巴巴、斗嘴式的黎明之歌
（174，3:33）

西王霸鹟：
与东王霸鹟一样，只不过有他自己的嗓音（175，2:23）

剪尾王霸鹟（Scissor-tailed flycatcher）：
第三种王霸鹟，就在我上方几英寸处，有他自己的王者之音（176，2:00）

王霸鹟的音符：

种类	黎明之歌中支支吾吾的重复部分	高潮部分
东王霸鹟	***提提提着***	***提提忌提忌提忌***
西王霸鹟	***维维维维－哔***	***维－呗－呗－呗－呗***
剪尾王霸鹟	***唔唔唔唔唔唔－底***	***唔－底唔－大唔－大－意***

他们传承的歌唱基因显然来自一个祖先，这三种鸟的雄性喷吐出的音符都略有些结结巴巴，而后再唱出加重语气的高潮部分。尽管三者的歌曲细节各不相同，但整体模式一样。不过我很想知道，为什么只有东王霸鹟是在空中唱出他的黎明之歌。

剪尾王霸鹟

我之所以对骑行穿越堪萨斯如此兴奋，正是因为这场王霸鹟的黎明盛宴。它是东部与西部的宏大碰撞，不仅仅属于王霸鹟，还属于各种各样的其他鸟类。堪萨斯在这里提供了一场特别节目：一种南方霸鹟的领域向上覆盖了另两种霸鹟的领域，三种王霸鹟一起出现在这里，就在这片营地里。

现在太阳已经从营帐旁边的池塘边升起来了，我注意到周围非霸鹟的世界。一只雄性红翅黑鹂唱着***噢和啊－醉意***，另一只正在香蒲丛中筑巢的雌性精力旺盛地回应着***居－居－居－居－居－剧－剧***。还有两只巴尔的摩黄鹂，他们常见的亮橙色被毛在朝阳的光辉里熠熠生辉，两位一前一后地在我们营地周围慢慢飞着，都在唱歌——不知道是求爱中的一雄一雌，还是两只争夺此地的雄性。营地远处的草地上有惯常的草原鸟儿斯皮札雀、东草地鹨、草蜢沙鹀。一只环颈雉沙哑地叫着双声叠句，***括－括***，但我离得太远，听不到那紧随其后的翅膀扑扇声。自然还有知更鸟，他们依然像在我们前往太平洋的每一天中一样，叫着***趣里，趣乐，趣若***。在这片人造绿洲中，我还能听到东部鸟儿的声音，不过他们很快便将消失：一只大冠蝇霸鹟、一些北美红雀、一只东蓝鸲、东部版本的歌莺雀，还有巴尔的摩黄鹂和东草地鹨。

我的骑友们终于睡醒，将燕麦粥倒进肚子后，我们拆开了营帐。目的地基维拉国家野生动物保护区离这儿仅有 80 英里，这个野生动物的避难所只偏离了堪萨斯中央一点点。“今天是草地鹨之日，”我提醒汤姆和戴维，告诉他们如何倾听东草地鹨含糊的***春天也在这儿***之歌，以及其***子维***或较长的***子维－得－得－得－得－得***的叫声。

巴尔的摩黄鹂
(Baltimore oriole)：
与其同名城市相距甚远，方言版本几乎无法辨认
（177，4:01）

前方就是牛顿市，我们很快向北慢行至赫斯顿，接着转向正西，抵达比勒。汤姆在这里高声说出了标识牌上的宣传词，它称比勒为“世界滑翔机疯子之都”。各个城镇都宣扬着自己的某种特色，仿佛在进行一场竞赛。我猜有那么一两个城市会把自己称为“世界干草之都”。

西草地鹨

西草地鹨
(Western meadowlark)：
雄鸟在领地边界上以歌曲和叫声决斗
（178，2:56）

经过比勒后，我们穿过了“大烤饼”上一道可爱的涟漪：小阿肯色河。接着穿过梅多拉，越过尼克森，跨越阿肯色河。今日里程数已达 60 英里以上时，应有的草地鹨歌声终于从前方路边的围篱桩上传来！“汤姆，戴维，他在那儿，一只西草地鹨！”歌声明确无误，比东部版本要丰润许多。它以清晰的哨音开头，接着滚进一系列急促的、汩汩作响的串烧音符，串烧开始时像巴尔的摩黄鹂的美妙哨曲，末尾音符则像是棕林鸫奇妙的***依依－哦－乐***。然后他飞起来了，叫着***喳……喳－威就就就就就就就***！“听见那叫声了吗？真不错。那是他们与生俱来的，也就是他向我们担保了自己是一只真正的西部草地鹨，而不是东部那些学会了西部歌曲的骗子。”不过第二只草地鹨的歌是东部版本，后面一只还是。我们还没有抵达草地鹨之乡的真正入境点。

我们在基维拉教育中心安顿过夜，再晚些，我在近处的池塘边散步，欣赏夜色。一只斑嘴巨鸊鷉唱了起来，***啊啊啊啊噢噢噢噢啊哦－哦－哦－哦***，可惜我愚蠢的助记词糟蹋了他的努力。他迅速地***啊啊***叫了大约两秒钟，接着更缓慢地***噢噢***叫了六七秒，然后在末尾加入了他驴叫般的***啊哦－哦－哦－哦***，整首歌有10秒以上的长度。

斑嘴巨鸊鷉
（Pied-billed grebe）：***啊***、***噢***、***啊哦***和***哦***，“很聪明”
（179，3:32）

还有一位拿着双筒望远镜的年轻女士和我一起欣赏这只斑嘴巨鸊鷉。她评论道：“他很聪明，上帝给了他这样的身体。”我目瞪口呆，一声不吭地琢磨了一下这些词，当然了，每个词我都听得懂，但之前我从来没听到它们以这样的顺序出现过。“聪明的身体。”没错，堪萨斯是神创论的发源地，可是，聪明的应该是造物主才对吧？怎么会是被创造的那一个？堪萨斯，我沉默地接受了这一点，没错，你得知道你是在堪萨斯……

第33天，6月5日：堪萨斯州，基维拉国家野生动物保护区至内斯城

第二天早晨，离日出还有很久时，戴维和汤姆就跟着我一起早早起床了。斑嘴巨鸊鷉在近处的沼泽里宣告着他的聪明才智。经过昨晚，我越发喜欢那位女士的观点了。鸊鷉的叫声中有一种渐渐累积的智慧，追溯至地球生命诞生之初。他歌曲中的***啊***、***噢***和***啊哦－哦***是漫长年月中进化演变的顶点，如今已可以完美地表达这只鸊鷉的思想——至少其他鸊鷉听得懂。

沼泽那头，一只美洲麻鳽用他的方式诉说着想法。哦，我们近到足以看到他的动作了。他开始咂巴自己的喙，我知道，然后大口吸入空气。他的头疯狂地抽动着，等他的胸膛看起来充满了气，他便痉挛般迸出气体，头和颈部向上向前猛甩，***嘭－呃－磅，嘭－呃－磅，嘭－呃－磅，嘭－呃－磅***。这是一首怪诞的腹语三分部歌曲，音符又低又响亮，重复可达10次。不过这个距离，

我只能听到最响亮的音符：*磅*，听上去像是一根棍棒在抽打一根桩子，因此麻鳽的别名又叫“打桩机”。远处是一群吵吵嚷嚷的黄头黑鹂，我们回头再接近他们。

在路上，我们仿佛以魔法飘浮云中，穿过悬浮于田地和路面的片片白雾。湿度极大的空气放大了鸟鸣声，我们就好像在骑行穿越一座宏伟的交响乐厅。路边的小灌木丛中升起锐利的重音歌曲，那是贝氏莺雀，还有黄喉地莺的***喂－依－叽 喂－依－叽***，遍地都是。一只褐弯嘴嘲鸫在右侧的一处树顶唱着，音色纯净而流畅，***堪萨斯堪萨斯，美啊美啊，好天气好天气，骑啊骑啊，俄勒冈俄勒冈，太平洋太平洋***……

一路都能听到斯皮札雀和草蜢沙鹀的歌声，但定义了这个清晨的是草地鹨清澈又响亮的歌声。近处总有三四只在自己的领地里唱着，但从前方的另外十几个领地里也传来了歌声，它们几乎不比前面的歌声弱。东草地鹨的***春天也在这儿***之歌依然占了主流，不过这一情况很快就会改变。这个早晨，所有鸟儿的种类都和之前没什么区别，但我听到的歌声一直在变，因为每个个体都在诉说自己的想法。

越过保护区绿洲，我们再度进入农田区域，这里大部分的田地都以直径半英里的圆形区域为灌溉单位。到达拉尼德前的 34 英里倏忽而过，现在只有西草地鹨在唱歌了，他们标志性的叫声明确地宣告着自己的身份。我们好像突然间就到了西部，而做此决定的是草地鹨。现在，加州的太平洋已经比身后弗州的大西洋更接近我们了，不过我们将选择一条弯道前往太平洋，向北进入科罗拉多州，至蒙大拿州后再往西走。为了庆祝，我们从一位女士和她的孙女那里买了一打小饼干，在这个美好的星期四早晨，拉尼德的农贸市场由她们两人组成。

浓雾早已被阳光灿烂的蓝天取代，只有地平线上有一点云彩，不过天气预报说今天晚些时候会下雨。路沿下奔流的每一条小溪湾都有群集的美洲燕，有时是数十只，有时是数百只。他们长得很漂亮，又短又方的尾巴基部是淡黄色的，和黑色的背部形成鲜明对比，每只鸟儿的前额还都有一盏小小的矿灯。而且真是够吵闹的！当我们经过时，鸟儿绕着我们打转，反反复复地叫着**咋**，这个刺耳的降调音符很含糊，长1/4 秒。我们停在一座桥上，在他们活力充沛的抗议声中欣赏燕子的建筑，这些葫芦形的泥巢牢牢地粘在桥梁支架的垂直立面上。正是这一类桥梁提供了筑巢点，诱使燕子离开西部山区的老家，进入大平原。

西草地鹨
(Western meadowlark)：
与生俱来的叫声明确地宣告我们已达“西部”
（180，3：14）

在拉尼德堡，我们仿佛回到了美国国旗还只有 37 颗星的时候，体验了美国内战刚刚结束时圣菲小路上的军事生活。从游客中心出来后，我们进入另一个世界，阳光败退，乌云遮蔽天空。两个小时后，就在离终点内斯城还有约 30 英里的地方，下雨了。

美洲燕

大约 10 英里后，一个男人在我们身边停下了他的皮卡，摇下窗户喊道：“你们会想来城里第一家汽车旅馆的。”一个小时后，他在德里克客栈汽车旅馆外，招手要我们进去。“来，进去买些热饮。”然后他塞了一些钱到戴维手上。

美洲燕
(Cliff swallow)：
一个大族群忙忙碌碌，唱着私密的巢穴之歌，飞行时发出**咋**的叫声
（181，2：15）

我们都同意戴维两天前说的话：“堪萨斯人实在是太友好了。”

我们喝了，吃了，变干了，洗了衣服，暖和了，而后便休息了。这一天我们又骑了 100 英里，最后 30 英里是雨中行。

第 34 天，6 月 6 日：堪萨斯州，内斯城至特里比恩

我们每往西前进 100 英里，太阳升起的时间便晚 5 ~ 6 分钟，所以我一直等到 5:30 才骑上内斯城的街道，但很快便在一只又一只西部鸟儿的下方停下来。他们全都兴奋地唱着黎明之歌，他们与东部鸟儿的歌唱基因并无分别，但我没

有听到任何一只东部鸟儿的声音。

一只黑顶山雀唱着毋庸置疑的***嘿－衣羽***。我等着他，期望着……啊，没错，过了仅仅 1 分钟，他就把歌切换到了更高的声调上，3 分钟后又换低了。这很特别，这是我自离开弗州高地后听到的第一只纯粹的黑顶山雀。现在我没有疑问了：我已经进入了黑顶山雀之乡。

黑顶山雀
(black-capped chickadee)：典型的***嘿－衣羽***，来自北美西部。（182，0:38）

其他鸟儿，包括哀鸽、冠蓝鸦、麻雀，一只莺鷦鷯和一只家朱雀。还有一只北扑翅鴷，他的***克利－耶！***和***菲克－菲克***叫声暴露了他仍属东部的黄翅种类，转变为西部红翅种类的过渡带就在东科罗拉多的西面。

北扑翅鴷
(Northern flicker)：生气勃勃的三重奏，又叫又敲，这是我们穿过大平原时听到的最后一组黄翅种类的叫声（183，0:34）

日出后，鸟儿们安静了许多，我回到汽车旅馆。我们缓慢地打包行李，被大雨浸透后要重新收拾的用具真是多得要命。

我们正身处于小麦之乡，“为路毙动物命名”的游戏在此地黯然失色，不是因为它们变少了，而是因为平原上的鸟类和其他动物种类并不那么多。新游戏是“前面的谷物升降机离我们还有多远？”

“3 英里。”汤姆猜道。戴维猜“4”。我猜的是：“不不，实际上是 3 英里半。”我们往前骑，过了 3 英里，谷物升降机在地平线上的大小简直没有任何改变，接着是 5 英里，最后我们又骑了 10 英里，总算到了它那里。没错，在这不知名处，怪物般的筒仓群立在铁轨之上。路边有 20 个巨大的筒仓，还可能有两列或三列，这就是我们所知道的一切。尽管试了又试，但我们的估算从来没有准确过。

下午过半，我们骑了 70 英里，过程中常常被逆风袭击，风向正转向东方。这一天，抵达特里比恩前的最后 30 英里骑行美妙得超乎想象。我们往前飘移，风在背后吹着，将我们推上山坡，山坡的坡度几乎令人难以察觉，但实际上其坡度可能已达 30°。离开密苏里边界后，我们已经向上爬升了超过半英里，与

落基山脉相遇之前的坡路上升得极其温和。

渐渐减弱的天光中，我们跟随着指向特里比恩的标识前进，向右拐进百老汇大道，并停下来欣赏了一下与我们路线平行的铁轨，那是原始的密苏里太平洋铁路。一条侧轨在此并入主轨，笔直地消失在东面的远方，而谷物升降机在4英里外隐约可见。19世纪末，铁路公司间的竞争相当残酷，著名的联合太平洋铁路公司就在北方30英里处，而艾奇逊—托皮卡—圣菲铁路公司在南面30多英里处。发给铁路公司的联邦补助金提供了沿线的土地，它们被卖给移民，而土地贩售和随后的贸易进而为铁路提供了资金，使其拥有了在沿线建立或摧毁城镇的力量。我们很快得知，1887年，特里比恩实际早已建于此地北面一英里处，但这座城镇后来重建到铁轨边上。

我们在高中发现了聚集于此的数百位骑手，因为今晚是年度活动“骑行穿越堪萨斯”的开场。进攻堪萨斯的先头部队有3拨，第一拨从特里比恩出发，第二拨从南面34英里处的锡拉丘兹出发，还有第三拨从再远28英里处的约翰逊城出发。稍后，所有人都在密苏里河上的拉辛会合，那里离此约有500英里。我们撞进这一整群人中，仿佛自己就是其中的一分子，吃起了他们为晚餐准备的三明治和蛋糕。

在数百人的鼾声、笑声、放屁声、偶尔的尖叫声，以及各种各样其他声音中，戴维和我在学校的体育馆地板上过了一夜。汤姆把自己裹进露营袋睡在体育馆外的草地上，沐浴了整夜的雷鸣电闪、狂风暴雨，而后像一个堪萨斯人那样，兴高采烈地发现自己的露营袋并不防水。

第 15 章　矮草草原

SHORTGRASS PRAIRIE

第 35 天，6 月 7 日：堪萨斯州特里比恩，至科罗拉多州伊兹

在高中体育馆过于明亮的光线里，荧光红、荧光橙、荧光绿、荧光黄、荧光酸橙色，数百件形形色色设计疯狂的单车运动衫环绕着我们。尽管离日出还有很久，预备穿越堪萨斯的骑手们早已热切地将厨房扫荡干净。厨师无可奈何地把一盒昨天吃剩的三明治和蛋糕倒在桌子上，我们从中抓走了自己的早餐。

我们很快就跟上了一条长达 16 英里的队伍，朝西前往科罗拉多边界，对于朝东走的堪萨斯骑手来说，那里是官方起点。气氛非常欢乐，大家的头盔上

顶着派对帽和吃得过饱的动物，还有各种各样的古怪服装。无忧无虑的活动骑手们将除单车外的一切都扔进一辆大卡车，由卡车将这些物什运到斯科特城，那是他们向东走的第二站。从我们身边经过的车流速度很快，都是轻型赛车，也有一些双人自行车。我们的旅行单车上载满了东西，只能与斜躺式脚踏车并驾齐驱，还差点撞到一辆独轮车。边界线上，越来越多人挤在写着“欢迎来到多彩的科罗拉多”标识牌下拍照。一位“号手”为大家演奏了一番，坦诚地说，那声音像一只垂死的母牛在喘最后几口气。戴维是一名十分熟练的长号手，他问道：“你介意我试试吗？”对方当然不介意，于是他将号手的《骑兵冲锋曲》吹出了昂扬的版本，很快就让人们陷入疯狂。

离开热情的众人后，我们进入科罗拉多州。感受着逆风与50华氏度出头的气温，这是因为昨夜雷雨的冷锋过境。不过前些天，此处还有100华氏度，比起那个温度，还是现在的气候更怡人。

而且风景也大变样了！堪萨斯巨大的谷物升降机和前高草草原上无尽的麦田让位给所谓的矮草草原，这名字并不让人讶异。近处的落基山脉从吹上山巅的西风那里吸走了大多数水分，因此这里的年降雨量可能只有一英尺，而大多数雨水在能够滋润土地之前就蒸发了。落基山脉往此处倾倒的不是雨，而是它们的废物，一层层风化的山川碎片就在我们身下渐渐变厚。我们将再往上攀爬1000英尺的海拔，才能抵达真正的落基山。城镇之间的距离不再是10英里——这是堪萨斯最大型谷物升降机的服务范围，而是40～50英里，这旷野让人觉得荒凉。在左侧放牧过度的沙化草地上，在“团结一致！投给大老党*”标识牌的下方，有一株孤独的仙人掌在开花。

音景也变化了，有一支全新的歌曲，来源未知。***哦 蜜依依依依，麦 麦***。一个简短纯净的音符引出了摇曳的***蜜依依依依***，后面跟着两声低低的哨音。这些歌者都在路边，虽不现身，但都有同样美丽的歌曲模式。

“新的路毙动物，”我喊道，“游戏开始！”汤姆和戴维在前头并排骑着，

* 大老党（Gop）：Grand Old Party，美国共和党的别称。——译者注

正在大笑，显然很愉快，而我绕回去，在一只雀类的身体边停下来。我把他捡起来，在手中翻动，先于脑海中浮现出的词是“朴素”和“平凡”，接着很快变成“低调的优雅”。我看到他胸前的细致纹路，浅灰色的喉咙和暗色的侧面线条，灰色的前额和头顶也有细小的纹路。他是一只精致的受造物，由灰色、褐色、肉桂色、浅黄色、白色和黑色组成微妙的色度，每一片羽毛都是一个杰作，羽毛间的图案拼出了细小的点、段和条纹。

我心里有个声音在催促我打开鸟类手册，鉴定这只小雀，给他一个名字，但另一个声音占了上风。劳伦斯·韦斯勒的书名写着：***看见，就是忘记所见之物的名字***。倾听也一样。当我们真正地看见或听到时，名字是无关紧要的。给他名字也没什么必要，如果我认识了他，我一定会沾沾自喜，所以还是让他留在无名的状态吧，他正邀请我更深入地看与听。因此，我与这神秘的小鸟，我们将一起再旅行一会儿。他失去生机的身体很快就被安置在了左后驮篮的外袋中。

科罗拉多州的州鸟也正宣扬着自己的存在，这些白斑黑鹀从路边的围篱桩上一边歌唱一边飞起。最初升空的 15 英尺中，我看到一只白斑黑鹀急速地鼓动翅膀，很快又放慢速度于空中滑翔，以蝶似的飞行夸耀自己的浮力，他张开所有的羽毛，以获得最大的托举力。对比于全身的黑色，他翅膀上雪白的大斑闪闪发光，尾巴张得很开，现出了尖端的白色。还有他唱的歌！开篇段落是缓慢而甜美的音符，后面跟着高音的颤鸣，接着，他轮流切换着缓慢纯净的音符与更急促、更刺耳的段落，整个过程可能持续了 10 秒。而后，他滑翔着陆于一丛小灌木，离起飞点约 20 码远。

白斑黑鹀

白斑黑鹀
(Lark bunting):
科罗拉多州的州鸟，一会儿停驻，一会儿飞鸣
（184，13:32）

在这个简单的半干旱矮草栖息地里，物资不足以支撑一个复杂的鸟类群落。除了草地鹨、白斑黑鹀和神秘麻雀以外，我很少听到其他鸟类的叫声。无处不在的哀鸽依然于路边和头顶的电线上发出叫声，我还听见了草蜢沙鹀和角百灵的小片段。但这就是全部，连斯皮札雀都已经消失很久了，全都被抛在了我们身后。

“岩鹪鹩！岩鹪鹩！他是新鸟，又一个西部居民！在右边，在铁轨旁边的金属桩上。”他唱着，***呦呦呦呦呦***，稍弯着腿上上下下地蹦跳，快速地看看这边又看看那边。他又唱起来，这首和第一首不同，***磬磬磬磬磬***，接着是***呦***之歌，然后又是***磬***之歌，这种轮流切换的歌曲模式我在三十多年前就很熟悉了，我那时几周几周地研究过。他倏忽间消失，而我记下了这一时刻：“第一只岩鹪鹩，后面还将会有许多。15:31，今日里程至此 48.61 英里，进入科罗拉多州时才 30 英里多一点儿。”

岩鹪鹩

岩鹪鹩
(Rock wren):
在堪萨斯和科罗拉多州的边界上
（185，0:21）

下午，我们到达伊兹，这是科罗拉多州的第一站。我们今天骑了 60 英里，里程相对较短。这是艰难的一天，很冷，还有很大的逆风，不过汤姆精神饱满且身体强壮，他一路都在用他高昂的斗志和迅捷的速度牵动我们。我右脚踝的疼痛来自一条不高兴的跟腱，拜访了当地急救室后，被证实情况确实如此。医生告诉我：“别把它用得太狠。”自肯塔基州中部始，也就是 16 天前离开巴兹敦后，戴维和我一直努力前进，没有休息，在横穿堪萨斯的 500 英里中，更是平均每天的里程都超过 100 英里。

“你需要维生素，”汤姆开了药方，“布洛芬。杀灭疼痛，消肿，继续骑车。”为了舒缓跟腱受到的压力，我们从戴维的驮篮里翻出平板踏板，那是他在弗州时用过的。我将用它们取代我更高效的卡式踏板，把踏脚的位置挪到踏板前部，更多使用后跟发力，而非脚掌发力。我还把车座放低了一点点。试骑的感觉很奇怪，现在骑车的力量完全来自我的大腿肌肉，不再来自脚部流畅的动作。我觉得自己好像装了义肢，不过就这么办吧。

在我订的汽车旅馆对面的公园里，汤姆和戴维于一处明火灶上准备了一场充满欢乐的烤肉宴：甜玉米、烤土豆，还有本地牛肉。他们一边进行吐西瓜籽比赛一边大笑。和我们在一起的还有基思，这位英国骑手 50 岁退休，将骑行当作一项业余爱好。“我更喜欢汽车旅馆，”他承认道，“自 4 月底离开约克敦后，我就再也没有用过我带的帐篷和睡觉用具。”

我累了。我准备明天赖床，不过我会很遗憾错过了我们在科罗拉多的第一个黎明。

第 36 天，6 月 8 日：科罗拉多，伊兹至鲍勃溪

早晨来得太快了，我们的节奏让我付出了代价，上午晚些时候我们才离开伊兹。正午时，我们到达哈斯韦尔，它离伊兹只有 21 英里。我们在可能是“全国最小的公园”里吃了午餐，它就位于自称“全国最小的监狱”的转角处，后者显然是城镇出名的原因。

刚出城戴维就喊起来了：“山！我看到了落基山！”我们靠边停下，拿出了双筒望远镜，没错，它们就在那里。我们猜那是派克斯峰，有一条路直通山顶。随着落基山隐隐出现，已不再需要岩鷚鹩来宣告“西部”的存在了。我们高昂的情绪和将要进入的高地非常搭配。

34 英里后，我们抵达舒格城，在舒格城咖啡馆里，我们用豪华馅饼和冰激凌庆祝了一番，然后又吃了一顿豪华牛肉晚餐。“来点儿餐后点心吗？”戴维问，于是很快又上来了半打肉桂卷。店主和服务生都很友善，只不过看起来有点儿阴郁——甚至有点儿痛苦。36 年前，国家糖业公司设在此处的甜菜根加工厂宣告关闭，整片地区的状况再也回不到从前。我们推测这家店是作为某种社区服务设施才一直开着，让本地人有地方可去，但它很难获得收入。

在傍晚柔和的灯光里，我们揣着满足的胃往西骑去，要找一处地方露营。这是我们在大草原的最后一夜，也是和汤姆在一起的最后一夜。作为一个经验丰富的旅行车手，汤姆在鲍勃溪右岸发现了一处不错的“窝藏地点”，离舒格城不到 10 英里。我们用力把自行车拽过沟渠，翻过架高的铁轨，落进铁轨后面一处完美的狭长草地，它夹在铁轨和一道篱笆之间。我确信，篱笆那头的田地里，沿着溪岸，早晨将会有很棒的鸟鸣声。另外，这铁轨看起来已经荒废

了。作为添补，汤姆和戴维煮了一顿富含碳水化合物的晚餐，为今日的热量摄入画上了句号。

我看着铁轨上的日落，看着西面半英里处一座大楼于渐暗的天光里亮起灯火。与此同时，一辆警车在路边停下。警官谨慎地走近前来询问我们，得知我们是骑手后便放松了。“只是来看看有没有一具死尸在等着我，”他说的话让人有点儿迷惑，“毕竟路那边有一座监狱。你们在这儿挺好，不过如果铁路对此有怨言，我就得请你们挪个位置了。”鉴于这温和的警告，我们蹲坐下来，躲在铁轨下方，避开了夜里其他东西的视线。

第 37 天，6 月 9 日：科罗拉多州，鲍勃溪至普韦布洛

日出时间约为 5:30，于是我将手表闹钟设在 4:00，我急于听到晨间有什么鸟儿围绕。不过我整夜都睡得很浅，溪岸北面有只唱歌的嘲鸫迷住了我。他一定是单身，整夜低吟浅唱希望能吸引到一位伴侣，而且他真是位不错的采样员，一直在提供当地各种鸟类的鸣声。他是个西部的模仿者，这很正常，因为我没有听到自弗州至密苏里的路途中嘲鸫喜欢模仿的任何目标，他们也正是我之前一直在欣赏的：北美红雀、红腹啄木鸟、冠蓝鸦、棕林鸫、大冠蝇霸鹟、东方知更鸟、东菲比霸鹟、卡罗苇鹪鹩，或是簇山雀。但他是在模仿谁呢？一定是常见的西方鸟类，但我不太记得。我集中精神……岩鹪鹩？……松鸡？……

对，是岩鹪鹩！我很熟悉他铃响般的颤鸣，还有一声单独的***噗嗞***。嘲鸫飞速地复制他的叫声，2 秒钟 6 次，短暂地停顿后，又在 3 秒里唱了 8 次之多……还有知更鸟***微－微－微***的叫声，接着是***沓－沓－沓－沓－沓－沓***……西林绿霸鹟……西草地鹨……西王霸鹟，不是黎明之歌，而是伴侣间相互问候的叫声……扑翅鴷***克利－耶！***的叫声……灰蓝蚋

北方嘲鸫（Northern mockingbird）：
模仿着所有的西部歌曲！
（186，10：22）

莺？……岩鹪鹩的歌，缓慢但很有节奏……双领鸻……鹰？……扑翅鴷的歌，***喂－喂－喂***，唱了完整的 3 秒钟，任何一只扑翅鴷都会为这样的演奏骄傲……西丛鸦？……又是岩鹪鹩，不过换了首歌。他很喜欢岩鹪鹩的歌，节奏和长度都很契合他的风格，就如同东部的卡罗苇鹪鹩。而每只雄性岩鹪鹩都有 100 首以上不同的歌，这位模仿者有多么美妙的素材库啊。“这是西部鸟鸣的完美引言。”我笑着想。

9：00，很快就到了预定时间，我飞快按掉闹钟，又听了一会儿这只嘲鸫的歌声。不过 15 分钟后，我就站在溪边庄严的三角叶杨树下了，一只西王霸鹟于上方唱着歌。他噼里啪啦地喷吐着***维 维 维 维－哔***的音符，接着爆发出***维－呗－呗－呗－呗***，每五秒钟完整地循环一次。远处有一只大角鸮正呼叫，不过近处，在看上去大小相当的每一株树上，都有其他西王霸鹟向黎明致敬。

我于霸鹟间穿行，却不可避免地被嘲鸫吸引，这个时间除了西王霸鹟外只有他在唱歌。他现在唱歌的速度几乎是夜里的两倍。我听着他从西部鸟儿那里窃取的各种鸣声，都是如此熟悉，但我尤其喜欢他模仿扑翅鴷***克利－耶！***的叫声和***喂－喂***之歌，还加入了***菲克－菲克***的叫声。这位模仿者和我正站在一片特殊的地带，这里是落基山脉干燥的雨影区，同时也是狭长的杂交地带正中——西部的红翅扑翅鴷和东部的黄翅扑翅鴷。

西王霸鹟（Western kingbird）：痴狂的黎明演唱，总是扣人心弦（187，3:11）

这片干燥的矮草草原上，扑翅鴷一直都呈现中间形态，他们全是杂交种。被这只嘲鸫盗取歌声的那只扑翅鴷也许有灰色的喉咙和褐色的头冠——这特征属于西部亚种，还有黑色的颧纹（有时称为胡须）——这属于东部亚种，以及翅膀和尾部内侧中间态的南瓜金色羽毛。但也完全可能是东西部任意特征的组合。

我的鸟类学课程中，扑翅鴷和其他草原鸟类多年来[1]使我获得诸多乐趣。我们要弄着“种”和“亚种”这两个词，试图搞清一个混乱的世界。通常得出的结论是，人类就是常常妄图在没有秩序的地方强加秩序。至于扑翅鴷，看起来最适合这片矮草草原的还是杂交种，包含黄翅与红翅两个亚种的基因。在这片干燥的草原之外，杂交种就没有这么大的优势了，纯粹的黄翅亚种占领了东部，纯粹的红翅鸟儿占领了西部。由于杂交种只在此地繁荣发展，因此杂交地带非常稳定，而且看起来将永恒不变。不过，也因为黄翅和红翅种类在此地随意且大量地杂交，这两种形态就被认为是“北扑翅鴷”这单一种类的“亚种”，但这两种扑翅鴷实际上占领了北美大陆的绝大部分区域。

草地鹨的状况则又不相同。如果在堪萨斯州中部某处，一只东草地鹨和一只西草地鹨结成伴侣，组成一个家庭，那么他们的后代会很健康，但这些后代成年后并不能繁育，他们的卵永远无法孵化。因此，当草地鹨和另一种鸟类结合时，其血统就会造成紧急刹车的效果。这种强大的选择机制将淘汰那些选错了伴侣的鸟儿，犯错鸟儿的基因会被迅速排除出种群。因此，两种草地鹨被认为是“优良物种”，不会出现如扑翅鴷般的杂交混乱。

接近 5：00，一只西草地鹨将我吸引到东面的草场上。但是，当我接近时，我又听到了神秘雀鸟的鸣声，也就是前两天一直在我驮篮里陪我骑行的那只鸟：***哦 蜜依依依依 哦 麦 哦 麦***。现在我离得足够近，听到了两声高音的***哦***，那是我骑车时没有听到的。

逆着东方地平线上的橙色霞光，我看到他鼓翅飞向空中，高约 15 英尺，一边滑翔着找寻栖处一边唱歌。再次斜飞而上，滑翔降落时歌唱。他的飞行演唱先来到左侧，然后是右侧，最后向我而来，他在他的领地里飞着十字形[2]，而我透过双筒望远镜看着他。

当太阳露出东方的地平线时，我从背包里扯出《考夫曼野外指南》，迅速浏览着雀类的页面：就在这里，卡氏珀卡雀鹀！他是“灰褐色，令人困惑的朴素……最著名的习性是在唱歌时一会儿飞向空中，一会儿滑行降落”。卡氏珀卡雀鹀。现在他有一个标签了，但我更了解他了吗？拉丁文学名帮助了我，我看到他与一些雀类同属，其中有些我不知道的雀类在干旱的西南方，还有一

卡氏珀卡雀鹀
（Cassin's sparrow）：在矮草草原里，时飞时栖，***哦 蜜依依依依 哦 麦 哦 麦***，如此美妙
（188，5:14）

样棒的歌手——松林猛雀鹀，我知道他是佛罗里达的鸟。卡氏珀卡雀鹀的拉丁学名向我揭示了一群与他有联系的雀鸟，并为我更好地欣赏他的歌声提供了进化背景。

我走回营地去查看汤姆和戴维，他们还在睡。我便很快越过马路，倾听起一棵小三角叶杨上传来的歌声，听起来很像是金丝雀闲散的歌曲。每首歌都有 3 秒或 4 秒长，每一首都是悦耳的串烧——圆润的啭鸣和哨鸣与颤音和蜂鸣形成鲜明的对比，节奏相当慢，并且音量和音高也在来回变动。音源在树的另一面，大约和我一样高的地方，是一只鹨雀鹀。我边听边笑，没有哪两首歌是一样的，而且他明显属于自大西洋始我们听过的最优秀的歌手阶层。我将望远镜对准他，真是一只令人惊艳的鸟：头部有栗色、黑色与白色的斑点和条纹；下方，白色的咽喉渐渐过渡至浅灰色的胸膛，正中央还有一枚黑色的领带夹；他的背部是灰褐色，有着黑色的条纹，尾巴是深褐色，尖端转角处是亮白色。一只鹨雀鹀，棒极了。

鹨雀鹀
(Lark sparrow):
外貌和歌曲都令人惊艳
（189，1:43）

野外指南说他们在密苏里便有分布，但是我怎么会在过去的 1000 英里中遗漏他们非凡的歌声呢？我知道我还遗漏了别的鸟，因为我眼前浮现出路毙尸体的影像。红头啄木鸟，明丽的身躯倒在人行道上，背上交织着红色和白色；呆头伯劳，很容易被错认成嘲鸫，但只要你更近一点儿看，就能看见他的眼罩，他的翅膀和尾巴上有更多的黑色，而且还有一颗大头和短胖的钩状喙。

一样陷入静默的，还有我昨天在路边野草中捡到的仓鸮。他伸开的翼展长达 4 英尺，长腿在下方晃荡着，能抓住老鼠的爪子非常锐利，但再无用处了。背部斑驳地混杂着浅黄色、灰色、白色和褐色；漂亮的暗色小点装饰着浅色的腹部，包括黄褐色的胸膛。他的头软绵绵地垂着，但我把它抬起来，想象着他张开眼睛的样子，想象着他活着的样子。那脸庞将是多么亲切，除了黑色的眼睛外其余部分都是白的，外面围着一整圈茶色的心形轮廓。我翻开他面部白色的羽毛，找到了下方的奇妙之处。那里藏着两只耳朵[3]，左耳较高，覆盖着朝下的羽毛，右耳较低，覆盖着朝上的羽毛，因此左耳对下方的声响敏感，右耳对上方的声响敏感。当这只鸮听到一只老鼠传来的微弱抓挠声时，这声音在不同的时间、以不同的强度传到其左耳和右耳。由于其羽毛和耳朵位置的不对称以及大脑中对应的精确位置所触发的神经元，这只鸮立即就得知了其猎物的具体位置。[4] 没错，这很聪明，这能力是无数年抓捕老鼠的进化经验打磨出来的。

仓鸮

(*Barn owl*)

我左右为难，因为鹨雀鹀还在唱着，而美洲燕群在鲍勃溪的铁轨桥上活力四射地喧闹，一只草地鹨在南面唱歌，霸鹟全都在吱吱喳喳，嘲鸫还在北面唱着。不过我看到营地里有了动静，此时离日出已过去了整整一小时。

“这个早上真是太棒了！”早餐时，我向汤姆和戴维分享了我的听觉历险。他们都很为我高兴，但显然更为他们自己获得了充足的睡眠而高兴。毫无意外，当一天快要结束时，我通常已经是拖着脚前进，而他们依然力道强劲。

沿路骑了 7 英里后，是小镇奥尔尼斯普林斯。我又想起了我们选择从东骑到西的理由之一：朝阳在我们背后，而不是照进我们眼中，它能在鸟儿身上投射出最美的柔和晨光，这次是一只雄性布氏拟鹂！他和我一起飞着，就在我右侧车把边上，每个细节都完美无瑕。每一次扇动翅膀，上面的大白斑都在闪耀；向上扬翅时展现出腹面和翅下的橙黄色，向下鼓翅时展现他黑色的背部以及橙色的臀部和尾部。黑色的尾尖、黑色的喉咙、黑色的头冠和橙色的脸都属于纯粹的布氏拟鹂。西部。西部！“***是一只布氏拟鹂！我们在西部啦！***”我喊着，好像汤姆和戴维需要提醒一样。

读过的黄鹂科研究报告[5] 表明，我们已经完全越过了西堪萨斯的杂交地带——东部的巴尔的摩黄鹂和西部的布氏拟鹂。在高草草原和矮草草原间的过渡地带上，有如此多的杂交黄鹂，鸟类学家多年来都在纠结：这两种黄鹂究竟是该被视为一个种类还是两个种类。1973 年，他们被认为是两个种类；然后粗分派成了主流，他们又变成了一种“北方黄鹂”（这名字说明南方还有另外一些黄鹂）；20 世纪 90 年代，细分派再次占据支配地位。为什么这两种黄鹂被认为是“两种优良物种”，而扑翅鴷却不是，我完全搞不清楚，可能没有人搞得清。

又骑了 15 英里，我们在布恩城市公园里停下来吃午餐。一只布氏拟鹂在唱歌，唱了又唱，唱了又唱。这旋律真是扣人心弦，它以 3 个粗哑的音符开始，***喳喳－喳***，后面跟着一串美妙的混合，有悠扬的哨音，夹杂着一些刺耳的吱吱声和咯咯声。他一遍又一遍地重复相同的歌曲，和巴尔的摩黄鹂的圆润音符截然不同。

布氏拟鹂
（Bullock’s oriole）：
刺耳的喳喳声和有节奏的歌声宣告着“现在这里是西部”
（190，2:17）

在前往普韦布洛的路上，我们遭遇了持续的逆风和炎热的天气。汤姆和戴维轮流领头，牵引着我和我不适的脚踝向前。正午时，我们骑上 50 号高速公路，这里已经属于普韦布洛城的范围了，交通和噪声对我们来说非常陌生，公路的繁忙程度也胜过我们自弗州以来骑行的任何一条路。

尽管城市公园很欢迎我们免费露营，我们还是选了一家汽车旅馆过夜。戴维和汤姆搜索了近处的单车店，回来时不仅带了各种各样的食物，最令人兴奋的是，他们还为我们的单车带回了新的旅行轮胎。戴维是歪歪扭扭骑进普韦布洛的，他的后轮在堪萨斯磨损得太严重了。最后的 200 英里路，汤姆建议套上两个轮胎，一个磨坏的轮胎里套着另一个磨坏的轮胎。

家朱雀
（House finch）：
生机勃勃，活泼又欢喜，东部的血统源自西部种类
（191，4:57）

我剩余的能量可比不上他们，两个大学室友很快又一起出城了，留下我在旅馆里休息，并回想这一天的历程，它是从鲍勃溪的凌晨开始的……我还听见家朱雀正在旅馆的院子里。西部的家朱雀属于西部传统大族群的一部分。20 世纪 40 年代，西部的一些家朱雀被放生在长岛，东部家朱雀的血统就源自它们。我听着他的声音，“欢乐、愉快、明亮、灿烂、鲜活”一类的词涌现于脑海中，而偶尔冒出

的沙哑、含糊的降调音符**与儿**就像他们的签名一般。还有“西部”，因为没有哪两支歌是一样的，这和东部的鸟儿截然不同，后者喜欢将一首歌重复多次[6]，再换到另一首。

今晚，汤姆将搭乘巴士离开，前往怀俄明州攀岩。明天，戴维和我将离开草原，开始我们的落基山攀登之旅。噢，快乐时光！

第 16 章　西部鸟类
WESTERN BIRDS

第 38 天，6 月 10 日：科罗拉多州，普韦布洛至卡农城

昨夜的睡眠时间远低于我们两人的期望，离日出还有整整一小时，我们就已经和满载的单车一起站在了汽车旅馆的院子里。本地家朱雀在旅馆灯光边活泼地为我们送别，在他们的歌声里，我们骑过了普韦布洛空旷的街道。我深深地呼吸，高兴地呼吸着西部的空气，听着西部鸟儿的歌声……这个时间点主要是西王霸鹟……但此时还很早，四处依然很安静。

我们沿着主干道越过阿肯色河，单车探险协会建议人们顺着 96 号路出城，但我们骑到了下方的沿河单车道上。它沿着河流走向，我确信我们在这里能听

到最棒的黎明歌声。

望向戴维时，我想起了几天前他给我看的日志。那些话大概是“我不知道我为什么几乎不能在凌晨站直。那时起床总是令人非常痛苦又无力。一切都又冷又没有生气。我喜欢被升起的太阳温和地唤醒。但对爸爸来说，那是又一个辉煌的清晨。”

路边的一只黑顶山雀几乎立刻就用他毋庸置疑的***嘿－衣羽***迎接了我们。我停下来，戴维停在我身边。“黑顶山雀的经典曲目，”我评论道，“听到路下面他邻居唱的版本了吗？略高音一些的……听，邻居刚刚换成了低很多的音。数一下，一……二……是的，第三首歌，这边这只山雀也换了。他们现在用完全相同的低音歌曲相互比赛。”当我们离开时，邻居那只鸟儿又换到了另一个音高的***嘿－衣羽***版本。“剩下的旅程里，无论我们什么时候遇到他们，他们都会这么唱。除非，”我一边提醒自己一边笑了起来，“除非越过西俄勒冈的喀斯喀特山。那变化很值得期待。”

黑顶山雀（*Black-capped chickadee*）

在河岸边潮湿的植物堆里，有一只又一只活泼的黄林莺，每一只都在歌曲间叽叽喳喳，每一只都慌慌忙忙地唱着各种版本的***祭 祭 祭我美酒***黎明之歌。

“嘿，那里有一只新的菲比霸鹟等着你，一只棕腹长尾霸鹟。听听他的标志性歌曲，降调含糊的***哔哔哟－呲瑞***。不过他还有另外两首黎明之歌，音高都渐渐上升。其中一首有点刺耳，另一首和***哔哔哟－呲瑞***一样有纯净的音符。它们比东菲比霸鹟的两首歌略微复杂一点儿。”我一边听着他的黎明节目慢慢骑过，一边呼吸着“西部”的一切。

棕腹长尾霸鹟（Say's phoebe）：活泼的黎明表演，他有 3 首不同的歌，几乎每一秒钟就唱一首歌！（192，2：41）

黑头白斑翅雀（Black-headed grosbeak）：歌声很像知更鸟，但更圆润更纯净。此刻他正在黎明中唱着连续的歌（193，10：25）

这里有如此多其他的鸟儿大叫大嚷着吸引我的注意。戴维骑在前头，而我在一只古怪的知更鸟下流连不去。很快，我意识到他唱得过于连续了，没有知更鸟特有的停顿，也没有后者的高音***叽里***。这些歌太圆润了，是一只“开声乐课的知更鸟”，一只黑头白斑翅雀。但我也从未听过一只白斑翅雀唱得如此连贯。我和他一起唱着，数出他每 2 秒就唱大约 3 段歌，每 10 秒唱 15 段。我挑出一个特别的声音，是 3 声渐升的哨音，我把它们记作***喂喂喂***。我听着他在另一分钟里再次唱出它们，中间隔了大约 90 段其他的歌，接着又过了大约一分钟，他又唱起这段，他的黎明演唱曲目和知更鸟真是大相径庭。

斑唧鹀
(Spotted towhee):
在黎明之歌里，一只“山间”唧鹀在唱出***气***之前重复着***又***（194，4:04）

我试图追上戴维，但一只斑唧鹀减缓了我的速度，他在两首歌中切换着，就像他的东部表亲在黎明时的表演一样。***又又又又又又气———***，六声完全一样的开场音符后跟着一段急促的颤音，而另一首歌是***又又又气-气-气-气-气-气-气***，通常是 3 声开场音符后接着几声特别清晰的音节。斑唧鹀的这一“山间族群”一如既往地用多个***又***音开始他们的歌曲，而我将一直听着这些开场音符，直至靠近太平洋，那时它们将近乎完全消失。

我沿着自行车道逆流而上，穿过风景优美的峡谷，经过垂直的绝壁，被鸟儿的合唱声所围绕：西王霸鹟、黄腹丽唐纳雀、西林绿霸鹟、黑嘴喜鹊、布氏拟鹂、家朱雀、哀鸽、莺鹪鹩，甚至还有一对红尾鵟……我很高兴地发现，戴维正在单车道尽头一处很大的野餐区等着我。西边，普韦布洛水库的水坝赫然耸立。

大树高高的枯枝上，有一位我的老朋友：比氏苇鹪鹩。我第一次听到这些苇鹪鹩的歌是在 32 年前，也就是 1971 年，他们很特别。此刻上方的歌曲长整整 4 秒钟，在一曲由蜂鸣和哨音构成的复杂串烧中，有 4 声醇厚的啭鸣。我听着，对每首歌都感到惊奇。我试图对戴维解释我听到比氏苇鹪鹩的歌时有什么感觉：“我在研究所的 4 年里，这些鹪鹩就是我的人生，所有的记忆都很美妙。让我们等到他换一首歌……就是这个，哇哦。再等他换一次……真棒。如果我们给他时间，他最后会唱出 10 首左右不同的歌，不过我估计我们要前进了。”

离开植被繁茂的河谷，我们向西穿越干旱的乡野，原野上杜松整齐地排列。路旁岩壁拔地而起，桥梁的跨度大得令人惊叹，干旱的峡谷是过去由下方的河流雕凿而成的。

我们向上攀升，很快便翻到了一处岩脊上，与一条坡度比为9%且有半英里长的山坡角力。我喜欢漂亮的上坡路，自离开奥沙克山后，我们一直没有碰到这样的坡度。我透过自己沉重的呼吸，在宁静的半早上听着沿路杜松上的声音……白腹蓝彩鸦……绿尾唧鸦……斑唧鸦……西草地鹨……鹨雀鸦……西王霸鹟……布氏拟鹂……还有一只渡鸦的呱呱声——全都是美妙的西部之声！北面数英里处耸立着白雪覆盖的派克斯峰，天空一碧如洗，气温大约是75华氏度，戴维就在前头，西部的鸟儿，***西部***。还有什么比这更棒？

亚历山大·巴克利可能会赞同我的看法。我们停在路边的一块标识牌下，据其所示，他于1836年来此寻找银金。他离世前的19年中追逐着自己的梦想，不过他能活下来靠的是贩卖皮草、放牧野牛以及走私威士忌。他娶了一个极其美丽的女人，但一个有“更好前景”的男人把她带走了。尽管他的财产一直无人继承，但标识牌示意“他收获了其他奖赏——独立自主、人生体验，可能甚至还有智慧——这些东西在西部非常丰足”。他的大部分经历都发生在此地西南面的“哈德斯克莱博”矿区。

正午时，我们抵达了卡农城，这个早晨和我能想象出来的一样完美。但5小时后，我们哪儿也没去成，还得在城市公园那一头的园景汽车旅馆弄干自己。

早前，戴维在网上花了两个小时给他的朋友们写了第二拨长长的邮件。我一边看书一边等待，积攒着耐心，因为我知道，与朋友保持接触之于他，和清晨骑行之于我一样重要。之后，我们在一家杂货店买了东西，于15:30出发向西而行。这个晚上，我们的目的地还是未知数。

远处的雷声没能阻止我们，但倾盆大雨截住了去路。刚刚出城，我们就与两只原鸽和一群麻雀一块儿躲在了一片屋棚下，公路局把他们的沙子和砾石堆在这里。雷声隆隆，雨水砸在金属屋顶上，我们在这样的噪音里对彼此喊叫着。我们都同意等雨停，可最终只能装备上所有雨具返回镇上，订了汽车旅馆过夜。

第 39 天，6 月 12 日：科罗拉多州，卡农城至古费

这是个长夜，感谢它让我们补充了一些睡眠，但到了凌晨，我便躺不住了。4:30，家朱雀的声音从敞开的窗外传来，我知道镇外有什么，我热切地想要在那里倾听，在坦普尔峡谷静谧的荒凉中倾听。

我想象自己正在那些杜松之中，黎明的歌声让我精神焕发。在黑暗里，我悄悄走近一棵唱歌的杜松，很快，那只毫不惊慌的灰纹霸鹟离我只有一臂远了。我飘浮着穿过这片风景，到处都是灰纹霸鹟在歌唱，他们是我遇见的第一批真正的西部纹霸鹟。斑唧鹀醒了过来，叫着***嗞锐***——而后很快开始了歌唱长篇。一些鸟儿加入渐渐增大的合唱声，有比氏苇鹪鹩、黑头白斑翅雀、黄腹丽唐纳雀等。我在杜松间轻松地漂移，鸟鸣声如此纯净，没有东部森林宽大的叶片造成的混响和回声。在汽车旅馆的床上，我半梦半醒地躺着，直至日出后旅馆外更多俗世的麻雀和家朱雀将我完全唤醒。

杜松山麓的歌声

灰纹霸鹟

(Gray flycatcher): 唱着黎明之歌的 3 位邻居

鸟 1（195，1:02）

鸟 2（196，1:03）

鸟 3（197，0:58）

刚刚出城，我们就有幸看到了落基山脉得以诞生的原始证据。路边向西陡峭上斜的是达科他拱背岭，这个沉积层结构始于新墨西哥州，穿过科罗拉多州，向上突入怀俄明州。8000 万～7000 万年前，一大块自地球内部深处形成已有十亿年的花岗岩向上推挤，将它上方的沉积层拱到了一边。这些沉积层就像一层层断裂的毛毯，在突出的山脉上方伸展又打褶。侵蚀作用摧枯拉朽，直至今日，我们能见到的仅存落基山脉，以及这里的一些抗侵蚀的砂岩层残块。这些残块伸向西方的天空，尖角直指上空稀薄的空气，暗示了落基山脉曾经抵达的高度。

出城仅 10 英里，戴维就看见了宣传皇家峡谷的巨大标识牌，他必须得去看看它。所以我们停在了附近的露营地，我高高兴兴地和行李一起待在这里，而他将骑行 8 英里前往峡谷。他预测道：“我 45 分钟内回来。”我知道那是值得

一见的景色，因为我曾见过它：当落基山脉升起时，阿肯色河坚持住它原始的河道，一路凿开坚硬的花岗岩，冲凿的速度和落基山升起的速度一样快，因此，如今的峡谷有约 1/4 英里深，但底部只有约 50 英尺宽。

黑头白斑翅雀（Black-headed grosbeak）：黎明之歌让位给了日间之歌，依然美妙至极（198，5:25）

我从停留的 36 号营地眺望风景。杜松点缀着近处的山坡，南面山峰的雪顶足有 14000 英尺高，据地图显示，它们离此有 35 英里。北面是连绵的落基山脉，接下去的 30 英里路程中，我们将爬上 9 号公路，前往海拔 9404 英尺高的柯伦特溪道，它离这里有 3000 英尺高，全程的坡度百分比约 2%。接着，我们将再向上攀爬 48 英里，至海拔 11542 英尺的胡热山口，它比大西洋洋面高出 2 英里多。我对自己说，我们可以轻松完成此事，以最低挡保持良好状态。我微笑着想，太平洋“就在那边”，就在西边。

我听着轻风拂过头顶的杜松……听着各种昆虫在午后的暖意中唧唧嗡嗡……听着一只布氏拟鹂造访了近处的杜松，在上面唱歌……听着一只山雀的声音。

山雀？一定是林山雀。他重复着自己的歌，并非簇山雀那种缓慢的***皮 皮***哨音，更快、更刺耳，有 8 ~ 9 个完全相同的段落，每个段落都包括 3 声快速重复的音符，就像在结巴一样。我小心翼翼穿过营地朝他走去，想偷偷看一眼，他果然就在那里，一只相当平凡的灰色山雀，头上有必不可少的毛簇。他看上去很“朴素”，就在几年前，他还叫“普通山雀”，分布的范围由此延伸至加州的太平洋。但近期，鸟类学家的细分派将这只朴素的鸟儿分成了两种不同的物种，栖息在国内杜松林和矮松 – 杜松林的是“林山雀”，栖息在加州橡树林与橡树—松树林地的是“纯色冠山雀”。棒极了，西部鸟儿又多了一种。

一只莺雀在唱着，几乎可以肯定是一只孤绿鹃，但我提醒自己，细分派最近刚刚在这一点上赢得了另一场胜利。“铅色莺雀，”我慢慢地说出这个词，“暗铅色”的莺雀，是曾被称为“孤绿鹃”的 3 种莺雀之一。每两秒钟一支歌，我听了一会儿，等待着一段他再次唱到时我能辨认出的特殊曲段。这很不容易，他没有任何一支歌脱颖而出，不过到了第 71 支歌时，我终于听到了一个独特的、极其粗嘎的、声调骤降的曲段。接着它出现在第 73、81、83、84、108 和 110 支歌曲中，而后他唱完了，飞走了。头 70 支歌里完全没有这个特别的曲段，然而后面 40 支歌里出现了 7 次。他的歌曲程序非常像他的东部近亲蓝头莺雀，后者也喜欢先唱一组曲子，再换成另一组。我期待能听到这些莺雀中的第三种——爱达荷州和俄勒冈州的卡氏莺雀，我想知道它是否也是位组曲唱将。

林山雀
(Juniper titmouse):
滴呖－滴呖－滴呖－滴呖——簇山雀早已消失了
（199，0:49）

铅色莺雀

铅色莺雀
(Plumbeous vireo):
和蓝头莺雀一样，他将歌曲分组鸣唱，不过里头夹杂着粗嘎的曲段
（200，2:18）

离开一个半小时后，戴维回来了。“商业化到了荒谬的地步，”他对这自然宝藏的主题公园气氛相当厌恶，“但我翻过一处篱笆，瞄了一眼峡谷，省了 18 美元的入园费。”

戴维重新把 4 个驮篮装上他的自行车，而我给自己的身体又塞了 80 毫克布洛芬，好抚慰我的跟腱和胫骨，它们自弗州出发以来就一直在抱怨。现在已经 17 点了，我们立刻就开始向上攀登。杜松占领了山坡，雄伟的露头岩高耸在右侧路边，左侧则是直落而下的山谷，谷底的河流沿边长着白杨树。翻涌的白云映衬着青天，雨从某些云层中落下，但在半空中就蒸发了，没能成功抵达地面。

我们攀登着，慢慢向上移动。白雪覆盖的峰顶在东北方呈现出壮丽的景色，间或响起的鸟鸣声支撑着我的精神。当满月升起时，我们抢在饭店 20 点打烊之前抵达古费，及时享用了一顿丰盛的牛肉汉堡和薯条，完满地结束了这一天。

第 17 章　落基山骑行
RIDING THE ROCKIES

第 40 天，6 月 12 日：科罗拉多州，古费至阿尔马

西林绿霸鹟

西林绿霸鹟
(Western wood-pewee)：
快速在***吁叽依***和***吁喂－喊－依***之间切换
（201，6：12）

日出前一小时，大约在清晨 4：30，我听到了他的第一声鸣叫，就在我们过夜的古费旅社路边。那只是一声含糊降调的***吁叽依***，不过 10 秒后，我听到了白日里听到的歌，自普韦布洛至此，这些西林绿霸鹟一直在唱着这些歌。于是我向他走去，不过等我站在他下方时，他从高高的松树上洒落了节奏迅猛的音符——他换成了黎明之歌：***吁叽依，吁喂－喊－依，吁叽依，吁喂－喊－依***，一遍又一遍。每支歌都只有半秒，停歇的间隔则略多于半秒，每 3 秒 2 支歌，每分钟大约 40 支歌。他反复地以升调问着***吁喂－喊－依***，而后迅速以降调含糊地回答***吁叽依***。我闭上眼听着，全神贯注，现在我听到了远处树上其他的绿霸鹟，他们全都歇斯底里地唱着。

是的，这就是西部。我们最后一次听到东林绿霸鹟是在堪萨斯州，此刻我能在脑海中听到这两种鸟儿的歌声，这真是迷人。白天的歌声比较悠闲，东林绿霸鹟唱两支歌：***披－衣－吁***和***喂－呼***；

西林绿霸鹟只唱一支：***吁叽依***。在清晨刚离巢时，两种鸟儿都短暂地使用日间歌唱方式，但几分钟内，雄鸟们就活跃起来，加入另一支支支吾吾的升调歌曲：东林绿霸鹟的是***衣－迪－吁***，西林绿霸鹟的是***吁喂－喊－依***，而且歌唱速率将急速飙升。他们的歌以及表演方式揭示了其内在的歌唱基因，两者的相似性使我们得以一窥绿霸鹟祖先们的歌唱方式。

此刻，另一只霸鹟已经悄悄潜入了我的意识，他也在附近一棵松树顶上唱歌。他是纹霸鹟属的某位成员，又一位“蚊子王子”，可他是谁？自大西洋以来，这一族群其他霸鹟的歌都很容易辨认，绿纹霸鹟的***平－仄***，柳纹霸鹟的***未兹－不咿***，小纹霸鹟的***几哔***，还有桤木纹霸鹟的***斐－毕－儿***。他不是灰纹霸鹟，因为黎明时他在杜松间唱得很低，而且只有两支歌，一支略显刺耳的***趣－喂***，和一支更微弱的***提呃***。

一位“蚊子王子”

这里还有一只鸟儿，他属于有着 3 支不同歌曲的西部种类。我的备忘单就是在这种时候用的，上面收集的信息有不同的来源，有些是我自己听到的。幸运的是，尽管科迪纹霸鹟和北美纹霸鹟的歌声根本无法辨别，但他们的分布领域并不重叠，因此，在翻过俄勒冈州的喀斯喀特山脉之前，我都不必在意北美纹霸鹟。

纹霸鹟属备忘单

种类	歌 1	歌 2	歌 3
暗纹霸鹟	音频渐高的含糊双音节***噗－伊***	粗糙的低音***噗得勒***	清晰的高音***匹－也***
哈氏纹霸鹟	活泼地唱着又干又尖锐的双音节***嘻－匹****[*]	低音、粗喉音的***咏勒***	粗糙拉长的双音节***嘻－勒***
科迪纹霸鹟（类似于北美纹霸鹟）	高音尖锐的***嘻***	又薄又高又含糊的***科－喂***	爆发式的***噗－提***，第一音节更高（与北美纹霸鹟相反）

* 令人想起小纹霸鹟的***几哔***之歌。

那么还剩 3 种可能。暗纹霸鹟和哈氏纹霸鹟有一首粗嘎或喉音的低音曲目，但此刻的歌并非如此。在他歌唱时，我从记忆中翻找出了科迪纹霸鹟，一遍又一遍地听着***嘻，科－喂，噗－提***的顺序，歌曲的拍子表明这正是他喜欢的组曲。在下一分钟里，我数出了 30 支***科－喂***之歌，这说明他每分钟大约唱 90 支歌。我喜欢他。

科迪纹霸鹟（Cordilleran flycatcher）：黎明之歌：***嘻，科－喂，噗－提***。只要你熟悉纹霸鹟鸣声间的细微差别，就不会弄错（202，6:37）

当日出时间渐渐逼近，绿霸鹟和科迪纹霸鹟先后发出了心情转变的信号。日出前半小时，西林绿霸鹟只唱他的“日间”***吁叽依***之歌，并且节奏比黎明之歌慢了一半。离日出 20 分钟时，科迪纹霸鹟终止了***噗－提***之歌，并把节奏放慢到了原先的 1/3。接着他逐渐完全停止了 3 首黎明之歌，现在只唱简单的升调***喂－依***！每一只鸟都像在说：“是时候跟着时间前进了。”

我漫步穿过古费，时不时停下来辨认依然在唱歌的其他鸟类：近处有知更鸟和棕顶雀鹀，远处有黄腹丽唐纳雀和呼隆作响的夜鹰，还有宽尾煌蜂鸟有节奏的振翅声，以及头顶飞过的红交嘴雀的鸣叫。此刻的天光中，我看到了之前在黑暗中经过的标识：“杜绝违法。违法者会被当场击毙。幸存者将被起诉。”哦，桃乐丝，我们已经不在堪萨斯了。

宽尾煌蜂鸟（Broad-tailed hummingbird）：以拍翅的飕飕声闻名，每秒拍打 40～50 次（203，0:07）（204，0:12）

当太阳慢慢爬上地平线时，我返回旅舍。戴维依然蜷在院子中的睡袋里，就在他上方，一只小鸟正在一棵枯树顶上唱歌。一系列高音音符杂乱且漫无边际，每秒大概有 4 个不同的音符，有些音听起来非常耳熟。10 秒后他顿了顿，马上又唱了下去。我几乎肯定听到了一声崖燕的鸣音，然后是麻雀，这肯定是知更鸟的叫声，还有毋庸置疑的扑翅䴕的***克利－耶***。我从书中读到过，只有暗背金翅雀会这样模仿。他唱完后跃了起来，扇着翅飞走了，一边发出又高又细的、典型金翅雀的飞行鸣声。

我们 8 点出发，从古费下行至 9 号公路。那里有一棵死去的树，4 只北美星鸦在树顶上叫着，仿佛在欢迎我们开始攀登。***喳啊——***，再三反复，这是一种刺耳又嘈杂的叫声，有人可能会觉得这叫声空洞地嗡嗡作响，但在我听来，它显现出了非凡的智慧。“戴维，那上面有 4 只相当聪明的鸟儿。它们是星鸦，与松鸦和乌鸦是同一科。每一只星鸦每年都会在数千个位置埋藏一口种子，并且拥有非凡的记忆，能够记住这些位置。抬头看看那边的山坡，看到那些松树丛了吗？没错，那都是星鸦种的，是它们宏伟的造林栽种计划的一部分，因为它们并不会把自己埋藏的每一颗种子都找回来。星鸦依靠松树为生，松树依靠星鸦播种，两者都很快乐。”***喳啊——喳啊——***……他们停了下来，翅膀和尾部的黑色和白色如此显眼，现在他们发出了更短的***克拉科***或***克拉——***，所有的鸣叫声都展现着其优越的智商。北美星鸦的英文名是 Clark’s nutcracker，以刘易斯与克拉克中的威廉·克拉克命名，因为正是在他们 1806 年的探险中才首次收集到这些鸟儿的样本。

暗背金翅雀
(Lesser goldfinch)：在睡着的戴维上方，有一首如此美妙的歌，呈现着如此精细的模仿（205，0:58）

我们开始攀爬，我听着，听西林绿霸鹟的***吁叽依***，现在是日间之歌……听北美歌雀……远处一只吸汁啄木鸟传来有节奏的啄木声……一只哀鸽在哀号……那像是一只歌莺雀，又不太像……左边的牛群里有一些牛鹂……路边露头的每块岩石上都有岩鹪鹩在迎接我们……一只莺鹪鹩……左下方一只羚羊在喷鼻，两只成羊和 3 只幼崽……远处一只绿胁绿霸鹟的***咿，喂哟***！……我们旁边有一只栗肩雀鹀。我停下来，专注地听他歌中的开场哨鸣：一秒多的时间里，先是两声低音，接着是两声高音。接着他加速唱出悦耳的啭鸣，它们由快到慢，音高渐渐下降，整支歌耗时两秒多一点点的时间。我知道每一只雄鸟只有一种开场哨鸣序列，但我还想知道，这沿路的栗肩雀鹀是否有自己方言版的哨鸣，因为在远方俄勒冈州的威拉米特河谷中，那里的栗肩雀鹀

北美星鸦
(Clark’s nutcracker)：两只星鸦，发出高智商的叫声，***喳啊——***（206，0:41）

西林绿霸鹟
(Western wood-pewee):
高处传来悠闲的日间之歌，是简单的***呼叽依***
（207，3:02）

就有不同的方言。[1]

我们向上移行 9 英里来到柯伦特山口，这一段攀爬毫不费力，就好像是被这非凡的景色拉上山的。翻过山口微缓的坡峰，我们在路边停了下来，屏息望向眼前的风景：路面向下探入山谷，地平线上绵延的雪峰占据了整个视野。“……难以置信……太壮观了……最难忘的一天……我们是飞上来的……我们一定得走吗？”

戴维先往山下骑去，撒开车把张开了两只胳膊，手高高地伸向天空。我听到了阿隆·科普兰激动人心的《平凡人的号角》，深深地呼吸这凛冽的空气，最后看了一眼那些可能是由星鸦种出来的松树丛、山杨林和壮丽的全景，用录音机记下了这个时刻：“6 月 12 日，上午 9:41，柯伦特山口，早晨 10.8 英里，离大西洋很远，正在接近太平洋。”接着跟上了戴维。

我们一点儿也不着急，慢悠悠地晃荡着，热情又快乐地享受这一天，欣赏天上的云，欣赏我们经过的山谷，还有上方林木茂盛的山脊。此时，我们听到

前方传来一阵喧嚷，那是数十只鸟儿发出的响亮又粗嘎的鸣叫声。很快，我们就骑到他们旁边，但鸟群向前涌去，他们低飞着穿过开阔的松树林地。我们沿路推着自行车，与这群某一种类的松鸦并肩而行。***嘎啊 嘎啊***——哦，我认识这声音，这是蓝头鸦低沉又空洞的叫声。还有那边，一棵树顶上停着一只鸟，发出了带着鼻音的笑声***呀－啊－啊***，声调先上扬再下降——全都是蓝头鸦的典型叫声。他们有多少只？100？200？就算有更多我也不会惊讶，因为路两侧到处都是分散的鸟群，蜂拥在我们周围。

当我用双筒望远镜观察时，戴维打开了录音机，用略显兴奋的声音注释道："他们要疯了……毫无特色的蓝灰色……我们第一次听到这个……这些鸟儿的声音真美妙……我们正在持续记录一群在树林里沸反盈天的蓝头鸦……我要看这些是不是沼泽松……"他抽出了自己之前买的袖珍树木指南。

蓝头鸦
(Pinyon jay)：
饥饿的幼鸟和忙碌的成鸟，喧嚷的鸟群
（208，6:28）

但现在这喧闹是什么？***咯依 咯依 咯依***，大约一秒钟 3 个音符，每个音符都是刺耳的升调，一下子就有几十只鸟儿一起叫了起来，我之前从未听过类似的喧嚷。我们把单车放在路边，走进了松树林，走进了鸟群中，等着一些鸟儿靠近我们。一只令人惊艳的成年蓝头鸦镇定地在我们身边着陆，纯净的蓝色下方是发白的条纹。啊，我听出了一点头绪，在***咯依***叫声间有一种吞咽的声音，现在我听到更多了。是幼鸟！无数饥饿的幼鸟发出粗哑、尖锐、坚持不懈、没完没了的***咯依 咯依 咯依***，以他们的方式催促父母带回更多食物。当鸟群经过时，我们找出了那些疯狂的小孩，他们的颜色更偏灰一些。我还渐渐听出了个体不同的音色，细微的差别使父母们能够在如此大的群体中找到自己的孩子。

"真是令人惊喜！我没料到能在科罗拉多州如此偏北的地方看到他们。这些鸟儿让人着迷。他们全年过着大型的集体生活，成员来自不同的部族，他们在同一时间繁育，鸟巢就散布在近处的树丛里。蓝头鸦的特别之处在于他们能和自己食用的松树一起进化，这和早上看到的星鸦非常像。蓝头鸦（英文名

Pinyon Jay）是以沼泽松（英文名 Pinyon Pine）命名的，这种松树的种子特别大且富有营养，但这些种子没有翼翅，因此不能由风力传播，而是靠这些鸟儿传播。树需要鸟来传播种子，鸟需要树提供食物——也就是所谓的互利共生。和星鸦一样，这些鸟有非凡的记忆力，能将这些种子藏在地里，到树木不再结果的季节时再找出他们。比如说，如果秋季种子丰产，蓝头鸦就能储存足够多的食物，在冬季过半时开始繁育。这时间远远早于其他鸟类，后者必须等到春季，因为春季他们才能找到食物。”戴维拿着翻开的树木指南，点着头，把我的话都听进去了。而且他非常自信能够辨别出这些沼泽松。

蓝头鸦

我们在这里逗留了大半个小时，才不情不愿地离开前往哈特塞尔镇，在那里吃了午餐还读了周日的报纸。或者不如说，是假装读了报纸，因为你很难听不到坐在附近的夫妇说的话和路人的评论：“……肯定是那一个的父亲……3 年 4 个孩子，简直是蹦出来的……和她母亲一样快，我多年前就认识她了……还是像闪电一样……更可能是为了保险烧了谷仓……”

接着我们到了费尔普莱，为左侧的希普山及高出 3000 英尺的山脊而惊叹。而在南普拉特河中段河边因疏浚挖起的碎石堆就不那么优美了，其尾迹就仿佛是巨鼹鼠为了寻找黄金在山谷中抓出的痕迹。

我们就在阿尔马城外宿营，把攀上胡热山口的 6 英里留到明天早晨。“绝对不要在山口顶上宿营，”戴维建议道，“在早晨的冷空气里向下骑可不好玩。”我们安顿下来，吃了一顿悠闲的晚餐，将食物挂在离帐篷很远的地方，高出熊能够到的位置，然后在开始下雨时爬进了帐篷。我回忆着古费的黎明歌者，以及今天沿路听到的所有鸟鸣，尤其再现了蓝头鸦的叫声，并在脑海中再次登上柯伦特山口，望向那壮观的风景。此刻，我更加领会了约翰·丹佛《高高的落基山》中所蕴含的丰富情感。

第 41 天，6 月 13 日：科罗拉多州，阿尔马至银座附近的蓝岭营地

晨曦初现，我从鹿皮溪的营地望去，看到西方的山巅覆盖了一层新雪。真冷！

桀－唧－唧，北美白眉山雀的叫声和黑顶山雀的*纪－滴－滴*很像，不过版本更沙哑。他的哨曲真是精彩绝伦：3 声哨鸣，有时是 4 声，全都是相同的高音，通常在开头有一对小哨音，*叽－依吁吁吁*。

还有一只红玉冠戴菊鸟，他的歌声真是杰作！他以又高又薄的声音开场，挤出一系列加速的音符：*几几嗞嗞叽叽叽*，接着猛地降低八度，使毫无准备的听众猝不及防。现在他再度加速，在一系列低音中渐次降低音高：*推推推吐吐吐吐*。之后飞速以双音节的赞美诗作为终场：*乌－利乌－利乌－利乌－利*，最后短促地发出一声高音的单音*咿*。我边听边微笑，这样一只小小的鸟儿唱着这样一支响亮的歌：*几几嗞嗞叽叽叽推推推吐吐吐吐乌－利乌－利乌－利乌－利咿*。那些短句*乌－利*令我有些迷惑，我听过东部的三音节赞美诗*乌－德－利*，现在这些就像东部版本的缩减版。

不过除了山雀和戴菊外，这里安静得很诡异。远处有另一只山雀在啭鸣。我沿着小路向上穿过树林，遇见一块标识牌："阿尔马公墓，由西奥多·罗斯福总统于 1902 年 3 月 21 日为阿尔马居民所建……非法埋葬将被掘出……"这是我见过的最清静的墓园。

我回到营地和戴维一起用早餐，之后很快就准备出发了。我记录了昨日的旅程："路上的第 40 天，行程 53.79 英里，最高时速 33.1 英里，平均时速 9.8 英里，骑

北美白眉山雀（Mountain chickadee）：又一种哨鸣山雀，是黑顶山雀和卡罗山雀的亲戚（209，1：49）

红玉冠戴菊鸟（Ruby-crowned kinglet）：令人愉悦的歌者，从开头细薄的高音至终点飞驰的音符（210，4：26）

黑头威森莺（Wilson's warbler）：简单的吱喳声，音量渐强，最后是一个典型的支支吾吾的音符（211，1：06）

白冠带鹀
(White- crowned sparrow):
落基山脉山区方言
（212，1:32）

行时间是悠闲的 5 小时 29 分钟。总里程 2460 英里。”为了获得今日骑行的详细数据，我重置了计算器。

我们先是沿砾石路骑回了阿尔马，接着向北攀上 9 号路。现在到处都是鸟了，我依次辨认着他们：知更鸟……啄木鸟……牛鹂的飞行哨鸣……黑头威森莺，这次旅程中我第一次听到他，响亮又迅疾的吱喳声，十一二个易于辨认的音符，每只雄鸟只有一支歌……宽尾煌蜂鸟振翅的呼呼声……一只灯草鹀……白冠带鹀本地方言版的山间竞歌……

一只紫绿树燕落在旁边的篱笆上，纯净的雪白、翠绿和带着虹彩的紫色形成令人惊艳的组合，人们原本以为只有蜂鸟身上才会出现这样华丽的色彩。一位早期的自然学家在文中称他们为“天堂之子”[2]，他为这种小型树燕用完了他所知的所有最高级词汇，并为没有更多可用的词表示遗憾。

我们很快爬到了阿尔马上方，河谷落在左侧下方。河谷那一边，山杨树丛在某个海拔上突然让位给了云杉，河谷对面林肯山荒芜的雪顶是如此令人难忘。过往的车辆很少，我们俩并肩骑着车，笑着，指着，哈哈大笑着，然后我落到了后面，在坡度变得陡峭时换到最低挡。20 分钟后，我攀上了山顶，此时距我们从阿尔马出发已过去了一个半小时，戴维坐在标识牌的石基上，上面的字在纪念这一刻：“胡热山口，海拔 11542 英尺，大陆分水岭。”在我们身后，河水流向大西洋，在我们身前，河水流向太平洋。就好像是在为我们祝贺一般，两只灰噪鸦突然出现，无声地向我们飞扑下来，不过我知道他们只是在寻求施舍。

这是个值得流连的地方，适合放松与庆祝，适合一顿提早的午餐，适合做一切能推迟起程的事，但天空突然布满了浓云，风也吹了起来。戴维以一种轻描淡写的口吻说：“我觉得我们最好继续前进。”我们迅速穿上雨具，遮住驮篮，很快就奔下了胡热山口，匆匆忙忙地离开了高山美景，在一片冷雨中以之字形下行。几分钟后我们就已经置身布雷肯里奇了，它是科罗拉多州的滑雪胜

地之一。我们对旅游城市毫无兴趣，于是绕着弗里斯科外围的单车道骑了 15 英里，抵达了银座。

我们在那里迅速地处理了事务。先是到邮局拿邮件，出版商霍顿·米夫林发来的合同让我很兴奋，这是我的新书《鸟类的歌唱生活》的合同，从某种朦胧又不可言喻的层面讲，我觉得这本书可能让我走进大学外的另一个全新人生。接着我们前往温迪餐厅用午餐，在那里，我们再次意识到自己需要更早些并且更频繁些进食饮水。之后我去便利店买晚餐，戴维则去图书馆上网。稍后我们在图书馆会合，准备起程，不过起程前得等这场阵雨过去。

雨一停，我们就冲了出去，希望能在下一场暴雨来袭前骑过 8 英里，抵达布卢里弗营地。刚走了一英里路，天空就变暗了，头顶的公用电线也溅出了火花。快一点，再快一点……半个小时后，我们刚刚停入营地，雨便砸了下来。我们在唯一的空地上迅速搭好帐篷，爬了进去，在白亮的闪电与响雷之间数着秒。5 秒钟……1 英里……3 秒钟……2 英里……直到闪电和雷声几乎同时出现，这距离近得令人不安。我们坐在帐篷的充气垫上，指望自己和地面间能有点儿绝缘性。

我为晚餐买了炖牛肉、午餐肉、奶酪和面包，但厨师长对它们毫无热情。暴风雨过去后，他在帐篷里看书，我在加热食物，不过很快它们的味道就远胜过了它们的样貌。

我们都认同这是引人入胜的一天，不过彼此之间的气氛还是有些紧张。他一直在容忍清晨骑行及稳定的速度，我们必须保持这样的速度，以便在鸟儿们停止年度歌会前抵达太平洋。他约束着自己，但对于他的生物钟来说，早起真的是一项巨大挑战，要是能歇几天他会很乐意。但前两天我们抵达营地都很晚了，我特别挣扎，因为到晚了意味着很难把事情都做完，很难获得充足的睡眠，很难在第二天早起听鸟。我们的身心都很疲惫，因为自弗州出发以来，我们已经骑行了很久，一直在勠力鞭策自己。另外，我还是他父亲，而不是一个无忧无虑的大学朋友。如果能有一个大学的朋友加入我们一小会儿，这路上一定会有趣得多，是个女朋友就更棒了。

晚餐后的鞋子事件让这种紧张爆发了。因为偶尔会有熊吃掉我们的物资，所以得把食物挂到某棵树上。戴维想把绳子系在他的单车鞋上，将鞋子扔过一根树枝，然后再将食物吊在绳子上扯到树上去。我看了看高处的树枝，对他的计划说了一声“不”，这个字非常坚决，并且是父亲的口吻。我只是想明确地表示，鞋子的重量不足以扯动它后面的绳子，并对抗绳子与树枝的摩擦力。等到重力使他失败，而他想把鞋子扯回来时，他的关键骑行装备之一就可能会卡在高高的树枝间。我觉得这个方案没有可取之处。后来食物的问题解决了，邻居同意把我们的食物驮篮放在他的卡车上过夜，但我们俩之间的紧张感依旧存在。

第 18 章　蒿草和歌
SAGE AND SONG

第 42 天，6 月 14 日：科罗拉多州，蓝岭营地至克雷姆灵

早晨 4:30，知更鸟在歌唱。5:00 时，我跟着一位无名歌者绕着营地走。他是谁？我听到大约两秒钟圆润轻快的曲段，其热情洋溢的程度堪比莺鹪鹩，而且这段歌曲的音高从低跳到高，再跳回低音。我刚记住他的歌唱模式，他就改变了曲调，现在正以高—低—高的顺序唱着 3 段轻快的歌曲，并在末尾扔下一个低频的单音。他回应了河下方的一位同族，但这交流算不上礼貌，因为他在邻居还未结束时就插嘴了。听上去，他的急切好像只是无辜的热忱，但这样的抢拍是一种明确的信号[1]，意味着侵略和支配。这场交流的赌金很高，因为这片社区中的雌鸟无疑都在寻找优胜者。[2]

我在营地小路上跟着这两只神秘的鸟儿转了半个小时。我倾听他们唱歌的时间、内容与地点，划出他们的领地，渐渐从歌声中辨认出他们的不同。我可以拿出双筒望远镜，观察他们以确认他们的名字，但一无所知的倾听为我带来了某种满足感。不是鹪鹩，因为我了解北美鹪鹩的歌声。也许是一只我不认识的西部莺雀。一只山雀？

林氏带鹀
(Lincoln's sparrow)：
我将在蒙大拿州了解这些歌曲的源头
（213，2:10）

一只白眉山雀叫了，发出刺耳的***桀 – 唧 – 唧 – 唧***，

接着又像昨天早晨阿尔马的那些鸟儿一样唱起来，相当高频的三四声哨鸣，但之后他突然转换成了黑顶山雀完美的***嘿－衣羽***，令人惊叹。我知道不同地区的白眉山雀有各种各样的歌，但我不知道他们能唱得这么像黑顶山雀。我听着……一只红玉冠戴菊鸟在唱歌……一只灯草鹀安静地在地上蹦跶……非常寂静。6点时我回到了营地，看到黑嘴喜鹊正在晚餐桌上拣拾残渣。我现在总算看到桌上的冰了，到处都是冰，难怪我这么冷。

北美白眉山雀
(Mountain chickadee)：
在山风中如此嘶哑地叫着***桀－唧－唧－唧***
（214，1:14）

戴维已经起床走动了，但明显并不开心。“又冷又没睡够。”他解释道。我问他：“你生我的气吗？”他回答：“我没什么理由要对你生气。”但我能感觉到他的敌意。我热了燕麦粥，加入奶粉、葡萄干、红糖和香蕉。我们安静地吃了饭。我很想在中午之前完成我们商定的50英里目标，但戴维很不愿意挪动。我焦躁地等着，不过心里却在微笑，因为我知道他不会消沉太久。我提醒自己，他只不过天生不是早起型，不过此处可能还要提出更多问题——比如说，我为什么要这么不顾一切地在这种见鬼的时间段和这么冷的天气里骑车？

7:30，我们沿着令人惊艳的蓝河下山，往克雷姆灵骑去。北美大陆向西伸展时，形成了“里奥格兰德裂谷”，此处凹陷的深谷便是其中一部分。我在河上的桥面停下来，搜寻着江鸟——但一只也没看见。接着我倾听，听到了绿尾唧鹀、斯氏夜鸫和莺鹪鹩。戴维之前一直坠在我后面很远的地方，现在也骑上前停到了我旁边，似乎因为周围的生机而快乐了一些。

河突然变成了湖——是格林山水库，而山谷也变宽了。路两侧的蒿属植物开始从半英里延展到了一英里，远处的山脊郁郁葱葱。布氏雀鹀和高山弯嘴嘲鸫用他们的日间大合唱迎接我们，我暗暗下定决心，要想办法在黎明时出来和他们相会。

抵达克雷姆灵时，世界听上去像是要走向末日一样。各种各样的海妖在我们面前以及遥远的左右两侧哀号，前方还立着一个路障。但停下车时，我们看到的是人们快乐的脸，并且发现我们非常好运地在“克雷姆灵日”抵达了

此处！我们被送过路障到了主干道上，迎面就是克雷姆灵消防部门的 409 消防车，一面美国国旗高高飘扬，司机热情地朝我们招手。接着是一台巨大的花车，上面有 8 个女人围着两张桌子坐着，一块巨大的标识牌上以蓝字和红字写着："如果今天是周二，那一定要玩宾果。"沿街游行的还有警车、救护车和更多的消防车，我从没在任何一处看到过如此多的消防车。各种各样的小贩兜售着食物和工艺品，人们邀请我们进入啤酒园，在活力四射的音乐里鼓励我们参加第三届年度悬崖高尔夫锦标赛。

戴维和两个小伙子聊起天来，他们是迈克尔和雷蒙。"这是我们可以找借口游行的一天。半个城市的人都在游行，另外半个城市的人在观赏……只有本地人和他们的家人能游行，旅行者不行……你看到花车上那些大妈了吗？她们是在这里长大的……店长们都在那里面——我们是个小城……"迈克尔和雷蒙虽然一直在给城镇挑刺，但是口吻很骄傲。

戴维如鱼得水，但我很快就丧气了，因为我能感觉到我们已经不太可能在中午前骑完 50 英里了。不过我们制订了一个计划：他去食杂店买东西，然后在自助洗衣店和我会合。他带着午餐到达洗衣店时，时间已经远远晚于我的预期。他坦白道："忍不住和一些上中学的小家伙聊了聊。"

我们在洗衣店里吃饭时，有一位美丽的蓝眼金发的年轻女士走了进来，不过她没有接受戴维分享食物的提议。“我是名脱衣舞女。”她坦率地解释道，“我今晚需要平坦的小腹。我有两个孩子，可我前夫会在我周末工作时带他们来……我想我这一生都无法得到男人的尊重，所以见鬼去吧，就这样。我能赚钱……真的非常容易——你有5分钟在跳舞，还有大概25分钟走来走去，和男人们说话。他们大多数人都很郁闷，并对他们的运气感到不满——这也是他们会在酒吧里的原因。所以你只要坐在那里，听他们谈谈自己的问题，然后他们就会给你一大笔小费。我一个晚上能赚500~1000美元，比我梦想的还要多。”她是个令人愉悦的伙伴，但很快就变得怒气冲冲，因为她在给她男朋友洗衣服，而里面竟然有“肥女人的内裤”。

午饭吃完了，衣服洗完了，戴维和我分开了，我们准备5分钟后在运动用品店会合。20分钟后，他和基思一起出现了，我们一周前在东科罗拉多遇见过这位英国骑手。戴维用他买的4000 Max-D超级水枪浇了我一身的水。“这是你的父亲节礼物，”他大笑道，“不过还是我扛着它吧，因为你还不够成熟。”我当然只能和他一起大笑起来。

在抵达克雷姆灵的三个半小时后，我们终于出发了。但刚刚驶出城镇，戴维就靠边停车了，他说他的后轮感觉不太圆。没错，仔细检查后，我们发现车轮侧壁磨坏了，于是我们又返回城里，找到了一家拥有一个轮胎存货的单车店。我不得不承认，这就意味着我们得在这里过夜。我接受了今天仅仅骑了30英里的事实，并在戴维换轮胎时找了一家汽车旅馆。

我休息了一会儿，整理了装备，顺便也整理了我的思路，心里渐渐生成了一个计划：要远远早在明天日出之前上路。戴维从单车店回来后很快又出去了，因为高尔夫锦标赛让他很兴奋。于是他骑车去了镇子北面几百英尺高的那个悬崖顶部，在悬崖下方远处有一个标记，能把高尔夫球打到离标记最近处的人就能得到奖赏。15分钟后，他气喘吁吁地回来了。“忘了我的飞盘，”他解释道，“我想看看我能把它扔多远。”然后他又走了。我笑了：作为国家冠军队斯坦福极限飞盘队的队长，戴维要将飞盘扔出有史以来最远的距离，追求个人最好成绩是他的目标。此处的克雷姆灵日为我们带来了多好的机会！我再次想到我是一个多么顽固的人，乖戾的处事风格完全抑制了戴维的风格，而这孩子又是多么欢乐的人。我们正需要一个克雷姆灵日。

15分钟后，我开始用双筒望远镜观察悬崖顶端的形状。我自然而然地称其为“悬崖”，但当我再次有意识地说到它时，我看到了一面由页岩组成的崖壁，曾经覆盖堪萨斯州和中大陆大部地区的内海中也沉积着这样的页岩。此处的页岩和落基山残骸一起被抬升起来，但东科罗拉多和堪萨斯的那些页岩依然埋在数千英尺下平滑的地层里。

最后是戴维，没错，他在那里——我能在足足半英里之外认出他的身姿。他弯腰放好一个高尔夫球，然后做出了一次有力的击打。接着是飞盘，他扭身蓄力，猛地把它扔飞了出去，就像他在“拉动”他的队员时做的一样。我看着它无止境地滑翔，在顺风的辅助下向下飘移500英尺，飞行距离至少达到了1/4英里，最终消失在了城镇屋顶的后方。这成绩应该可以申请吉尼斯纪录了。

第43天，6月15日：科罗拉多州，克雷姆灵至沃尔登

父亲节！周日凌晨4点，在休息了一整个晚上后，听到闹钟声后跳下床，一想到自己将在这个清晨骑行穿过蒿草天堂，就觉得特别兴奋。这里到马迪山口共27英里，我可以悠闲地一路享受鸟儿的歌声。戴维昨天整整欢闹了一夜，他会多休息几小时，然后离开旅馆。我们预定在山口顶上会合，当然也有可能更早。

45分钟后，我在城外路边停了停。东方地平线上的橙色光辉昭示着白天的到来，近圆的月亮悬在西南方2000英尺高的峡谷上，后者是科罗拉多河冲凿出来的。蒿草浓郁的芬芳令人陶醉，同样醉人的是耳中的一切声响。我在记忆库里匹配着这些歌者：街灯附近的是知更鸟，边飞边唱的是燕子，还有一只山蓝鸲。路下面一定是一片湿地，那里有黄林莺、北美歌雀、红翅黑鹂和黄头黑

布氏雀鹀

鹛。鹬鸟从头顶飞过。

我出发了，慢慢地向前骑着，享受着当下。蒿草在月光下发亮，在这光辉中，响起了布氏雀鹀和高山弯嘴嘲鸫的合唱。雀鹀的领地很小，通常在听力范围内会有 4 ~ 5 只鸟，他们全都在唱着狂野的黎明之歌。每只雄鸟的歌曲都不间断，在一系列高音和一支音频低许多的长歌间切换，后者絮絮叨叨，有点儿像是金丝雀的歌。他们的声音混杂在一起，无论在哪一个瞬间，都有一些音又近又响、有一些音又远又柔和、有些高音、有些低音、有些清澈又悦耳、有些刺耳又嘈杂，这集体的声响令人着迷。我在靠近他们时挑出了路边的一位歌者，听着他唱完了高音的嗡嗡滋滋和昆虫般的唧唧声，之后音频俯冲而下，换成一长串多样的颤音，接着重新升高，开始另一轮循环。他的声音在我靠近时增大，在我经过时渐逝。

布氏雀鹀
(Brewer's sparrow):
黎明狂想曲
鸟 1（215，1:21）
鸟 2（216，6:31）

高山弯嘴嘲鸫

还有嘲鸫！多么非凡的歌者，但他们的领地要比雀鹀大很多，我每经过 10 只左右的雀鹀，才能遇到一只嘲鸫。我研究过他们的歌，懂得如何倾听。现在我正听着下一只嘲鸫迅速演奏他的曲目表，其中包括数百种不同的声音（一只鸟儿有约 700 种鸣唱，我仔细地研究过），每半秒（精确来说是 0.57 秒）就风驰电掣奔向另一种鸣唱。我还听到了他的模仿，他真是热爱草地鹨和布氏雀鹀的歌，他模仿了他们各种各样的歌声。和知更鸟、岩鹪鹩、黄胸大鹂莺，又或是铅色莺雀一样，他喜欢一次唱一组曲，然后换成另一组。和他们不同的是，他若想呈现自己的大部分歌曲，要花费的时间不能以分钟计，而是要以小时计（至少 8 小时）。

高山弯嘴嘲鸫
(Sage thrasher):
他飞来飞去，歌声不断，中间夹杂着丰富的模仿曲段。和他一起歌唱的还有布氏雀鹀。太棒了！
（217，7:21）

看不见的雀鹀和嘲鸫们一路搅动空气，这个周日清

威氏鹬
(Wilson' s snipe):
力学之歌，尾羽在风的指导下歌唱
（218，1:43）

布氏雀鹀
(Brewer' s sparrow):
从黎明之歌切换至简单的日间歌曲，这转换令人侧目
鸟 1（219，1:09）
鸟 2（220，1: 03）

晨没有什么车，整个世界都属于我们。有一只栗肩雀鹀，***哟 哟 吁***，先是两个低音的哨鸣，接着是一声高音，他的邻居也这么唱……右边山脊上有只岩鹪鹩，在各种各样的歌曲里换来换去，因为此刻是黎明，他就应该这么疯狂……一只鹬鸟在右方高远处扇着翅膀，***呜呜呜呜呜呜呜呜***，每声“呜”都是一只翅膀的一次拍打，那风声是他在向下俯冲时风从翅膀直接穿过特殊的外尾羽而形成的……公用电线上有一只哀鸽，***咕啊，咕呜，咕，咕***……喜鹊在右边的峡谷里鸣叫。夜鹰在头顶叫着，有些在近处，有些在远处。我再次于路边停下来，听着上方盘旋的一只夜鹰叫了 21 次***比***音，然后俯冲下来。我能够想象他在关键时刻张开翅膀，迎上呼啸的气流，翅膀响亮地振动，发出一声呼隆，对，有一点儿像公牛的吼叫，或极短途货车发出的声音。

现在是早晨 5:10，离日出还有 25 分钟，而布氏雀鹀已经放弃了他们热情的黎明之歌。谁会想得到现在这唱歌的也是同一种鸟呢，他们简洁的二分部日间歌曲断断续续，与黎明的激情形成鲜明的对比。就在我左侧篱笆的那边，传来了***唧哩 唧哩 铏－铏－铏***，右边则是***忒勒－忒勒－嘀－嘀－嘀***，每只雄鸟都重复着自己独特的那一首日间之歌，听上去就好像再也不会唱别的歌一样。

我向前骑去，但很快又在一只高山弯嘴嘲鸫旁边停下来，他正在左侧一根篱笆柱上唱歌。他面朝着东方地平线上橙黄色的光芒，在向黎明致敬。然后他飞了起来，边飞边唱，落在蒿草丛中，而后又踩着某种隐形的踏板朝天空弹去，就这么以一种炫耀式的、夸张的飞行方式巡视着自己的领地，好像要把蒿草和天空缝起来一样。最后他着陆在了远处的一丛蒿草上。

我接受了路边稀树草鹀的建议，***不也 不也 不也 不－急 恰恰恰恰喜喜喜喜咿咿咿***。10 秒后，他在我身后用他慵懒的、几乎像虫鸣般的高音歌曲重复了他

的智慧，开始是几个断音，经过短暂的加速后，以两个延长的蜂鸣音结束，第二个低于第一个。当太阳跃上东边的山峦时，我多了一位比例荒谬的骑友，那是我的影子，它越过蒿草橙绿色的光辉，向西远远地延伸开去。我看了看里程计，毫不讶异地发现，在离开旅馆后的近一个半小时里，我只骑了 7 英里。

稀树草鹀
(Savannah sparrow):
轻松又震颤，从容不迫，***不－急 怡怡怡怡 喜喜喜喜咿咿咿***
（221，1:38）

右侧湖泊的上空魔法般地飘浮着一列展开翅膀的鹈鹕，下方的水面上则漂浮着一只北美鸊鷉——又或是一只克氏鸊鷉？隔着这么远我也能领略他的优雅和美丽，这种"天鹅般的水鸟"有苗条的身躯和纤长的脖颈，上黑下白。不过我看不到他头上细微的纹路，这特征可以分辨两种鸊鷉。我停下来，想听听他的叫声，北美鸊鷉是叠音***库里－库里***，克氏鸊鷉是单音***库里里***，叫声是分辨他们的最佳方法。他潜了下去，在水里待了 41 秒后钻出水面，安静地过了 16 秒，再次潜下水去。我想，他就是他，不需要名字。

我的视线越过水库，投向沃尔福德山，我想起那里有一些正在移动的岩石。是的，我看到了曾在书中读到过的景象。山巅有繁茂的树木，它们生长在古老的花岗岩上，这些花岗岩被挤到上方，下方是年轻许多的、光秃秃的页岩。那片景象随意又杂乱。沿路再往前数英里，我将在怀特利峰上看到古代火山爆发形成的六角形玄武岩柱。

角百灵
(Horned lark):
爆发式的较低音符后跟着热烈的重复高音
（222，0:34）

骑行半英里后我慢了下来，在一只角百灵旁停下，他的歌声中仍带着一些昂扬的气息，这气息在日出前许久曾点燃过他。他每秒喷吐出 4 ~ 5 个细小的音符，每 10 ~ 15 秒就有一个热烈的高潮，从一些支支吾吾的升调音符加速至含糊的高音啾鸣声。接着他简短地停顿了一下，再次重复之前的整个程序。他的歌声听起来感情充沛却很不稳定，他的情绪在黎明前的狂躁、稍后日间歌曲的慵懒以及偶尔的热烈之间摇摆。

昨天我刚在路边捡到一只死去的角百灵，因此我再也无法以同样的方式看待他们了。他面朝着我，离我只有数英寸，他面部的花纹真是令人惊艳。我欣赏着那灰褐色的头冠，之下是黑色的额甲，两根黑色的“角”从那里向左右两侧伸出。就在黑额甲之下，双眼之上，一圈白环从喙上绕过头部两侧；在白环之下是黑色的“胡须”，它们从喙基部延伸至双眼下方，然后向左右两侧下方弯曲。这黑色和近环状的淡黄色喉部及颊部外侧的白色羽毛形成鲜明对比。淡黄的喉部下方是宽阔的黑色项圈。这一切组成了炫目的图案，是角百灵们时不时就面对面、嘴对嘴地向彼此炫耀的特征。

角百灵，面部

在东升旭日越来越热的光线里，我脱了好几层衣服。先是雨衣雨裤，还有雨靴，它们都是抵御寒冷的第一道防线。接着是里层的衣服。在重新装配驮篮时，我观察了绵延无尽的蒿草灌木，惊叹其在拂晓变幻的光线下渐变的绿色。我深深地呼吸，沉醉于它们的芬芳；我倾听所有熟悉的音响，在这个最美的周日清晨的宁静中，正奏响一曲名副其实的大合唱。

岩鹪鹩
(Rock wren):
一个老朋友，如其往常般切换着歌曲，A B A B A B……
（223，2:32）

上方的公用电线上有一只岩鹪鹩在唱歌，这选址真不合适。尽管已经日出很久了，他依然满腔热情地切换着不同的歌曲。我慢慢滑行着停下来，试图跟上他的歌。这个任务看起来很轻松，因为他先是切换两首歌——A 和 B，接着有条不紊地换成另两首歌——C 和 D，而后是 E 和 F，每一对歌曲都绝不混杂。我试着用符号记录：***威尔－威尔－威尔－威尔－威尔－威尔，菊－菊－菊－菊，推推推推推推推推推推，特微－特微－特微，吹－吹－吹－吹－吹－吹－吹，菊蕊蕊蕊蕊***————细致地概述了他能唱的一切，他知道将近 100 首歌，而这是个优美的范例。

绿尾唧鹀（Green-tailed towhee）：他能截停单车，身后升起的朝阳为他的羽毛和歌映上了光环（224，1:31）

道路在召唤我，我又前进了，但现在有一只绿尾唧鹀在右边一根篱笆柱上唱起了歌。我停下车，从车把包里抽出了双筒望远镜。他身后的太阳为他的头部投射出了一个泛红的光环，他的背部则闪着泛绿的光。我在他界限分明的胸部看到了领带夹。还有他的歌，它们由几个序曲音符开场，接着切换成颤音、蜂鸣音和含糊的音符，后者的音高和速度活力四射地变换。我试图跟上他的节目单，听着他在两首歌间切换，A B A B A，接着移到另外两首，C D C D C，而后又换了不同的歌，然后我就跟不上了。他是个令人惊艳的美男子，也是位令人愉悦的歌者。我发现自己在对他轻声说："谢谢你，唧鹀先生。"10 分钟后，我们分开了。

柳纹霸鹟（Willow flycatcher）：西部变种，依然唱着惯常的 3 首歌（225，7:55）

未兹－不咿！柳纹霸鹟的西部"种"。他在马迪溪边的灌木和小树中过得挺好，这条小河里的水都来自此处的溪谷。

围攻！短嘴鸦，黑嘴喜鹊：让人毛骨悚然的沙哑的鸦啼（226，3:10）

早上 7:31，里程计走过了 15 英里，而我已经上路 3 小时——这步调很缓慢。是的，稀树草鹀先生，***不也 不也 不也 不－急 恰恰恰恰喜喜喜喜咿咿咿***。另一只绿尾唧鹀和他的邻居适时出现，又截获了我的另外 10 分钟。

黑嘴喜鹊：一样喜欢吵吵嚷嚷（227，4:43）

两只乌鸦，多么沙哑的叫声！就在路左侧 20 码外，他们扑进了蒿草，又飞了出来，不知道在轰击什么……一只赤狐！当我看见狐狸时，他也看见了我，他穿过蒿草丛跑了。我观察着乌鸦以及加入追捕的另两只喜鹊，从而得知了赤狐的行动轨迹。不知怎么，一只羚羊也混入了这个场景，它在我正前方朝我喷鼻，然后跳过马路往右跑了。

至马迪山口顶部的山坡很和缓，早上9:30，我在左侧一片杨树林边停下来。它们的叶子在风中轻振，怡人的沙沙声昭示着微风的存在，我一早上都在这顺风中骑行。我欣赏着这些树木，我眼中的数百甚或数千棵树，可能都是"一个个体"，所有分离的树干都是从某棵初苗的侧根上长出来的。而这一受造物能活数万年。我在我宏大的、年老的朋友身边安顿下来，坐在马迪山口标识牌的下面，后者证实我依然高高在上，超出海平面8772英尺，并且正再次翻越一座大陆分水岭。

半小时后，戴维和我们的朋友基思到了。他们因为我度过了一个如此美妙的早晨而高兴，这份高兴甚至超过了他们可以按照自己的时间和节奏休息与骑行所感到的高兴。

我们很快滑下山口，朝沃尔登骑去，降落进了北园。依然是蒿草之乡，依然是畜牧之乡，我想起了数天前路边的标识："保护你的西部遗产，支持公园之乡的牧场——中科罗拉多畜牧者协会。"就好像是在说："我们这里以前养牛，有本事把我们搞出去。"戴维讽刺地翻译为"多棒的山啊！让我们在上面放满牛吧！"路边都是带刺的铁丝网，牛霸占了大地，戴维发誓说："我再也不吃牛肉了。"但我们也提醒自己，别在这里大声说出这些想法。

在下坡时，戴维看到了路边的3只羚羊，冲上前去想追上它们。它们往前急冲，但被高出路面15英尺的篱笆拦住了去路。戴维在它们近旁抽出了他的超级水枪，喷出一道水雾。哦，这次的射程可比记录短多了，不过捕猎的成绩还是很不错的。

我们将沿着通往怀俄明州的山谷向北前进，周围的雪峰几乎包围了我们。帕克山在左面，梅迪辛博山在右面，无夏山和拉比特厄斯山在我们身后。山谷间奔腾着河流——密歇根州、伊利诺伊州，还有加拿大的河流，野生生物非常丰富。当我们下行进入阿拉珀霍国家野生动物保护区旁边的湿地系统时，见到了前所未见的大型路毙现场：红尾鵟、桂红鸭、野鸭、仓鸮、草原犬鼠，以及大量鸣禽……还有一只发胀的牛在路边腐烂。

前方就是沃尔登，“科罗拉多州的驼鹿观赏之都”（科罗拉多州的立法机关是这么宣称的）。我们可以在沃尔登的汉森公园免费宿营，但我明天早上想再次探索蒿草之乡，便提议我们再去旅馆住一晚。那样我就能再次于黎明前作迅速且简单的出发准备，而不必费力拔营。

第19章　你好，怀俄明州
HELLO, WYOMING

第44天，6月16日：科罗拉多州沃尔登，至怀俄明州萨拉托加

早上4点出头，我囫囵吞下了昨晚准备好的冷燕麦粥，衷心地希望此刻的狂风暴雨能迅速消散。4:15，我推着满载的单车站在路边，看着四面地平线上的闪电，很快又开始嘲笑自己，因为我意识到我的晨间蒿草之行要取消了。于是我把单车推回旅馆，虽然床看上去很诱人，但我还是决定在外面走一走，以便消化既定的事实。

在路的对面，墓地那一头，一只鹬振翅而歌。还有一只蓝知更鸟，我几乎可以肯定他是一只山蓝鸲，不过由于离得太远了我听不清。“过来一点儿。”我轻声说。

山蓝鸲
(Mountain bluebird)：
就在旅馆的屋顶上
（228，1:36）

近处，有一只燕子在飞行中歌唱，可能是离开了公用电线，正沿路飞行。***叽－哩叽－哩叽－哩***，一遍又一遍，10……20……30……40……50……在仅仅30秒里，我就数出了55个听似完全一样的双音节鸣声，也就是每分钟超过100声。它们不是崖沙燕或北红翎粗腿燕那种刺耳的叫声，也不是美洲燕那种咯吱声或咔嗒声（美洲燕的栖息地也不在这里），歌声没有家燕那么圆润，也没有双色树燕那么多变。可能是一只紫

绿树燕，我不确定，因为我对他们知之甚少。

那只山蓝鸲来到了旅馆的屋顶上，就在我上方。我打开了录音机，把定向麦克风对准了他，但不到一分钟，他就朝西飞向城里去了。接着他再次返回了路对面的墓地，全程都在精力充沛地一边巡视领地一边唱歌。

不过我还是抓住了那几秒的瞬间，现在我将音轨重放了几遍，确信他的确是一只山蓝鸲。他刚刚唱的是什么？几串 10～20 声的简短啭鸣，每一串之间暂停一两秒，和知更鸟唱欢颂系列时很像。我又听了一遍，选出一个独特的段落，发现它在整个表演中零散地出现了 9 次。另一个段落出现了 6 次。基于他重复这两个独特段落的频率，我估计他一共有大约 10 段不同的啭鸣，这和知更鸟也没多大差别，后者是嘲鸫的远亲。

真有趣。我对这些山蓝鸲一知半解，而且从我读过的资料来看，还没有人特别了解他们。最专业的资料包括著名的《北美鸟类》系列在内，都承认了这一点。关于山蓝鸲的黎明之歌，我可能已经算是世界级专家了。

我吃完了第二顿早餐，暴风雨也已经消散了。6:15，戴维和我起程了，但这并不符合我对这个早晨的期望。尽管蒿草依然占领着世界，而且歌唱演员表和昨天没什么两样，但黎明的合唱大爆发已经过去了，我只能时不时听到一点歌曲的片段。不过戴维很开心。

“右边那头是雷雨云吗？”我问。“不——布隆——隆——”他回答着，笑了起来，因为他知道我又担心过头了。我和他一起笑了起来，但我知道那是雷雨云。日光从它的边缘散射出来，太美了，我们一边骑一边看着云散开，这太棒了。一只稀树草鹀在唱着……布氏雀鹀……高山弯嘴嘲鸫……草地鹨，的确非常有西部特色。乌鸦站在电线杆上，在我们经过时呱呱地鼓励我们。穿过离沃尔登 15 英里的北普拉特河时，我们看到蓝色和黄色的花朵、羽扇豆与我觉得是秋麒麟草的植物铺满了山谷。接着我们向上攀登，在右边的露头岩后面藏着一些郊狼，它们一起又吠又嚎，让我们急速向下冲去。下行进入怀俄明州时，我们的时速超过了 40 英里。

更多的蒿草丛。草原犬鼠用吱吱的尖叫声迎接我们，其中有许多戒备地站在路边的土堆上。一阵友好的顺风一路将我们吹向前去，但对于我们遇见的第一位东行骑手来说，它是烦人的逆风。我们在他靠路的那一侧停下车来，等着他。“我 3 周前从俄勒冈海岸出发，”这位骑手向后斜着身子说，“那些山口太难骑了，非常冷，还有很多雪没化。”在继续旅程之前，戴维努力榨取更多关于前路的信息，而对方知无不言。

西草地鹨
（Western meadowlark）：
无处不在的、尖锐的、清澈的栖息之歌；焦躁的鸣叫；偶尔有灿烂的飞行之歌（229，1:33）

又沿路骑了一英里后，我们停下来审视电线杆上的一只大鸟。“我们找到了一只鹰，他大概有这么大。”戴维一边用双筒望远镜看他，一边对着我的麦克风说。他以自己惯用的鸟类学精度标准估算了那鸟儿的身高，将两只手张开了约一英尺半的距离。“哦，他飞了。他腹部非常白，翅膀上有一些深色的边。他身体上方有斑点……”

“翅尖黑色，翅前缘黑色。”我补充道。

“哦，现在你用的都是专业术语了……尾巴好像是浅褐色……”

“红尾？”我问道。

“可能是红尾，”戴维说，“……现在他在田野里了……没错，一定是红尾。”案子解决了。这鸟儿比我们今天早前看到的巨大的全黑色王鵟小多了，大约和斯温氏鵟一样大。我们在东科罗拉多的矮草草原上，曾看到后者在风中嬉戏。

下午时，我们被风吹进了萨拉托加，找到了我研究所朋友吉姆·斯泰特斯的家。吉姆在做一份咨询工作，昨天起就不在家，但他的妻子卡罗尔和她母亲格温像招待王公贵族一样招待我们，餐点中有烤牛排（戴维“不吃牛肉”的誓言就这么结束了）、烤土豆、烤蔬菜和草莓脆饼。

红尾鵟
（*Red-tailed hawk*）

话题转向了政治和煤炭。戴维的结论是：“扭曲的政策让怀俄明州的农场主拥有了毁灭土地的力量。我希望那巨大的煤储永远不会被用上。”

用餐后，我们睡在了他们的客房中，旁边就是北普拉特河。

第 45 天，6 月 17 日：怀俄明州，萨拉托加到马迪峡口

我们早晨悠闲地出发，在出城一英里多时，我猛地刹住了车。长嘴沼泽鹪鹩，***西部长嘴沼泽鹪鹩***！！在右侧路边小池塘的芦苇丛里，有数十只鹪鹩吱吱咯咯，发出哨鸣声。我提醒戴维，我们在弗州从未听到东部长嘴沼泽鹪鹩的叫声，但如果我们的穿美路线再向北偏一点，进入内布拉斯加州，我们就能穿过一条清晰的分界线，它分隔了东西部的鹪鹩。“听听这些西部之歌的多样性，每只雄鸟都有 100 ~ 200 首不同的歌，大多数是从邻居那里学到的，最棒的是双方用歌曲彼此回应的方式，有时候双方的歌曲能有连续 10 首是对应的。东部雄鸟的对决就不是这种方式，每只东部雄鸟只有 50 首左右的歌。”这个时刻，似乎应该赞颂一下我在过去 30 多年中研究这些鹪鹩所得的知识，但道路在召唤我们。我对自己承诺：我们回头再听，在我们抵达太平洋前总有机会的。

长嘴沼泽鹪鹩

长嘴沼泽鹪鹩（Marsh wren）：歌曲变化无穷，音质迷人，歌者的能量也无穷无尽（230，1：36）

现在眼前又是蒿草丛了，无尽的蒿草，景色壮美，又有许多熟悉的鸟儿：高山弯嘴嘲鸫、布氏雀鹀、栗肩雀鹀和稀树草鹀、角百灵，还有不少白斑黑鹀。我倾听布氏雀鹀简单的日间歌曲里的变化，以此打发时间——它们大多数是二段式的，不过有一些是一段或三段；大多数歌的音高从第一段至第二段递降，不过也有一些是向上升的；这些曲段音质中的变化真是美妙极了。在倾听栗肩雀鹀时，我专注于听他们序曲的哨鸣，试图分辨他们如何变换音位。

在某个可谓惊恐的时刻，我们攀上入口匝道，驶进了

80 号州际公路。它是美国最繁忙的高速公路，连接着旧金山和纽约城。现在我们已骑在传统的穿美路线上了，它由联合太平洋铁路公司铺设，这个公司就在此处北面。在我们的旅程中，这是唯一一段无法通过更小的支路“由这里跳到那里”的路。巨大的 18 轮卡车隆隆地经过我们，我们就好像是骑在一条巨型露天风道中一样，被卡车们带着前进，一下子越过 13 英里到达了辛克莱尔，又瞬间越过了它的炼油厂迷宫。不过，在卡车与卡车安静的间隙里，我们在单车座上以一种特别的方式倾听且观察世界，那些在州际公路上飞速前进的旅者是无法做到的。

我们渐渐不怎么关注天气预报了，除非天气情况很严峻。不过此刻，麻烦的证据正扇在我们脸上，让我们想起了今天天气预报里说的强北风。有时它会转向成东北向的侧风，但总归都会让骑行变得更艰难。

“在弗吉尼亚，我们刚骑出威斯维尔就碰上逆风，那时你是怎么写的？”我问戴维，“写得很到位。”

“哦，差不多是这样的：逆风让一切变得丑陋。它对着你的头猛吹，让你全身咯咯作响。风声淹没了思想，单车也不想再前进。大自然在说：别往这边骑，笨蛋！”

出了罗林斯 10 英里左右，我们再次翻越了大陆分水岭。我们希望能舒舒服服地下山驶进大陆分水岭盆地，但只要不踩踏板，风就能把我们倒吹上山。我们用力踩着车子，穿过这片沙地与蒿草的盆地，它被分水岭完全围绕，因此

从山岭上流进盆地的水只有经过蒸发才能离开此处。拉蒙特的奶奶咖啡店上挂着“正在营业”的牌子。我们都觉得此时非常需要吃点东西休息一下，但视野中一个人影也没有，店铺后面是一大片散落着机械和古怪装置的机器墓地。

我们用力骑进肆无忌惮横扫过这片旷野的风中，出了盆地后，很快再度爬上了大陆分水岭。我们欣赏了远方的山脉，便向下骑去，在接近马迪峡口的时候骑上砾石路，这里也有大卡车，还有些地方正在修路。马迪峡口很狭窄，是马迪溪冲断此处的山脊形成的。越过峡口，经过与 220 号路交叉的十字路口后，我们按照大提顿和黄石国家公园的指示牌往前骑。这一天我们非常艰难地骑了 80 多英里，最后在一块大标识旁停下来询问露营的事，牌子上写着“欢迎马迪峡露营及房车旅行者”。

“你们可以把帐篷搭在这里，”主人家说，“免费。”我们以一座破破烂烂的、粉蓝相间的活动房屋作为防风墙，愉快地在马迪溪边歇了下来。戴维准备了一顿丰盛的晚餐，意大利面加上乳酪和胡萝卜，这是他的拿手好菜之一，我们吃得非常满足。晚饭后，戴维又开始翻他的《禅与摩托车维修艺术》，他从弗州起就一直带着它。而我很快躺进帐篷，想着清晨的鸟鸣声，迷迷糊糊地睡去。

黄胸大鹛莺
(Yellow–breasted chat):
我的马迪峡小鸟，有 4 组歌曲
（231，9：19）

在宁静的夜里，某个时刻，他开始唱歌了，大概是午夜时分，月亮刚刚从东方升起。我一会儿清醒一会儿迷糊，在心里默默地记录，接着又把记录忘掉，醒过来想再多听听他的清鸣、啾鸣和颤鸣，接着又再度睡去——我好像就这么过了一整夜。一只黄胸大鹛莺。他的英文名是 Yellow-breasted chat，多么合适的名字。对，“Yellow–breasted”指的是他的样貌，大多数鸟儿的名字好像都是某人手里托着一只死鸟念出来的。但这只鸟儿的名字很鲜活，他有一种如此娱乐性的爱“闲聊”（chat）的天性，并由此得名。他又是咯咯又是呱呱又是呜呜，又是呼呼又是咔咔又是吱吱，他什么声音都有，他在“闲聊”。

在非常早的凌晨，我起来穿好了衣服，部分原因是想证实他的确是真实存在的。我沿着溪水往下走，来到离那些柳树 10 码远的地方，把录音机和麦克风放在了地上，他的确正在这里唱歌。按下“录音”后，我走开了，心里很快乐，因为早上我们离开时也将带上他的声音。

我回到睡袋里，非常清醒，专注地听着。现在我对他正在戏耍的 4 种声音越来越熟悉了，但我等着。3 分钟后，他加入了全新的声音，一组新的歌单。又过了约 8 分钟后，他便只唱极短的叽、呼和吱了，中间夹杂着一点点之前的曲段，那些曲段的长度更合适些。

我听到了他对黄鹂、松鸦、喜鹊、知更鸟等鸟类的模仿。“闲聊先生，你究竟有多少不同的歌，你又是从哪里得到它们的？很显然你模仿其他的鸟类，不过你是不是也从其他大鹡莺那里学歌呢？又或者，你只是在即兴表演，创作出应和你内心幻想的歌曲？你每次表演时，歌单里的那 4 ~ 6 首歌是否始终如一？又或者，你每一天都创作全新的篇章？你是怎么为每一组曲目选择歌曲的，为什么那样选？你又为什么总是以组曲形式演唱？为什么你不把所有的歌一次性都唱了，来一场引人入胜的表演，并在下次表演时从头唱起？闲聊先生，你真是个谜。”

第 20 章　俄勒冈小道[1]
THE OREGON TRAIL

第 46 天，6 月 18 日：怀俄明州，马迪峡至兰德

太阳刚刚升起，在戴维一早莫名的振奋和愉悦中，我们正骑着满载的单车离开营地。我们暂停下来欣赏一只呆头伯劳，他就站在我们头顶的营地标识牌上。他以自己种族那种机械般的精度唱着，***汩微 汩微……汩微 汩微***，就好像由一位瑞士钟表匠调了程序，每支歌都是一对清锐的双音曲段，段与段间相距一秒左右。他在半分钟里唱了十几首歌，然后离开了。

呆头伯劳
(Loggerhead shrike)：
如此精确，如此重复，如此……单调？绝不单调
（232，5:21）

麦氏铁爪鹀
(McCown’s longspur)：
悬停在高高的空中，在歌声中飞行
（233，5:04）

我们慢慢地向北骑上山，超大型砾石及建筑卡车笨重地经过我们身边。朝阳在右边升起，将我们长长的身影投射在左侧山坡向上蔓延的蒿草上，草叶淡绿色的光晕映衬着西方暗蓝的天空。我们和我们的影子四位一体，组成一群，向山顶滑行，提顿山和黄石公园已经出现在我们视野中了。

“布氏雀鹀几乎是同心同力。听到他们的短歌了吗？几乎总是在一个迅捷的高音颤音后接着一个缓慢的低音颤音。偶尔才会有持异议者提供一点变化。”栗

肩雀鹀——他们在路边慵懒地唱着，以**哟 哟**开场，两声含糊的降调哨音，接着是一声蜂鸣音，他们都统一以本地方言的形式歌唱。西草地鹨咯咯又咻咻地唱着。还有两只麦氏铁爪鹀，分据左右，云雀般高悬天空，边飞边唱。随着鸟儿飘浮着降至蒿草丛中，他们叮叮咚咚的歌曲也一路翻滚着落到地面。有一只秃鹰正沿路疾行，他并不普通，因为他正栖在一辆巨大无比的卡车上，就如一尊应时应景的巨大无比的雕像。

又向前骑了 4 英里——这段路可能是怀俄明州最好的路段之一，我们骑上一处山脊，地势由此向北一路下降，直至甘霖河。在河那面两英里多的地方，高耸着壮美的斯普利特岩。此处充满了历史。斯普利特岩本身是一块鲜红色的花岗岩，由十亿多年前地层深处的熔岩结晶而成，许多年后，它作为一片雄伟山脉的一部分被推上高处。侵蚀作用一点点削减着山脉，沉积物布满山谷，过去的山顶只留下一点儿残骸，这些残骸现在浮在陆面上，就仿如众多搁浅的鲸[2]，一片沉积之海环绕着它们。这些花岗岩山脉——或更贴切一些叫斯威特沃特丘陵——经年风化，已经成了一些疙疙瘩瘩的岩堆，表面起皱且有深深的裂口。斯普利特岩的顶部就有一处著名的深痕，俄勒冈小道的拓荒者们将它视为地标。旅者们从遥远的东边望来，视线越过广袤的蒿草丛，斯普利特岩就成了指向西边的“瞄准镜”。

我们的 287 号公路由西南方延伸而来，俄勒冈小道则自东而来，两条道路在河边斯普利特岩的底部汇聚。相比于西部各处的苦碱水，这条河的河水如此纯净又“甜美”，此刻眺望路下，在这河边的草场上，你很容易就能想象那些露营过夜的篷车和近处放牧的牛羊。根据标识牌上的解释，从 1812 年至 1869 年，有 50 万开拓者在这片土地上追逐自己的梦想，他们沿着甘霖河，顺着极其温和的坡度逆流而上，直至离此西边约 70 英里的南关。而在南关的那一边，雨水和融雪流向太平洋，流

在甘霖河边

向那些充满希望的大陆。

我向戴维解释着标识牌："19 世纪 60 年代，就在那里的河边建着一座木屋和一个畜栏，它是'驿马快递'的驿站。想象一下，如果你是'水牛比尔'·科迪*本人，从东边一路飞驰而来，一个人奔出来迎接你，把邮差背包换到另一匹精力充沛的马上，而你几分钟内便再次出发，前往铁路那头 10 英里左右的下一个驿站。你和你的骑手团队能在 19 天内将邮件送遍西部。在 22 小时内换了 21 匹马，奔跑了 322 英里，这可能已经是你的最佳纪录。而如今，仅仅过了 140 年，我们已经有了联邦快递隔夜送达，还有即时网络。"

甘霖河边的灌木里传出了歌声，早期拓荒者也曾听过同样的歌声……美洲金翅雀……斑唧鹀……黄胸大鹡莺……一只弗吉尼亚秧鸡……还有其他鸟儿。

我们继续骑行，想象着路右侧下方有一辆陆驿马车在沿河前进，乘客、财富和邮件都在前往西方，一位车夫兼护卫坐在车座上。我们很快经过了杰弗里城，它曾是个新兴城市，为原子弹和附近其所需的铀矿而建。现在它基本上已经成为历史了，相比于"冷战"时期的兴盛状况，它现在是个幽灵城市。一只鹗在路边的电线杆上尖啸，在这荒凉的蒿草之海上，他自己也仿若一个幽灵。

就在那里，在远处，转过一个小弯，再爬一个小坡，便是著名的风河山。它们很壮观，冰川凿出的崎岖山巅统领了西方的天际线，因此很难相信它们也只不过是些残骸。路边的一块标识牌称：它们是一块巨大且古老的

美洲金翅雀
(American goldfinch)：
哦－特－图－去叫声，还有歌曲
(234，16:52)

斑唧鹀
(Spotted towhee)：
重复的日间模式
(235，3:22)

黄胸大鹡莺
(Yellow-breasted chat)：
3 首不同的歌构成的组曲
(236，2:12)

弗吉尼亚秧鸡
(Virginia rail)：
重复叫着个***咯咯咯－嘀***，可能是一位单身贵族
(237，15:08)

* "水牛比尔"·科迪（Buffalo Bill Cody）：美国西部开拓时期传奇人物之一，军人、驿马快递骑士、边境拓荒者、野牛猎手、农场经营者。

花岗岩仅剩的部分，后者如斯威特沃特山一样存在于前寒武纪，在十亿多年前于地底深处形成，而后缓慢升高，直至高出地表 11 英里。侵蚀作用带走了曾覆盖在山体表面的泥土，以及大部分山体本身，到现在，最高的山峰也只比海平面高出 2.5 英里。

我们越过了离河不远的冰沼，山道开拓者们赞美它，因为即使盛夏最热的时候他们也能在这里找到冰，沼泽土壤为它们隔开了热量。不过由于放牧的牲畜毁掉了土壤的隔热性，夏季的冰也已经成为历史了。

刚离开冰沼，我们又遇到了两位东行的骑手，并停车向他们致意。他们是来自荷兰的迈克尔和辛杰，这两位东行者一直等到俄勒冈的山口都通行无阻才出发，这样他们就可以由盛行风推着从西向东穿越美国。他们在 7 月和 8 月应该会到达肯塔基州和弗吉尼亚州，那是最热且最潮湿的月份，并且完全没有鸟鸣声。我想象了一下，最后决定还是不要和他们分享那令人不快的画面。

在斯威特沃特车站，我们与河流和俄勒冈小道分别。它们转向西南方，朝南山口而去，我们则向西北方前进，沿着 287 号路前往兰德，那是我们今晚的目的地。不过在出发前，我们先观察了一番“车站”。有一幢建筑是摩门教游客中心，它是为纪念那些推车越过甘霖河的摩门先驱者而建的。一个年轻女人灿烂地笑着迎接了我们，她无疑有着坚定的信仰，向我们诉说了沿“摩门小道”前进的英勇先驱者的故事。另一幢建筑是一个酒吧，大声地播放着福克斯新闻。女侍者对我们说，这是“最公正不阿的新闻来源”，因为“CNN 和其他广播网都过于反美了”。而私下里，我们所赞赏的美国特色正是多样性。

在屋外，蚊子突然蜂拥而至，在这里享受完斯威特沃特盆地的最后盛宴后，我们骑上车检查了里程计，然后略微加快了速度，因为我发现至少需要达到 5.6 英里的时速才能摆脱这些嗜血者。

当今天的里程达到 48 英里时，我们在比弗分水岭之巅停了下来。风河山白雪皑皑的峰顶向西伸展，俄勒冈小道和斯威特沃特山都在身后，而前方的道路向下延伸，指向往北直落 1000 英尺的风河盆地。这是一个多么宏伟的盆地，它四面由群山环绕，盆地内蒿草茫茫，风行草偃，山川的侵蚀沉积物在地表堆积到 4 英里以上的厚度。穿过盆地的自然便是风河，这里的山川、盆地和河流都以那些从山巅冲下峡谷的冷风为名。一只角百灵在右侧路边不停地唱着，激情四射，每 10 秒左右就唱出一个小高潮——美妙的送别方式。我们将下山骑进盆地，这段路程将和这个星球上任意一处的骑行旅程一样美。

我们在几分钟内就掠过了 6 英里。崖壁和峡谷为我们准备了一场非凡的视觉与地质盛宴，我们飞速下降，经过一层层白色、绿色、灰色、红色与黑色的沉积岩，它们是以砂岩、黏土岩、页岩和砾岩写成的教科书，记录着过去 6500 万年的地球历史——自恐龙灭绝后的所有地质时代，其变动为我们这类哺乳动物的兴盛扫清了道路。

这是一场无与伦比的时间旅行，自行车带着我们穿越不可思议的时空疆域，穿过全球气候变化进程，穿过大陆在行星上飘移的历史，穿过整个“哺乳动物时代”以及如此多鸟类的历史起源！就在离兰德仅数英里的地方，时间旅行依然继续。我们越过一块黑色的页岩，它在 6500 万年之前的白垩纪就已经存在于此处，那时的怀俄明州大部分地区都覆盖着浓密的沼泽植被。这些植被繁盛于白垩纪和之后的 3000 万年（新生代）间，之后它们变成了泥煤，最后转化成如今的煤炭、石油和天然气。达拉斯道尔油田就在我们右手边，早在 1884 年，它便在怀俄明州钻下了第一口商业油井。在这个州的大多数盆地里，煤田非常便利地卧于地表浅层。

到了兰德，我们在城市公园里搭好了帐篷。我回顾刚过去的 6 月 18 日，而戴维在他的日志上潦草地写下“完美的一天”。我的里程计显示，我们的旅程已累计达 2840 英里，前方大概还有 1400 英里要走。我们完成了 2/3 的旅程，还剩 1/3，我发现我已经很难理解时间和距离。

第 47 天，6 月 19 日：怀俄明州，兰德至杜波依斯

我躺在帐篷里，边听边打瞌睡，边蜷着边笑。但等我完全清醒时，我不确

定听到的小纹霸鹟的双音***几哔***是不是我梦见的，自离开弗州的罗杰斯山后，我就一直没听到这叫声。我步行穿过公园，身边围绕着西林绿霸鹟、黄林莺、黄喉地莺、哀鸽、一只黄胸大鹏莺，还有家朱雀。接近日出时，帐篷上方高高的树枝间出现了牛鹂和椋鸟。一只神秘的鸟儿不停不歇地在林冠上歌唱，隐约让我想起歌莺雀。我倾听着，感受着他的节奏和音质，接受此刻其未知的身份。

回到帐篷时，我发现戴维已经起床了！“惊喜吗？”他说，“我们半个小时内就可以出发。”这个早晨他的活力让我吃惊，而且事实上就如他所说，我们在迅速吃完早饭整理好装备后，很快骑出城镇，进入了风河印第安保留地。

“这片保留地是瓦沙基酋长为印第安肖肖尼部落谈判所得，”戴维昨晚在城里获知了这些信息，“面积 2200 万英亩。瓦沙基和他的族人是‘好印第安人’，他们协助军队打败了克罗人，还帮助过刘易斯和克拉克。后来政府把阿拉珀霍族也迁移到了这里，他们的人数是肖肖尼人的 3 ~ 4 倍。这里历史悠久，只是大部分历史都令人难过。”

我很快调整到了一个适当的骑行节奏上，而戴维落在了后头。我知道他早晨喜欢一个人骑车，所以只是尽量让他能出现在后视镜里。

在那里！就在路右边，在一座房子边上的树丛里，有一只***小纹霸鹟***。它的***几哔***之声明确无误，看来这个早晨大概不是梦。我核对了《考夫曼野外指南》里的区域地图，注意到这种“东部”鸟类和其他许多鸟类一样，分布于这片大陆的北部半区，直至阿拉斯加。向北骑入蒙大拿州时，我们将遇见更多这些鸟儿，要知道我们从大平原那头开始就一直没有听到他们的叫声。噢，快乐的一天！

小纹霸鹟
(Least flycatcher)：***几哔 几哔***，快于一秒一声的节奏，一只位于西部的“东部”鸟类（238，2∶56）

我在原地逗留着，等着戴维进入身后的视野。在这个过程里，我听到了红翅黑鹂、黄林莺、西草地鹨令人惊艳的歌声……直至一辆小型货车在我身边停下，一位年轻的原住民女士在车里向我微笑：“你后面朋友的车胎扁了，他需要你带着的工具。”

我得体地向她道谢并道别，接着，各种想法便占领了我的脑子。我很震惊，除了“警察与小偷”和“牛仔与印第安人”这样的童年游戏，还有“独行侠（和汤头）”这样的电视节目外，45 年的人生竟然没能让我更好地接受这一刻。浅显地说，刚刚有位印第安人驾驶着一辆小型货车，颠覆了我年少时的印象。当然了，理性思维告诉我，这位亲切友好的年轻女子只是在过北美（或者至少怀俄明州）正常人类的正常生活。这些理性思维继续发散，让我敬畏地想起北美的人类创建者，想起救了刘易斯和克拉克的萨卡加维亚，想起整个北美“第一民族”那令人自豪的文化。我匆匆忙忙地梳理着自己的血缘传承，从密歇根州西部乡下的荷兰农夫回溯至 19 世纪中叶荷兰人的移民浪潮，再次庆幸正是多样性铸成了现今的美国。我非常感谢她与我做了这次简短的交流，我可能从中获得了一点成长。

大约往回骑了一英里后，我看到了路边的戴维。“我可以骑着去找你，但那样的话，我就没法骑上一整天了，”他解释道，“所以我还是待在原地，让你把这段路骑个 3 次比较好。”我无法反驳他的逻辑！

瓦沙基堡是以伟大的印第安肖肖尼人酋长命名的，他就埋葬在此处。我们越过瓦沙基堡，在荒野上爬坡前进，只有偶尔出现的一两辆车打破这僻静。而我们最终攀上高处，见到了令人屏息的美景。在我们下方，风河蜿蜒于左右两侧，围出一块苍翠的绿洲，绿洲之外便是崎岖贫瘠的大地。在遥远的西北方，提顿山脉的雪峰列于地平线上，我们将在一天的骑行后，掠过特格蒂山口，进入山脉之中。白云于碧空上翻涌，笼罩着下方寂静又荒凉的风景。一只高山弯嘴嘲鸫在远处发表着意见，还有一些布氏雀鹀也不甘寂寞，河那边还有一只渡鸦边飞边呱呱地叫着。

我们在克罗哈特停下来，坐在店外的一条长凳上吃午餐。我们一边为自己贪得无厌的食欲损耗自己的健康值，一边欣赏着河东面平顶的克罗哈特孤峰。它的名字已经道出了我们所知的一切 *。1866 年——在那个并不算是很久远的年代，为了在丰饶的河谷中赢得捕猎的权利，印第安肖肖尼部落和班诺克部落在

---

* 克罗哈特的英文写法是Crowheart，由“Crow”和“heart”组成，“heart”的意思即是“心脏”。

此与克罗人战斗。几天后由于伤亡惨重，肖肖尼人的瓦沙基酋长便向克罗人的大罗伯酋长提议，由他们两人单独在孤峰顶上决斗，赢者吃掉输者的心脏。[3]最后瓦沙基酋长赢了。

我们沿着风河逆流而上，向它藏在北风中的源头骑去，一路上岩石的构造令人着迷。离开克罗哈特 15 英里后，路边巨岩与悬崖中的红色变得浓烈起来。如果把这些红岩称为氧化铁或“铁锈”，就显得过于轻视它们了，因为这不是普通的铁锈。这些富铁的砂岩和页岩是在温暖的气候中沉淀在沉积岩中的，年代可回溯至爬行动物时代——那是三叠纪和侏罗纪（就像《侏罗纪公园》中演的那样），在 2.5 亿 ~ 1.5 亿年前。

“戴维，看那红色的岩层上方，看到紫色和黑色的岩层了吗？我在书里读到过，它们的时代远至白垩纪，离现在约 1.5 亿年，是***鸟类诞生的时代***！我想你听到这个会很兴奋。”现在人们普遍相信鸟类源自恐龙，最初的鸟类和与其同一系谱的小恐龙没有多少分别。当然了，最后这条遗传链独立了出来，长出了可飞行的羽毛，并蔓延出了非凡的分支，如今这个星球拥有一万种已知鸟类。

不止于此。在所有这些沉积物上还有年代更近的亮白色与红色岩层，它们形成于约 5000 万年前，现在被冲凿或侵蚀成了壮观的险峻地貌。白喉雨燕在崖壁间腾挪欢跃、俯冲盘旋，他们高音的吱喳声瀑布般落下页岩，完美地赞颂着这一切。

这超现实主义的地质史奇境继续逆流而上了 15 英里，直至杜波依斯。四面八方的雷雨云更为这情境添了戏剧性，甚至连戴维都在沿路寻找躲雨的地方。我注意到了栗肩雀鹀，现在他们的歌始于 3 声简单的哨鸣，***哟 哟 哟***，而不是我最近听到的夸张且含糊的***喂 – 呼 喂 – 呜***，他们换了方言。

白喉雨燕
（White-throated swift）：
在瀑布般***极极极极极极极极***的叫声中腾挪俯冲
（239，1:47）

过了杜波依斯大概 8 英里后，我在尤宁山口路上等着戴维，左边的弯道向上延伸入森林，我们将在那里面的单车旅馆过夜。是的，***森林***，我对此感到惊讶。我们在风河山的东坡爬升到了足够高的海拔，因此荒地让位给了一片森林。戴夫和若安·马丁热情地迎接了我们，这两位房主对所有在此驻留的骑手都非常慷慨。我们还没回过神，就已经坐在了桌前，奢华的晚餐包括烘肉卷、土豆泥和蔬菜，接着是无限量供应的苹果派和冰激凌。准备晚餐的主人们非常通晓如何赢得过路骑手们的心。

第 48 天，6 月 20 日：怀俄明州，杜波依斯至珍妮湖

由于我急于听到森林的歌唱，很早便走了出去。此时离日出还有一个多小时，我听着，等着第一首歌。一道云堤悬于鹦鹉螺峰之上，向北横亘山谷约 12 英里，还有半个月亮在空中闪耀。鹬鸟在下方的风河沼泽上鼓着翅膀，我还听到了***纪咿 纪咿***的叫声。

近处，一只黄林莺开始了他的晨间例行程序，很快便表演起了他那十几首不同的黎明之歌。我闭上眼，专注地听着燕子（很可能是紫绿树燕？）、知更鸟、褐斑翅雀鹀……还有我的神秘鸟儿之一，他在林下灌木里唱着歌，还是莺鷦鹩那圆润的鸣声——很像我之前在科罗拉多州落基山脉的蓝河营地听到的那些歌。我伸着脖子去看他，但他撤退了，把谜底留待来日揭晓。一只红胸䴓慢慢地叫着***严 严 严***；北美星鸦在头顶粗哑地叫着；一只北美白眉山雀发出了纯正的哨鸣声；松金翅雀叫着他们刺耳的升调***嗞————咿***——“拉链鸣声”；还有一只红松鼠对着我吱吱叫。有一只霸鹟，是一只纹霸鹟，我有点儿畏缩，因为这些鸟儿很难区分。但等到静下心来，我就听到了明白无误的***嘻，科－喂，噗－提***，是科迪纹霸鹟的 3 支高音歌曲，我曾在科罗拉多州的古费也听过他们的歌。

松金翅雀
(Pine siskin):
与众不同的拉链鸣声，还有金翅雀典型的高音叫声
（240，0:23）

路前方传来独特的***咿，喂哟***！是一只绿胁绿霸鹟。我走近他，很快来到了他的下方，他在一棵没有叶子的枯树上。***咿***是尖锐又简短的，在停顿了大约 1/4 秒后，紧接着两声纯净但含糊的哨音，长约半秒的***喂哟***！是拉长的降调。他是林

绿霸鹟的近亲，两者都属于绿霸鹟属，但他们的歌声截然不同。绿胁绿霸鹟从黎明到白日都只唱这一首歌。我向西又往上走了一点儿，使他的轮廓出现在东方地平线上红色的光带中，此时离太阳探出远方的山巅大约还有 5 分钟。我在那里看着，听着***咿，喂哟***！不过在我耳中它越来越像***嘻！飞哟***！

绿胁绿霸鹟

当我沿着车道走回旅馆时，一只吸汁啄木鸟咪咪叫着，而今早的那只兰德神秘鸟在一棵冷杉高处再度与我相遇。我决定就此解开这个谜题。我听着他沙哑的嗓音；感受着每首歌里缓缓起伏的旋律，它们的尾音都很低；计算着，每支歌都有 2 ~ 3 秒长；数着，第一分钟里他唱了 14 支歌。于是我在他下方安置好录音机，捕捉着一支又一支的歌，他们从 15 码高的树冠上坠落下来。在整整 200 支歌后，我判断这只鸟儿一定是在大平原西部生活的“另一种”歌莺雀。他的歌和东部歌莺雀少有相似之处，后者激情四射、情意绵绵地唱着***及余遇友，余欲拘友，余欲拥友及友慰***。而这些西部居民的歌更短，更跌宕起伏，连续音符的升降更加迅速，而且末尾没有东部那声高音且重音的***慰***。我也曾在书中得知，他们被分于不同的属，这说明东部和西部的歌莺雀已在一长段时间里被分隔于大平原的两端。我满足了，没必要再拿出双筒望远镜来观察他。

绿胁绿霸鹟
(Oive-sided flycatcher):
咿，喂哟！——无论是黎明还是白天：多古怪啊
（241，4:00）

路对面一条电缆上的标识与我的幻想曲很不协调：“请勿擅自进入。违反者将遭到枪击，幸存者将被追击。”这大概是一种西部幽默，也可能不是。反正肯定不是堪萨斯式的幽默。

歌莺雀
(Warbling vireo):
在单车旅馆的上方，是一只新鸟类吗？！不，只是一位有新歌的老朋友
（242，9:21）

早餐和可与昨晚的晚餐相媲美：薄煎饼、香肠、炒蛋、果汁，后面还有昨天剩的苹果派和冰激凌！戴维在旅馆留言簿上写下了 6 月 20 日的句子：“在小屋里睡了 11 个小时，我觉得我还能再睡 11 个小时。我的父亲可没睡 11 小时，因为他早上 4 点半就起来去观

鸟了。真是个疯狂的人！戴夫和若安，哇！谢谢！这里太棒了！”我在后面加上：“还有早上美妙的鸟，院子里有一只绿胁绿霸鹟，唱着***咿，喂哟***！还有山雀、莺鸟、莺雀和吸汁啄木鸟。噢，快乐时光！”如果我更坦白一点，我可能还会写上，我发现要安静地听戴夫赞颂他的怀俄明朋友迪克·切尼副总统的美德，是一件很难的事。

早晨晚些时候，我们出发了，但是鉴于风和天气在这白日的后半段总是很捣蛋，我更愿意下次早早出发。我们向上，再向上，风河山脉的古老花岗岩现在已经落在了我们左侧，前方是阿布萨罗卡岭高高的火山山峰。中午时，我们总算爬到了特格蒂山口的大陆分水岭上，高高的山巅还在俯视着我们，这一天至此，我们才骑了20英里。

前方是怀俄明州的西北角，这里贴近爱达荷州和蒙大拿州，令人激动的标识牌上写着“后16英里坡度6%”，而在标识牌那头，便是这颗行星上最壮观的几个自然区域。它们被单独圈出，以提顿、布里杰、加勒廷、卡里布、塔基和肖肖尼国家森林公园的形式存在。这些区域远远地向南方、西方和北方延伸，大部分地区都是自然保护区。这里有国家公园系统中的两颗明珠——大提顿公园和黄石公园。这里是马鹿和麋鹿、野牛和大角羊、美洲狮和灰熊和狼，以及鹰和黑嘴天鹅的家乡。一万年前，也就是最后一个冰期刚过时，我们还可以在这里看到如今已灭绝的美洲拟狮、麝牛、真猛犸象、北美猎豹、恐狼、地懒、骆驼、马和长腿短脸的熊。这里真的是一片宏大的原野，有着令人变得谦卑的宏大景象。

可我们现在什么也看不见！整个峡谷都浸满了水，阴森的乌云低垂于头顶，遮蔽着天光，并吞没它触及的一切景象。这令人不安，但我们没什么选择，开始下坡。很快，我们钻进路边较小的树林里，躲避雨和冰雹。等到暴风雨过去了，我们重新上路，但冰雹又来了，伴着凶猛的逆风切割着我们的脸。我们选择在一家饭店里避难，顺便补充营养，等着风雨停歇。戴维尤其赞赏那位漂亮的女招待——和一个老头子一起过了好几个月，完全没有自己的生活，真是一场痛苦的骑行。

下午晚些时候，我们再次出发。现在是下坡路，有一股强劲的顺风，没有雨也没有冰雹，但下方仍有一场滂沱的雷雨，我们正沿着一条要与之狭路相逢的路径加速前进。

在大提顿国家公园的入口，我们交了钱，却被告知营地已满。服务人员强调说，满员了，没有多余的位置留给你们了。他根本不了解，对于单车骑手来说可宿营的选择很少。于是我们抱着乐观的态度继续努力前进，但当我们转过弯向今晚的目的地珍妮湖骑去时，立刻又遭到了打击。这一次是令人失去知觉的、与地面平行的雨，以及迅猛的、打着转的逆风，它们让我们无法继续前进。我们后撤了，被吹过了高速公路，在一片山杨林里躲避风雨。和善的卡车司机们愿意载我们向北前往科尔特湾，但我们要往南走。而且，鉴于我们的目标是以单车横跨这片大陆的每寸土地，我们也无法接受搭便车的方式。

在大半个小时里，前所未见的电闪雷鸣和大风大雨几乎淹没了我们。不过最后它们还是全部消散了，我们再次上路，天空飘着温和的小雨，阳光魔法般穿透了雷雨云的间隙。在绕过杰克逊湖的南端，置身于冷杉和云杉之间时，一组斯氏夜鸫的交响乐使我们精神大振。歌声螺旋上升，每一个气息的片段都比前一个更高、更长、更亮，整个演唱就仿佛是在将众多灵魂托向天堂。我听过斯氏夜鸫的歌，但从未听过他们这样唱。我们踩着单车在他们的一片片领地间穿梭，路过一只又一只唱歌的雄鸟，每一只都像是在唱“***接下去***”，直至我们出了森林，进入蒿草地及草原，接近珍妮湖。

斯氏夜鸫

在营地里，我们骑车穿过属于汽车旅行者的区域，这里的每一处都被圆顶帐篷和大型移动房车占据，很多人在闲晃。但是，抵达“驴友 / 骑手”区域后，我们发现 10 个宿营点都是空的，一个人影也看不到。

斯氏夜鸫（Swainson’s thrushes）： 魔法般的、螺旋上升的、神迹般的歌声（243，2：06）

一只知更鸟在上方的云杉顶上情不自禁地唱歌，天光渐渐暗淡，我们搭好帐篷，加热了戴维在小站饭店里买的通心粉和奶酪。晚上 10 点——这可能是我们整个旅程中最晚的就寝时间，将食物封在附近的“熊盒子”里后，我们滑进了睡袋，期盼着一路来的第一个预定休息日。

第 21 章　大提顿公园[1]
GRAND TETONS

第 49 天，6 月 21 日：怀俄明州，大提顿公园，珍妮湖

早晨 4:30，我躺在帐篷里舒适的睡袋中，沉睡中的儿子躺在旁边的睡袋中，然而我能预感到提顿山区那隐藏在黑暗中的壮观景象，它们就在珍妮湖那一边。在这个暂别单车的日子里，我微笑着、倾听着、等待着，知道第一缕阳光正从东边急速向我们掠来，掠过前 7 周我们骑过的土地。而此处的鸟儿很快将加入他们的声音，渐次宏大的合唱将横扫整片大陆。

我又打了个瞌睡，没过几分钟，我们的朋友知更鸟就为这一天带来了第一声许诺，毫无疑问，他是昨夜那螺旋合唱的一分子。他重复地唱着一串欢颂，以一个又高又尖的***叽里***做尾音，优秀的知更鸟都这么唱。我试图使用惯常的做法：挑选一个独特的乐段，听他如何重复它。我专注地听着，但很快，他唱***叽里***的方式转移了我的注意力。我听着，他的每一声***叽里***都一样，直至最终换成另一种唱法。真奇怪：其他知更鸟很少如此重复一个同样的***叽里***，而是快速换着不同的唱法。这样的模式是否意味着知更鸟间有某种特殊的交流？所有的北美知更鸟都喜欢给人惊喜。

北美知更鸟
（American robin）：
提顿公园黎明的知更鸟，有低音的欢颂和高音的***叽里***
（244，3：19）

知更鸟安静了，替代他的是另一位“蚊子王子”，一只

纹霸鹟，可能就在同一根树枝上。他是一种新的纹霸鹟，不是全高音的科迪纹霸鹟——不，歌里有粗糙低音的***噗得勒***，我几乎可以肯定是暗纹霸鹟。还有清晰的高音***噗－伊***和升调的***匹－也***。我听了一分钟……非常美妙。他有我预料中的3支歌，他将它们紧凑地唱上2～5次，接着停顿较长的时间，我永远都无法肯定他下次要唱的是哪支歌。他是位“生活家”，我从未听过这样的歌声——我应该看看他的样子，但天色很暗。不过哪怕光线足够，我能看见的也只是“***一位组员***”，我从肉眼上无法分辨这几种纹霸鹟，***除非他开始歌唱***。

暗纹霸鹟
(Dusky flycatcer)：
3支黎明之歌，***噗－伊，匹－也，噗得勒***，低音的***噗得勒***非常独特
（245，2：21）

我转而关注其他在远处唱歌的鸟……喧闹的红玉冠戴菊鸟和吹哨的白眉山雀已经唱了一阵子了……两只褐斑翅雀鹀在汽车宿营地那边吱吱喳喳地加入黎明大合唱，他们可能正在某一顶幸运帐篷旁边的地上吵架。不过他们的歌很容易辨别，下一支歌里的颤音总是比上一支多，这使我能够推测他们在交流中的角色定位。

在珍妮湖上方高处有一只黄腹丽唐纳雀，唱着一支完整的黎明之歌。他的视野一定很美妙，因为破晓的晨光正在照亮湖面，高耸的山脉很快便会迎来第一缕阳光。他在遥远的南方某处度过了冬天，也许是中美高地上的某个热带天堂，接着，他在上个月回到了这个气候适宜的仙境。我真想知道，当他仰望这提顿山脉时，他的脑子里会想些什么。受过的科学训练忠告我，我应该相信他大概完全没有注意到那些山，但我得承认，我更愿意相信不是这样。

黄腹丽唐纳雀

他的黎明之歌和他的东部亲戚猩红丽唐纳雀的没有什么差别，只除了猩红丽唐纳雀叫着***唧－步儿***，而他的独特叫声是***吁－俄－依***。猩红丽唐纳雀从大西洋分布至欧扎克斯湖，他们的黎明之歌早已结束，但西部的丽唐纳雀又捡起了接力棒，在太平洋这头继续唱起来。他慢慢地唱着那

黄腹丽唐纳雀
(Western tanager)：
慢慢地唱着他的曲段，以时不时出现的***吁－俄－依***作为断句的标点
（246，6：11）

欢乐的4~6音节的日间之歌，在音符之间拖着时间，然后停下来，叫一声***吁-俄-依***，又从头开始。我关注了它一分钟，听着那些音符在我的脑子里起舞，数着他在两声***吁-俄-依***间会唱几支歌：4，5，4，6，4，4，5。我听到还有两只黄腹丽唐纳雀在非常近的地方，他们似乎是聚集在了共享的领地边界附近，以便在清晨比拼智慧，猩红丽唐纳雀就经常这么做。

现在周围已经明显地安静下来了，我的手表显示是5:35，官方宣布的日出时间离此刻只有几分钟了。我真的应该从这个袋子里跳出去，走出帐篷，走进世界，但这里太舒服了。下一次看表时，时间早已过了7点，连戴维都醒了。

我们一起琢磨这一天要怎么过。先是一顿惬意的早餐，有燕麦粥、葡萄干、红糖、奶粉，在路上走了近50天后，我们的早餐还是这么豪华。然后绕着珍妮湖走到瀑布那里，也许可以坐船回来。戴维说："我可以骑车绕一圈，查看一下位置。"我回复道："我就不骑了，我计划让我的单车休息一天，说不定我就在湖边坐一坐。"

拉开帐篷的门帘，我们首次看到了大提顿山，它在西面巍峨耸立。有一条捷径可以走到湖边，在这里，我们可以一览无遗地欣赏落基山脉中最壮观也最年轻的山岭之一。我深深地呼吸，往肺里灌满山间的空气，环视一圈后闭上了眼，试图将这整个场景烙印在记忆里。我准备下午再回到这里。

吃早餐时，湿答答的装备就挂在周围晾干，还有黄腹丽唐纳雀的歌给我们佐餐。"很像知更鸟，但更粗哑——你只要知道这个就能区分他们，"我对戴维指出，"但你可以听得更仔细些，试试潜进他们的思维。"现在有两只鸟儿在唱歌，他们都抛弃了黎明合唱里典型的***吁-俄-依***叫声。现在的歌曲是一串爆发的音符，在数秒里升了又降，而后停顿较长时间，再开始下一支歌。

但不止于此。"听听，湖边的那只雄鸟唱得很慢，在

黄腹丽唐纳雀——令人印象深刻：
以不同的发音叫着***吁-俄-依***
（247，2:42）
日间之歌，速度是黎明之歌的两倍
（248，1:30）
也是日间之歌，但节奏变化多端
（249，6:50）

4～5 秒的时间里慢慢地唱了 5～6 个音符，这几乎和黎明之歌一样慢，只不过没有***吁－俄－依***的叫声。而汽车营地那边的雄鸟在高歌猛进，从他嘴里蹦出来的音符节奏是另一只的两倍快。”一分钟后，湖边的那只加快了速度，不过仍然是慢腾腾的。如果我们拥有丽唐纳雀的思想和耳朵，我们就能知道这一切都是什么意思，但我们不得不满足于只在管中一窥他们的歌唱生涯。

早餐后，我们开始绕着湖泊远足。在小船码头上，我们停下来纠结是否要乘船一边游览一边渡过湖前往希登瀑布，但最后还是选择步行。一只孤独的家燕从悬于水面的一根枯枝上飞向阳光，他的巢可能就在码头下面。他黑色的背部在阳光里闪着蓝色的虹彩，前额和喉咙是深栗色，剪子样的尾部很长，他的腹部是浅黄色的，胸前横着一圈秀丽的蓝色，他真美！

我在他的一串无拘无束随意不羁的歌声里听到了快乐，不过我意识到这快乐并不是他的，而是我的。野外指南书可能会冷冰冰地把他的歌描述为：有点儿沙哑尖促，在 4～5 秒悦耳的呢喃声后，接着半秒的升调嘎嘎声和半秒干巴巴的咯咯声。但我听到的声音远超过这些描述。我曾研究过这些歌曲，并沉迷于它们的曲线（声谱图，呈现为各种音乐数字的频率时间图），我会减速播放这些歌曲以倾听细节，燕子们自己无疑都能听见这些细微之处。在悦耳的呢喃声片段，每秒钟有 4～6 个美丽的音符，每一个都与别个不同。它们大多只有 1/10 秒的长度，并以过山车般的起伏在一系列频率间迅速转换，它们被唱出的速度非常快，变化得也非常快，以至于它们听起来像是在互相搏斗。歌曲末尾是升调的嘎嘎声和急促爆发的咯咯音符，它们像是在宣告较量中的赢家。我们的燕子一闪而过，在飞行中叫着***几维 几维***，向湖面投去。

家燕
（Barn swallow）：
我的快乐呈现在他不羁的狂欢曲中
（250，0：29）

我们徒步远足，或者不如说是散步，一路欣赏着湖光翠树和巍然山色，欣赏着所有的风景，它们大半与单车上的视野重合。斯氏夜鸫唱着他们圣歌般的咏叹调；白眉山雀发出哨声和鸣声；红玉冠戴菊鸟咔咔叫着；歌莺雀在树顶发出柔和的啭鸣。一只唱歌的灯草鹀……***严 严***叫的红胸䴓……一只褐斑翅雀鹀朝我们叽叽叫着，可能是因为我们正在它的巢穴附近转悠……吸汁啄木鸟的啄木声太特别了——这是一场名副其实的提顿交响曲。

我们和乘船抵达的人群一起，徒步攀上喀斯喀特溪，来到希登瀑布。接着乘坐返航的船只回到码头，走回营地，在迅速解决了午饭后，戴维骑车出去了。而我返回湖边，坐着，思考人生。我下午有一个任务，大厨戴维已经提醒过我：“去营地商店购买今天的晚餐。”

坐在湖面上，远处是山川，头顶是蓝天，我想琢磨出一些深刻的思想，但最后满足于仅仅是***存在***，此时，此处，沉浸于这宏伟的光景。不久，我开始想象自己如一只鹰般翱翔，升上湖面，升上山巅，向北飞出 5 英里直至莫兰山，接着掠过高高的峰顶向南，越过索尔峰、伍德林峰、罗克查克峰、圣约翰峰和湖对面的提温诺特峰。而后是欧文峰、海拔约 13000 英尺的大提顿山、中提顿与南提顿峰、内兹珀斯峰、威斯特峰和巴克峰，后者在南面 5 英里出头的地方，它们全都在我的地图上。附近有一面标识牌解释道，仅 900 万年前，此处蛋壳一样薄的地壳裂开了，形成了大约 40 英里长的两条长长的阻塞区域。西边那一条升起，形成了提顿山；东边那一处塌陷，形成了斯内克河如今向东流出的“洞”。

一场提顿交响曲：

暗眼灯草鹀
(Dark–eyed junco):
同样的歌唱了近 6 分钟，其实他还有别的歌
灰头地莺
(MacGillivray's warbler):
典型的二分喉音颤鸣曲
红胸䴓
(Red–breasted nuthatch):
持续的、色厉内荏的***严严***
红颈吸汁啄木鸟
(Red–naped sapsucker):
3 只一起齐声啄木
（251，5:51）

每一处都可见巨大冰川移动过的痕迹。在其约 25000 年前的全盛时期，冰川在这些庞大的抬升岩块上凿了又刮，刮了又挖。幸存下来的是高峰，也是地球上最美的一些高峰，它们的四面都由冰川切割得棱角分明。

在这非凡的景象中，不可见的部分甚至更令人惊叹。我想象着在大提顿山顶上有一张 10 英里长的平面，离谷底近 1.5 英里高，在这平面之下沿着整个提顿山脉都是一片空茫。岩山于此无影无踪，在喀斯喀特溪排干了水分的山谷中，其空无之感比任何别处的空无都更具冲击力。山谷在珍妮湖往前 4 英里处分叉，“Y”形的每条腿都继续向前延伸了 3 英里，直至两处高耸的陡壁。冰川

曾经填满此处的山谷，冰河时代的无数支流为主冰流助力，凿出了一道超过一英里深的山谷。

而我坐在这里，坐在一堆植被繁茂的山体残骸上，身下的沙砾、岩石和硕大的卵石都是冰川从山脉中偷出来堆在这里的。事实上，“终碛”环绕着湖泊，这个约 250 英尺深的湖泊由近 12000 年前被推至此处并抛弃于此处的残骸所困，那是最后的冰河时代的末尾，冰川开始了它们浩大的融化过程。被撕下山脉的其他残骸在哪里？我向北眺望莫兰山，在那一英里高的山脉最顶端，是一块砂岩山貌，它与如今杰克逊洞地表下近 5 英里深的砂岩层如出一辙。鉴于东部塌陷的“洞口”比升起的山脉低很多，很明显，那些粉碎的山体已成为既广且深的墓园，被我身后向东蔓延的蒿草所覆盖。

一小群红交嘴雀轻点着跃过湖面，他们在飞行中上下左右地弹动，这一点非常像他们金翅亚科的亲戚——松金翅雀和金翅雀。我很想用耳朵捕获他们叫声中的重要细节，那是我在声谱图上能看到的细节，但我也明白我的耳朵无法完成这个任务。他们可能有 10 只，每只的叫声都像是***几 几 几***，或***皮 皮***，或***叽普 叽普 叽普***，或***咿又***或***喊***，或者管它是什么，然后他们消失在了湖对面的喀斯喀特峡谷中。

所以我听到的是哪一种红交嘴雀？我边笑边查看《考夫曼手册》的区域地图。红交嘴雀的繁育地带横越整个加拿大，并往南沿着落基山脉直抵墨西哥。这些鸟似乎是游牧民族，在大陆间迁徙以寻找食物，如果他们找到了足够丰盛的球果，便是在隆冬繁殖也并非罕见。因为他们到处飞来飞去，你可能会觉得北美不同地区的交嘴雀会通过繁殖融为一种，形成单一的系谱。但人们详细研究了他们的叫声，研究结果指向了几个不同的系谱，每一种都有不同的叫声，有时还关联于不同的喙部形状、行为，以及食用的球果种类。考夫曼的意见是：“可能有 8 个种类。”如果我们在说的是霸鹟，由于其基因已编码了**天生的**鸣叫声，那我们便可以理解，这些鸟儿可能会运用其自

红交嘴雀
(Red crossbill):
几 几 几的叫声来自提顿的一小群红交嘴雀，但他们到底是哪一“种”？
（252，0:58）

动防错的叫声来识别另一个种类，并只与自己这一族的鸟儿进行繁育。可是红交嘴雀的这些简单叫声是习得性的，通过口口相传代代延续，这就使得以叫声识别同种的可靠性大大降低。这是个巨大的谜团。

我买了意大利面，大大咧咧地返回营地，结果反而遭到了戴维温和的抱怨，因为他让我买的是面团，而我买的是细面。我本来应该明白的，因为他可以把面团做得极其美味。不过最后，我们都觉得细面也不错，因为饥饿治愈了一切。

“老爹，我有个大惊喜给你。我们明天可以很早起来，这样在日出时我们就已经在路上了。我今天在前面找到了一个在提顿山观赏日出的完美地点。看完日出，我们就可以接着去黄石了。”

第 50 天，6 月 22 日：怀俄明州，珍妮湖至黄石国家公园

我们骑着满载的自行车前往黄石，往南绕了一点道，距日出还有 40 分钟时，我们停在了离珍妮湖约 4 英里远的路边。我们俩都认为从这里看过去，大提顿山最高的山峰会有最美的景色，但是一阵大雨浇灭了我们的希望。更糟的是，山岭本身被云雾笼罩，而在我们将要前行的北方，天色极其阴暗。

凌晨的寂静里，斯内克河在东面咆哮，我们将在爱达荷州和俄勒冈州交界处的赫尔斯峡谷再次与这条河相会。西面，卡顿伍德溪正潺潺地抽取珍妮湖的湖水。还有栗肩雀鹀的交响乐！我离开路面，向东进入蒿草丛，往斯内克河方向走了走，接着又转头面向群山，期望能看到大提顿山从云雾中略现一点儿形貌，而栗肩雀鹀包围了我。我从未这样听过他们的叫声，到底有多少的鸟？几百，甚至可能几千，我想象着，要是我能有更好的听力该多好，他们的领地在这片蒿草平原上蔓延开去，必定向南北都延伸出几英里。他们的序曲令人着迷，两声含糊降调的哨鸣后跟着两声（有时是一声）更高音的哨鸣，***哟哟吁吁***。我听力范围内的约 10 只鸟儿都共享一种当地方言。

我挑选了近处的这只鸟儿，追随着他的歌声。他以 4 声开场哨鸣先声夺人，第一个音符几不可闻，最后一个音符又响亮又有穿透力。接着他切入一系列精美的颤音，这 4 ~ 5 声颤音渐次减弱，整个表演约长 3 秒钟。我比较了之后曲目的节奏和感觉，注意到开场都是相同的***哟哟吁吁***，第一声颤音也相同，但他随之便改变了唱法，唱出了各种无法预见的颤音。我点头微笑，因为这只雄鸟的唱法非常像是我 30 多年前在俄勒冈州研究的那些鸟[2]，那时我还在研究院里。从那简单的序曲哨音中就能轻松辨别他是只栗肩雀鹀，但我微笑是因为我知道他如何编组整支歌曲。

栗肩雀鹀（Vesper sparrow）：本地方言，来自提顿山脉下方杰克逊洞的蒿草丛（253，3：51）

我骑行在通向斯内克河的沿河路上，想迅速远眺一番。路面陡峭地落向下一层阶地，接着继续降至第三层，河水就在那一层上分出很多轨迹，交织的河道穿过一片郁郁葱葱、约有一英里宽的原野。这一层层阶地标志着此处以及远北方山谷中曾经存在的连续的冰水沉积平原，那个时候，整个黄石都覆着一层冰盖。在 25000 ~ 12000 年前，冰川正慢慢地融化，相比于当时在这整座山谷里奔腾的大河，现在这些只能算是涓涓细流。

天气预报：
强劲的南风将把我们吹向黄石！
（254，0：27）

我突然间觉得非常冷，尽管我几乎一层又一层套满了所有的衣服，我的脚趾和手指还是冻得麻木了。那些从北面逼近的乌云又多添了一股寒意，空气几乎冻结了。我回到大路上找到戴维，在提顿山脉淹没在云雾中时，我们冲回了营地。刚刚抵达，一阵夹着雷电的冰雹暴风雨就砸了下来。

清晨前往黄石的计划泡汤了，等到温暖的游客中心终于开门时，我们便在那里头消磨时间，看看书，写写明信片，并从我们的小收音机里收听到了国家气象局的天气预报，它振作了我们的精神。我们听到预报以断断续续的声音说：

> ……降雨横跨整个地区……杰克逊洞及周边地区的当地预报：今天，阵雨和雷暴只出现在早晨，其他时间局部多云。下午开始刮风，高温在65华氏度左右，西南风时速为10英里，在下午早间将增至每小时20～30英里，阵风时速将达35英里。

西南风，每小时*20*到*30*英里，阵风时速*35*英里！我们意识到，只要多一点耐心，我们就能等到这暴风雨过去，然后在下午被风往北吹向黄石。我们俩都认为这听起来是最佳选择，不过等待也是件艰难的事。

等游客中心的炉火将我烘暖后，我便晃到了附近的小路上，目的明确地追踪蜂鸟翅膀的呼呼声，自科罗拉多落基山脉中的古费至此，我一直听到他们的声音。就如我怀疑的一样，这里的确有一只雄性宽尾煌蜂鸟。他此刻正栖息在游客中心外一丛小灌木的一条枯枝上，喉部的斑点光辉灿烂，在日光的角度适当时，它们闪现着玫瑰色的虹彩，与亮绿色的头顶和雪白的胸膛形成鲜明的对比。他摆着尾巴，轻弹着翅膀，然后猛地飞离了枯枝飞到30英尺高的空中，翅膀的颤动声依然清晰响亮，然后俯冲下来，似乎停在了地面的一根木条上，其俯冲的过程发出尖锐的声响。而后他再度冲上天空，在那里盘旋着，仿佛是在检视他所拥有的一切。接着扑的一声，他消失在了一阵艳丽的羽毛旋风里。"唱歌"的是他的翅羽尖端，它们具有特别的形态，往尖处渐渐变细，振动频率可高达近6000赫兹。他的翅膀每秒钟可拍击约40下，而每一下都会产生一次高音脉冲。

宽尾煌蜂鸟

宽尾煌蜂鸟（Broad-tailed hummingbird）：没错，这是他的叫声。不过那杂技般的飞行和翅膀的声音多么令人着迷（255，0:16）

在蜂鸟的枯枝旁，是一棵聚伞红杉花，花朵旁有一块小小的标识牌写着它的名字。为了教导鸟类学课程，我曾读过关于这种花的所有信息，但我之前从未见过它。红杉花的红色花朵由蜂鸟在白天授粉，白色花朵在夜晚由飞蛾授粉，而聚伞红杉花会聪明地根据自己对比较可能出现的授粉者的"预期"来提供合适的花朵颜色。

戴维告诉我他如何在游客中心消磨时光："我发现巡警对蝙蝠的描述非常有趣，但看到她手上的婚戒时，我就失去了兴趣，于是我就去看了几本待售的书。"

正午之前，天气就清朗了，风向也变了，于是我们出发。一路上，两天前抵达此处时曾错过的风景在此时令我们神魂颠倒，以至于沿路的每个岔道我们都要停下车来欣赏一番。最先是喀斯喀特峡谷的壮观景象，接着我们漫步于那大片被推平的冰碛之间，这里，那里，它们到处都是。我们骑进芒廷维尤、莫兰山和壶穴的岔道，后退的冰川在壶穴岔道上留下了一块块巨大的冰，它们最终还是融化了，只留下小小的湖泊。但在每个转弯和每个迂回处，最引人注目的依然是提顿山脉本身。

"我们位于海拔2101米，北纬43° 52' 21"，西经110° 34' 24"。"这是你能在GPS装置上找到的最精确的描述。在柳坪瞭望点，开着大房车的新朋友通告了我们在这个行星上的具体位置，并询问道："你们真的是从弗吉尼亚来的吗？"我觉得他的语气中带着一点儿不可置信、钦佩，甚至还有更多嫉妒。

"对，真是好长一段路！"

"你们什么时候出发的？"

"5月4日。"

“你们俩以前都非常胖，对不对，现在你们瘦到了极致？”

“我们之前各自的体重都有 400 磅！”我向他肯定这一点。而他真心地大笑起来，我意识到他自己的体重可能和这个数字相差不远。

在强劲的顺风中，我们沿着左侧杰克逊湖的湖滨继续北上，接着沿斯内克河上坡。提顿山崎岖的山峰渐渐往身后退去，很快，我们停在了黄石国家公园的南门口。

第22章　蹈　火[1]
INTO THE FIRE

第50天，6月22日（逗留）：怀俄明州，黄石国家公园

“单车禁止入内，黄石不允许自行车通行。车道上只能行驶旅行汽车和房车，对你们来说也不够宽。熊会吃了你们。掉个头回家吧。”巡警的原话当然不是这样，不过听起来就是这种感觉。我确定他尽可能礼貌地告诉了我们公园里有什么危险，但表达方式大错特错。我们客气地告诉他，我们将继续穿过公园，但我们暂时靠边停了一会儿，想弄明白这种欢迎方式的意思。[2]

我们继续骑行上坡约一英里，来到斯内克河向东拐弯的地方，接着跟随支流刘易斯河，沿其令人惊叹的峡谷北上。又一小时的上坡路后，我们在刘易斯瀑布小歇，除了欣赏这29英尺高的瀑布外，还琢磨了我们到底身处何地——这里是被称为黄石的浩瀚火山陷落区的最边缘。

如果我们往东面的谢里登山爬上半英里——地图称其海拔为10308英尺，那我们就能望向北方，看到约37英里外海拔10243英尺的沃什本山，它们的高度只差了65英尺。阿布萨罗卡岭连接了这两座山峰，不过又环绕着向东而去，这座巨型蹄铁状的古火山环抱着黄石地区，朝西南方开了个口。仅仅在65万年前，这山岭的怀抱内还填着一座高山，但一次持续了数小时甚或许多天的大规模火山爆发造就了现在这广袤的空茫。令人难以想象的240立方英里的岩

石、灰烬和灼热岩浆被抛向空中，最后在远至艾奥瓦州的陆面上留下了一层3英寸厚的火山灰。灾难过后，无论多么坚固的地面都向下塌陷了几千英尺，压实了下方的空洞，并形成了黄石火山口。

这个上千平方英里塌陷地上的裂口很快屈服于下方的压力，黏稠的熔岩流出了火山口的地面。岩浆缓慢地流着，难以察觉地移动并冷却凝结成山脊，形成我们即将为之赞叹的许多地势风貌。刘易斯瀑布就是沿着其中一道火山岩流倾泻而下的，在其上游处，刘易斯湖所淹没的小盆地也连接着两处熔岩山脊。熔岩还形成了黄石湖的西部边界，以及几处我们将行过的山脊——我们将在黄石腹地3次越过大陆分水岭。明天，我们将沿火洞河骑行，河道是两道熔岩流间的缝隙。

所有这些重创伤痕的起源就在我们脚下5～7英里深处，这个由岩浆和半融化的岩石组成的极热腔室约有30英里宽。为这个岩浆腔室提供燃料的，是一柱近400英里长的炙热岩石，一直延伸至熔火的地心。在地球单薄的地壳表面，可以找到大约40个这样的热点。

海洋下方的热点能形成一连串火山岛，比如现代的夏威夷群岛，以及越来越古老的中途岛，后者的岛链向西北方渐渐缩小。由于太平洋板块极其缓慢地在这热点上滑动，下方腔室里的岩浆每隔几百万年就往地表外喷发一次，熔岩形成了升至海面的海底山脉，如果其面积够大，便呈现为火山岛。而在这陆地上，我们正骑行于上的北美板块覆盖于这个热点上，以大约每年1.8英寸，或者说是每100万年约30英里的速度向西南方移动。如果我们能远眺500英里，从这U形山脉向黄石西南部的开口处，越过斯内克河平原贫瘠荒凉的地面，望入爱达荷州南部，深入内华达州北部，我们就能看到过去1800万年间超级火山爆发的一连串证据。

今天的天气预报是“反常的凉爽”。“不过想象一下，戴维，如果我们2.5万年前在这里，在最后一纪冰期的全盛时期，我们会全身都是冰，整座谢里登山和沃什本山也都罩着冰，整个黄石火山口也一样。”我们踩着单车穿过这火造冰凿的荒野，最近一次熔融于1988年收割了大片的森林。接着，我们爬上大陆分水岭，再落进格兰特村的营地，被分到了旅行者 / 骑手区的 405 号位置。“不过要当心灰熊，”服务员警告说，“大概一天前，灰熊掠走了一头小麋鹿，并把它藏在了营地里。我们挪走了死鹿，但那只熊还在营地里徘徊，想找到它的猎物。这只灰熊可能有一点儿暴躁。”

第 51 天，6 月 23 日：怀俄明州，黄石国家公园，格兰特村至西黄石

戴维从附近的露营者那里获知：“天气预报说今天早上晚些时候会有大雪，不过降雪区域只包括东黄石到大陆分水岭上面我们要走的两个山口为止。如果我们迅速出发，就可以战胜天气，熬到老实泉。”我先是迅速跑去了洗衣房，因为我们昨天半夜把衣服放在那里烘干了，只希望它们现在还在那里。后上方，只有一只鸟儿在这 25 华氏度的天气里歌唱，是一只隐夜鸫。我一直听着他的歌声，随着他在音符间跳跃，满心快乐。

我们抖掉帐篷上的冰，打包装备，吃掉早餐燕麦粥，出发。我们很快爬坡经过了一片美国黑松的原始森林，在黄石火山口瘠薄的土壤上，它们是少数能够生长的树木之一。我们注意到这是一片真正的森林，是 1988 年黄石这一区域的火海中幸存下来的森林。麋鹿躺在路边，我们经过时并不动弹。我们又尽情领略了分水岭的两处浅滩。水流向南直奔肖肖尼和刘易斯湖，然后流向刘易斯河，出斯内克河，至哥伦比亚河及太平洋；往东、西、北方向，水流奔向黄石河或麦迪逊河，两条河流都汇入密苏里河，接着沿密西西比河前往墨西哥湾，直达大西洋。我们正位于世界的顶端，并感受着它，只不过在下坡进入老实泉的观光盆地时，略有一点儿泄气。

隐夜鸫
(Hermit thrush)：黎明的歌声既美丽，又振奋人心
（256，3：11）

我们夹在车流与人流中前往老实泉，然后加入人群，也开始等待下一次表演。可预测的喷泉令人印象深刻，水分渗入地底，再被加热喷发，数千加仑的

水被喷上 100 英尺的高处。

但是人可真够多的，我们这一路来还没见过这么多人。我提醒自己，这里是黄石，黄石国家公园。我不禁在心里呐喊，因为人们一般会开车来黄石，在汽车或旅行车或卡车或公车里迅速领略此地风光，而我们是骑着单车，从弗吉尼亚州一路来到这里的。“我们将骑车横越大陆。”现在我能自信地说出这句话了，之前我可没有这么自信，就好像太平洋正在这山下等我们一样。

很快，我们穿过上间歇泉盆地，沿着小路向西北方离开，这个盆地里的水全都流入火洞河。一旦离开人群，离开后面人山人海的停车场和住宿处，我们就又找回了对黄石的激情。前往高速公路的两英里有着丰富的水热活动，在这凉爽的天气里，整个荒凉怪诞的地表都笼罩着向空中蒸发的水汽烟雾。

我们在城堡间歇泉停了停，欣赏着环绕间歇泉的矿床堡垒，把自己记录在胶卷上，微笑着，很快乐，甚至有点儿乐不可支。戴维总结道：“据说这里的水在地下被加热到沸腾，然后间歇泉因为压力而喷出。沸水蒸发掉后，留下的溶解的二氧化硅就形成了这堡垒。”

黄石间歇泉

耳泉
(Ear Spring Geyser)：
它时而冒泡，时而沸腾，时而狂涌
（257，3：54）

小雏菊泉
(Daisy Geyser)：
消退时就像一台蒸汽机
（258，5：01）

我们把单车留在这里，沿着几条小路远足穿过盆地，路过温泉、冒着蒸汽的泥泉和喷气孔，路过有堡垒和没有堡垒的间歇泉，它们有些正在喷发，有些没有。间歇泉都很巨大，比如灿烂泉、彗星泉、雏菊泉、抽筋泉、锯木泉、大泉、通风泉、石窟泉、扇泉、河滨泉、艾蒿泉，以及我们最喜欢的间歇泉之一——小雏菊泉。成池的沸水冒着泡，喷着气，整个地面都像是活的，起伏不定，气息绵绵。在单眼的牵牛花池，我们仿佛在窥视活着的地球内部，一片鲜橙色的虹彩笼罩在池上，泉眼自身是由浅入深的蓝绿色，最中心让位给神秘的黑色。就这样，一个泉眼至一个泉眼，我们和地球互相凝视。

石窟泉
(Grotto Geyser):
汩汩作响，真正的喷发是在数小时之后
（259，2:12）

“等鸟儿唱起来后，”我评论道，“这里的黎明会显得尤其特别。”我可以在日出前一个半小时从老实泉出发，那时候大多数旅行者还在睡觉。我的私人节目，一只拥有间歇泉的山蓝鸲将在头顶的高空盘旋，边飞边唱，欢闹着庆祝与我共度的时光。接着是知更鸟，而黑脸田鸡会在老实泉下方的湿地上叫着***羽－啊，羽－啊，羽－啊***，双领鸻也会叫响***纪－咿，***

黄石附近的老实泉

山蓝鸲
(Mountain bluebird):
高处的黎明飞行之歌
（260，1:37）

黑脸田鸡
(Sora):
羽－啊，羽－啊，不停不歇，像是在寻找配偶的单身青年
（261，6:00）

黄腰林莺
(Yellow-rumped warbler):
好像百无聊赖，双分部的歌曲刚刚形成，其活力和音高转头又落了下去
（262，4:41）

卡氏朱雀
(Cassin's finch):
令人惊艳的简洁模仿，激动万分的歌曲
（263，0:18）
不那么激动，也没有那么多模仿
（264，2:51）

红玉冠戴菊鸟
(Ruby-crowned kinglet):
开场又细又高，末尾如迅雷一般
（265，4:03）

稀树草鹀
(Savannah sparrow):
在火洞河边，***不－急怡怡怡怡喜喜喜喜咿咿咿***
（266，6:08）

北美白眉山雀
(Mountain chickadee):
经典的***桀－唧－唧***，以及哨曲
（267，3:16）

纪－咿。我想象着自己已经听到了他们所有的歌，山蓝鸲、白眉山雀、黄腰林莺、白冠带鹀、稀树草鹀、褐斑翅雀鹀、卡氏朱雀、松金翅雀和灯草鹀。红翅黑鹂在湿草地上唱着，河里偶尔有一只鸭子嘎嘎地拍着水。宽尾煌蜂鸟的翅膀呼呼扑扇；红交嘴雀在头顶交织来去，叫着*几 几 几*；一只渡鸦呱呱叫着飞过；燕子们在上间歇泉盆地里上下翻飞。而在这一切魔法中，还伴随着地球鲜活的呼吸声，它冒泡、喘气、叹气、沸腾又噗噗直响。整个超脱尘世的光景中，四处都有蒸汽往凉爽的晨间空气中升起。我很确定我会再回来的，[3] 这景象太棒了。

我们沿着火洞河骑行，穿梭在拥堵的车流中，这些车都停在路旁的野牛和麋鹿边上，幸好没有灰熊（骑手就像"轮子上的餐点"——这念头可不太招人喜欢）。我们就这样骑到了中间歇泉盆地的温泉中。此处的中心是大棱镜温泉，它的跨度足有 250 英尺，深度超过 150 英尺，中心是深蓝色，往外渐渐变为蓝绿色，而后是绿色，边缘有灿烂的橙色、金色和红色。每分钟都有超过 500 加仑的热水流出凸起的锥体。我们知道它的颜色来自水中的有色菌，绿色系来自叶绿素，红色系来自类胡萝卜素。

在下间歇泉盆地，我们找到了更多的间歇泉、池塘、泉水、壶穴和喷泉，不断出现的证据说明，岩浆的温床并非深埋在遥远的地底。我们领会着这一切，又沿着火洞河走了约 7 英里，来到麦迪逊路口，火洞河和吉本河在此合流，形成了麦迪逊河。

北美野牛
（*Bison*）

沿路到处都是麋鹿、野花，以及 1988 年火灾后回归的生命迹象，我们沿着麦迪逊河漂下山坡。仅仅数千年前，曾覆盖整个黄石的巨大冰层融化形成了奔腾的洪流，相比于它们，麦迪逊河实在微不足道。翠鸟在河面上咯咯叫着，有一块大标识牌请求司机们待在自己的车里，以免惊扰筑巢的鹰。但就在标识牌边，一个女人走下了路面，以便让自己的小相机尽可能地贴近鸟巢。所有这一切，一切的一切，从黄石公园南门口到格兰特村到老实泉再到此处，在那位巡警所警告的据说不太友好的黄石公园的一些路面上，在所有类型的交通工具中，在所有友善亲切的司机中间，两个冒险的单车骑手分享了全部的快乐。

到西黄石一路都是下坡，出了公园，越过州界进入蒙大拿州后，我们就在镇上的旅社里订了个房间。戴维和我与一位机车骑手共享这个房间，他是从南美一路北上来的，戴维刨根问底地弄清了他如何骑车穿过中美和南美。我们的英国朋友基思也在这里，他昨晚是在格兰特村的汽车旅馆里过的夜。基思的帐篷依然待在车座上，它养尊处优，自大西洋至此还没有被用过。

“蒙大拿，”我对自己说，“我们的第八个州。再过几天你就会进入爱达荷州，接着穿过俄勒冈，最后发现自己受阻于大陆的尽头，无处可去，只能回家……”心底里有一个渐渐清晰的声音在轻声说：“慢下来。”

第 52 天，6 月 24 日：蒙大拿州，西黄石至麦迪逊河屋

为了不打扰正在睡觉的室友，我们到一楼吃早餐。8:30，我们骑车出门，在一阵细绵绵的冷雨中遇上了渡鸦群！这是怎样的一场合唱！好像视野中每个屋顶都蹲着一只渡鸦，每一只都在以渡鸦独有的方式鸣叫。我猜想，他们知道我准备来世也投胎当一只渡鸦，于是便齐聚在此唱出他们的赞成。但是我现在的形象可不怎么样，全身都是令渡鸦不悦的颜色，头盔上罩着黄色的雨帽，身上罩着黄色的雨衣和黄色的雨裤，只有雨靴是渡鸦黑。

我们刚出镇子，就看见前方一只驼鹿和它的幼崽正缓缓走过路面。很快，我们又穿过了希伯根湖边充满歌声的柳树平原，这个大水库是麦迪逊河下游筑坝截流所形成的。黄林莺的***祭 祭 祭我美酒***之歌和柳纹霸鹟的***未兹－不呷***掌控了主场，白冠带鹀则用本地方言倾诉着。我们越过湖面到了左侧，接着经过堤坝，跨过麦迪逊河。大陆分水岭蜿蜒着从一座雪峰绵延至另一座雪峰，从狮头峰到塔基再到希普峰。我

渡鸦
(Common raven)：一场交流——要是我们知道他们在想什么就好了
（268，3:00）

们这一侧的融雪最终一路东去，托起密西西比河上的驳船，我们曾在伊利诺伊州的切斯特乘坐过它们。

白冠带鹀（White-crowned sparrow）：
黄石外围的本地方言
鸟 1（269，2：29）
鸟 2（270，0：57）
鸟 3（271，3：19）

尽管雨已经停了，但一阵冷风依然在呼啸着刮我们的脸，风速轻易就达到了每小时 30 英里。我们艰难地骑着，轮流领头牵引彼此。“这风没那么糟”，这是戴维躲在我身后时的评价；“这风太恐怖了”，轮到他领头时他的评价是这样的。我们都相信这里的河是往坡上流的，风太猛了，在这缓和的坡度上，如果我们不奋力蹬踩下坡，那它就能把我们倒吹上去。

标识牌上写着：“雷克湖。”突出水面的都是些死物，多年前，地狱在此裂开后那些树的枯骨被淹没。1959 年 8 月那个宿命般的夜晚，就在午夜之前，28 位露营者正平静地睡在他们的旅行车和帐篷里，但北美有史以来最强烈的一次地震震落了希普山的岩面，它们砸在了露营者身上，砸进了下方的麦迪逊河谷。而在黄石那头，间歇泉翻涌着泥浪，至东南方约 40 英里内所有遭损毁的客栈都被疏散了。麦迪逊河迅速后撤，形成了一处 6 英里长、1/4 英里宽、近 200 英尺深的湖泊。“人类啊人类，想象那宁静的画面，露营者们正在安静地睡着，他们来此是

为了赞颂大地，赞颂那河滨湖畔的一切美丽事物，有些人可能还围着篝火……而大地耸了耸肩，把山扔到了他们头上。这种事几乎随时随地都可能发生在我们身上，不是以这种方式，就是以那种方式。”

我们从游客中心的停车场远眺这场景，呆望着希普山那巨大的疤痕，以及下方山谷里的填充物。在地质学意义上的某个瞬间，地壳上起起落落的岩块沿着所谓的希伯根断层错位了 20 英尺。方圆 50 立方英里的区域坠落了整整 10 英尺。当地下的热点从西南方一路穿过黄石点燃其地表效应时，便在其直道上形成了一个相对稳定的区域，而区域两侧却是极其不稳定的地带。一大片断层向南延伸直至犹他州的沃萨奇岭，另一片则恰好穿过此处向西延伸。

又骑了几英里后，我们发现自己正在被风抽打。与风搏斗，每小时前进 3 ~ 4 英里，听起来一点儿也不值得。于是我们这一天只骑了 32 英里，在离目的地恩尼斯还有 42 英里时停了下来，在麦迪逊河屋过夜。风撕扯着小屋，而我们懒洋洋地等着，一面期望明天的天气能变好，一面发掘屋主储备的老电影库存。我们看了《热情似火》，这还是我们俩头一次看玛丽莲·梦露的电影，而且它恰好是希伯根地震当年拍的；还看了一部不那么有名的《四根白羽》，是 2002 年的电影。

第 23 章　毛毛虫军队
CATERPILLARS MARCHING

第 53 天，6 月 25 日：蒙大拿州，麦迪逊河屋至奥尔德

顺风！昨天的严寒逆风换成了更冰冷的顺风，挑战变成了欢喜，而气温已经降到了 20 多华氏度。早晨 6 点，我们已经在公路上，准备沿麦迪逊河递降 42 英里前往恩尼斯。

路对面，在河屋的小标识牌的杆子上，停着一只吸汁啄木鸟，他正在啄标识牌的金属面，***塔－啦－嗒－嗒－嗒－嗒－嗒－嗒——嗒——嗒——嗒***。“一只使用工具的啄木鸟，”我对戴维说，“如果啄金属标识牌能获得特别的音响效果，那为什么要去啄一棵普通的老树呢？”我们在附近徘徊，直至听到第二轮敲击声，接着穿上我们所有的衣服，开始了预想中的下坡路。后来我意识到，我过于沉迷这声音，以至于忘了分辨他到底是威氏吸汁啄木鸟还是红颈吸汁啄木鸟，但这时候掉头已经来不及了。

一只狼卧在路边，我们停下车，不过走近发现：它并不**只是**一只狼，而曾是一只大郊狼。它很大，泛红的耳朵、吻部和前腿为全身的灰色增添了优雅的美。近处有一只路毙动物，是一只黑嘴喜鹊，生前可能是来检视郊狼的。还有另一只引人注目的生物，他在生前是一位歌唱家，也是一位强大的飞行家，并且一如鸦科鸟类般聪明，但此刻毫无生机地躺在那里。他的头、胸、

背和喙自然都是墨黑色，翅膀的斑点和腹部是雪白色，翅和尾还带着些许蓝绿色的虹彩。

一阵美妙而亲切的号声和啸声让我们从路毙动物沉思曲中惊醒。就在西面，一只孤独的沙丘鹤正飞过河面，长颈伸向前方，长腿拖在后方。紧接着下方有一对伴侣应和了他。雄鸟先叫了起来，他运用精确的呼吸与肌肉控制，通过鸣管中的振动膜呼气，声波经过盘旋于胸骨中的特殊加长的气管，进一步压缩增强，最后由喙部爆发出极其独特的啸声，不仅深沉圆润，而且有节奏感。雌鸟迅速以相同的方式应和，只不过声调略高一些，他们的节拍非常同步，以至于听起来像是只有一只鸟在叫。二重奏重复了一遍又一遍，明显是在通告侵入者，这片区域已有所属。

沙丘鹤

沙丘鹤
(Sandhill crane)：
半是号鸣，半是啸鸣，伴侣如一体般齐唱
（272，0:22）

我们沿岸滑下广阔的盆地，左边是格莱夫利山，右面是麦迪逊山，越来越多的鹤在河边发出鸣啸。路右侧沿线是一条上百英尺高的壮观砾石堤，看上去就像一片宏伟冰碛的侧翼，不过它比较可能是连通这座山谷第二层阶地的斜坡，那层阶地曾经是黄石地表巨大的冰盖融化后形成的西部冰川沉积平原。在提顿山脉，我们曾在斯内克河边看到过相同的阶地，它们曾是黄石南部的冰川沉积平原。中途我们爬上了这条堤岸，一下子被西草地鹨的歌声环绕。黑牛在绿色的草场上吃草，引人注目的麦迪逊山拥有山巅盖雪的斯芬克斯峰，近处的头盔峰映衬于背景中。

“盆岭，”我对着戴维笑出声来，“我从未像现在这样真心赞赏那些教科书用语。现在我们正在山谷或盆地中骑行，在两座山脉之间——这很明显。但如果以卫星的视角观察从俄勒冈南部至得克萨斯州的地界，你就能看到数百座山谷，它们都这样窝在两座山脉之间，全都是南北朝向，整体非常像一支‘向墨西哥进军的毛毛虫军队’[1]。”我们正骑行于地质学课本中所说的盆岭省。此处的地壳不知为何向东西两头拉伸，而后断成长条岩块，这些岩块随后慢慢翘起。暴露的岩块边缘变为山川，而它们之间的山谷成为盆地，渐渐被侵蚀沉积物填满填平。之后在蒙大拿州骑行的几天里，我们将骑车爬上许多这样的“毛毛虫”，再翻下另一边的盆地。

两只***东王霸鹟***，通过其飞行姿态明确无误，他们正在反复袭击一只嘴里衔着东西的渡鸦。两个专横的抢劫犯生生地把渡鸦直接逼到了地上，后者呆若木鸡地蹲在那里。东王霸鹟干完了这一票，总算变得温和起来，渡鸦则飞到近处的一根篱笆桩上缓一口气。这里能再见到东王霸鹟真的不错，上次见他们还是在堪萨斯州。近处有一只角百灵鸣啭着飞向天空，紧凑地唱了一轮后又飞回了原来那根篱笆桩。

恩尼斯的欢迎标识上写着“这片土地上有773个人和1100万条鳟鱼”。我们在当地一家咖啡馆里高高兴兴地吃了第二顿早餐——煎饼。接着我们离开麦迪逊河盆地，向西骑去，爬上大半条近乎垂直的坡道，这半英里长的坡道通向山口，山口南边是格莱夫利山，北边是烟草根山。

在蒙大拿这个美丽的早晨，昨晚我们的身体获得了充足的睡眠后，感觉整个人都沐浴在这平静又温暖的空气里，天空高远……下方往东延伸的麦迪逊河谷风光迤逦……沿路有栗肩雀鹀歌声绵延，他们全都以两三声短哨音的本地方言做

角百灵
(Horned lark):
日间之歌，缺少黎明的激情
（273，1:18）

开场。“棒极了对不对！”我对戴维说……一只岩鹪鹩唱着歌，他蹲在路沿堤坝上一株高且残败的毛蕊花上，蓝天映衬出他优美的剪影，他以岩鹪鹩的典型方式在两首不同的歌之间切换……经验丰富、状态良好的双腿用力带着我们的肉体及行李向山上骑去。

岩鹪鹩
(Rock wren)：
在一刻多钟里，以岩鹪鹩的经典方式诉说所知
（274，17∶10）

虽然风很温和，但毕竟是逆风，于是我们选择在奥尔德宿营过夜，于是这一天的里程相当短。虽然我们已经在路上花了近两个月，但我想我渐渐有经验了。每天都只啃下大地的一点点距离，早一点点停车，每天的行程短一点点，多休息一点点，旅程就能持续更久。戴维的指导是：“你不会想回去工作的。”在路上，我们会坐下来阅读，会在宽阔的灌溉草坪上扔飞盘。对于我回家后要面对的大学工作场所，以及我在科罗拉多和怀俄明州接受护理的跟腱，我只想做正向的思考。

营地主人跟我们讲了关于他祖先萨卡加维亚的故事，这个可靠的肖肖尼女人曾是刘易斯和克拉克的同伴，他还解释了地貌遭受破坏的原因。“小矿业放弃这里的溪流的 20 年后，柯瑞砂矿矿业公司引进了一条巨大的采矿驳船来挖掘河谷。驳船沿着前方自己挖出的水塘缓慢地向前移动，并在自己吞下的碎石里筛选矿物，再把碎石倾倒在身后，于是拖出宽 100 英尺的长长石堆尾迹。你们现在还能看到他们 24 年前干的事，还有整整一立方英里碎石倒在这里，那些尾迹一路延伸到了弗吉尼亚城的峡谷。”是的，我们在骑车进城时看到了。极其丑恶，极其悲哀。

我们坐进了靠在树边的雅座，其中包括两个秋千和一张野餐桌，而旁边的池塘见证了 80 多年前淘金业的凋零。

第 54 天，6 月 26 日：蒙大拿州，奥尔德至狄龙

呼叽依……呼叽依……一只西林绿霸鹟在我们帐篷正上方闲适地醒来，

接着移到近处的柳树上。我很快穿好衣服，尽量在不惊扰戴维的状况下，悄悄出了帐篷。我的计划是今天早早出发，去探索营地和鲁比瓦利；戴维的计划是让早晨的阳光温柔地开启他的一天，稍后在21英里外的特温布里奇斯追上我。

我踮着脚走到霸鹟下方，把麦克风和录音机固定在一处栅栏上，这样我就能捕获他黎明时的思想，并在离开时顺手带上。他正以一种迅猛的节奏唱着他的两支歌，每分钟至少唱40遍。大多数歌都像是成对的，就好像用升调的***吁喂–喊–依***询问，再迅速以降调的***吁叽依***回答。他每20秒左右会重复唱出问题，连续唱两遍***吁喂–喊–依***。之后，他可能每一分钟唱一点点例外的东西，一声特别的音符，一个柔和又哀婉的***微***，大都以同样的音高出现，比响亮的***吁叽依***低许多。这是冷僻的“第三支歌”吗？所有的西林绿霸鹟都有这样一支歌吗？他在想什么？

西林绿霸鹟
(Western wood–pewee):
就在我们帐篷上方，为他自己，也为我，唱着苏醒之歌
（275，13:26）

在他表演期间，一只山雀唱着***嘿–衣羽***，声调始终不变。他是一只会唱黑顶山雀之歌的白眉山雀，还是一只纯血的黑顶山雀？他最终唱出了黑顶山雀粗放的***纪–滴–滴–滴***，不是白眉山雀喘息般的叫声——结案。我绕着营地漫步，听着黄林莺……家朱雀……还有沼泽上方鹬的***呜呜呜呜呜呜呜呜***的拍翅声。

威氏鹬
(Wilson’s snipe):
在近处湿地的上方，向下俯冲的鹬发出***呜呜呜呜呜呜呜***
（276，1:34）

我只给戴维留下帐篷和他的装备，自己很快就出发了。左面是进军中的鲁比毛毛虫，右侧是烟草根毛毛虫，而我挤在它们中间，向西北方下行进入鲁比盆地的中央。在这丰润多水的山谷中，鸟儿的齐唱声令人欣悦。我倾听着。有猫鹊，自密苏里州后他们首次出现，其中有一些猫鹊仿唱得特别好。还有东王霸鹟，以及各种各样熟悉的声音：哀鸽、黄林莺、黄喉地莺、稀树草鹀、栗肩雀鹀、红翅黑鹂、柳纹霸鹟，在沿路的赤杨树和篱笆桩上放声歌唱。一只环颈雉啼叫着，牛鹂们在电线杆上发

出哨鸣，而在一个农场入口的一株茂密云杉上，感觉有数亿只麻雀在叽叽喳喳。

灰猫嘲鸫
（Gray catbird）：
非凡的模仿家，讲述着他所知的鸟类故事
（277，5：00）

一只长刺歌雀，这是这次旅程的第一只。他以圆润的低音开头，声调越来越高，向上加速，向上翻腾，接着在两三秒的时间里，他竭尽全力用他的两个鸣管，以不同音高、对比鲜明的音符一股脑儿唱出一阵狂喜的纷繁。这是一首多么令人神往的歌。我和他一起在心里唱着，节奏和每支歌的起承转合都让我心潮澎湃。我等着他的第二支歌，知道他和所有优秀的长刺歌雀一样有两支不同的歌……是的，我现在听到了，因为他的另一首歌在约一秒钟后有一连串更刺耳的音符。我停下来，等着他开始激情的飞翔之歌，边飞边持续地歌唱……哦，是的，他非常合作。

长刺歌雀

有几种鸟儿为这合唱增添了经典的西部风味，他们是西草地鹨、黑嘴喜鹊、鹨雀鹀、布氏拟鹂和扑翅的鴷。那些长嘴沼泽鷸鹬也是西部居民。前面还有灌溉系统——东面大概有100道水流正射向空中，背后太阳刚刚从烟草根山冒头。牛也是西部的。我在一片草场边停下来，发出了一声特别像的“哞——”。出人意料的是，整片田地里的牛全朝我奔了过来。一大群牲畜迅速挤在了篱笆边，哞哞声此起彼伏！我试图掌控这个状况，竭尽所能用哞哞声来表达我的意见：“我是你们的领袖。听着。人类会吃掉你们的，快逃命吧。”它们没有听懂，我只好让它们听天由命。

长刺歌雀
（Bobolink）：
生机勃勃的欢闹，纷繁芜杂的喧腾，栖息时如此唱着，飞起时更加如此
（278，3：12）

8点时，我已经骑了21英里，抵达特温布里奇斯。在等待戴维时，随着温度渐渐上升，我也一层层地脱掉了衣物。我从驮篮里拿出之前在路边捡到的扑翅鴷属。在远处看或是通过望远镜看，你只会觉得扑翅鴷属是很漂亮的鸟，而托在手里看时，他就像一个精美的工艺

黑嘴喜鹊
（Black-billed magpie）：
响亮的牢骚声
（279，2：11）

品。我展开他的翅膀和尾部，观赏红条和羽毛内层，这些红纹实际上更偏向柔和的橙色。接着，我又欣赏了他僵硬的尾羽、臀部下方软白的斑点；灰白色的腹部和胸部上有小黑点和新月状的斑纹；黑色的围领；向头部渐变的浅灰色和褐色的前额及深红色的胡须形成鲜明对比，这是只雄鸟；灰褐色的背部有深褐色的条纹从一侧蔓延到另一侧；对生趾的两趾在前，两趾在后。我在赞赏中拔下了一些尾羽和翅羽，准备带它们一起旅行，并把扑翅鴷属的尸体放到河边灌木丛里。

北扑翅鴷
（*Northern flicker*）

一排骑手骑着闪亮的细轮公路单车呼啸而过，他们大约有 50 人，后面跟着一辆大卡车。我得知这是一支环美单车队，他们的旅行相当轻松，因为有一支后勤队负责运输行李、准备饮食、修理单车等。我的第一反应这是在“作弊”，因为他们穿越国家的方式也未免太容易了，但我很快把这个词改成了“被骗”，因为团队匆匆忙忙地掠过道路，他们错过了太多东西。

戴维终于带着一个新朋友出现了。阿尔一照面就很讨人喜欢。“我开卡车，”他说，“不过只要赚够钱我就会开始又一轮骑行。”阿尔就像是唱着“伙计，我去过天涯海角”[2]的约翰尼·卡什，在前往狄龙的 26 英里路上，戴维和他肩并肩骑在我前面。“告诉我……”戴维后面的话飘散在了风里，他热切地想倾听阿尔的旅行故事，而阿尔也同样热切地想要分享。

我快乐地跟在后面，时不时听到一些交谈的片段。我注意着左面鲁比山巅变化多端的云朵形状；我惊叹于缓缓扫过丰茂田地的灌溉管道，浇湿方圆半英里的圆形区域；我看着蜿蜒的比弗黑德河，在脑中追踪它的河道，想象它如何往我们身后流至特温布里奇斯，想象它在何处汇入比格霍尔河和鲁比河并形成杰斐逊。所有这些西部河流都汇集了附近山脉流下的水，穿过间中的盆地，并最终出人意料地向东流入密苏里河、密西西比河和墨西哥湾。

我们停在右侧一面山川的残骸边——獭头岩[3]，原住民们是这么叫它的，因为它看上去像一只正在游泳的海狸的头。1805 年 8 月，刘易斯和克拉克探险队陷入某种险境，而萨卡加维亚正是在此处为他们带来了希望。她认出了这块岩石的形状，知道附近就有肖肖尼人的同胞，后者可以提供冬季前翻越山口所需的马匹。19 世纪 60 年代，人们在附近发现了黄金，于是此处迅速建成了酒吧、旅馆和驿站，令这里变成交通繁忙的要道。我们正沿着如今的 41 号州公路穿越历史，这条公路作为“刘易斯和克拉克国家历史之路”的一部分很有名。

到了狄龙，在戴维解释说他不久前已经喝过后，阿尔迅速地灌下了两瓶麦芽酒。阿尔承认道：“好吧，我是有点儿冲动。”之后，在城外的营地里，阿尔直接打开罐头吃冰冷的辣菜，但我们的美食主厨依然费劲做了一顿饱含碳水化合物的意大利面晚餐。

第 55 天，6 月 27 日：蒙大拿州，狄龙至威斯德姆

黄头黑鸟（Yellow-headed blackbird）：叫声粗哑又刺耳，如此费劲，让人喉咙发紧，但依然令人欢乐（280，4:32）

整个夜里，一只大角鸮一直在南面叫唤，还有鹬鸟的扑翅声。在黄头黑鸟、东王霸鹟和西王霸鹟的曲调中，戴维和我吃着我们的燕麦粥，而阿尔准备离开了。我们朝他喊道：“回头路上见！”

“今天是个大日子。我们要爬上两个山口，再降下两个山谷，而且，我今天要换上卡式踏板了。”自从近 3 周前离开远方科罗拉多州的伊兹后，我一直很关照自己的跟腱，现在我用卡式踏板换下了平板踏板，把车座升起了一点。想到这样可以更有效地踩踏，用脚掌而非脚跟用力，我就忍不住笑了。在停车场试骑时，我回头喊道：“感觉很好！”

我们离开了鲁比河与比弗黑德河苍翠的盆地，再次进入干旱的蒿草乡野，到处都是西草地鹨、栗肩雀鹀和稀树草鹀。右边的一片柳林里，一只莺鹪鹩唱着圆润的音节；在后一座农舍里，一只小纹霸鹟叫着***几哔***，还有一只小乌鸦沙

哑地叫着找吃的；一只牛鹂在电线杆上唱着，接着在一声哨鸣声后飞向了北边的雪峰托里峰。托里峰属于另一道山脉——先锋山脉，离我们只有 15 英里远，海拔高达 1.1 万英尺。

褐头牛鹂
（Brown-headed cowbird）：恶棍还是进化奇迹？歌声，接着是离开前的飞行哨声（281，1:40）

我的影子向左侧路沿远远地延伸开去，我看到自己向车把手探着身子，看到单车的框架、下方的两个轮子和 4 个驮篮，看到后行李架上的帐篷和铺盖卷，看到我的腿正在用劲。这真是美妙的景象，而且跟腱不痛，我在飞翔！一辆路过的皮卡传来友善的喇叭声，里头的人朝我们挥了挥手。

这里的篱笆桩真让人着迷。它们几代同堂地列在路边，有各种大小和形状的金属桩和木头桩，每一种风格无疑都在讲述此地的某个故事。篱笆桩之间，两只高山弯嘴嘲鸫飞了起来，在蒿草灌木上方用歌曲决斗，其中一只迅速离开了，在起伏的歌声中飞过右方的小山脊。

只骑了 14 英里，我们便翻越了巴杰山口，间中路过一些小小的针叶树岛屿，它们扎根在这又高又冷的高地蒿草草原中。接着我们呼啸着掠过 5 英里下坡路，进入草蜢谷。我们沿着草蜢溪骑了大约半小时，中途停下来和东行的 5 名骑手聊了聊。他们说自己是杂技演员、喜剧演员及魔术师。如果乔叟活在现代，他们会是不错的写作素材，可以诞生一篇新的《坎特伯雷故事集》，角色们在穿越美国的旅行中进行街头表演，好为圣地兄弟会儿童医院募捐。我们很快又开始爬坡，这一次的坡更陡了。一个小时后，我们来到了 7360 英尺高的比格霍尔山口，它夹在一只“大山毛毛虫”的臀部和另一只的头部之间。

1000 英尺下方是一片巨大的山谷——比格霍尔谷，我们的地图称之为“一万干草垛之谷”，而远方是白雪覆盖的比弗黑德山。受今天脚程的鼓舞，我们再次下行，先是滑行，接着轻踩踏板前进，又过了 11 英里后，我们溜进了谷底的杰克逊镇。地图说这里的人口是 38 人。我们在这里的饭店里吃饭，我一边嚼着铺了冰激凌、燕麦和生奶油的煎饼，一边给威斯德姆的汽车旅馆打电话预订房间。因为明天早晨还要疯狂地骑行，所以我热切地期望晚上能睡个好觉，而不必在成群的蚊子间扎营。成功了！我们抢到了最后的房间，阿尔早我

们一步，他已经在那里了。

出镇后，我们被驱赶着走下路面的牛群包围了，两侧各有栅栏为它们拦出通道。除了几个安静的男人外，还有一位令人惊讶的盛装女郎骑在马背上，她高喊着催促牛群往前。戴维拿出了我们在营地里用来防熊挂食物的绳子，做了根套索，骑着单车进入这一片喧嚣，假装自己也是个赶牛人。我喊着回答真正的牛仔："从弗吉尼亚来，往俄勒冈去。"我们耐心地等着，在比格霍尔宽广的天空下领略着这盛大的场景，左边是比弗黑德山，右边是先锋山。

牛群终于疏散了，我们在它们中间骑车穿行，感谢单车挡泥板让我们避开了路面上到处可见的新鲜牛粪。在离开时，最后一位牛仔在马背上友好地斜了斜帽檐，笑着说："祝您过得愉快——多吃些牛肉。"

比格霍尔谷就像是个"盆地"，但是据地质学家推测，它并不是"盆岭省"中的普通盆地。[4] 北美板块在太平洋板块上滑动，沿着旧大陆边缘地底深处形成一道巨大的滚边。大约在 15 英里深处，在一块长约 75 英里、宽约 200 英里长的区域上方，花岗岩熔化、上升，而后在地表下方约 10 英里处固化。从 7000 万 ~ 5000 万年前开始，这一大块固体花岗岩开始上升（地质学家称其为

“爱达荷岩基”），将上方无法想象的巨大岩块推到侧面。我往右瞧，看到了这些岩块之一，它现在是先锋山，约 10 英里高，覆盖了 1000 立方英里的范围。这块巨岩从它原来的地方向东滑出 50 英里，敞开一个巨大的裂口，即比格霍尔谷，后者的岩床就躺在我们下方近 3 英里处。在这宏大的挪移过程中，左侧升起的爱达荷岩基和右侧位移的先锋山之间出现了一个山谷，其中填满了你所能想象的一切，基底是火山岩，接着是一大堆泥、沙、碎石、火山灰、石灰岩，甚至还有煤炭。而现在，从杰克逊到威斯德姆间的山谷谷底比堪萨斯还要平坦。

牛：
西部风格，山岭上的牛肉之乡
（282，1:16）

在这个宽阔的山谷中，充裕的融雪为苍翠的植被和占领了土地的牛群提供了水分。这个时候正是灌溉季节，也是一年中蚊子攻城略地的时节。多亏了温和的逆风，我们才能略略领先于蚊子的飞行速度。我试了一下顺风行驶，蚊子立刻迎面而来。“拜托了，别爆胎，”我请求我的单车，“多谢你了，逆风。”

在威斯德姆，我们在当地酒吧里找到了阿尔。他喜欢一边喝酒一边同当地人唠嗑，正如我喜欢倾听鸟鸣声一样。我们也在酒吧里吃了饭，不过我急切地想要去睡觉，因为对我来说，相对于过往旅程中的早晨，明天早晨将来得更早。

第 24 章　约瑟夫通道
CHIEF JOSEPH PASS

第 56 天，6 月 28 日：蒙大拿州，威斯德姆至史蒂文斯维尔

当我猛地关掉闹钟时，发亮的手表显示着："6 月 28 日，凌晨 3:00"。我悄无声息地下床，让戴维继续睡着。不到 3:30，离日出还有两个小时，而我已经出了门，骑上我满载的单车，向西出了威斯德姆。这个早晨，我可以随意选择车速，想在哪里停下来瞧瞧听听，便在哪里停下来。我将随心所欲地一路越过蒿草丛，前往 11 英里外的森林，接着上坡穿过獭头—鹿栈国家森林，抵达西边 25 英里处的约瑟夫通道顶端。戴维昨夜在镇上狂欢了一晚，等休息够了醒来后，他也可以随自己心情选择出发的时间。如果他没能在通道追上我，我就在那里等他。

没有月亮，星群的光辉点亮了墨色的天空，银河是中天一道璀璨的轨迹。右面是北极星，我寻找着北斗七星、小北斗星和天龙座，而它们只是些开胃菜。接着，我的视线扫过天空，找到了在那里飞翔的老朋友，特别是天鹅座。火星在东方燃烧着红色的火焰，金星和木星还在地平线下方。

当我越过镇外的比格霍尔河时，一只孤单的沼泽鹪鹩在右边懒散地唱着。这是一只西长嘴沼泽鹪鹩，他在自己 100 多首不同的歌里挑着你能预见的音符唱着，刺耳的嗡鸣、咯咯声、哨鸣声。他在想什么，为什么会在这死寂的夜里

歌唱？也许他是位年轻的单身男士，在唱着歌寻找伴侣，也可能是位年长的男性，已经有了一两位“妻妾”，但还是贪婪地寻求更多。我脑子里闪过了那30多年里，我从大西洋到太平洋于各处的沼泽中艰难跋涉的景象。我曾录过这些沼泽鹪鹩的歌，用网捕捉过他们，好在他们的腿上套上彩环，以便更好地追踪这些个体，越来越了解他们。我曾在自己家中养育过他们的宝宝，研究他们如何学会这许多歌曲。我所学会的远超过我需要知道的，我知道这里的是西部种，哪怕能够宣称何谓“种”的官方委员会还未有定论。我确信，一等官方开始对此加以了解，未来的野外指南书一定会说，我现在正倾听的就是一只**西部长嘴沼泽鹪鹩**。

路边有一只受惊的双领鸻在慌乱地叫着，***纪咿 纪咿 纪咿***。鹬鸟在高空热切地发出振翅声，听力范围内有十一二只，这些流星不知在何处急冲向大地，风呼啸着掠过他们的翅膀，穿过他们硬化的外尾羽，响着***呜呜呜呜呜呜呜呜***。也有一些是在地面上热情地叫着，***喂－哦，喂－哦，喂－哦喂喂喂***……

威氏鹬

威氏鹬
(Wilson’s snipe)：
他停在那里叫着，
大概是***喂－哦，喂－哦***
（283，5:02）

此刻，泛绿色的微光在北边地平线上闪烁着舞动，吞没了北斗七星和整个大熊座，向北极星和小北斗星蔓延，甚至已危及了天龙座的头部。它移到左面，再移到右面，此刻半环于天空，下一刻已是一整圈幽灵般的光环，盘绕在地球极点的上空，升起，又落下，像活物一样跃动。北极光，我笑了，6月末的盛典。

威斯德姆星辰般的灯火已消逝在我身后，我以每小时6英里的低速向前行进，倾听着……在爬上缓坡时听着自己的呼吸声……听着两个轮胎和谐一致地滚过路面……听着我左脚的鞋子在曲臂的每一轮旋转中发出轻微的吱吱声……听着暗夜嗖嗖地掠过我的耳边……听着我轻声对夜色说：“这是多么引人入胜的骑行时刻！”

路的右边，一面铁丝网正发出疯狂的嘎吱声。我的第一反应是灰熊，但指示灯照出了一只羚羊，它的角被卡在篱笆上了。我想帮它，但这太危险了。希望它能自己挣脱出来。

蒿草丛中苏醒的声音很快向四面八方蔓延开去，4 点出头时，我停下车来倾听。蒿草正被 1000 个响铃振荡，这是角百灵在唱他们的黎明之歌，还有五六只高山弯嘴嘲鸫在这音乐里加入了他们的夜歌。郊狼在北面又吠又嚎。很远的地方有一头牛在嚎叫，而近处的篱笆后面有什么东西在喷着鼻子。我有一点儿受惊，因为我的灯光不足以照亮那喷鼻声的来源，所以我迅速前进，越过了一只在我左上方唱歌的山蓝鸲。

在勉强足够的光线下，我停下车俯瞰比格霍尔国家战场。黎明的宁静中，我紧张地想象着此处在另一个黎明遭受的伤害，那是 1877 年 8 月 9 日，约瑟夫酋长和近 750 位内兹珀斯印第安人正在下方扎营——为作纪念，如今那里沿河立着一些锥形帐的骨架。马匹在近处丰茂的草场上吃着草。美国军队的士兵对他们发动了突袭，他们先是驱散了马匹，接着前进到帐篷处，从帐底向内射击。激烈的战斗爆发了，美国士兵被迫撤退到了河上方的树林里。我能透过那片树木看到，印第安人的狙击火力将美国士兵拦在那里。

角百灵：
一只角百灵的颂歌，
一首黎明自传
（284，6:04）

其他士兵将一门榴弹炮拖到了山的另一侧，企图往下方的印第安营地倾泻可怕的炮火，但印第安人几乎是立刻就缴获了他们的武器。狙击兵将美国士兵牵制了一天一夜，在此期间，内兹珀斯人埋葬死者后便离开了，继续其从俄勒冈州开始的逃亡。近两个月后，他们最终在加拿大某处投降。

这都是一些冰冷的事实，但对于约翰·吉本上校来说却和冰冷无关，他是被围困在河上林间的军队指挥官[1]：

> 我们将很难迅速忘记那混杂着悲痛、愤怒和惊骇的哀号声，它们来自离我们四五百码远的营地，此刻印第安人回到了那里，辨认出了他们那被屠杀的战士、女人和孩子。在这惨烈的哀号声里，我们能听到他们的领袖

们激昂地呼吁追随者们战斗的声音，而战争回应的咆哮声于我们听来十分不祥。

我清醒过来，骑着车越过河面，听着内兹珀斯人在那个宿命般的黎明可能也听到了的歌声。沙丘鹤唱起了序曲，他低低地啸鸣，而以高音来为二重奏结尾。柳纹霸鹟和黄林莺加入合唱，北美歌雀和白冠带鹀也不甘示弱。有黄喉地莺的***喂－依－叽 喂－依－叽***，知更鸟的欢颂，鹬的扑翅声，还有棕夜鸫的螺旋降调之歌，这是我离开弗州屋脊之后第一次听到棕夜鸫的歌。我沿着河流一路享受着黄眉灶莺的歌声，这是我此次旅程中第一次听到他们的歌，每一只都唱着自己独特版本的***追追追兹微微啾啾啾啾***。一支快速的重音之歌，通常是三部分，并且一段比一段低。

就在这比格霍尔河北部分叉的那一边，横陈着森林和我的攀登起点，我将

比格霍尔国家战场

北美知更鸟
(American robin):
欢颂和***叽里***的狂乱之歌，一分钟120支歌！
（285，2:09）

白冠带鹀
(White-crowned sparrow):
独特的比格霍尔方言
（286，2:33）

棕夜鸫 (Veery),
加拿大雁
(Canada goose),
黄眉灶莺
(Northern waterthrush):
比格霍尔河边的交响曲
（287，2:13）

黄眉灶莺
(Northern waterthrush),
黑顶山雀
(Black-capped chickadee),
黄林莺
(Yellow warbler):
更多交响曲
（288，2:09）

灰头地莺
(MacGillivray's warbler)
和北美星鸦
(Clark's nutcracker):
仅仅是倾听就能离开尘世
（289，0:36）

从那里开始慢慢爬上约瑟夫通道。这里的鸟儿们正卖力歌唱，不过天气突然冷了许多，我又加了几层衣服。

如果没有霸鹟的活力和热情，黎明将显得多么空虚。我骑着车经过一只又一只的西林绿霸鹟，每一只都迅速切换着自己的两支歌，***吁喂－喊－依……吁叽依……吁喂－喊－依……吁叽依***……暗纹霸鹟迅猛地推进自己的3支黎明之歌，他们的纹霸鹟亲戚柳纹霸鹟也是这么做的。接着，是绿胁绿霸鹟古怪的***咿，喂哟***！他在黎明时分可能唱得比白日里要更兴奋一点，但依然是一种古怪的霸鹟，因为他没有用来迎接白日的特别歌曲。我真想知道这些歌是如何编码在他们的基因中，以至于小霸鹟们无须从唱歌的成鸟那里学会歌曲。

上方传来夜鹰的***比***音，以及偶尔爆发的呼隆声。我推着单车从一只暗纹霸鹟下经过，近距离录下了他的演唱。接着是西林绿霸鹟、白冠带鹀、黄眉灶莺、北美歌雀，还有一只黄腹丽唐纳雀，他渐渐清醒，唱着断断续续的歌曲，并且有规律地用叫声***吁－俄－依***来断句。一只母鹿响亮地朝我反复喷鼻，因为它的小鹿就在前面的路边。

接着传来了莺鷦鹩轻快的鸣声——就像是那只我尚未鉴别的神秘鸟儿唱的歌！我揣着猜测走近前去，最终发现与我面对面的是一只林氏带鹀。他就站在我目光所及处唱着，在奔腾翻涌的步溪边一根毫无遮挡的枝条上。他的脸上有明确无疑的微妙又独特的花纹，浅黄色的胸前还有精致的黑色条纹。我对自己说，你早应该知道的。但我最后还是放了自己一马，因为在科罗拉多蓝河营地遇到他以前，我还从未听过他的歌。

林氏带鹀
(Lincoln's sparrow):
轻快又活跃地唱着他复杂的歌
（290，1:01）

现在大约是5点15分，就在身后的路面上，我能看到一小片月亮正在升起，它的伙伴金星紧随其后。我继续向西，经过歌莺雀、褐斑翅雀鹀、灰头地莺、灶莺、灯草鹀，还有一支极其甜美又极其陌生的哨曲。我模仿着它，尽力将它烙进记忆里，猜测着这是不是松雀，但不能确定。一群受惊的麋鹿奔过溪流，跑进了林子里。我慢慢往上骑着，在心里说："这是我到过的最美的地方。"我沿路随性停下来倾听，尤其是在第一缕阳光照到我时，因为我实在**太冷太冷太冷**了。我徘徊着，倾听着，惊叹于一点点阳光居然能让人如此暖和，品味着近处红颈吸汁啄木鸟的啄木声和叫声。

此刻，步溪正在右侧向前方流动，抽取着一个河谷中的水，这河谷是刘易斯和克拉克以及内兹珀斯国家历史道路的一部分。林务局的土石路也是一个可选的路线，不过我还是选择继续骑行在43号公路上，但很快又平稳地刹住了车。

红颈吸汁啄木鸟
(Red-naped sapsucker)：
3只鸣叫的鸟……还有啄木声
（291，5:19）

"一只乌林鸮，"我悄声对录音机说，"就在前面路对面的一根柱子上。他真大。看他的头，又圆又大；两个大面盘以同轴半圆的方式优美地排列着，珠子一样的黄色小眼睛在面盘的中心；凸起的新月状白色羽簇隔开了双眼。黄色的喙部下方就是黑色的下颏，雪白的胡须向两侧展开，看着像黑白色的蝴蝶结；腹下，从头到尾都是浓密的斑纹；覆盖着羽毛的腿，令人印象深刻的爪子抓着杆子。他很大，而且是只猫头鹰，偏灰色，但也有很多微妙的白色、褐色和黑色花纹。真是非凡的造物！"就在我试图抓住这个瞬间的时候，他直接瞪着我，无疑是在试图以他自己的方式看清楚面前这个古怪的生物。可能只过了5分钟，也可能过了一个世纪，他静悄悄地飞上天空，像幽灵般消失在了森林里。

现在上坡路更陡了，坡度可能有3%。在离通道还有两英里时，白眉山雀和红玉冠戴菊鸟宣布此处的海拔更高了。还剩不到一英里时，在一片苍翠的冷杉和松树林间，隐夜鸫和斯氏夜鸫演奏出了一些这颗行星上最出色的歌曲。

我继续前进，但很快又被一只鸫鸟凝固在了路边——一只坦氏孤鸫！他的歌从右

侧某处树顶上传来，涟漪泛过山巅，那清晰的啭鸣欢快地持续了数秒，然后他歇了歇，但很快又再度开嗓。描述这支歌的人总是大量运用最高级的形容词：最辉煌、最优美，最丰润、最完满、最清晰、最甜美、最闪耀、最出色的山间音乐。考夫曼竟敢在他的野外指南里轻描淡写地称之为“又长又丰润的鸣啭”，我看着这描述笑了起来。这只孤鸫就在上方某处，一如既往地立在某棵冷杉的最顶端，他的歌曲和他暗灰色的外表形成了巨大的反差。当他站在上方，审视那由绿色尖顶组成的森林时，他眼中的景色必定美极了。

我得说，鸫鸟真是非凡的歌者。我把今天遇见的鸫鸟标记出来：最早的知更鸟，而后是一只山蓝鸲、战场上的那只棕夜鸫、海拔升高后的隐夜鸫和斯氏夜鸫，也许还有一只杂色鸫，现在是坦氏孤鸫。

坦氏孤鸫（Townsend's solitaire）：歌曲以极致的方式喷涌而出，伴随着郊狼的合奏（292，3:48）

离约瑟夫通道标识牌只有一点点距离时，一只冬鹪鹩迅速截停了我的车。“西部冬鹪鹩先生，”我向他打着招呼，“来唱一曲吧！”我曾经以为他们都在弗吉尼亚州的罗杰斯山上，但那是东部冬鹪鹩。作为一名歌者，这只西部鸟儿甚至更卓越，东西部的歌曲差别巨大[2]，我知道他们终将被判定为两个物种。[3] 1980年，我曾发表过第一篇关于他们的论文，在文中我已阐述过这个观点，并说明了他们的歌曲有哪些差别。

太平洋鹪鹩

戴维在此时爬上了山！我用西班牙语欢迎他：“早安，先生。”不管用哪种语言，这句话真是有点儿太过朴实了。

他说：“你这一早上走得挺慢呀。”

我大笑起来，然后我们对比了一下我俩刚刚走过的那25英里。“我让阳光把我叫醒，7点才动身，”他笑着说，“一个完美的早晨。战场真是个让人难过的地方，但森林很棒。”我则告诉他我都听到了些什么，尤其是这最后一英里。

太平洋鹪鹩（Pacific wren）：就像一只高速行进的、狂喜的东部冬鹪鹩，由此一路唱到太平洋！（293，7:33）

他提供信息："我听到了一只隐夜鸫的歌。"

"听到太平洋鹪鹩了吗，在森林里……叮叮当当的高音？"

"没错。这所有的声音都是什么？"

"哦，这是北美最壮丽的歌。太平洋鹪鹩的歌不停不歇，持续不断，可能连续10秒左右。他非常有创造性，可以分别对待歌曲的不同部分，进行重新编排，从而创作出全新的歌曲。"我向他描述这些歌有多高多快，乏味的人类耳朵无法处理这些声音，但如果在电脑上放慢这些歌曲，我们就能听到这鹪鹩是如何在他那尖细清脆的音符间飞跃。我们都知道这些鹪鹩能听懂歌曲全速放送下的各种细节，因为他们彼此模仿，邻居常有相似的歌。"灵巧的小鸟，他只有这么大。"我用拇指和食指比了他的大小。

"棒极了……不过这儿的所有鸟鸣声都是最壮丽的，这话怎么说？"

"事情就是这样，"我更清晰地解释道，"你最棒的听觉体验马上就会来临，它将在俄勒冈海岸山脉的雨林里出现，一路延伸至太平洋。"

最终，我们抵达了约瑟夫通道，这里的海拔是7241英尺，大陆分水岭的又一个交叉口。此时刚过9点，在过去的6个小时里，我的平均时速是4英里左右，等同于快步走的速度。一个极其完美的早晨。头顶有一群红交嘴雀一边鸣叫，一边在阳光里、在亚高山冷杉完美的尖顶上蹦跳。

阿尔在山顶上加入我们，很快我们开始下降进入又一座山谷——苦根谷。在前往苏拉的14英里下坡路上，我们飞速穿过崎岖的山地和美丽的森林，在某些突兀的转弯处紧急刹车，在海拔上坠落了半英里，中间停了一次，只为欣赏一大群于左侧山坡高处草地上吃草的麋鹿。我再次听到了白腹蓝彩鹀和斑唧鹀的歌声——上一次听到，还是许多天前从科罗拉多州进入落基山脉的时候。

现在，沿着苦根河向北，我们又下行了18英里，来到达比，敬畏地停在冰川凿出的特拉珀峰前，它在我们的左侧，是苦根山的制高点。在这苦根谷的另一侧，也就是我们的右边，是沉积岩形成的萨费尔山。它也曾是地壳中的巨大岩块之一，在如今被称为苦根山的花岗岩巨石上升时，它向东滑开了。我们正在两座山脉间的裂隙间骑行。我们在达比停下来，又吃了一顿早餐，在这温暖的天气里，我喝完了一杯奶昔，又吃了煎饼和冰激凌。

离开达比后，我们又骑了 17 英里穿过山谷来到哈密尔顿，沿路停下和五六位东行骑手交换了彼此的故事。阿尔因为还有一个酒馆要拜访将在哈密尔顿过夜。我们继续又向前骑了 22 英里，抵达史蒂文斯维尔。因为我计划明天早起前往城外的李·梅特卡夫国家野生动物保护区，以近 100 英里的里程计读数为终点，我们最终住进了史蒂文斯维尔旅店，显然筋疲力尽，但是眉开眼笑。

第 25 章　刘易斯和克拉克
LEWIS AND CLARK

第 57 天，6 月 29 日：蒙大拿州，史蒂文斯维尔至李溪营地

借着路的灯光，我沿着教堂街穿过睡梦中的史蒂文斯维尔，上了东区公路，接着来到野禽巷。在此，我的车灯光照亮了前往保护区的道路。

在巷道上，前灯狭窄的光柱外似乎有什么很大的东西飘浮在一侧，这幽灵般的景象把我吓到了。我停下来，把灯光转向树林，在一棵枯杨木光秃秃的树枝上，停着 3 只大角鸮。他们肯定是幼鸟，但他们未免太安静了。我悄声请求道："让我听听你们那令人毛骨悚然的尖叫声。"夜里幼鸟的叫声足以把没有心理准备的人吓个半死，但是显然，他们吃得很饱，很满足。

刚会飞的大角鸮

(*Great horned owl*)

长嘴沼泽鹪鹩

(Marsh wren):
相匹配的对唱，无尽的歌曲变化，歌声匆忙——不同凡响的西方鸟儿

(294，0:86)

我继续向前骑，在离日出还有整一个小时的时候，停在了游客中心附近的香蒲边上。两只长嘴沼泽鹪鹩就在路边上决斗，彼此应和着对方的歌。我听到他们说："试试这首，这首，这首怎么样。"他们每隔几秒钟就反复向对方投掷歌曲，以让人头晕目眩的歌曲变化互相挑战，这些曲段选自 100 多首歌曲，全都是他们从此处歌

黄喉地莺
（Common yellowthroat）：
唱着***依－羽叽 依－羽叽***，
是他个人版本的***喂依叽－喂依叽***
（295，2:15）

唱社区的邻居那里学来的。

与他们形成鲜明对照的是附近的那只黄喉地莺，他也是一只鸣禽，但只学了一支歌。在他的生活中，那独特版本的***喂－依－叽 喂－依－叽***已经足够用了。我沉思道，每一只鸟都有他自己的方式，每一只都拥有其无条件的胜利。一只燕子疾速掠过开阔的水面……到处都有牛蛙在鸣叫……两只鸭子紧贴着在头顶盘旋……南面的原野上有鹿在喷鼻……鹬鸟在空中扑着翅膀，在沼泽里叫着***喂－哦，喂－哦***……一只公鸡在远方啼鸣。一只黑脸田鸡在香蒲旁嘶叫，当他鸣叫时，我想象了声谱图上美丽的音流，细小的哨鸣音符在开场短暂上扬，接着急剧下降并拖长，长哨音渐渐减弱。这里显然还有一只弗吉尼亚秧鸡，我等着他叫出完整的***硌硌硌－嘀－嘀－嘀－嘀***，但看来黑脸田鸡只能独唱了。

绿眉鸭
（American wigeon）：
轻快的哨曲，对于鸭子来说真是太美妙了
（296，1:13）

在香蒲那边的水面上，有一只鸭子的剪影在盘旋，他重复叫着 3 声哨音，第二声加重。我困惑地拿出了野外指南，研究着区域地图上的叫声说明，迅速找到了绿眉鸭。他有“悠远的哨音，***吁－哎－吁***，第二声最高”。对于鸭子来说，这真是很美的声音。

鱼鹰
（Osprey）：
在他筑巢的台地附近，发出响亮的***腰腰***抱怨声
（297，2:06）

我站在黄喉地莺和不知疲倦的长嘴沼泽鹪鹩旁，用耳朵搜寻着沼泽上方的声音：红翅黑鹂在唱着***噢和啊－醉意***……远北方有一只斑嘴巨鹏鹕在号叫……还有一只美洲麻鳽，也在北面，***嘭－呃－磅，嘭－呃－磅***……一只鱼鹰响亮地嚷着***腰 腰***……几只公鸡在啼鸣。我的视线一直流连于西方苦根山的雪峰上，初升的朝阳点亮了它们。

6 点左右，我返回旅馆，爬上床。然而我睡不着，精力旺盛，翻来覆去，我向自己确证这将是很短的一天，我们计划在洛洛山口下方的营地宿营，这是我们在蒙大拿的最后一站，它离此只有 50 英里左右。

9 点时我们上路了，不过刚出城我就停下来欣赏路上一小片热烈的黄色：一只雄性黄林莺，他就像是黑色沥青路面上的一束阳光，那锈色的条纹流下他的胸膛，羽毛蓬乱，小爪紧握，张着嘴，闭着眼，无声无息。

20 英里后，我们停在了洛洛的一处迷你市场边，只是因为碰上了骑友阿尔，他已经一早从哈密尔顿骑了 40 英里来到这里。我们给驮篮重新填满了卡路里，接着出发，转头向西。我们知道接下来前往爱达荷州的 30 英里是一片缓和的上坡路。

镇外不远处有一片俯瞰洛洛山的路侧标识："1805 年 9 月 11 日，刘易斯和克拉克探险队曾扎营于此。"在微微的顺风里，我们几乎是沿着洛洛溪旁铺好的路面向山上飞行，就这样一路上升进入苦根山的核心地带，而 200 年前，刘易斯和克拉克的征程远比这艰难得多。想到这一点，人就不由得变得谦逊。

登山时，白眉山雀代替了山谷里的黑顶山雀，见证着我们的进程。我们此刻无疑已身处"远西"，这里的斑唧鹀唱着简单的颤音，也许开场有一个细小的、几不可察的音符，他们将如此一路唱往太平洋。远在科罗拉多州普韦布洛外，那里的斑唧鹀在开场时所唱的音符气很是多变，但它已经成为过去了。

斑唧鹀
(Spotted towhee)：
以细小的音符**气**开场，这样简单的歌从这里一直唱到太平洋
（298，1:34）

另一块路侧标识："1805 年 9 月 12 日，刘易斯和克拉克探险队曾扎营于此。沿着洛洛溪，翻过苦根山，刘易斯和克拉克记录了几种他们从未见过的动物：披肩榛鸡、枞树鸡、哀鸽、暗冠蓝鸦和宽尾煌蜂鸟。"标识牌上，前景那个单腿跪地的可能是刘易斯，他手上拿着笔记本，低头看着地面。一只超大的枞树鸡和一只刘氏啄木鸟罩在他上方，背景是一些生长完全但极小的树木，它们是沿途最常见的树种。这图画完全不成比例，两只鸟比刘易斯大，并且是大冷杉的两倍高，这很滑稽。不过，正如我向戴维和阿尔指出的："他们画得不错，那鸟是很大。"

杰斐逊总统告诉刘易斯和克拉克，他希望这次探险能带来——良好的科学信息，于是他们详细地描述了不少鸟类物种。其中有一些物种对当时的科学界

刘氏啄木鸟
(Lewis' s woodpecker):
啄木声与鸣叫声，它以发现军团*的梅里韦瑟・刘易斯命名
（299，1:42）

而言是全新的——至少对“白人科学界”来说是这样，而当时杰出的鸟类学家亚历山大・威尔逊以发现军团领导者的名字为其中几种生物命名。因此我们有了北美星鸦（Clark’s nutcracker）和刘氏啄木鸟（Lewis’s woodpecker），我们上方山坡高处有成片的树林，其中一些很可能就是前者种植的，而后者时不时就在路边又叫又啄。

在经过离洛洛山口只有 8 英里的洛洛温泉后，我们碰上了特殊的地貌：穿过苦根谷时，我们骑过的路面是沉积物的垃圾站，现在它已被抛在了身后；现在我们正慢慢爬上裸露的爱达荷岩基。我们脚下的花岗岩曾在地底深处固化，然后升起，将现在被称为萨费尔山和先锋山的岩块推向东边，形成了苦根谷和比格霍尔谷。

傍晚时分，我们抵达了李溪营地的 22 号位置，将食物藏进附近的一个密封熊盒子里后，我们舒适地安置在了美国黑松之间，远处是参天的美国黄松。阿尔进了下一号位置。就如预想的一样，这是轻松的一天。爬上洛洛山口的简短路程和第一次对爱达荷州的倾听，就留给明天早晨吧。

第 58 天，6 月 30 日：蒙大拿州，洛洛山口至爱达荷州的洛厄尔

出营地几英里后，我们便开始了艰难的攀登，这坡度比可能达到了 7%。但缓慢的爬升正适合倾听，疾速下山时，呼啸的风声会灌满耳朵。现在刚刚日出，阿尔在前，戴维在后，而我在全神贯注地倾听。

“戴维，听到我之前在约瑟夫通道和你提过的太平洋鹪鹩了吗？这条溪边都是他们，一只接着一只。”

---

* 发现军团（Corps of Discovery）：美国陆军成立的特别部队，由精选的志愿者组成，以梅里韦瑟・刘易斯上尉和威廉・克拉克中尉领导。它是1804年至1806年刘易斯和克拉克远征队的核心构成。——译者注

“没错，还有隐夜鸫和史氏夜鸫。”他朝我喊道。我没挑剔“史氏”的念法不标准——和斯氏很接近了。他有在听，我笑了。

朝阳初升的光线为上山的后半段路染上了红色，而我们走过的前半段路隐在了深绿色中。在沉重的呼吸声和单车碾过路面的声音里，在我们经过的五彩缤纷的奇异景象中，一只红松鼠在左侧的某棵树上叽叽吱吱地叫了起来。斯氏夜鸫的歌向天空升腾，我们也向天空升腾，树也是一样。灯草鹀在四面八方发出各种各样的颤音，坦氏孤鸫从高处洒下甜美且生机勃勃的鸣啭。

右方一首耳熟能详的歌吸引了我的注意，一首二分部歌曲，清甜又缓慢的颤音后跟着更快更低的吱喳声，这是什么歌？黄喉虫森莺？对，肯定是，因为它无与伦比。我们在“欢迎来到爱达荷州”的标识牌边停下来，我迅速查看了指南。没错，考夫曼认同我的意见：“甜美的叠音后跟着更快的颤鸣，***叽游 叽游 叽游 又又又又又又又***。”区域地图也做出了美好的应和，它表明，人们正可以期望在此处，在这爱达荷州的边界上，首遇黄喉虫森莺。

那里有一只褐旋木雀，***咿 咿 唏－哩 咿***，两声高音，两声快速的低音，最后又是高音。一只金冠戴菊，又是这次旅程的一次首遇！他只唱了自己歌曲开场时那一串超高的音符，***唏－唏－唏***，不过这就足够暴露他了。我觉得我能站在树顶把这些音符都喊出来，其实心底深处已经这么做了，不过从外在看，我只是微笑着，挥舞着胳膊，向戴维和阿尔不痛不痒地说了句：“这里有很棒的鸟儿在唱歌。”

标识牌宣告：“进入太平洋时区。”下一个：“洛洛峰顶。”我想象着，1805 年 9 月 13 日，刘易斯和克拉克刚刚走进右侧的树林，越过这道山口往回走。在接下去的那一个星期里，他们克服食物短缺的困境，翻

太平洋鹪鹩
(Pacific wren)：
一位真正的大师
（300，5:01）
对我们这些非鸟的耳朵来说，歌曲以1/4速度播放后尤其让人惊叹
（301，0:32）

黄喉虫森莺
(Nashville warbler)：
在西部前哨站的东部居民：典型的双分部
叽游 叽游 叽游 又又又又又又又
（302，2:34）

越岩脊，穿过落木遍地的密林，他们将面临整个旅程中最艰难最危险的境地。而我们，将沿着整齐的路面滑行下山，沿着世界上最狂野最优美的河流之一骑上之后的100英里。

在蒙大拿和爱达荷分界线的西边，来自这片流域的点滴落水和涓涓溪流很快就汇集成一条轰鸣的河流，我们将疾掠而下，与之相遇。一道彩虹飞越过前方的路面，那是一只雄性黄腹丽唐纳雀，初升的阳光照在我的肩上，也为他红色、橙色和黄色的羽毛映出了辉光。又有一只暗冠蓝鸦，他叫着***祝 祝 祝***，飞得如此之近，以至于我能细细地观察它。冠羽和头部的黑色渐变至腹部的天蓝色，背部泛着灰色，翅膀浓郁的蓝色在每一次拍击中闪耀。在此时的光线里，他光芒四射，甚至闪着斑斓的虹彩。和任何一处繁茂的雨林一样，这里的鸟儿如此多彩，就像是在告诉我们，这里已经不是苦根山的雨影区了。我们一瞬间就掠过了10英里，来到一片西部红侧柏边。这些参天古树笼罩在道路上方，就像在叫嚷着："***这里是西部，***是高到无法丈量的树木之乡，是雪松、红杉、水杉、花旗杉等树木的故乡。"

暗冠蓝鸦

暗冠蓝鸦
(Steller's jay):
他有许多种叫声，为什么现在选了这一种？
（303，1:04）

这里也是珍禽之乡。在这些柏树的深处，有一只杂色鸫在歌唱。我曾在电脑上没完没了地播放这些歌曲，并为之惊叹。我慢速播放，又加速播放，倾听着那些长长的序列，试图理解其整体效果。现在我追踪着他的歌声：第一支歌是高音的蜂鸣音；第二支是更悦耳的低音；第三支又变高了；下一支歌永远是不同的，呈现着鲜明的反差。[1]他只要弄了4支不同的歌，但实际上每一支歌都是二合一，因为他用两个鸣管同时唱两支不同的歌。"试试同时吹口哨和哼唱，"我建议戴维，"那你就能获得这些鸫鸟达到的效果。"我着迷地听着，想到两个世纪前梅里韦瑟·刘易斯也在这附近首次听到并描述这些杂色鸫[2]，这倾听的感觉就更棒了。

我能从胸腔深处感觉到，有一只披肩榛鸡正在路上

杂色鸫
(Varied thrush):
试着简短地同时发出哨音和哼唱，然后转换音高，再次重复（304，10:22）

方的山坡上发出拍击声，虽然很难辨别具体的方向，但并不太远。我打赌他正在一根落木上，当刘易斯和克拉克攀越此处时，有许多这样的落木给他们造成了阻碍。披肩榛鸡在落木上调整着姿势，用尾巴撑住身体，而后光速拍打着翅膀，形成频率极低的微型音爆与能量，比起用耳朵听见，我更能用我的胸腔感觉到它的共鸣。

而频率？是的，我知道它的频率。我几乎可以肯定最先有两声柔和的击打，但太远了，我听不到，接着是 4 声更响亮的拍击，而后逐渐升至每秒超过 20 次拍翅的高潮。接着这拍击声渐渐减弱，高潮前后的起落是对称的。他和家乡新英格兰的披肩榛鸡是一样的，不过我也知道，在爱达荷州的另一边，有一种不同的披肩榛鸡，他们有着完全不同的拍打声。我敢打赌，他们终将被描述为另一个物种。我在不列颠哥伦比亚省的温哥华岛听过他们的声音，但当时并不知道他们的分布区域延伸至东部何处。

披肩榛鸡

在鲍威尔的洛克萨旅馆，我们 3 个人遇见了正推车出来的基思。昨天晚上我们扎营时，基思正在这旅馆里过夜，他的宿营用具依然闲置。“你们会追上我，超过我，就好像我一直站在原地一样。”他离开时这么说，我们之前也听过他这样告别。

在旅馆里等待时，气氛渐渐变得紧张了。戴维想储存食品，因为 66 英里外的洛厄尔没有食物供应，但这里的商店关门了，我们也不确定它什么时候会开。而我想在热量和风变成影响因素之前，趁着早晨优越的骑行条件继续前进。戴维评论道：“你操心的太多了。”阿尔饶有兴致地看着戴维拿出飞盘朝我扔来，想调节一下气氛。我提醒自己，这里有关于食物短缺的历史，路上方就是杀马溪，刘易斯和克拉克在那里被迫杀了一头小马为食。

披肩榛鸡
(Ruffed grouse):
东部种，一声拍击（305，0:17）
两个多小时里 36 声（306，2:02:35）

但由于目前我们的食物充足，阿尔和我达成一致，准备在翻越山口时只依靠车上携带的卡路里，于是我们很快出发了。

半个小时后，我们看到了前方慢慢骑行的基思，他显然是在悠闲地享受着自己的退休生活。我们 3 人密谋组成了一支编队，提高了速度。我们低头猛踩，加速越过了基思，果然就像他是站在路边没动一样。我们慢下来，刹车停住脚，在这位和蔼的英国人骑过来时大笑起来。

我们 4 人一组前进，沿着洛克萨河下山。联邦标识上的“狂野又优美”真是一种保守的陈述，因为狂野的、未被驯服的河水前赴后继地在我们旁边奔流着，持续的湍流永无止境。小支流倾泻着汇入它，而它锐利地凿入此处的峡谷，河水与重力共同在一处持续上升的地面[3]上开凿着它的河床。

下一次停车时，碰到一只狐色雀鹀在河边唱着。鉴于我们是在爱达荷州，他应该属于“石板色”族群，查看田野指南，还有几个不同的种群和他一起被归在“狐色雀鹀”这个通用名下。含糊的哨音和蜂鸣音组成了一支丰润的杂曲，听起来非常像是一只特别有素养的歌带鹀。现在他切换着两首歌，先是这首，接着是另一首，反反复复。其中一首以扑翅翼的***克利－耶!*** 叫声为漂亮的结束，另一首以知更鸟的***啧***声结束，这些尾音是许多狐色雀鹀的典型音符。我听着，期待他唱些别的，但他只迷恋这两首。这真古怪，我想，因为 3 ~ 4 首歌的表演更常见，而且所有的歌都会以某种顺序排列，唱完后从头开始。

继续前进，我又听到了一只新的鸟，开场音符里嗡嗡的音质非常像是我在东部所知的黑喉蓝林莺和黑喉绿林莺。我听到他唱着***滋滋滋叽叽***，3 声蜂鸣音后跟着更高的两声。路边有一只一掠而过，看上去非常像黑喉绿林莺：是一只黄眉林莺。

到了洛厄尔，我们在当地一家饮食店里吃了一大堆派和冰淇淋。之后，基思决定再冲刺 23 英里前往库斯基亚，他会在那里找一家汽车旅馆。戴维、阿尔和我决定不去和渐渐刮起的逆风搏斗，而是高高兴兴地在这里的三河度假村扎营。在这里，洛克萨河和塞尔韦河汇合形成克利尔沃特河，后者最终汇入斯内克河。

当我在河岸上休息时，戴维在河里游泳。一只斑腹矶鹬在河面上摇来晃去，离开时叫着***微微微***。接着我去洗澡，然后和戴维、阿尔一起惬意地吃了一顿晚餐。今天早早上床睡觉。

狐色雀鹀
(Fox sparrow):
石板色的西部种类，像一只特大号的歌带鹀
（307，10:05）

黄眉林莺
(Townsend's warbler):
拥有他那黑喉亲戚的一切蜂鸣音
（308，2:14）

第 26 章　太平洋岛屿接踵而来
PACIFIC ISLANDS INCOMING

第 59 天，7 月 1 日：爱达荷州，洛厄尔至里金斯

据说今天晚些时候会很热，为了避开热浪，我们三人凌晨 3:30 就醒了，并于 4:25 离开了营地。现在离日出还有半个小时左右。因为阿尔先同意了这个计划，所以戴维也高高兴兴地加入了进来。

在离开时，燕子盘旋在营地的路灯灯柱周围，食用那些被通宵的灯光吸引来的昆虫；知更鸟欢唱着，叫着***叽里***；黄林莺似乎在每棵树上宣告着他们的"***祭酒***"，不过每只鸟的活跃程度各不相同。"黄腹丽唐纳雀和林绿霸鹟还在唱黎明之歌，"我向戴维说明，"那里有一份奖赏，那是离开欧扎克斯湖后出现的第一只红眼莺雀。"

在我们骑下克利尔沃特河中段冲凿出的峡谷时，那真是数英里的极乐之路，但在抵达库斯基亚之前，我们进入了另一个领域。我们此刻正沿爱达荷岩基的外缘前行——这块巨大的花岗岩是在北美古大陆边缘的地底形成的，接着于数亿年前抬升至地表。我们前方是一片异

黄林莺
(Yellow warbler)：
爱达荷州邻里的黎明之歌，在强度上差别很大
雄鸟 1（309，11:39）
雄鸟 2（310，2:47）

黄腹丽唐纳雀
(Western tanager)：
吁－俄－依，他开始了。阳光正掠过西部，这是又一个加入黎明歌手超级大合唱的声音（311，4:20）

红眼莺雀
（*Red-eyed vireo*）

域，[1] 那是远古的太平洋岛屿链和远古火山岛屿，当后来的北美板块向西移动时，太平洋板块滑到了它的下方，而这些岛屿就是在那时被刮下来。这些向西延伸的构造包括七魔山那高耸的“压扁的火山”——七魔山山地系统沿地狱峡谷排布，还有东俄勒冈的蓝山和瓦洛厄山，它们全都加入了大陆缓慢的移动过程。若在这些山脉周围徘徊，你能找到源自远古珊瑚礁的石灰岩，还有一些化石，它们不像是产自北美的任何地区，更像是来自热带地区和东南亚。

但此处没有任何直接证据证明所有那些大碰撞曾发生过。不，我们此刻正在库斯基亚附近的典型路堑 * 之中，从上方俯瞰我们的是年轻许多的玄武岩柱，它们仅仅是在 1700 万 ~ 1500 万年前从地表渗出，向西绵延了约 50 英里。熔岩填满了山谷，一直流到其于此地的最东点。熔岩冷却时，便形成了这些黑色的六角形岩柱，它们堆叠在路边和路上，就像是巨型管风琴。在所有这些玄武岩的下方某处，藏着曾位于北美西部的古老海岸线。

6 点刚过，我们来到了克利尔沃特河的南段，温和的顺风一路推着我们，里程飞逝……直至我朝戴维嚷道：“又爆胎了，这次是前轮。”数英里前我们刚刚修了后轮。到目前为止，我们的行路计划进展得很顺利。我卸下我的前轮，用撬胎棒从轮辋上撬出胎圈，卸下内胎，给内胎充一部分气，寻找空气泄漏的地方，好弄清楚爆胎的原因，标出内胎上破漏的位置，把它交给戴维去修理，再检查外胎，好清除任何可能导致爆胎的尖锐物体，把新内胎或之前修好的内胎嵌入外胎，把轮胎重新安置到车轮上，给轮胎充气，再把车轮安回车上。几分钟内，我们又上路了，戴维修好的轮胎则等着在下次爆胎时使用。

当我们爬上一层层的玄武岩，骑出南段河谷时，原野突然间开阔起来。远处的小山顶就像草绿色的小丘，树木只长在有遮蔽的小块区域。肥沃的山丘看上去像是风吹积而成的沙丘，因为它们差不多就是这么形成的，在冰川时期，

---

* 路堑：低于原地面的挖方路基。——译者注

冰水沉积平原上富饶的表面淤泥被吹到了西南边。这起伏的肥沃农田一直延伸到华盛顿州的东南部，长满了优质的小麦和大豆，被称为“帕卢斯”农业区。在万里无云的天空下，红眼莺雀、蟋蟀和蝉唱着歌，我们还知道今天最高温只有 80 华氏多度，并且还有顺风，阿尔总结道：“全都棒极了！”在过去的几天里，他对各种环境条件常常是这么总结的。

我们慢慢地爬升，我确认了黑头白斑翅雀的声音，自科罗拉多州起他们一直陪伴着我们，还有本次旅程新出现的一个声音，那是珠颈斑鹑在远处叫着***耶－啊－和***！我一直很怀念山齿鹑亲切的叫声，最后听到***波－法伊***！还是在密苏里州的普雷里州立公园。

珠颈斑鹑
（California quail）：西部的***耶－啊－和***！代替了东部的***波－法伊***！
（312，2：20）

当我们停下来和约翰聊天时，他正停在一边远眺风景。他自称约翰。“被车座伤得很严重，”他承认道，“不知道我还能不能继续前进。”我们得知他来自马萨诸塞州西部，正在回家路上。我们祝他好运，而后又碰上了其他东行骑手，先是一组 5 个人，之后又碰到一队 4 个人。我们再次停下来，分享故事，大笑，对自己的旅行充满热忱。他们出发有 10 天了，前方还有 60 天左右的行程。我有点儿羡慕他们，但无法想象他们将遭遇的高温和湿度，而且等他们 8 月到达肯塔基和弗吉尼亚时，那里已经没有鸟鸣声了。“你们穿过堪萨斯时真是被风吹到西边来的？”——他们都觉得这难以置信，而且想到他们可能要和逆风搏斗，而不是乘着盛行西风带穿过大草原，便心烦意乱。

我们在格兰吉维找到了基思，4 个人一起在一家小馆子里吃了热狗，喝了柠檬水，注意到这家馆子为独立日装饰着花彩。出城后，我遭遇了今天第四次爆胎。

出格兰吉维一小时后，我们上一秒还在费劲地爬坡，下一秒突然发现自己已经处于世界之巅，并且兴高采烈地看到了一个骑手最愿意看到的景象之一：一块警示卡车司机的标识牌，提示说长长的下坡坡度达到 7%。左侧的山谷深度超过了 1000 英尺，随后我们往下骑 7 英里，在高度上就坠落了半英里。不过我们在山顶的白鸟峡谷战役[2]纪念遗址停了一会儿。

1877 年 6 月 17 日，美国军队和内兹珀斯人的第一次战役就发生在这里，后者的领袖是白鸟和约瑟夫酋长。当时为了给淘金者腾地方，内兹珀斯人的保留地被缩小了 90%，而美国军队竟敢反对这项决议。在和平谈判期间，白旗还在飘扬，美国志愿兵就开火了。军队的死亡人数迅速上升到了 34 人，而内兹珀斯人的死亡人数为 0。他们继续沿我们所抵达的这条路线逃亡，沿洛克萨河而上，翻过洛洛山口，爬上苦根谷，越过约瑟夫通道，7 周后，到了他们即将与军队再次发生冲突的地方，也就是蒙大拿的比格霍尔战场，我们 3 天前刚路过那里。约瑟夫酋长最后投降了，他宣布："我累了。我的心厌烦又悲伤。自太阳停驻的此刻起，我将永不再战斗。"（白鸟带着另外约 100 人逃到了加拿大。）当我们静静地反思自己在历史中的集体角色时，一只孤独的白腹蓝彩鹀在附近唱着歌。

回到单车上，我们检查了刹车，确保它们都是完好的。接着牢牢把住车把手，让重力为我们加速至每小时 30 英里，而后是 40 英里。路上只有温和的转弯，没有发夹弯道，也就没有理由刹车。一眨眼间，我们就已经来到了萨蒙河边，朝着河上的筏夫挥手。他们顺流而下往北去，而我们逆流而上，朝里金斯骑去。

白腹蓝彩鹀
(Lazuli bunting):
比靛蓝彩鹀唱得更匆忙更尖锐，但同样恒久地贯穿白日
（313，2:16）

中午的鸟儿们是安静的，但峡谷的风景令人惊艳，其地质结构更让人叹为观止。萨蒙河在数百英尺有着 1500 万年历史的火山玄武岩间穿凿而过，冲开了下方还要古老得多的岩石，暴露出约一亿年前加入大陆的那些海上岛屿被挤压的残骸。露西镇附近的路堑穿过了黑色的岛屿板岩，当这些太平洋岛屿在北美大陆的深海槽中被挤碎时，原本漂亮的岩层被毁坏了。在露西镇南边，我向戴维指出："那些石灰岩是两亿多年前太平洋热带岛屿周围的珊瑚礁形成的，里面的化石和东南亚的化石很像。它们沉积在这里之前，走过了很长的距离。我在书里看到过。"

沿着萨蒙河一路逆流而上，温和的顺风始终推着我们。我们捎上了第五位

骑手斯蒂芬，他有一撇山羊胡和一脸微笑。他用信用卡为自己横穿全国的旅程提供经费，做服务员来赚取零碎贴补。我们排成一路纵队，像火车一样逆流前往里金斯，像一支人数越来越多的威利·纳尔逊流浪乐队，用单车奏响音乐，而那些招手的筏夫飘浮着向下而去，也用他们自己的筏子制造音乐。

傍晚时我们到达里金斯，饥肠辘辘，但是喜气洋洋。吃了一顿快餐，又买了点儿食物后，阿尔、戴维和我前往宿营地，而基思和斯蒂芬与我们分开，去了他们选择的过夜地点。作为游泳冠军，戴维去和萨蒙河较量了，我则满足于一次乏味的淋浴。

在河水的咆哮声中，我们结束了这一天，爬进了帐篷，回顾我们穿越的这非凡原野的旅程。在渐渐沉入梦境时，我试图欣赏这宏伟的景象——萨蒙河由此向北流去，与西边仅 13 英里外的地狱峡谷里的斯内克河平行，在两条河流中间升起的，是以七魔山形态存在的古太平洋岛屿。我们正在太平洋古海岸线的某处入眠。

第 60 天，7 月 2 日：爱达荷州，里金斯到剑桥城

黎明时分，在黄林莺和林绿霸鹟的歌声里，在河水的咆哮声和风的呼啸声中，我站在河对面的岩崖上，我发誓我听到了一只墨西哥鹪鹩的歌。依次延长的哨鸣声，瀑布般倾落……但仅此一次，也许只是我想象出来的，因为我一直在努力寻找他们。

我们今天没有什么详细计划，收拾好行李就出发了。路上遇到阿尔和斯蒂芬的单车停在一家本地饭店外面，于是我们走进去告别，像平常一样确信我们将在前方相见，这几乎是肯定的事。基思就在城外一间公用电话亭里向英国故乡发电邮。我向他喊道："你会追上我们，超过我们，就好像我们一直站在原地一样。"

他的确这么做了。躺在路上的珠颈斑鹑止住了我的车。他真华美，就像一

个由灰色、黑色、白色、锈色和其他各种颜色组成的研究课题，从昨天起我们一直听到的***耶–啊–和***！就是他们这一族的歌。他侧躺着，头拧向下方，逗号状的黑色冠毛搭在路面上。我端详着他，墨黑的脸上有显眼的白边，头顶混合着褐色、黑色和浅黄色，颈部背面的羽毛上有细鳞状的花纹，腹部的花纹大一些，两侧是浓郁的褐色和白色条纹，胸膛和背部是优美的灰色。和其他那些数量过多的路毙动物一样，我把他安置到了路边的草丛里。

珠颈斑鹑
（*California quail*）

穿过小萨蒙河凿出的山谷，我们欣赏着荒僻的山坡，还有裸露的路堑——它们都包含着证据，证明那些曾远在海外的古老岛屿的存在。在离开里金斯约 5 英里时，路堑中开始露出闪亮的暗绿色石面，那是海岭下方深处形成的蛇纹岩，地质动乱使它们被挤压滑动，不知怎么地就挤开岩石结构暴露在了表面。而我一直在等待的墨西哥鹪鹩唱起歌来，令这些古老的石面更加熠熠生辉，他们的哨鸣声向我们倾泻而下。“戴维！墨西哥鹪鹩，总算听到了！”

墨西哥鹪鹩
（Canyon wren）：
哨鸣音组成的精美流瀑，让人渴求更多
（314，5:07）

越过派恩赫斯特后，我们追上了基思。现在我们骑行在宏伟的西黄松间，被各种熟悉的鸟类包围：黄腹丽唐纳雀……西林绿霸鹟……歌莺雀……白腹蓝彩鹀……斑唧鹀……黄腰林莺……岩鹪鹩……还有更多墨西哥鹪鹩。

“玻璃！”基思在前头喊道，警示着路上的障碍，也惊醒了我。我下意识看后视镜，后面一辆车也没有，于是我转向左边，避开了一个破酒瓶的褐色碎片。

在沿着奔腾翻涌的小萨蒙河逆流而上近 30 英里后，我们出了密林，进入一个渐宽的山谷，这是新梅多斯镇的乡野。路边的湿地上到处是鸟，这使路面成了一个死亡地带。我的后轮上一定贴了一张便条，写着“我为路毙动物刹车”，一只又一只的鸟儿让我停下来仔细观察。很快，一小群更漂亮的标本驻扎进了我左后方的驮篮里，与我一起旅行，这只是精选的一小部分，还有许多压扁轧坏的被留在了身后。

离开新梅多斯后，我们翻越一道山脊，来到韦泽河和塔马拉克镇，整个镇就好像只由一座巨大的锯木厂组成。只稍稍打听一下就能知道，他们的产品里有一些我最喜欢的树种，包括西黄松、花旗松、白冷杉、恩格曼云杉和西部落叶松（或称塔马拉克，镇名由此而来）。从这里就能略知附近森林的构成。

“只有 42 英里就到剑桥了，戴维。如果我们努力一点，就能在 5 点到达，你还有时间收邮件。”他表示完全同意，因为他有不少朋友。至于我的邮件，我还在完全戒断它的状态中，就想消失一整个夏天，看看那是什么感觉。隐身近两个月，感觉真是非常棒，而且我越来越意识到我的大学学术生涯正处于某种充满快乐的危险境地。

在离康瑟尔还很远的地方，森林就渐渐让位给了开阔的原野，现在我们能更清楚地看到自己身处何地了。往东去 10 ~ 15 英里外是西山，它属于旧大陆西缘花岗岩爱达荷岩基的一部分。右侧靠后的是火山系统七魔山的高峰，它们是从太平洋上被卷进大陆的岛屿。我们再度行进在了年轻得多的玄武岩上，它们是大约 1500 万年前从哥伦比亚高原地表渗出来的。存在于约 1 亿年前的古北美海岸线，则埋在这些玄武岩下，就在我们轮胎下方的某个深处。

我们爬上叫作梅萨的镇子，然后转向西面，很快又沿着小韦泽河苍翠的河谷前进，它一路流向剑桥，而温和的顺风将我们吹进了城。在戴维收完邮件后，我们住进了巴基旅馆。斯蒂芬很快也来了，基思稍后出现，他说道：“阿尔留在康瑟尔了，不过他希望我提醒你们，记得我们 5 个人要在贝克城开一个独立日派对。”对此我们都表示赞同。

戴维前往图书馆使用网络，我买了一点儿明天需要的食物，又瘫回了旅店。昨天是艰辛的一天，我们在热浪中骑了 90 多英里，而今天艰辛的 80 多英里是在更热的天气里完成的。我很感激我顽强的跟腱，虽然我的小腿也恢复了，但我们还是把自己逼得太紧了一点。我们明天的计划已经调整到了仅仅 40 英里，目的地是地狱峡谷深处。

在渐渐变暗的天光里，我振作精神核查了我的伙伴们，那些非人类的旅伴。我把它们从驮篮里拿出来，从小到大将它们摆在后行李架上。一只黑顶山雀，黑色的头顶和领巾，白色的双颊，曾经如此古怪又如此，对，如此可爱。

一只黄林莺，雄性，胸前有灿烂的阳光和铁红色的条纹。一只刚会飞的红翅黑鹂，圆滚滚的，褐色，刚刚离巢，夭折的生命。一只布氏拟鹂，腹部是明亮的焦橙色，黑色的喉部和头顶，翅膀上有白色的大斑。一只鹬，偏褐色的羽毛在活着时是极好的伪装，上方有极明显的条纹，令人印象深刻的长喙。一只黑脸田鸡，活着时生活得极其隐蔽，现在暴露在外，尾部粗短，长长的脚趾适合在沼泽里行走，两侧是黑色、白色和深褐色的条纹，在黑色的脸和喉部映衬下，黄色的短喙显得特别鲜亮。我再次端详了它们，试着回想每一种鸟鲜活的鸣声，然后到旅店后面得体地安葬了它们。

现已沉寂的声音

黑顶山雀
(Black-capped chickadee):
如此简单，如此美妙的***嘿 - 衣羽***
（315，0:38）

黄林莺
(Yellow warbler):
祭我美酒之歌
（316，5:55）

红翅黑鹂
(Red-winged blackbird):
活力四射的雄鸟以本地方言叫着
（317，9:06）

布氏拟鹂
(Bullock' s oriole):
吱喳声和歌
（318，2:17）

威氏鹬
(Wilson' s snipe):
地面的叫声（319，5:02）
空中的振翅声（320，1:57）

黑脸田鸡 (Sora):
嘶声（321，0:22）
羽 - 啊（322，6:00）

第 61 天，7 月 3 日：爱达荷州剑桥，至地狱峡谷

我们在早上过去一半时才悠闲地出发，出城后，我们将沿着松溪往西北方骑 17 英里，往上爬大约 1500 英尺，然后再下行进入峡谷。一路行去，在繁茂

的溪滨植被上，山坡渐渐变成干燥的褐色，一如天空湛蓝的程度。天气已经很热了。

“不知道他们为什么叫它地狱峡谷。”我朝后面的戴维喊道。

“你会知道原因的。”这个简短的答案不是来自戴维，而是来自一个女人，她正在往一条绳子上挂衣服，她家离路面有整整 50 码远。风声和马路的噪声充斥着我们的耳朵，我们很难听清彼此的话，却忘了一路上别人会怎么听到我们的声音。

听到了将与“地狱”会面的保证后，我开始品味沿河传来的异常丰富的鸟鸣声。两种王霸鹟都有，漂亮地唱出了两者的对比；草蜢沙鹀自堪萨斯州后首次亮相；还有棕夜鸫和猫鹊——能在溪边听到我以为是“东部种类”的鸟类，这真是太棒了。

常驻队员们也都在这儿，它们不出预料地分布在沿溪茂密的草木和森林里：低处是黄林莺、歌带鹀和斑唧鹀；树木高处是歌莺雀、西林绿霸鹟和黑头白斑翅雀；到处都是红翅黑鹂。在松溪渐渐变细的这一路上，这些鸟儿的领域像珠串一样连绵堆叠，在主要栖息地中，每一英里可能都有 30 ~ 40 只黄林莺领地相连。

间或还有红翅扑翅鴷的***克利－耶***叫声、珠颈斑鹑的***耶－啊－和***、黄胸大鹡莺的***呜呜呼呼咻咻***和***吱吱***、牛鹂的飞行哨鸣、美洲金翅雀的飞行鸣声***不－气－我－哩***、路边哀鸽振翅的声音，以及家燕轻掠过的声音。一只单身布氏雀鹀在蒿草丛面上唱着他简单的日间之歌。

听到老朋友声音的欣喜

棕夜鸫
（Veery）：
维伊的叫声和***维伊***之歌
（323，2:46）

灰猫嘲鸫
（Gray catbird）：
非同一般的模仿
（324，4:25）

黑头白斑翅雀
（Black-headed grosbeak），
歌莺雀
（warbling vireo）：
莺雀急促的匆忙，斑翅雀优美的丰润
（325，2:33）

哀鸽
（Mourning dove）：
发出哨声的翅膀
（还有西丛鸦）
（326，1:05）

路上限速40英里每小时，我按照开车的习惯检查了我的里程计——每小时7.9英里。没有违章。而且，在这宁静的空气里，没有一片草叶被掀动，因此我还有时速7.9英里的风吹在我脸上。

很快我们便向下滑行，穿过一道侧谷，它被冲凿出了层层叠叠的哥伦比亚河玄武岩群。虽然我们没走多少英里，就水平而言下落了2000英尺，最后来到了斯内河边，在提顿山脉时，杰克逊洞的水也正是汇入了这条河中。或者说，至少它在这里曾经是一条河，因为它现在被筑堤拦成了布朗利水库。密密匝匝的六角形玄武岩柱直接在路边向上堆叠，在近午的热浪里，只有白腹蓝彩鹀一只又一只地沿路唱歌。

一阵微风在背后吹着，我们轻轻松松地在水库边骑行。云朵限制着温度，使之停留在可以忍受的85华氏度左右，我们还遇到一场意外的阵雨。在布朗利水坝，我们翻到了俄勒冈那一边。在俄勒冈路面上方的玄武岩上，一小群野山羊站在那里放哨，于是我们不再彼此谈天，也不再和它们谈天。

下午还早时，我们已经住进了营地最后一处空位，在这个假日周末，这真的需要一点儿运气。相比于周围这些巨大的房车，我们的小帐篷就像是小矮人一样。戴维很快就去河里游泳了，而我在附近一棵树下丰茂的绿草地上打瞌睡。下方，斯内克河凿开了较年轻的玄武岩，暴露出了那些古老的太平洋岛

屿。我想象自己正躺在一棵热带岛屿的棕榈树下，海浪舔着海岸，多彩的鱼儿正在远处的珊瑚礁间游来游去。

过了一会儿，我们的邻居过来与我交流。“你们从哪里出发的？”“弗吉尼亚。”这是我们的标准答案。“你们要去哪儿？”“俄勒冈，哦不对，等等，我们已经在这儿了。去太平洋。我们正要去太平洋。”对于这种最常被问到的问题，我们需要经常根据情况校对答案。

我们也问他关于“露营”的事情：“在‘美国梦’里宿营是什么感觉？”他的回答里用了许多最高级的词。“它们开起来怎么样？”这个年长的矮个子男人的答案里有些类似于“只要对准路面”之类的话，在单车骑手听来真是太吓人了。“如果不能充电的话，你的电池能用多久？”他绝不会在没电路的地方扎营，因为他曾经那么将就过。

今日的晚餐很早，7 点时我就已经在帐篷里了，身体渴望获得必需的休息，好在明天能拥有翻出峡谷并骑行 80 多英里至贝克城的体力。还有一个半小时才日落，知更鸟和黄林莺在唱歌，我透过帐篷的网眼看着燕子上下翻飞。为了与地狱峡谷和俄勒冈进行更亲密的接触，戴维决定今晚要睡在外面的草地上。

第 27 章　攀上俄勒冈
ASCENDING INTO OREGON

第 62 天，7 月 4 日：俄勒冈州，地狱峡谷至贝克城

现在我们已经在太平洋时区了，日出突然比之前“早了”一个小时。凌晨 3 点，营地里安静得可怕，静悄悄吃早餐的我们感觉是唯一的生命迹象。

4 点刚过，离日出还有一个小时，夜鹰在头顶持续地叫着*比*音，发着轰隆声；知更鸟刚刚入场；而我们已经整装待发，慢慢地骑出了营地。我情绪高涨，因为今天我们将攀上俄勒冈。我在脑海中梳理着理由：俄勒冈是家乡，因为 1968—1972 年我在这里读研究生，那时戴维还没出生；现在，我们正骑在单车上，尤其是我和儿子一起；太平洋，那深蓝色的海水，那拍在岩岬上泛着白沫的巨浪，都等着我们去“发现”；还有西部鸟类——这将是我们正在了解的所有西部珍禽的最后狂欢。那是对一切美好事物的期待，绝不仅仅是穿越一片特别的风景或对它的形成稍加了解。[1]

在离现在不怎么久远的地质时代，我们身处之地应该已是一片海洋，因为现在称为俄勒冈的地区并不存在于当时的大陆西缘。根据州内最古老的岩石记载，俄勒冈的故事是从约 4 亿年前开始的，如果我取约数为 3.65 亿，我就可以想象将俄勒冈的全部历史压缩进一年 365 天的时间，从 1 月到 12 月，将实际发生的事件加快 100 万倍来飞掠过一整年。

在 1 月（事实上是在前一年的 12 月），远离海岸的洋面上形成了古老的火山岛屿，包括珊瑚礁和沙滩，那海岸最终将成为未来北美的海岸线。随着时间推移，从 1 月到 2 月，以及整个 8 月，这片海域开始挤满了岛屿，它们很像现在印度尼西亚、新西兰、日本的岛屿，又或阿留申群岛那样的弧形列岛。在 6 月和 7 月，随着一整块巨大的超级联合古陆的解体，现在的大陆轮廓开始渐渐成形。在 8 月和 9 月（约距今 1.5 亿 ~ 9000 万年），北美板块在太平洋板块上向西移动，这些岛屿系统中的许多岛被刮下地壳，汇入了北美。这些远古岛屿存在的证据，就藏在俄勒冈全境山脉顶端、内里、下方的火山岩，沙滩化石和珊瑚礁中，以及那渐渐西移的化石海岸线中。

到了 10 月末，由于一颗巨大的流星击中了地球，恐龙消失了，而后我们哺乳动物开始崛起。11 月初，俄勒冈的第一批本土火山进入活跃期，再过几天，我们就将在米切尔附近于这些火山的残骸间骑行。到了 11 月末，一系列壮观的火山山脉出现了，那是西喀斯喀特山脉，现在它们已经被侵蚀变矮了，位于如今称为喀斯喀特山脉的西部，后者升起的时间要晚很多。

将实际速度提高 100 万倍后，12 月的后半个月就如蹑景追飞。16 日和 17 日，在俄勒冈的东北部远端，岩浆从 10 ~ 25 英里长的裂缝中迸发而出，先是填满了山谷，接着用深达 3 英里的玄武岩层抚平了地表，自爱达荷州的库斯基亚起，我们就一直在这些玄武岩的上方、中间和下方骑行。12 月 20 日，“盆岭省”开始出现断层，从 27 日到 29 日，在俄勒冈东南部和爱达荷附近，形成了一个巨大的湖泊，它叫爱达荷湖，比现存的伊利湖更大。30 日初，这个湖泊在北部找到了一个出口，接着，在午夜之前，现在称为斯内克河的河流凿开了地狱峡谷的大部分。

12 月 31 日初，紧贴着被侵蚀的西喀斯喀特山脉的东边，形成了一排新的火山，我们熟悉的喀斯喀特山脉的胡德山、杰斐逊山、华盛顿山等山峰就此升起。在午夜之前的那一个小时里，更新世冰期渐渐终结，但在终结之前，大洪水已肆虐蹂躏过地表。将冰河期的米苏拉湖堵在西蒙大拿（以及我们骑过的苦根谷中）的冰坝再三后撤又重塑，哥伦比亚河流域被洪水冲刷了大约 40 次。

邦纳维尔湖（如今犹他州的大盐湖就是它残留下的小水洼）突然间从地狱峡谷往北一路后撤。到了晚上 11:50（就是 6580 年前），人类刚到达北美还没多久，马札马火山爆发了，并留下了火山口湖。离午夜还有一分钟时，似乎要提醒人们俄勒冈还是一项未完成的作业，马更些山口附近的火山口渗出了岩浆，我们之后将翻越喀斯喀特山脉的这个山口。

在这个加速了 100 万倍的过程里，数不清的岛屿以大约每小时 15 英尺、即每分钟 3 英寸的宇宙速度纷纷靠岸。[2] 大型岛屿和次大陆与北美大陆相碰撞，一块巨大稳固的陆地与另一块相会，整个州颤抖着、震动着、起伏着；山川粉碎了，再以种种方式折叠或倾斜。火山山脉一夜间出现，整条山岭、整个峡谷、广袤的湖泊在地质时间的一眨眼间形成又消失。对，这里是俄勒冈，它的地表如此鲜活，我甚至能感觉到它在我下方呼吸。

一切都很好，并且会越来越好，我对自己这么说着，毫不费力地向上飘浮，离开峡谷，下方翻涌的松溪边到处是唱歌的鸟儿，上方宏伟的北美黄松高耸入天。我们缓缓地进入黎明，黑暗让位给了灰色。溪流边是一只接一只的唧鹀，每一只都迅速切换着两三首不同的歌；黄林莺在歌与歌间吱吱尖叫，每一只歌带鹀都在迅猛推进自己曲库中不同的歌曲；黄腹丽唐纳雀犹犹豫豫地喷吐着黎明的音符，他们唱得极其缓慢，然后停下来唱一声***吁－俄－依***；还有白腹蓝彩鹀——刚刚那一只多古怪啊，他好像唱的大都是黄林莺的歌，但结尾又无疑是他们自己的短句。这就是做一只鸣禽要冒的风险，因为他们必须去学习别人的歌，这是很危险的，有时候就难免学到了错误的歌。我在飞翔，轮子几乎没有碰到地面，这里离贝克城只有 70 英里了。

戴维在我前方大约 200 码处，感觉他的指示是：“别和我说话，待在后面。”所以当他停车时，我就停车，当他向前骑时，我就跟随，一直保持着一定距离。因为戴维的睡垫昨晚坏了，所以他不得不睡在硬地板上，导致整晚失眠。而且现在时间真是太早了，见鬼！可能来点儿咖啡因会有所帮助，比如第二顿早餐。我对自己说，要有耐性。

歌带鹀
(Song sparrow)：
来自地狱峡谷，共有 6 支不同的歌（327，9:43）

来自地狱的更多歌：

黄胸大鹡莺
(Yellow-breasted chat):
在黑暗中，传来令人迷惑的歌曲大杂烩
（328，11:04）

岩鹪鹩
(Rock wren):
在 11 支不同的歌间飞跃，中间还有白腹蓝彩鹀的歌
（329，2:03）

卡氏珀卡雀鹀
(Cassin' s sparrow):
又一位组曲歌手，和他的亲戚“孤绿鹃”一样
（330，3:16）

我听着，那飘浮在下方溪边黄胸大鹡莺古怪的鸣声里……还有绿霸鹟的黎明之歌……夜鹰在头顶又是叫又是轰鸣……一只乌鸦在远方呱呱叫着……一只金翅雀飞过，边飞边叫……丽唐纳雀、知更鸟、拟鹂和霸鹟……一只岩鹪鹩和一只墨西哥鹪鹩肩并肩在右侧的崖面上唱着。鹪鹩的歌声总能让我沉醉，我用了大部分人生研究他们，而这两只属于其中最优秀的等级。墨西哥鹪鹩以一组精致的模式不停地重复一串极其美丽的降调哨鸣，最后又换了另一种模式。他能掌控的歌曲也许有五六首，但似乎没人能确定这一点，因为还没有人听完一只墨西哥鹪鹩所有的歌。岩鹪鹩在黎明时尤其疯狂，他不停地变换歌曲模式，唱着一连串混杂的、反差巨大的歌曲。我知道他能唱 100 首以上不同的歌，因为我研究过他们。自鹪鹩的祖先开始，他们选择了多么卓尔不群的歌唱道路，我们几乎可以肯定，这在很大程度上是因为每一族系的雌鸟都要求孩子的父亲以特定的方式歌唱。是的，阿尔会说“全都棒极了”。不过这个早晨真的特别棒。

还有莺雀们！一路来我听到了足够多歌莺雀和红眼莺雀熟悉的歌，但现在有一位新成员在歌唱，像是一只声音嘶哑的红眼莺雀。我推断：“一定是只卡氏珀卡雀鹀。”我在他身边停下来，很快就确定他是以组曲的形式在唱歌。他要弄着曲库里某几支歌组成的组曲，之后再换成另一组。他的两位近亲——蓝头莺雀和铅色莺雀——也是如此，他们三者从前都被称为“孤绿鹃”。这三种鸟类无疑与他们的莺雀祖先有相同的歌唱风格。感觉能找到他们歌唱的某些规律真好。

5:27，我转头欣赏那红色的朝阳，它正从地狱峡谷那一侧的七魔山巅升起。

七魔山是在远海诞生的，在许多年前又由“我们的”北美大陆接收，在1500万年前被玄武岩覆盖。之后，斯内克河在其西侧凿出了深沟，萨蒙河在东侧如法炮制，于是下方卸去重担的地壳就像港口里一条卸了货的船[3]，将七魔山向天空举起。

半个小时后，在离哈夫韦仅5英里处，我停下来和路边草地上的马说话。这13匹马站在那里干瞪着眼，仿佛在询问，在疑惑路边这野兽究竟是什么。“嘿马儿，你们怎么样？你们全部都好美。真幸运呀，住在这么棒的地方——生活真美妙，嗯。”它们礼貌地听着我的个人独白，但在我发出自己最棒的马嘶声时，它们全速冲到了草地的那一头。我总结道，这些生物比蒙大拿那些没脑子的乌鸦聪明多了。

西王霸鹟
兄弟姐妹

西王霸鹟
(Western kingbird)：
这些鸣声不是习得性的，
而是由基因指导
（331，4：39）

西王霸鹟——右侧有一整个家庭，一共6只，其中4只幼鸟一起窝在一根裸露的枯枝上，两只成鸟在附近飞着。幼鸟们看起来已经和成鸟一样了，鸣声和吱喳声也一样。这些霸鹟的历史的迷人程度不输于这些山岭的历史，鸣禽的族系和霸鹟的族系大概是在多少万年前分离的，也许是5000万年前？霸鹟可能保留了祖先的歌曲发展模式：将成鸟鸣叫的基本形式直接编码在基因里，一点儿漏洞也不留。鸣禽们则说，不，他们重塑自己的大脑和鸣管，以便彼此模仿复杂的歌曲。当我继续上路时，周围的所有声音都在诉说这两条进化道路的伟大故事。

经过戴维身边时，我们只是简单交流了意见，并一致同意在哈夫韦的第一家饭店碰头。到了那里后，我把单车停在一扇窗户外面，这样就能从里头看着它。接着我进了饭店，选了一张两人桌。戴维到了后，把他的单车停在了我的单车旁边，然后越过我，坐在了隔壁座。我慢慢地嚼着煎饼，最后还喝了点咖啡……一个小时后，戴维从那一头精神饱满地出现，期待着出发。我笑了，把那些不必要讲的话都咽了下去。

当我们翻出哈夫韦周围丰饶的山谷时，地表开始变得干燥，而鸟鸣声也证实了这一点。蒿草丛中传出了一些细小的片段，那是草地鹨、高山弯嘴嘲鸫和栗肩雀鹀，之前那些森林鸟类都消失了。在离开哈夫韦 6 英里后，我们攀上了一道上千英尺高的山脊。回头望去，地狱峡谷的景色令人惊叹，它北面由瓦洛厄山脉围截，南面是低矮的荒原，西面这一边则是遥远的埃尔克霍恩山。在这独立日早上的 9 点，这片高地荒漠的山口顶端，万籁俱寂。我努力倾听，不管是什么声音哪怕是微风搅动空气的声音……在很远的某处，传来了某只单身西草地鹨长笛般的哨鸣，那声音几不可闻。

我们下行进入里奇兰的路如飞而过，大约 6% 的坡度延续了 5 英里。我们这就损失了自地狱峡谷起努力攀爬获得的所有海拔，因为里奇兰这个低处的绿洲位于一处水岸上，水后方通着一道峡谷，而峡谷直接通向地狱峡谷的布朗利水库。在补足了物资后，我们再次向西前进，期望能在黄昏时抵达贝克城，与我们的朋友们一起欣赏焰火。

“崖沙燕，”我设法在正午 95 华氏度的高温里向戴维指出目标，“虽然他们在全国各地都出现过，但这是我们看到的第一个群落。他们所有的巢都建在右边的沙岸上，看到了吗？再看看死在路上的这些。真凄惨……他们胸前横着一

道暗色的项圈，腹下则全是白色，这是典型的崖沙燕。”

我们很快再次骑到了俄勒冈小道的边上，路下面的蒿草丛里还能看见货车的车辙印。看到右边的一座山丘上就有一辆大篷车，我们试图想象自己乘着这样的交通工具横穿整个国家。又过了1英里后就是俄勒冈小道解说中心，它坐落在几百英尺高的旗杆山上。在脱水、力竭、中暑这种种状态下，我鼓励戴维进去参观，而我就歇在山脚下入口处一座小建筑的阴影下面。半小时后我去和他会合了，因为一个慷慨和蔼的人看到我瘫在人行道上，便提出用他的皮卡带我到山顶。

我走在大小的展览品中听到一位失去孩子的母亲的声音，读着那些艰难困苦和片刻的欢乐，有一个展览品尤其让我觉得震撼：“如果你已经超过了55岁。”我读着这行字，你已经太老了，不适合这样的旅程——这是一次残酷的旅行，10个人里就要死1个。今天，高温让我过得如此艰难，所以我很容易就认可了这条建议，尤其是因为3天后就是我57岁的生日。我无比谦卑——我在铺面道路上骑着自行车，沿路到处都可以买到食物和水；但是，在比这困难无数倍的条件下，开拓者们从密苏里州出发，平均要花6个月时间才能走完全程。

晚饭后，戴维和我在酒吧里与朋友们会合。

斯蒂芬问：“你们能相信吗，我们7月4日来到这贝克城，而这座城是全国唯一一座今晚不放烟花的城？”于是我们全都抱怨起来。

阿尔问：“你们看到城外路边那些死鸟了吗？”

“鸟？”戴维啜了一口啤酒，回应道，“那些是崖沙燕，可以辨认他们的标志是筑在岸上的巢，还有胸前暗色的横带。美洲燕就不一样，他们的巢大多筑在桥下，头上就好像戴了一顶小矿工帽。肯定也和家燕不同，家燕有分叉的长尾、锈色的喉部和可爱的歌曲。你们肯定不知道紫崖燕也是燕子，那些暗色的大鸟——那是雄鸟，雌鸟的颜色要亮一点点——他们把巢筑在人类房子边的鸟类公寓和挂起的葫芦里，你们肯定想不到一个紫崖燕群落里会发生什么事。然后还有树燕和激绿树燕……”

不知道是在哪个点上，阿尔、基思和斯蒂芬的狂笑声压过了他的声音，因为他们看到了戴维脸上渐渐扩大的笑容，意识到他是在模仿我，同时叙述着他在这次旅程中消化的一切知识。“对，戴维有在听，而且都听进去了。”我一边想着，一边和他们一起大笑起来。“不过，戴维，”我纠正他，“那些不是激绿树燕，是紫绿树燕，如果你在正确的光线角度下观察……”他们压根儿就不让我说完这个关键点。

第 64 天，7 月 6 日：俄勒冈，贝克城至迪克西山口

5:07，我们站在旅店停车场里，准备离开。我的头痛症状依然没有消退，甚至有点儿反胃感觉，但我想尽力克服它。两天前，从地狱峡谷到贝克城，我们在车座上度过了 7 个半小时，在下午的高温里，这时间还是太长了。整个晚上我都觉得又冷又想吐，昨天我都尽可能待在床上，睡觉、休息、想点积极的事。戴维把时间花在网络、购物、递送食物和锻炼耐性上，他还偶尔提醒我“你只是老了”。不过他还是再次控诉我因不想回家所以想让旅程延长一点。

我们今天会把行程缩短一点。虽然太阳还没升起，但气温已经升上来了。迪克西峰离此只有大约 60 英里，我们计划在那里的高海拔上扎营度过一夜。旅店边的灌木丛里有一大群吵闹的麻雀欢乐地为我们送别，路对面一只小乌鸦在哼哼唧唧叫着要吃的，在这些声音里，我们出发了，沿街穿过了一个渐渐醒来的贝克城。

麻雀
(House sparrows)：叽叽喳喳，整个大陆每个城市的街道上到处都是
（332，1:38）

出城后，我们骑行穿过苍翠的鲍恩谷，灌溉系统冲洗着整个山谷，太阳红色的光辉点亮了西面埃尔克霍恩山的山巅。沿路都是意料中的歌声，我逐个辨认他们，黄林莺、歌带鹀、柳纹霸鹟、红翅黑鹂、扑翅的鹬鸟，甚至还有一些稀树草鹀——我们有一阵子没听到他们的声音了。但最

吸引我的还是沿路间或出现的椋鸟。这些模仿家能告诉我们，我们都漏掉了什么，我惊愕地听到他们宣布了北美鹨、杓鹬和双领鸻的存在，还有沙丘鹤的号鸣声，这些全都是从这山谷里的西部鸟类中挑选出来的。

现在阳光一往无前地朝我们涌来，只为照亮菲利普斯湖水库沿线的北美黄松。相比于其他波长，太阳的红光在穿越黎明的大气时能最完好地走过漫长的旅途。优美的深绿色长松针从枝条上垂下来，松树上红色和绿色的辉光映衬着深蓝色的天空。渡鸦呱呱咯咯地叫着，催促着我，要我在下一世轮回为一只渡鸦时，一定要来这些松树间生活。

在保德河康乐场地入口处繁茂的林下植物边，我们短暂地休息了一会儿。一只棕煌蜂鸟掠过附近的花丛，这名字多应景啊，尤其是在这晨光之中——我注意到了少量的绿色，但最抢眼的是红色，背部和尾部，尤其在咽喉部，那道颈纹的角度使它恰好就像一盏红色强光前灯。一只林绿霸鹟落在了我们身边，这是一次罕见的盛情款待，无论是东林绿霸鹟还是西林绿霸鹟，在整个旅途中，我们是头一次看见他——深深浅浅的橄榄绿和灰色，腹下颜色较浅，翅膀上有两道隐约的白色横纹。还有一声***呼叽依***。黎明的景象和音响真是太丰饶了。

欧洲椋鸟
(European starling):
令人惊艳的模仿家，甚至能同时模仿两种不同的鸟！
（333，0:45）

一只像狗那么大的小鹿躺在路上，它失去了生命，但还很完整。在一只丽唐纳雀的歌声和一只吸汁啄木鸟啄木的声音里，我轻轻地抓住它的一条腿，把这带斑点的尸体拉到了沟渠里。

“当自然呼唤时，微风将变成鸟鸣声的交响曲。”路边的标识牌这么写着，而戴维把它大声念了出来，他还假装兴奋地念着我们将可能听到的鸟类清单。接着，“湖泊、沼泽、灌木、森林形成了一片富饶又多样的栖息地……”但令人难过的是，我们身边很快就出现了一程复一程高高堆起的尾矿残渣，它们是曾在这山谷中挖掘淘金的巨型采矿船留下的。看上去整个山谷都被翻掘筛选过，而后又被倾倒出来，留下长长的、毛虫般的、宽近 100 码的碎石堆。我们得知这种翻掘始于 1913 年，直至 1954 年都没有结束，而最终的结果是得不偿失。

我们翻过桑普特山口，然后是蒂普顿山口，而后再度爬升，来到迪克西山口的营地。在参天的花旗松间搭好帐篷后，戴维小睡了一会儿，而我忙乱地研究着地图和记录。晚餐后我很快就进了帐篷，为明天这个大日子做准备。明天是我的生日，我将早早在营地中漫步，倾听这里所有的声音，并庆祝我的头痛和反胃症状在最后一次爬山时消失了。

天色渐暗，在上方的花旗松间，有一只隐夜鸫开始唱他的夜歌。我醉倒在睡袋里，就这样听着，就这么存在着，透过帐篷顶的网眼注视着低处的枝条，那是一棵岁数大过我很多倍的树。隐夜鸫此刻的歌声里没有他在黎明时唱歌的那种激烈，他唱得更慢些，好像是在一天的末尾拉长每一首歌，好好琢磨他们。降调了……又高了，他依然跳跃着切换音高，不过不同的是，他们更温和，更柔软，近乎忧郁。另外两只隐夜鸫在远处应和着，现在整个森林都是他们的舞台。在那“黄昏的肃穆和沉静里……在一天最甜美最醇熟的时刻，”我记得约翰·巴勒斯是这么写的[4]，当没有别的鸟儿在歌唱，当一天中最后一缕微风都歇息了的时刻，你将在隐夜鸫的歌中体会到“平静的欣喜，音乐、文学和宗教都只是其朦胧的范式和象征”。我的意识非常、非常缓慢地远去了。

隐夜鸫

隐夜鸫
(Hermit thrush):
在黎明大合唱之外听来，他们的歌可能显得很哀伤（334，2:06）

第 28 章　地质混乱
GEOLOGICAL CHAOS

第 65 天，7 月 7 日：俄勒冈州，迪克西山口至戴维尔

一早，我悄悄溜出睡袋，再走出帐篷，一边轻声对自己哼道：“祝我生日快乐！”天还很暗，离日出可能还有 45 分钟，而且非常安静，除了……我静静站着，听着，列着清单……2 只褐斑翅雀鹀、一只黄腹丽唐纳雀、一只隐夜鸫。我轮流听着他们的声音，褐斑翅雀鹀在两个扎营点外互相喷吐着歌曲，那只黄腹丽唐纳雀在他们上方犹犹豫豫地唱着他的黎明之歌，而隐夜鸫在远处。

隐夜鸫此时的曲调和昨晚真是天差地别。他在加速，歌曲和歌曲间的停顿一样短，我给他计了时，每分钟 20 支歌，速度是昨晚的两倍。我沿着营地小路一直走到他下方，所听到的声音多么尖锐又明亮，如此激励人心，和昨晚的歌声完全不同。这种反差是不是仅仅由他唱歌的节奏不同造成的？还是说，现在的每首歌本身被压缩、被加速，更有穿透力、更强劲，唱出时更有激情？也许我听到的只是我自己的心情，美妙的一天结束时我该有多么满足啊，相比之下，在一个新的黎明里我又是多么激动、精神振奋，又充满期待。也有可能是他感觉到了我的心情，于是这么唱了出来。

隐夜鸫
(Hermit thrush)：
黎明时分，如此热情洋溢，如此活力四射！
（335，3:11）

我安静地沿着一条伐木小路走着，慢慢接近一只灯草

鸦，他正在一棵小冷杉上低声唱着。我在 5 码外停下来，渐亮的天光照出了他优雅的身影。指南书会说，他是一只“暗眼”灯草鹀，其分布范围横越整个北美，但这个名字对这只鸟来说并不公平。他是一只俄勒冈灯草鹀，由于他的外貌十分特别，因此从前被认为是一个单独的物种。他有暗色的头罩、红褐色的侧面和背部，以及白色的腹部，几乎像是一只微型斑唧鹀，看起来非常完美。当然，还有他唱的歌！有人可能会说像是褐斑翅雀鹀，因为他的每一首歌都由一个重复几次的段落构成。但其中有一种流连的铃鸣声，为每一个段落打造悦耳的音乐效果，褐斑翅雀鹀绝对做不到这一点。我一直陪着他，希望他能换一首歌，但是在等他唱完 130 支歌也就是 7 分钟后，我失去了耐心，屈服于其他歌者的邀请。

暗眼灯草鹀
(Dark-eyed junco)：
我的迪克西山顶灯草鹀，1 分钟 18 支歌
（336，2：30）

金冠戴菊
(Golden-crowned kinglet)：
一开始又高又薄又尖细，而后向下降了一点，变成较低的吱喳声
（337，0：35）

大黄蜂
(Bumblebee)：
传粉昆虫，这是盛夏的声音
（338，1：17）

有一只白眉山雀在唱歌，不过他很快又重回他呼哧呼哧的***桀－唧***叫声……一只奥杜邦林莺……一只红胸鸸缓慢的、外强中干的***严 严***……一只金冠戴菊又薄又高的音符跌至较低音的山雀般的吱喳声……一只黄眉林莺的一首歌……某只赤栗鼠的吱吱声，“西部红松鼠”……远处一只啄木鸟的啄木声，就像在宣告日出……一只松鸦的叫声，我不知道他是暗冠蓝鸦还是灰噪鸦……一只红交嘴雀在一棵花旗松的最顶端***儿 儿***地叫着……

现在已经日出一小会儿了，我基本上是在聆听着初夏的寂静，不过也努力想听见别的声音。7 月是哺育和歌唱季节的末尾，现在已经没有大合唱了，只有这里一支歌，那里一支歌，雄鸟半心半意地唱着，已经踩在年终休息的边缘。现在统领音景的已经不是鸟类，而是大黄蜂，它们在低矮的灌木里搜寻着花蜜，翅膀发出了嗡嗡声。

回到营地时，我发现戴维正在吃早饭，便加入了

他。然后我们慢慢打包收拾行李，准备离开。“7月7日，早晨7:52，”我对录音机宣告着，“我们准备下行离开迪克西山口，沿约翰迪河骑车轻松下坡53英里，直降近2000英尺，到达我们今夜的住宿地点，戴维尔的长老会教堂将接待我们。”戴维开玩笑般对我说出消音的“生日快乐”，然后我们骑上单车，对准西方，开始滑行。

我们很快就下降到了苍翠的约翰迪谷，然后沿着河滨蜿蜒前进，路程一英里一英里地落在我们身后。对地质学家来说，也许没有哪片乡野比这里更迷人了，人们是这么描述它的：一片“地质混乱……用石头做的拌沙拉”。[1]我们周围全都是那些从太平洋板块上被刮下来的海岛剥露的零碎，这些被大陆容纳的岛屿被碾碎被拉伸，改变了结构和形态，接着被全部揉在一起，就形成了此处的地貌。我望着峡谷山，它立于著名的草莓山脉中，而后者在约翰迪谷南面约5英里处。我想象着这座8000英尺高峰的最顶端，因为它是约2.8亿年前远海外一座火山下方的某个岩浆房的残留物。

戴维尔倏忽即到，在得到亲切的许可后，我们很快便在教堂内扎了营。戴维到附近的杂货店里迅速遛了一圈，之后准备了一顿怎么看都很妥帖的盛宴。两块巧克力蛋糕上插满了蜡烛，共57根，足以点燃一场大火（我注意到他很明智地在旁边备了一桶水，以防万一嘛）。“生日快乐！老爸。”戴维笑着揭开了生日礼物：第二把超级水枪，和我的父亲节礼物很相衬。戴维还带着那把枪呢，不过这把新的就归我了。

在这一天结束之前，我们从架子上选了一盒录像带，它告诉我们上帝是如何完美地创造了鸟类和其他动物。我的堂兄比尔在西密歇根时曾经告诉我，这发生在“仅一万年前”。我开玩笑地说，这个创造版本是一次“圣洁的欺骗”，一个世界如此迅速、如此新近地被创造出来，看起来却好像已经有数十亿年那么老。可他是认真的。全世界所有学科的科学家本质上都一致赞同“古老地球”的理论，但这个事实对比尔而言无关痛痒。“他们对此全都有偏见。”比尔这么说，然后继续告诉我，他在当地大学所受的 4 年科学训练是如何被他的学校老师校正的。我意识到我的观念曾经也与他相近，因为我的根来自密歇根西部的荷兰归正会教堂。只不过，作为一名教授进化论的大学教授，我对世界形成的概念早已显著偏离了早期教育的方向。

第 66 天，7 月 8 日：俄勒冈州，戴维尔至奥乔科山口

我再次早早出发，让戴维随意选择时间赶上我。今天的里程计划依然是大约 50 英里，但今天的地形和昨天大相径庭，因为我们将爬上两处主要山口，海拔高度合计为 4000 英尺。

4:35，我借着路灯光骑车穿过戴维尔，经过两家古董店，接着又经过左边的迷你超市。右边，在邮编 93825 的邮局旁树丛的高处，一只单身林绿霸鹟正切换着他的两首黎明歌曲。路边的一只鹿由于受到惊吓，使劲钻过灌木丛跑了。刚出城，一只西王霸鹟噼里啪啦地唱着他的黎明之歌，***维 维 维 维 维－哔维－呗－呗－呗－呗***。我很快又在繁茂的河滨栖息地里听到了其他鸟儿的声音，知更鸟、歌带鹀、黄林莺、莺鷦鶲、家朱雀和白腹蓝彩鹀。左侧有一只珠颈斑鹑叫着他的***耶－啊－和！***，高空有一只夜鹰在鸣叫。在夜色悄然向白昼转化的过程中，我独自拥有一整个世界。正如奥尔多·利奥波德*在他的《沙乡年鉴》中写的那样：***当地法院中的土地证是毫无意义的，因为在早晨的这个时刻，世界属于我***。天空清朗，气温在 55 华氏度左右，我的单车轮毫不费力地沿着约翰迪河滚下山谷。我是一个富裕的人。

标识牌上写着“约翰迪化石床国家纪念遗址”，俄勒冈州提供了另一场地质

---

* 奥尔多·利奥波德（Aldo Leopold）：美国生态学家及环境保护主义者，代表作《沙乡年鉴》。——译者注

白腹蓝彩鹀

(Lazuli bunting):

黎明，他常常莫名其妙地迸发出歌声，却又唱得简短

（339，3：09）

狂欢，遗址为此提供了充足的小册子，对之做了完整的解释。我很快穿过皮克彻峡谷，它深 1000 英尺，是约翰迪河从哥伦比亚高原玄武岩流中冲凿出的山谷，这片岩流源自约 1600 万年前的东北方，让我想起我们在爱达荷州库斯基亚首遇的也是同一道玄武岩流。此处的岩层清晰可见，我从路边向上方计数，试图分辨这个峡谷中明显的 17 道不同的玄武岩流。岩层的厚度各不相同，而峡谷拥有优美的对称性，路左边，也就是我旁边的岩层，与右边河对面的岩层匹配得很完美。我又原路返回，两度穿行于峡谷中，慢慢地欣赏玄武岩冷却后形成的令人惊叹的六角形岩柱。我陶醉在鸟儿的歌唱声中，歌带鹀、黄林莺，不过尤其沉醉于墨西哥鹪鹩和岩鹪鹩的歌声。我还看到一对安静的河乌浮浮沉沉地潜入迅疾的河水下方寻找食物。

这非凡的地貌诱使我离开了原定的单车路线，转而沿着在单车道北面几英里处的 19 号路和河流前进。希普岩高耸于前方，比河面高出 1200 英尺，这真是一幅美丽的景象，它自己就是一本大型画册，有无数故事展现在它的岩面上。在此，地球的历史一层又一层地暴露在外，但这些岩层已不再是最初铺置的水平层，相反，它们锐利地向下倾斜，往南直指皮克彻峡谷，整座山都是歪的。在山的最顶端是一片暗色的岩层，与形成皮克彻峡谷底层的玄武岩流是同一层，这片土地被移动倾斜得很厉害。在有着 1600 万年历史的玄武岩岩帽下，是不同深浅的红色、褐色、灰色与白色，这一层又一层的历史可回溯至约 3300 万年之前。就好像整座山耸了耸肩，北侧就往下滑了 100 英尺左右，所以我可以从南边起沿着一片特定的沉积层前进，直到抵达滑动线，然后我从左侧往下追踪，便能找到继续向北延伸的同一片沉积层。

希普岩 1200 英尺的展示只揭开了冰山一角，在这片地区，有着 3 英里厚的岩层讲述了地球在过去一亿年里的完整历史。最古老且最深层的岩层是海洋沉积物，它们被卸在北美古海岸线不远处一条大河的三角洲中，现在你可以在此处北面的古斯岩中看到它们。第二明显的是 5400 万 ~ 3700 万年前的沉

积层，它们包括来自附近火山的泥流、火山灰沉降物和熔岩沉积物，这些沉积层中有极其丰富且完整的化石，这说明当时此处的陆地是温暖的，很可能是一片热带雨林，有着丰富的降水。接下来是与众不同的灰层，在3900万~1800万年前西喀斯喀特山的活动高峰期，这些灰烬从天空落下，当时的气温正渐渐变得温和，地面上生长的是落叶硬木林。希普岩主要是由这3个沉积层组成，路上方令人惊艳的彩绘山也是如此——远古土壤层为这片风景增添了色彩。之后来的是1600万年前的哥伦比亚高原暗色玄武岩流。在玄武岩上，是更多火山灰沉降层，它们来自1500万~1200万年前东、南、西面的火山活动。在所有这些岩层上方，是自最后一轮火山活跃期以来，由附近山脉和淤积谷基底侵蚀而来的沉积物。这3英里深的历史都写在了土地中，讲述了这3英里故事的火山、移动又倾斜的陆地，以及化石，都拥有一段超越我们想象的、富饶又狂野的生涯。

我不情不愿地向南回到了单车路线上，开始沿罗克溪逆流而上，向西翻出约翰迪谷。路两侧垂直指向天空的，是暗色的玄武岩柱，亮黄色的地衣为它们绘上了色彩。一只翠鸟沿河咯咯叫着，还有一只白腹蓝彩鹀在唱歌——不，是两只，在你来我往地歌唱。我追循着每一只的韵律，微笑着，因为这两位邻居有完全一样的歌。根据蓝彩鹀的死亡率统计，成鸟只有大约一半能活过一年，所以这两只比较可能是一只一龄鸟和一只二龄鸟，年轻的那只应和着他的邻居，他们的东部亲戚靛蓝彩鹀也是这么做的。

峡谷渐渐变得开阔，牛群在路边吃着草，而我在一只躺在路上的夜鹰边上停了下来，注视着它那白色的咽喉和尾纹，这是一只雄鸟。他在生前有特别好的隐蔽色，两侧和腹部是斑驳的褐色，还有漂亮的条纹，但是现在，他与这黑色的沥青路真是格格不入。我捡起他，拉开他长而尖的翅膀，其中露出横越飞羽的白斑，欣赏着他的硬化翼羽，他的翼羽在高空俯冲时的振动能产生爆破式的呼隆声。虽然喙很小，但我掰开后就能看到巨穴般的嘴，想象着他能一边在空中飞舞，一边用嘴捕捉昆虫，那熟悉的*比*音叫声也是从这里发出的。他黑色的大眼现在一片空茫地瞪视着，真是让人难过。“老爸到此一游”——我潦草地写了一张给戴维的字条，把它显眼地系在鸟的一条腿上，再把鸟放到沥青路的边缘。我觉得戴维不会错过它的，他怎么可能不停下来研究这个引人注目的标本？

美洲燕和霸鹟在这里很活跃，唧鹀也一样。喜鹊在坡上叫着，一只墨西哥鹪鹩在玄武岩的黄色地衣间歌唱。这些黑色的岩柱倾斜了45度，深蓝色的天空为它们加上了完美的画框。前方，桌山卧在左侧，朱尼珀峰在右侧。这是俄勒冈，我笑了起来。

短嘴长尾山雀！我停下车，看着并听着这只远西方的奇迹之鸟。这是一种古怪的灰色小生物，这秀丽的小东西有偏长的尾部和偏小的翅膀，看上去一半是鸟一半是空气。他们乘着风在杜松间跳来跳去，一整群——我数出了11只，接着又数到两只正在做着杂技般的快速旋转动作的。这又是一种没有明显歌曲的鸣禽，不过我打赌，这一群中没有一只是沉默的。他们叽叽喳喳、滋滋嘎嘎，彼此喋喋不休，在进行一场几乎连续不断、火花四溅的对话。这一窝子鸟一起移动，总重量可能只有70克，里面有两盎司*半是茸毛。他们在寒冷的夜晚也是一样的善交际，睡觉时会全部挤在一起取暖。

我继续向上爬，听着栗肩雀鹀和西草地鹨在蒿草丛中唱着，偶尔还有一只林绿霸鹟在杜松间叫着***吁叽依***。在里程计跳过近40英里后，我爬了近2000英尺，来到凯思溪山口，开始等待戴维。整整一小时后，他到了，面对我的询问坦白道：“没看到，漏掉了那只夜鹰。”在简短地休息后，我们迅速下行了7英里，来到米切尔。

小美洲夜鹰
（Common nighthawk）：
10串***比***音叫声，每串后面都跟着一声俯冲的呼隆声
（340，4:04）

短嘴长尾山雀

短嘴长尾山雀
（Bushtit）：
没有歌，但叫声非常兴奋
（341，1:08）

西草地鹨
（western meadowlark）：
开阔的蒿草地上传来他们的歌，还有他们干巴巴起伏的闲聊声***威就就就就就就***
（342，1:21）

* 1盎司≈28.35克。

“我被看成一个外人，”杂货店的店员承认道，“我在这里待了29年。我只是在帮我妻子的忙，她是这儿的老板。”厕所？“前面路边的木屋子就是。”不是塑料的小型屋外厕所，而是豪华的公共洗手间，整个建筑的唯一功用就是这个。它就在主干道上，塞满了在这活动中心乱转的心存感激的游客。

我们继续下行，出了米切尔，然后又开始了2000英尺的爬升，前往奥乔科分水岭的宿营地。柳树沿溪排列，山坡上遍地生长的杜松让位给了更干旱坡地所生的蒿草灌木。这是典型的俄勒冈中部，干燥，万里无云，天空一碧如洗。这是因为高高的喀斯喀特山脉将它们的雨影区投射在了遥远的东面，从西风中吸走了所有的水汽。

这里的地貌也很典型，东一堆西一堆的大杂烩。路堑曝出了漂亮的页岩和砂岩沉积层，近一亿年前，它们曾平躺在一处河流入海口的三角洲上，后来它们被卷进陆地，折叠、变形、颠来倒去，如今便富有艺术风格地安置在了公路边。点缀着大地的是巨型角锥体，它们是俄勒冈最早一批本土火山的残骸，5200万~4200万年前，这些火山便在此处喷发，往曾是海底的地表喷吐厚厚的灰烬、岩浆和泥沙。岩浆一路凝固着植物和动物，留下了如此多精美的化石，以至于这里被批准成为美国国家遗址。在米切尔西面约10英里处的54号里程桩，我们停下来欣赏路堑，并回望西南方浩瀚的风景，这片风景中央的两个大桩子也是上述的古火山，黑山和白山，它们的轮廓在天际线中最为显著。

傍晚时分，我们进入了营地，在参天的北美黄松间安顿下来，选了15号位。如果不算攀爬的过程，今天真是轻松的一天。我们狼吞虎咽吃着戴维的拿手菜：意大利面、胡萝卜、意式面酱、番茄酱。甜品是士力架巧克力棒。

郊狼
（*coyote*）

在午夜前的死寂中，车辆的声音惊扰了我，它开进了我们对面的空位。几秒后，一扇门开了，孩子的尖叫声传来，而后又迅速加入了两个成人响亮而愤怒的声音。一男一女，之后又是一阵我闻所未闻的嘈杂声响。近处有一群郊狼加入这合唱，他们尖声嚎叫。接着加入的是在几个扎营点之外的两只大角鸮。雌鸟叫着***呼-呜-窝-窝 呼呜-呜-窝***，而雄鸟很快用更深沉的雾角声回应，***呼-呜-呜-窝-窝 呼呜***。这种妇唱夫随的模式重复了许多遍。我不知道这闹哄哄的声音持续了多久，因为我一会儿睡着，一会儿又被另一波暴力声浪或装备的叮当声重新惊醒。最后，终于平静了下来，我迷迷糊糊地一直睡到早上，惊讶地发现戴维从头到尾都没醒过。

第 67 天，7 月 9 日：俄勒冈，奥乔科山口至姊妹城

“你从左边绕，我走右边，”早餐期间我对戴维建议道，“我们总有一个人能看见他。”在我们营帐旁边的上百英尺的松树林当中，我们听到了一只红尾鵟气喘吁吁的尖叫声，但它有点儿接不上气，一开始叫得不错，但接着就过于气息奄奄了。“可能是一只年轻的鸟。”我们慢慢地、静悄悄地绕圈，听到了一只白眉山雀的哨曲、远处的一只隐夜鸫、一些灯草鹀、一只棕顶雀鹀、一只林绿霸鹟、一只卡氏朱雀、交嘴雀们的飞行鸣声、红胸䴓的***严严***声、近处一只知更鸟***啧 啧又匹克 匹克***的叫声……我们的神秘鸟儿从那一头的松树上飞起来了。“一只模仿红尾鵟的暗冠蓝鸦。可把我难住了。我想他们这么干就只是想要我们玩。”对这场伟大的冒险，戴维极尽所能一本正经地回应道：“鸟类太了不起了！”

暗冠蓝鸦

暗冠蓝鸦
（Steller's jay）：
是红尾鵟吗？还
是……一只暗冠
蓝鸦！
（343，0:31）

回到营帐后，我们欣赏着对面宁静的景色，一个快乐的家庭正安静地迎接这一天，在我们见过的最壮观的一些北美黄松下点起营火预备早餐。“你昨晚真的什么都没听到吗？让我想起了蒙大拿州洛洛山口下面的那个营地。我们把帐篷的防雨罩拆下来，享受着透过网眼的清新空气，但在那个晚上，我听到雷声越来越响，越来越响。如果不

是我出了帐篷，把防雨罩装上的话，我们就要被浇透了。你全程都在睡，雷声和闪电完全没有吵醒你。还有在普雷里州立公园时，夜里发洪水了——你也完全没醒。幸好有我照顾你。”我们的主厨兼技师只是微笑着点点头。

暗冠蓝鸦继续耍弄着我，发出一些我想都不敢想的叫声。而且并非一次一只，而是两只，有时是3只一起在营地周围鸣叫，他们全都用着相同的古怪鸣声，彼此应和，就像东部的冠蓝鸦一样。真棒！

出了营地，我们从山口向普赖恩维尔飞掠而下，很快又停下来，穿上了我们的所有衣服。“你说什么？永远别在山口顶上扎营？”在时速20英里的下降过程中，在凛冽的寒风里，我终于理解了戴维一直以来的建议。很难相信今天的气温会从现在的30多华氏度上升到80多华氏度，如果温度能上升的话，地心引力的好处会更受欢迎。

我们在参天的黄松边骑行，路边尽是繁茂且原始的草地，我们一路下降了近2000英尺，再度进入杜松和蒿草之乡。越过奥乔科水库后，在快到普赖恩维尔时我们绕过了一个弯，而它们就在那里，喀斯喀特山脉！我立刻认出了这些老朋友，30多年前，当我还是俄勒冈州一个年轻的研究生时，就认识它们了。

我们继续前往普赖恩维尔，我审视着荒野，它们比喀斯喀特山本身还要古老得多。我试图想象5亿～4亿年前这里是什么景象：古老的火山俯瞰着热带森林，并由此一直绵延至俄勒冈东北部，它们的一些残骸还很显眼，我们昨天在米切尔附近见过它们。大概1500万年前，新一轮火山活动用岩浆、灰烬和泥沙为这片大地做最后的润色。在这个7月的宁静清晨，你很难想象曾支配此处的狂暴地狱景象。

越过普赖恩维尔后，我们沿克鲁克德河骑行，惊叹于它间或露出的河谷景色，斯内克河也是这么挖掘地狱峡谷的。在疏朗的蒿草与杜松那头，喀斯喀特山的景象也渐渐开阔，我认出了那些山峰：巴彻勒峰（我是在20世纪60年代末认识它的，在建成滑雪胜地后它变成了“巴彻勒山”），南面的布罗肯峰，三姐妹山（南山、中山、北山），正前方的华盛顿山，右侧的杰斐逊山，还有北面某处的胡德山。它们都是一些年轻的火山，是在过去的100万年里从火中诞生的。我笑着想，等明天我们将攀上这些山脉，然后翻越它们。

在雷德蒙德，我们等着一家早晨11点开张的饭店开门，好喝一杯奶昔当作点心。在等待的过程中，戴维和一个骑自行车的少年成了朋友。“爆胎了，嗯哼？还有什么？”就在他修理轮胎，在各处做一些微小调整时，他又有了一个铁哥们。

出城后，我去修理自己爆掉的轮胎。“要修身养性。”他这么跟我说。这是在从雷德蒙德到姊妹城的半道上，周围是克鲁克德河苍翠的河谷，德舒特河在后面不远处，峰顶白雪皑皑的喀斯喀特山在西方地平线上若隐若现，而此处是其干燥的雨影区，太阳早已将温度燃烧至80华氏度以上，但繁忙的路边有一株漂亮的杜松用阴影挡住了我。我快乐地修身养性，而戴维一边嚼着苹果一边在旁边看着。

刚到下午，我们就已经进入了城市东边的姊妹城城市公园，再度置身于北美黄松间。在戴维去图书馆上网时，4辆警车聚拢到了附近的一个扎营点。我问一位邻居发生了什么事。“哦，那个印第安人问露营者能不能用他们的手机，他们回答说不行，他就不高兴了。”可是来了4辆警车？戴维回来后，我就此情况提醒了他。我知道的下一件事就是他跑去和“麻烦制造者”聊天了，并提议把自己的手机给他用。真是孩子。

下午过去了，我们晚饭吃的比萨，然后早早地上床。在夜里某个时候，一场骚乱再次把我惊醒。听上去像是有一支巨型蚂蚁军队拖着脚在营地里穿行，环绕着我们，然后安顿下来过夜。我听着，很快又怀疑自己是在做梦，因为寂静再度降临，我又睡着了，旁边是一个从头到尾都没醒的儿子。

第 29 章　喀斯喀特山上
OVER THE CASCADES

第 68 天，7 月 10 日：俄勒冈州，姊妹城至利姆波罗斯特营地

昨晚围绕我们的真的是一支军队！5 点我们转醒，看见一片由森林绿小帐篷组成的海洋，路上、小径上、每一片裸露的平地上，到处都是，甚至和我们分享了同一个扎营点。我们得知他们是“消防员”，如此短暂的夜晚后他们便已经起身了。消防队从某个遥远的火场而来，正要去向另一片火场，也许就是据说我们今天将从马更些山口看到的那片。我震惊于消防员们夜里行动时安静的程度，赞叹与感激他们的努力，并且非常荣幸能分享我们小小的扎营点。任何一位付了钱的宿营者都不会抱怨他们的侵入。

渡鸦

我们收拾行李时，一只犹犹豫豫的林绿霸鹟和知更鸟一起唱了些小曲段，他们孤单的歌声表明，黎明大合唱正在迅速退出季节舞台。离镇子约 5 英里时，我们在科尔德斯普林营地停下来吃早餐，这个森林服务营地也建在北美黄松中。吃完奶粉和热水冲调的冷燕麦和葡萄干后，再塞下一根香蕉，营地四周欢腾的渡鸦以声音的飨宴款待我们——用他们极

渡鸦
(Common raven)：
来自他思维海中的一片小小的样品
（344，1:50）

其多样化的词汇叫着***呱呱***、***咳咳***、***啯啯***、***咯咯***和***魁魁***，听上去有太多东西要讲，里面一定包含了浩瀚的智慧。

“更聪明，”我一边想一边对戴维说，“狐色雀鹀只会死板且精确地重复3～4首歌中的一首，不如渡鸦；松树顶上的坦氏孤鸫乱七八糟地唱着一首你所能想象出最精美的歌，不如渡鸦；又或者是白眉山雀，附属建筑旁边那一群可能是妈妈、爸爸和今年孵化的孩子，可能也不如渡鸦。”我脑海中迅速进行着另一场对比：交嘴雀从上方飞过，***几 几***；红胸䴓在高处叫着***严***；一只褐弯嘴嘲鸫有数千首不同的歌；一只北美星鸦或蓝头鸦在重新搜寻自己的数千个食物储藏点时有着非凡的记忆力；长刺歌雀每年都飞往阿根廷再返回，并且两处的落脚点都可以精确到某一特定的小片区域。那里的林绿霸鹟呢？和其他鸟类不同，他不是一只真正的鸣禽，而是一只**霸鹟**，他缺少特殊的脑域和鸣禽的学习能力，他那相对简单的歌声是以某种方式编码在基因里的。

一种鸟怎么能高于另一种鸟呢？他们每一种都拥有某些天生的智慧，从创世之初起在无数的世代间传递；每一种都最擅长于自己的所为，每一种都有他成功的定义，每一种都是自生命从原始流浆中刚刚诞生时起那漫长的、连续不断的、成功的系谱故事中的幸存者。用我们人类所谓的“智慧”来衡量他们似乎非常傻，不过以人类的观点去赞赏那些学习歌曲的鸣禽在所难免，因为他们学习唱歌的方式就像人类学习说话的方式；赞赏饶舌的渡鸦，因为他们拥有类似人类的洞察力，知道事物怎样运行，知道如何使用简单工具，比如说，用工具从裂缝中抽取食物。

每一种鸟儿都蕴含其智慧

狐色雀鹀
(Fox sparrow)：
在4首精美的不同歌曲间切换
（345，2:53）

坦氏孤鸫
(Townsend's solitaire)：
如涟漪般、精巧的、悦耳的山间音乐，还有叫声
（346，4:22）

我们回到路上，在黄松间骑行，太阳照在背后，树皮在清晨的光线中泛着红光。“隐夜鸫，”戴维在前头喊道。是的，右侧有一只单身的隐夜鸫在唱歌，我们沿着蜿蜒的道路绕过他身边，我听着他富有艺术性地从一首歌跳到另一首。北美黄松渐渐被花旗松替换，下层植被中到处都挤满了美国黑松，

像是在为下一场将席卷此处的森林火灾准备燃料。这些树木顽强地从一片由岩浆涟漪、波浪和巨浪所凝固的海洋中生长出来，任何人想离开路面进行一场探险，都要经过一场难以想象的艰难攀爬。离城约 12 英里后，道路环绕过了一片更年轻的岩浆流，崎岖的地表全无树木。此处被称为大风角，由此望去景象开阔，被狠狠雕凿过的华盛顿山得到了一次特写式的展示，它看上去输给了与冰川的战斗。隐夜鸫、灯草鹀和山雀一路陪伴着我们，而一只绿胁绿霸鹟用***嘻！飞哟！***赞美着我们的攀登。

接着，便只剩下岩浆，我们面对的是一片乱七八糟的暗色岩浆巨墙，骑行的通道则是一条狭窄的峡谷，由某些筑路工人从曾经的炽烈地狱中开凿出来。1/4 英里后，我们出了峡谷，骑进迪莱特天文台旁边的停车区，这个观测机构装饰简朴，岩浆外立面成了它绝好的伪装。

隐夜鸫
(Hermit thrush)：
在被风吹拂的黄松间，在 7 支不同的歌曲间飞跃
（347，7:58）

我忍不住回忆道："这里曾有 4 年是我的后院，那时距你出生还有很久——我和研究生朋友们一起爬上南姐妹山——不过从这里看不到它，它藏在北山和中山后面，那两座火山渣锥就在南面。华盛顿山那一边，森林火灾的烟掩盖了杰斐逊山，我们很多次远足进入杰斐逊山脚下的荒野区域，在那里的湖泊边上扎营，其中有一次是你姐姐才几周大的时候。你母亲和我在俄勒冈居住的 4 年真的很美妙，我们都不想离开。"

绿胁绿霸鹟
(Oive-sided flycatcher)：
当我们攀登山峰时，他唱出了明确无误的***嘻！飞哟！***
（348，0:55）

附近就是那些在前 5000 万 ~ 前 3000 万年的时间里渗出岩浆覆盖这片大地的火山口。北面仅两英里外，就是贝尔纳普火山口，南面约 3 英里处是雅坡阿火山口，这座火山渣锥喷出的岩浆淹没了此处的山口。这片荒凉的暗海里，更高的地面是一些更古老的岩浆流形成的岛屿，树木在上面扎根。西面约 100 英里，地表比这里低矮一英里的地方就是我们的目的地：太平洋。"到时候就不能骑车了，老爸。我们把陆地走完了。最好慢下来。"

朝着华盛顿山的那一边，一只孤单的鸟儿于静寂中唱起一支简单的歌。它只有 3 个音符，一个纯净的音符后面跟着两个更低、更嗡嗡作响的音符，每隔 10 秒左右就在岩浆面上飘过。我猜那是一只灰头岭雀，因为在这样荒僻的高海拔地区，我无法想象还有哪种鸟能开心地唱歌。

我们开始了长达 3000 英尺的降落，很快就置身于矮小的亚高山带冷杉林中，它们占领了这里的地面。4 英里后，我们再度被森林吞没。一开始，下山的坡度较为缓和，但之后更为陡峭，我们在直路上时不时轻握刹车，通过发夹弯道时则握紧刹车，而后我们在一个和缓的大弯处停下来，让轮辋冷却，免得因它们过热而导致爆胎。

路下方，一群五颜六色的单车手在接近我们，他们聚在一起，踩着那过度鲜亮的单车往坡上冲。戴维迅速把他的相机递给我，骑上车子，说："给我照相。"他向下骑到大弯道开始的地方，然后开始向上穿过弯道，时机把握得恰到好处。他骑到我对面时，主车群也出现在路面上，因此在我拍下的照片中，戴维正骑着他满载的旅行单车，领着一整个车队冲上马更些山口。相比于骑着载了许多东西的旅行单车的我们，这些赛车手显然有不同的素养，在呼啸而过时，他们还朝戴维喊着友善的鼓励之词。

我知道威拉米特国家森林中，皆伐*区可能就始于离路面仅 1/4 英里的地方，不过当我们骑下喀斯喀特山脉前往利姆波罗斯特营地时，穿过的森林看上去依然如初始般原始。西点林鸮，我想着，肯定是这种濒危鸟类的主要栖息地，环保人士们曾帮忙在伐木者手中抢救下了一些原始森林。在伐木之乡，人们对这些林鸮的对抗情绪正日益增长，我想起曾见过的那些车尾贴，"西点林鸮尝起来像鸡肉"，还有"我喜欢西点林鸮——烤的"。

营地里，我们将帐篷搭在异叶铁杉、北美圆柏和花旗松下。旁边是一条奔涌的河流，戴维很快就扎了进去，根本不在意气温是刺骨的 38 华氏度。四周茂密的林下植物在之前的整个旅程中都未曾出现过，西风扫荡过太平洋时贪婪

---

* 皆伐：将伐区内的林木全部伐光。——译者注

地吸收水汽，但当它爬上并翻越喀斯喀特山时，空气变冷，便只能放弃它无法保留的水分，由这些水浸透我们目之所及的一切。我知道俄勒冈人的脚趾间甚至能长出苔藓——我曾在这里度过漫长潮湿的冬季。

我扔过棒球的胳膊仍然很有威力，我把一根棍子向上扔过较低的枝条，它后面拖着的绳子很快就将我们的食物拉到了高处，不管哪只在夜晚徘徊的熊都够不到它。河水奔流的声音中，被解救下来让我们可以想象自己置身于远古森林的树木间，一阵微风低语着穿过高处的松针，我们在太平洋鸫鹟最后几声尖锐的叽叽声里渐渐睡去，而他也将在附近栖息。

第 69 天，7 月 11 日：俄勒冈，利姆波罗斯特营地至威拉米特谷

这将是很长的一天，到达我必须拜访的特别地点还有大概 90 英里。所以我们很早就起来了，在黑暗中开始收拾行装。大约 10 分钟后，太平洋鸫鹟在他过夜的窝里叽叽叫了几声，接着，便在花旗松的高处唱起了晨曲。

他唤醒了一些美好的回忆。“戴维，我像你这么大时——也就是 24 岁——已经被这些鸫鹟迷住了。当时我是俄勒冈州立大学的研究生，常常在寻找更多的课题。经常一大早，比如现在这个时候就出发了，等这些鸫鹟开始唱歌，然后录音，他们唱多久，我就录多久。他们常常在花旗松的高处唱歌，而我往往仰天躺着，把定向麦克风往天上指着。回到学校后，我花了好几个月时间研究这些歌，最后的论文标题定为《鸣唱复杂性的巅峰》。他们是令人惊艳的歌手，没法当场听到那些讲究的小音符真是太不幸了。当我把这些歌曲放慢绘制声波图时，我那些热爱鸟类的听众常常在末尾爆发出喝彩声。”

有一只霸鹟，一位“蚊子王子”——我听着，在记忆中搜寻着……只是间或唱着一支歌，它们全都一样，双分部，第一个音符比第二个更尖锐……很像小纹霸鹟的*几哔*，也可能是*嘻－匹*，根据我的霸鹟小抄，他应该是一只哈氏纹霸鹟！

太平洋鹪鹩
(Pacific wren):
带来美好回忆的老朋友
(349，5：01)

哈氏纹霸鹟
(Hammond's flycatcher):
第九位“蚊子王子”——还剩一位
(350，3：59)

“嘿，这里有一只新鸟，一只哈氏纹霸鹟，自大西洋以来我们听到的又一种霸鹟。弗吉尼亚是绿纹霸鹟的匹***秀***和小纹霸鹟的***几哔***，罗杰山上最可能是桤木纹霸鹟的***斐－毕－儿***。我们还听过柳纹霸鹟的***未兹－不咿***，先是东部风格，然后是西部风格——我会说他们是两个不同的物种。落基山脉，我们听到了灰纹霸鹟、暗纹霸鹟和科迪纹霸鹟的鸣唱。这是第九种！他现在唱的只是一个单音——可能是季节已经迟了，或者是过了黎明大合唱的时间，我们听不到他全部的 3 支歌。只剩下一种霸鹟要找了，北美纹霸鹟，找到他我们就集齐了全部。明天肯定就能听到他的声音。”戴维好像对这过度沉溺于霸鹟的计划略有兴趣。

出了营地，我们骑行穿过一片被冬季雨水浇透的常绿天堂，高海拔融雪造成的多余水分此刻已翻涌在我们身边的马更些河中。它一路下山，向威拉米特谷中央的尤金流去，在我倾听路边所有的歌声和叫声时，路程飞掠而过。自蒙大拿一别后，白冠带鹀再度唱起来，我仔细听着，确保这些歌曲一致，使用了方言。沿路尽是灯草鹀、知更鸟和太平洋鹪鹩。斯氏夜鸫的歌螺旋上升；如“声音沙哑的知更鸟”的黄腹丽唐纳雀表演水平稳定；一只北美黑啄木鸟在左边叫着，***卡－卡－卡卡卡卡卡－卡－卡***，右边路对面紧跟着一阵更高音的叫声，很可能是他的伴侣。

里程计显示 34 英里时，我们到了“大都会”沃尔特维尔，地图标注其人口为 50 人。我们高高兴兴地离开繁忙的 126 号路，选择了交通量更小的、绕过尤金的小路，尤金的人口是 117 115 人。

白冠带鹀
(*White-crowned sparrow*)

“那么，在你的研究领域让你心烦的科学和科学家是怎么回事？”戴维在寂静的乡间小路上问。哦，这是个庞杂的课题，我在旅途中曾偶然提起过，但此刻他正面询问我。

“也许能把它归结为一个简单的问题，也就是说，我把事情看得太严肃了。”

戴维说：“这倒不让我惊讶。”

“对，没错。好吧，让我修改一下措辞。我把鸟鸣声看得很严肃。我热爱倾听鸟类和他们要诉说的一切；我热爱研究他们，试图弄明白他们在干什么。哪怕是最小的发现也很让人兴奋。但有些研究鸟鸣声的人并不太把这项工作的严肃性当一回事儿。过去的 15 年里，我发表了不少评论文章，建议改进科学研究方式，以便理解鸟类到底在干什么。你可以想象，我没有太多朋友。”

“你能举个例子吗？”他问。我有点退缩，并不太想重新体验过去的争执，要知道今天是个好天，可戴维自己也是科学家，而且很坚持。

“行，好吧。有一个例子：很多人都认为，一只雄鸟有越多的歌，就越能吸引雌鸟，或越好地与其他雄鸟争斗。教科书里就能读到这个概念。它是个迷人的好故事，但实际上没什么证据，像这样流行的误解非常普遍，让我觉得痛苦。什么？……你想知道它为什么不是真的？”

“好吧，拿那边唱歌的歌带鹀做例子。他可能有 8 首不同的歌，这是附近歌带鹀的歌曲平均数——我知道是因为多年前曾在这附近研究过他们，那时离你出生还有 10 年。那么我们就认为，一只有 9 首歌的雄鸟比一只有 8 首歌的雄鸟更棒，但是，几月龄的歌带鹀开始学习歌曲时，他练习的歌曲可能有 15 首，最后他只保留想要的 8 首，而抛弃了其他的歌。如果一只雌鸟真的会被他所能唱的不同歌曲的数目所吸引，那么只要多留下一首歌，那只雄鸟就会变成摇滚明星。他将比其他雄鸟养育更多的后代，雄鸟间将开始比赛谁有更多的歌曲库。但这并没有发生，不管是歌带鹀还是其他鸟类都一样。”

歌带鹀

歌带鹀
(Song sparrow):
在 11 支曲目里，他用了两首不同的歌（351，2:57）

戴维追问着，想要更多的理由，我简短地列举它们，把焦点放在发现的兴奋、科学的收获，以及物理学家理查德·费曼所写的“绝对诚实”和“科学完整性”上。我向戴维保证，总有一天我会发表一篇论据充分的论文，[1] 彻底地反驳被普遍接受的“越多越好的”观念。非常少的一点儿肾上腺素冲刷着我的血管。

"你还想要一个例子？我可以告诉你我在哥斯达黎加研究的肉垂钟伞鸟课题，这些钟伞鸟是霸鹟的近亲，霸鹟不学唱歌，但钟伞鸟和鸣禽一样学习唱歌。那真的非常令人兴奋，因为每一只唱歌的雄鸟都会连续不断地改变歌曲，以匹配他周围雄鸟唱的歌，因此我们7月的年度采样在每一年都会有引人注意的改变。我们所知道的其他鸟类都不会这么做，甚至其他所有鸣禽也不会，那可都是学习歌曲的专家！鸣禽通常只在生命的第一年里学习，然后这事儿就结束了，两三年后就死了。但钟伞鸟可以活25年，一生都在学习和重新学习的过程中。尽管我对歌曲学习有明确的证据，但那些无所不知、脑子只有绿豆大小的专家[2]没办法跳出自己那一点点大的思维，他们对我的证据荒谬地不予理会……我说了那话吗？……好吧……"

我似乎并不渴望回到学术生涯。当我们到达太平洋，我只希望能想通如何重塑自我。如果太平洋还有1000英里远，而不是就在海岸山脉那一边，那我会更开心。

肉垂钟伞鸟
(Three-wattled bellbird)：
霸鹟的亲戚会学习！一个革命性的突破！
（352，0:40）

我们继续前进，我极为熟悉的威拉米特山脉渐渐地展开了全貌。海岸山脉列在西边的地平线上，喀斯喀特山脉在东边，而我们骑着车穿过旷野。丰饶的农田很大层面上归功于肥沃的表层土，这些土壤是更新世时由米苏拉湖的那些洪水从蒙大拿、爱达荷和华盛顿州带来的。俄勒冈橡树点缀着乡郊，有些孤零零地长着，但以小树林形式存在的更常见。正午热浪中，我们在哈里斯堡的一家饭店里吃午饭，然后沿着威拉米特河在公园里闲逛。戴维游泳，我在岸上晃荡。我们俩都知道，在傍晚更凉爽的天光里，北上山谷的旅程将会更加优美。

一个年轻的女单车手停住了车，她的单车和我们的一样载满东西，惺惺相惜之情油然而生，戴维尤其如此。"去弗吉尼亚，"她说，"两天前，我和网上认识的一个家伙一起出发，但他着迷于每天要走的速度和里程，所以我就让他继续前进。我准备自己走。"她的言辞间透出了她所必须拥有的信心。戴维有

很多建议要和她说，当我溜达出听力范围好给他更多空间时，他正在向她推荐我们的麂皮臀部护理油，这是一种舒缓皮肤的润滑油，可以让我们的屁股更开心地长时间待在车座上。10 分钟，也许是 15 分钟后她离开了，独自离开的，这有点让我惊讶。从戴维的报告里，我接收到了“热”这个词。

在更低的温度（空气温度）和更柔和的光线里，我们适时把单车探险协会的地图放进驮篮里，往“偏航”的方向前进。现在，我们依靠当地人的建议和本地地图来寻找道路，前往一个特别的地方，我希望明天黎明时我能在那里。越过威拉米特河面的大桥，我们停下来欣赏鹗和它的巢，接着往北走上河滨路，爬上被称为“世界草籽之都”的山谷。穿过黑麦草和牛毛草的原野，走在玉米和黄豆之间，如画的俄勒冈橡树映衬着蓝天，经过农庄和看顾田地的农夫，沿着弯弯绕绕的小路——有些是铺面路有些是砾石路——我们找到了往北去的道路，最后拐向西方。我的骑行同伴说，这是“一天中最棒的骑行时刻”。日落之前，我们的行程约 86 英里，离繁忙的 99W 公路还有大约半英里。我们一致同意是时候找个地方离开路面扎营过夜了。绕过下一处弯道后，我们看到有两辆旅行车停在一个院子里，有一个巨大的标识牌上写着“邦迪桥营地”，就好像是魔法专门为我们准备的地方一样。

褐旋木雀
(Brown creeper):
唏–唏–哩咿，来自威拉米特谷
（335，1:08）

“是的，你们可以在后面草地里扎营，在野餐桌旁边的树底下，”我们被告知，“一次淋浴 10 美元。”我们搭好帐篷，洗澡，然后简单地吃了面包和罐头辣酱，倾听着知更鸟和金翅雀，听着一只褐旋木雀在橡树上方唱出怡人的旋律：***咿咿唏–唏–哩咿***。我能在脑海中看到我曾在这山谷中记录歌曲时制作的声谱图，两个高音，一对更快的低音，接着又是一个高音。***咿咿唏-唏-哩咿***，伴随着头顶橡木伸展的枝叶间沙沙轻抚的微风。天光渐暗，景色先是变黄，接着变成泛红的黄，灌溉系统的水流从谷底向天空喷射，就好像是从下方某种巨大的水库中喷出来的一样。

太阳下山后，我钻进帐篷，把闹钟调到凌晨 3 点，为明早的伟大重逢做好了准备。读研究院的 4 年时间里，从 1969 年到 1972 年，威廉·L. 芬利国家野生动物保护区就是我的原野主场。我曾在那里研究比氏苇鹪鹩、斑唧鹀和其他鸟类的歌，从这里上 99W 公路后再走几英里就到。明天，也就是几个小时后，我将重返这片特殊的区域，去看，去嗅，去听。我努力理解一个简单的事实：经过芬利保护区后，明天黄昏前，我们就将抵达太平洋。

第 30 章　回到故里
A HOMECOMING

第 70 天，7 月 11 日：俄勒冈州，威拉米特谷至纽波特

戴维还在睡时，我已经在黑暗里摸索着上了 99W 公路，然后向北前进。一个人在死寂的夜里骑行在白天很繁忙的公路上，这感觉真怪异。我是公路之王，霸占了两边的车道，我可以拐到对面车道上，再拐回自己的车道上，不过后来一辆接近的卡车让我老实缩回到人行道上。

保护区的入口道路还有多远？我伸长脖子，看到了右面的温克尔峰和左边的保护区大标识牌，但是从南边进入保护区真的很奇怪。读研究生时，我从北面的科利瓦斯前往保护区，经过无数次的清晨拜访，我对拐弯处了如指掌，几乎可以闭着眼开完全程。我担心自己是不是错过了应该拐弯的地方，但是于左侧的黑色中，很快浮现出了又大又熟悉的保护区标识牌，欢迎我回到故里。

我沿着保护区的砾石路向西走了一英里，而后向南走 1/4 英里，在一个草原观测平台处暂停了一下，几年前它还不存在。我沿着弯曲的道路又向西走了 1/4 英里，然后我就到了，这儿就是我常常等待唧鹀和鷦鷯开始黎明歌唱的地点。哪怕我完全知道自己在哪儿，这感觉还是完全不一样，因为树都长得这么高了。4 点出头，一片黑暗，月亮刚刚下山，我等着，就像 30 多年前我常常等

待时一样。

唧鹀会是首发歌手，每只雄鸟醒来时都会叫上一两声，***嗞锐——嗞锐——***然后才开始唱他选择的歌曲，以迎接新的一天。他开始会很缓慢地将歌曲重复几遍，接着便更兴奋地切换两三首不同的歌曲。我应该能在这里听到 4 只雄性唧鹀的声音，每只都有自己的领地，每只都要热力四射地和邻居们决斗半个小时。不过现在已经是歌唱季的末尾了，斗歌的时段可能会短很多。

这些唧鹀让我着迷，我好几个清晨都在这里记录那 4 只雄鸟的歌。回到大学后，我用设备给这些歌曲制作图表，相比于如今能立即执行命令的软件程序，当时的制图过程要麻烦得多。研究过这些歌曲后，我得知每一只雄鸟都有 7 ~ 9 首不同的歌可以唱，而这 4 位邻居共享大多数歌曲。我好奇地记录了这个区域其他唧鹀的歌，发现哪怕只间隔了相当近的距离，所有的歌都变了。我用一张雾网（用来捕捉鸟类，系在两个桩子间的细网）捉住了这 4 只焦点雄鸟，在他们的腿上套上彩环。第二年我便得知，这些鸟并不迁徙，而是常驻居民，每一只都在自己选择的领地里度过一生。

能这样窥视唧鹀的生活真是令人满足：年轻的雄唧鹀会离家去寻找空余的领地，通常是在幼鸟 4 ~ 5 周龄时。找到领地时，他可能已有两月龄，他将在离出生地一英里内的地方安顿生活，在那里学习特定的歌曲，我们可以通过这些歌曲识别其歌手邻居的微方言。这样小小的研究课题变成了我的第一篇发表论文，[1] 很令人满足。论文于 1971 年发表在《秃鹫》杂志上，算是一个小小的通行令，使我的工作和我得以被专业鸟类学界评判并接受。

斑唧鹀
(*Spotted towhee*)

在这里唱歌的还有比氏苇鹪鹩，他们的故事与前者大同小异，但我为了展示这一点花费了巨大的努力。写下博士论文重点章节的那一刻似乎是前世的事了，对这一课题的研究可能依然是工作上我最自豪的部分。20 世纪 60 年代，基于人们在实验室里对歌曲习得性的研究，当时的主要观点是：年轻的雄鸟从他父亲那里学习歌曲（大多数母亲并不歌唱）。但我对此表示怀疑。就我所认识的鸟类而言，比如唧鹀和这些鹪鹩，他们的歌会在短距离内迅速发生改变，因此我推断年轻雄鸟必须很有可塑性，并且正相反，离开会唱歌的父亲并安顿下来之后，他们必须学会那特定区域内微方言组成的歌曲。如果年轻的雄鸟在离家后顽固地坚守他父亲的歌，那么这些鸣禽间广泛传播的本地方言将不可能存在。

校正必要信息的计划说起来简单，做起来难。我得对比父亲们的歌、儿子们的歌，以及儿子们安顿下来后邻居成年雄鸟的歌。指导教授最后对我说的至理名言差不多是："雏鸟离家并分散于大千世界后，希望你能有好运气找到它们"。

1970 年的春季和夏季，我在这个保护区的各处网住了数百只鸟。我在两根桩子间搭好雾网，网底用扬声器播放鹪鹩的歌曲，呼咻，领地的主人会来攻击入侵者，并且很快会被缠到网上。几分钟后他便会安然无恙地被释放，只不过可能会有点儿气恼，另外他的腿上还会戴上一个独特的组合彩环，这样我在未来能以肉眼分辨出他。

比氏苇鹪鹩
（*Bewick's wren*）

雏鸟更麻烦。我要等待他们离开巢穴，一家子兄弟姐妹共同移动的时刻。当我发现一家这样饥饿又吵嚷的幼鸟时，我会想象我是其中之一，试图猜测他们接下来要往哪边飞。我会飞奔到那个方向设网，也许是树篱栅下方的两个灌木丛间，然后尽可能让他们飞往那个方向。如果网设置得很完美，我就能捉住一整家。

记录了父亲的声音后，我便在接下来的几个月里在周围区域中拉网式搜寻他们的儿子。一只接着一只，我找到了许多，他们约两月龄时便在选定的终生领地里住下来，大多数都迁出了可观的距离，有的超过一英里。每只年轻雄鸟此时都已经在咿呀学语练习他的歌了，于是我便记录下他和他今年邻居的歌，而后在第二年春季为所有的幸存者再录一遍。结论是确定的：年轻雄鸟明确拒绝了他父亲的歌曲，而学会了他安顿的小社群里的歌曲。

自这两个早期课题开始，我便经常独立倾听鸟鸣声。"你是谁？"我发现自己在问，“你父母在哪儿，祖父母呢？你怎么到了这里？你唱的是什么歌？你是从哪里学的，跟谁学的？”

一只斑唧鹀在叫声中醒来，***嗞锐……嗞锐***……然后他开始唱，要弄着三支不同的歌，从这一首跳到另一首，切换着它们，一如他在每个黎明时做的那样。接着是一只比氏苇鹪鹩，他把一首歌唱了几遍，然后换成另一首，最后是第三首，但我不认得任何一首。30 年前，我了解这里的鹪鹩唱的每一首歌，我曾给它们编号，当我说“1”时，我还能在脑海中看到它的声谱图并听到那首歌。“2”和“3”也一样，一直到“16”，每一只雄鸟都拥有这些不同的歌曲全部，于本地方言库中共享它。但我现在听到的歌是不同的，没有一首有当年那熟悉的曲调。经过了 30 代鹪鹩的更替，本地方言已经改变了。也许每年会多一两支歌或少一两支，有些歌会渐渐变形直至无法辨认。时光中的改变无疑是循序渐进的，正如这些歌随着距离而渐渐改变一样。

在牛蛙的鸣声中，一只黄喉地莺唱了起来，***喂－依－叽 喂－依－叽 喂－依－叽 喂－依－叽***。更多知更鸟加入合唱，然后是一只斯氏夜鸫。这气味如此亲切、如此与众不同，不过我从未费心去弄清楚它到底是什么——我想，应该是青草，可能是在夏季高温中熟化的气味。

我很想在这里逗留下去，但我必须前进了，去另一些喜欢的地点拜访其他鸟类。在马迪溪沿岸的洼地森林里，我停下单车，步行前进，在我不断加长的更新版旧识清单中添上：唱着完整黎明之歌的西林绿霸鹟和一只黄腹丽唐纳雀；美洲木鸭在溪里泼着水，雌鸟们在飞行时尖声叫着***舞－咦—— 舞－咦——***；一只黑顶山雀……没错！就像我记得的那样，它有 4 个音高完全相同的哨音，有时是 5 个，接着他将这首歌换成了你所能想象的最优美的降调哨音串，甚至比墨西哥鹪鹩的歌还要更精致更纯净。这是本地山雀的方言，和我所知的北美大多数黑顶山雀的***嘿－衣羽***之歌有着天壤之别。就好像喀斯喀特山脉隔绝了这里居住的山雀，由此一路至华盛顿州西北部，我们能找到一连串独特的本地方言

斑唧鹀
(Spotted towhee)：
在芬利保护区中醒来，还夹杂着斯氏夜鸫的鸣声
（354，4：03）

曲目，但在不列颠哥伦比亚，***嘿 – 衣羽***之歌再度君临天下，并横越大陆，稳固地穿行直至大西洋。

另一只比氏苇鹪鹩唱了起来，我遵循着旧习惯，举起望远镜，准备在他腿上寻找彩环，但我很快制止住了自己，因为我的老朋友们已经逝去很久了，他们的腿环已经埋葬在30年的落叶层下方。我又专注地倾听一只歌带鹀的鸣唱，享受着他歌曲的声调和韵律，听着他将它唱了9遍，而后换了一首完全不同的歌，你会以为这首歌是另一种鸟唱的。一对大角鸮在旧谷仓边呜呜叫着，激起了久远的回忆：我曾在谷仓阁楼上收集这两只鸟的祖先的反刍小球，然后我会切开这一点鼩鼱和老鼠的骨渣团子，就为了看看猫头鹰都吃了什么。一只橙冠虫森莺唱着他知道的唯一一首歌，一连串迅速重复的高音，接着突然转到一个更低的音频。“我有一首歌就不错，”他可能在说，“因为我不需要两首歌的系统，就像这里的许多森莺亲戚那样。”“可是为什么不？”我想问他。

比氏苇鹪鹩
(Bewick’s wren):
“新”本地方言中4首不同的歌
歌1（355，0:38）
歌2（356，0:52）
歌3（357，0:56）
歌4（358，0:54）

让我惊讶的是，戴维在6点刚过就到了，我们在保护区中心附近的野餐桌边坐下来吃早饭。我很想告诉他在31年后回到这个特别的地方是什么感觉，他的人生还比这时间短7年呢。但我只是向他指出了一些老朋友，他们正在我们周围唱歌。

“黄胸大鹟莺！”我叫着，指着中心的北边那一头。我们听着他奇怪的节目单，又是呜呜又是吱吱，还有其他一些类似的声音。

黑顶山雀
(Black-capped chickadee):
特别的哨音方言曲目，不是普通的***嘿 – 衣羽***
（359，5:39）

“斯氏夜鸫，”他指出，“还有一只知更鸟。”

“没错，还有一只柳纹霸鹟，听到他的3首歌了吗？……如果我们在那头，在一英里开外海岸山脉丘陵区繁茂的花旗松森林里，我们就能听到第十只也就是最后一只‘蚊子王子’的歌。此刻，在那里，北美纹霸鹟正在唱歌，就像他的近亲科迪纹霸鹟在科罗拉多和怀俄明州唱歌一样。”

我还想告诉他，太平洋鹪鹩正在霸鹟下方，在纠结缠绕的森林地表植物中唱歌；暗冠蓝鸦在头顶叫着***祝－祝－祝***；斑尾鸽正在树顶上拍着翅膀。但我忍耐着，让戴维享受一顿安静的早餐。我也在寂静中继续吃饭，只是倾听着，辨认着听到的声音：美洲金翅雀飞过去了，***不－气－我－哩***，***不－气－我－哩***；一只白腹蓝彩鹀正在西边的小路上唱歌；一只歌莺雀在中心建筑上方的树顶上；雪松太平鸟在空中某处边飞边叫着***唧***；莺鹪鹩在谷仓边上咕咕又咯咯。32 年前，我也正是在那里发现了一只特别的莺鹪鹩，他令人吃惊地模仿了许多比氏苇鹪鹩的歌；双色树燕四处翻飞，他们早就放弃了黎明的空中歌唱；***滋耶***，***滋耶***，刺耳又尖锐的升调，这是西丛鸦代表性的鸣叫声，熟悉的叫声响彻山谷。昨天，我还停下来欣赏了一只路毙的西丛鸦，我翻动他，研究他纯白腹下的蓝色项圈，还有头上、翅膀和尾部的亮蓝色，背上的灰色三角，以及暗色的双颊和长尾。100 年前，人们了解大多数鸟类的最佳方式就是将死鸟捧在手上，那时，现代野外指南、望远镜及观鸟者还没出现。我更喜欢现代的方式。

“嘿，一只紫朱雀，就在你后面。我确定他们在弗吉尼亚州罗杰斯山的山顶

西丛鸦

大角鸮
(Great horned owl):
整个家庭——妈妈、爸爸和孩子都在我曾出没的那个谷仓旁鸣叫
（360，1:32）

橙冠虫森莺
(Orange-crowned warbler):
松散的颤音在音高和音量上不断攀升，然后渐渐降低，好像歌手丧失了兴趣和能量
（361，2:16）

北美纹霸鹟
(Pacific-slope flycatcher):
从海岸山脉的丘陵地带开始，这是最后一位“蚊子王子”!
（362，1:58）

双色树燕
(Tree swallow):
黎明时分，空中传来的叽喳声
（363，1:18）

西丛鸦
(Western scrub-jay):
这是一只无所不知的鸟，明确无误的升调***滋耶***，然后是重音的***咦呀－咦呀－咦呀***
（364，0:17）

出现过，但这是我们第一次听到他。听——那里。”我放低手指指向他唱歌的地方。我们听到了一声圆润而快速的啭鸣，一系列动听的颤音，没有哪两个音符是一样的，它们一起上升，然后在末尾下降——非常棒。他还是个漂亮的家伙。“彼得森在他的野外指南里说，他就像是一只褐色的麻雀浸到了覆盆子酱里。”

“红尾鵟，”戴维宣布道。从北面的旷野中传来另一声***宇－衣－啊***，毋庸置疑，是红尾鵟喘息般的流畅叫声。

“我很想在这附近找到一只安氏蜂鸟。他们很特别，雄鸟有一首复杂的歌，是像鸣禽一样学会再用方言唱出来的。它是一段高音的、爆发式的、持续6秒钟的奇妙歌曲，以***急急急***音符开头，结束时非常快，听上去好像***取－啾 击！击！***我们笨拙的耳朵无法解析其细节，不过我们知道这些鸟儿可以，他们彼此学习歌曲细节。”

在清晨的宁静里，其他游客和保护区员工还未出现，我们坐拥整个世界。我的思想在保护区里打着转，拜访着那些多年前就很熟悉的地方。中心那边的卡贝尔沼泽，有斑嘴巨䴙䴘、鹭鸟，以及冬季里数不清的加拿大黑雁。南边远处的鸽子峰，白腹蓝彩鹀可以无拘无束地俯瞰山谷。顺时针环绕，枫丘丰饶的洼地森林里，有红胸吸汁啄木鸟在啄木。越过花旗松间的北美纹霸鹟，是橡树林和它的黑喉灰林莺们。秃丘长满青草的小山上，我第一次意识到整个山谷里栗肩雀鹀的歌是如何以方言呈现的。我又摇晃到北边的褐沼，再到西边，沿着马迪溪的洼地向南一路行到麦克法登沼泽，这里到处是长嘴沼泽鹪鹩。整张地图上都是特殊地点的绚烂回忆，我曾在比氏苇鹪鹩的第一片领地里捕捉他们的家庭，稍后再去发现他们的年轻雄鸟；我曾站在冬雨里，和一只山猫面对面地彼此研究了半个小时；这里在 8 月里能结出最棒的黑莓；还有一大群鹿曾在那里闲逛。

“当我还在你这个年纪，刚刚 24 岁时，这个保护区就是我的人生。我在这里到处给鹪鹩套环，记录他们的歌声，开始研究唧鹀、歌带鹀、栗肩雀鹀、莺鹪鹩等各种鸟类。你是在我们搬到纽约几年后出生的。”我们的人生很不一样：我在他这个年纪又专注又忙碌，已经开始工作并建立家庭，可他此时还是单身，可以花两个半月时间陪他父亲骑车横穿美国。当我父亲 80 岁时，他依然热爱单车，但我却回想不起自己有没有和他一起骑过车。现在我为此感到难过。

在我们向前骑行，越过秃丘侧面开阔的草地时，一只雄性西蓝鸲停在一块保护区标识牌上，紧张地看着我们路过，他叫着***就，就***。小丑脸的橡树啄木鸟在维修库朝我们发出刺耳的笑声***啊啦－啊 啊啦－啊 啊啦－啊***，他们总是在那里。我也许永远也不会再在课堂上讲授鸟类学了，不过在之前的课堂上，我们曾谈到过这些繁殖群体的伴侣共享和群体性爱，两三只雌鸟会在同一个窝里产卵，每只雌鸟都尽其所能让自己的卵成功孵化。还有关于觅食的课，这种啄木鸟会一整群在树上钻出浅洞，以储存橡实，整棵树上会布满数千个这样的储存点，变成一个大粮仓。我的思维被一只珠颈斑鹑打断了，他喊着***耶－啊－和!***就好像

芬利交响曲（365，11:30）：**白腹蓝彩鹀**，迅速、简短、重复的歌曲；**紫朱雀**，如此丰润，活泼的升调啭鸣；**橙冠虫森莺**，渐渐高涨又退去的颤音（有人说它们很无趣）；**黑头威森莺**，不连贯的吱吱声，唱得很认真；**歌莺雀**，一只年轻雄鸟在寻找自己的风格；**黄昏雀**，另一种不唱歌的鸣禽，只有两声特别的鸣叫

红尾鵟（Red-tailed hawk）：气喘般的尖叫声，在芬利保护区的旷野上方懒洋洋地飘散（366，1:11）

红胸吸汁啄木鸟（Red-breasted sapsucker）：枫丘的敲击手击出了漂亮的旋律（367，1:59）

他被错置在了这片西部地带。

我们向西头出了保护区，远处的陆地上升成海岸山脉的丘陵带，离太平洋还有 35 英里。我打开录音机："一只鹪雀鹛唱着***亿－亿－亿 亿－哩－哩－哩－哩－哩－哩－哩－哩－哩－哩－哩***，就像是在衷心欢迎我们进入他的海岸领地。我几乎能嗅到那腥咸的海沫，听到浪花在黑色玄武岩岬上拍碎的声音。"他又唱了起来，开始比较慢，然后突然加速唱出迅捷的颤音。我希望他的伴侣也加入，她拉长的***亿－亿－亿－亿－亿***之歌没有更快的颤音，不过今天她没出声。他们潜藏在下层林丛里，习惯性地躲在别人的视线之外，这幽灵般的鸟儿是红褐色的，和鹪鹩一样大，尾部看上去比身体长很多。他们似乎对此仍存疑虑，总是以古怪的角度往这边或那边翘起尾巴[2]，像是依旧想把它搞清楚。我们离开了，我在脑子里想象和他们分别的画面。

沿着区边界往北骑去，我们收到了保护区的最后一份礼物：一只赫氏莺雀在右边一片荒废的苹果园中唱着歌。他表演的节目真是靠不住，同样简单的歌曲重复了一遍又一遍，大约每一秒钟一次，像是永远也不会完结的同一首歌，听上去倒像是一只呆头伯劳。***居***……***居***……***居***……我们停下来等着，他终于换了一首，***举－意***……***举－意***……***举－意***……大家都猜测他有多少不同的歌曲，因为没人有耐心听他把它们全唱出来。

我的思绪掠过整片到处是莺雀的大陆，听着弗吉尼亚州和东部森林里的红眼莺雀、白眼莺雀、蓝头莺雀、黄喉莺雀和歌莺雀；听着大草原灌木丛中的贝氏莺雀；听着西部山岭中的铅氏莺雀和卡氏莺雀；以及如今的赫氏莺雀。

黑喉灰林莺
(Black-throated gray warbler)：
他的歌声都在 i 区，唱着***吁激 吁激 吁激 咿***
（368，1:23）

橡树啄木鸟

橡树啄木鸟：
(Acorn woodpecker)
笑声般的叫声，非常适合他们小丑般的脸
（369，0:51）

郝氏莺雀
(Hutton's vireo)：
没完没了的重复，和一般的莺雀一点也不像
（370，2:04）

相对同一属的其他大多数种类，他们的歌是短小且简单的，但雄鸟会炫耀他们的曲库，歌曲的多样性显然对赫氏莺雀很重要的。只有白眼莺雀会多少像赫氏莺雀般重复歌曲，但其每一首歌都是复杂且多分部的，每一只鸟都“很兴奋”，重复曲子时，他会合理地等上 5 秒钟，整场表演绝不会像赫氏莺雀般对我们的耳朵造成负担。

我们把芬利保护区甩在身后，朝北面沿威拉米特谷的西缘行进，很快便在左边看到了玛丽峰，那是海岸山脉的最高峰，高耸达 4000 英尺。我曾在那山峰的高处见过古老的玄武岩，它们曾是太平洋海底的构成部分。太平洋板块的一大块“应该曾被”北美板块俯冲消减在下方，但它“决定”要浮上来，并自行加入北美大陆，从而使俯冲带进一步西移。持续的俯冲恰到好处地将俄勒冈州的新地形抬高，形成了海岸山脉[3]。

在法洛马斯，我们向西穿过鹪鹩村——这是我有史以来最喜欢的镇名，然后沿 20 号路往纽波特骑去。尽管已时至 7 月中旬，鸟儿们仍在唱着，在田野里、在沿路的冷杉林里，我听出了太平洋鹪鹩、金翅雀、灯草鹀、白冠带鹀，还有北美纹霸鹟简单的叫声。我们还能清晰地听到黄昏雀具有穿透力的叫声，以及其更刺耳的鸣声，这显然就是黄昏雀完整的曲目表了，表演来自一棵花旗松顶上的一小群鸟儿。我微笑着想，我有一张短清单，列了丧失歌曲的鸣禽，黄昏雀也在其中。

最后一日骑行应该如此，充满喜悦，有歌唱的鸟儿伴随，路肩宽阔，无牵无挂，一切都很完美……直到我们遇上一大段被标识为“安全走廊”的路。我的第一反应是“真奇妙”，因为它听起来似乎不错，但我很快知道，它意味着“小心你自己的性命”。这段路穿行在起伏的地势上，不但狭窄，而且弯道突兀，“禁止通行”的地带没完没了地延伸。越来越大的卡车、野营车和大型房车隆隆驶过，清风房车、湾流房车、温尼贝戈房车和入侵者房车（光听名字就让人不喜欢），看上去都像是没有司机，全都好像未曾察觉有单车手这样无足轻重的东西。我们更多时候需要离开路面，而不是骑在车上。这不再是完美的一天了。

“我有没有告诉过你，剑桥那个饭店里某个卡车司机的事？”戴维问，“他

描述一只鹿的柔软尸体是怎么从他卡车上弹开的。'你开过一个弯，突然那里就出现了一只鹿。砰！它飞出了路面，而我什么也没感觉到。我猜一个单车手也和它差不多。'然后他就继续喝他的啤酒了。"

一逮到机会我们就绕道了，找到方向来骑至麋鹿城，接着骑上沿亚基纳河的上游分支至托莱多的路。在抵达纽波特的 10 英里路程中，我们将大约 4300 英里长的大陆抛在身后，在亚基纳湾边骑行于一片小雨中。即便整个穿美路线中真的有哪片乡野比这里更美好，我也很难评判其高下。河湾渐渐扩大成纽波特一英里宽的广阔河口。海鸥停在浮标、码头和废弃的桩材上叫着，那些桩材看来已被海洋回收。歌带鹀在路边的灌木中鸣叫，沼泽鹪鹩在河湾边的芦苇丛里，以他们独特的西部风格精力充沛地咕咕叫。这里有帆船、渔船和游船等船只，有些正以发动机或以帆航行，不过当我们接近纽波特时，它们大批停靠在岸边。亚基纳湾桥则被前方的雾气笼罩。

长嘴沼泽鹪鹩（Marsh wren）：以相应的歌曲和相反的歌曲决斗，只有西部长嘴沼泽鹪鹩能这样做（371，6:15）

我们在纽波特的莫斯饭店庆祝此行，这个所有人都喜欢的海鲜饭店就建在岸边。我们用蛤蜊浓汤灌满自己，竭尽全力吃下大量海鲜和烧烤。往南穿过城市时，我们迎上了一阵凛冽的逆风。越过亚基纳湾桥，整座桥如同被施了魔法般悬在上方的云中，飘浮在下方深处不可见的海湾之上。灰色的雾气里，我们能听到太平洋和雾角的声音，但我曾想象过我们抵达时的景象，头顶蓝天，泛着白沫的巨浪，蓝色的太平洋。旅程不应该像现在这样结束。

我们进入城市南边的南岸州立营地，发现在这个繁忙的周六，整个营地都“满了”，数百个扎营点都已被占据，但我们可不会上当。在近乎空旷的远足及骑手区，我们在发育不良的松树林下找到一块平地，搭起了帐篷，周围都是沿海岸线南行去加州的骑手。我们随便乱逛，和其他骑手交换故事，找到了休息室和沐浴间，在每个扎营点目瞪口呆地看着那些精奇的露营装备，然后沿着小路走到海边，站在沙丘上，听着海浪声、风声、雾角声、海鸥的叫声，却看不见多少景象。虎头蛇尾，没错。刘易斯和克拉克在看到太平洋时“欣喜若狂”。我们曾想象过这个时刻，一直认为我们会有什么意义深远的东西可以讲给子孙后代听。在雾气里，戴维费劲说了一句：“好冷。”

爬进帐篷后，我们一致认可，我们的旅行不能结束在一个飘着大雾的、拥挤的营地里。明天将会不一样，我们宣布：在我们个人预报的明亮阳光和顺风之中，我们将沿沙滩和岩岬往南航行，那些泛着白沫的浪花会在岩岬上撞碎，翻涌的蓝色太平洋将向西延伸至天边。明天将是更合适的终场。

第 31 章　陆地尽头
LAND'S END

第 71 天，7 月 12 日：俄勒冈海岸

离日出还有一整个小时，我独自走在营地荒凉的车道上。“终场，”我突发奇想，“这就是终场。”从一片海洋来到另一片海洋，70 天来，我每个早晨都在庆祝黎明，而这里是我的最后一站。

此刻一片寂静，只有在一个个扎营点里整齐排列的幽灵般的金属滚动房屋中传来的几声叹息和呻吟，还有远处海洋的咆哮。我拐上一条沙石路，向海面走去，走进了矮松间。突然间，我就被传送到了另一个世界，我的世界。

一只斯氏夜鸫醒了，先是叫着，掠过一串混杂的精美音符，有些升调，有些降调，有些很稳定，有些长，有些短……最后他唱起来了。我站在离他不到 10 码的地方，一首接一首地听着，每一首都是他的双音杰作，盘旋着向天空飞升。我的耳朵渐渐分辨出了他 3 首不同的歌曲，序列始终如一，A B C A B C……我飞掠过大陆，重访了其他斯氏夜鸫，想象着，在弗州罗杰斯山

斯氏夜鸫
(Swainson's thrushes):
醒来的鸟儿们正一起鸣叫
(372，2:03)
清醒时的叫声，接着是歌
(373，4:31)

斑唧鹀
(Spotted towhee):
在我们的营地里，在太平洋的咆哮声和雾角的低音里
(374，5:19)

顶的他们；在怀俄明的提顿山脉遭遇野蛮的暴雨后，静寂中骑车穿行于他们中间；在蒙大拿州和他们一起攀上约瑟夫通道；现在，在这里，在太平洋边。

一只斑啁鹀在离我更近的地方醒了，叫着……***嗞锐***——……***嗞锐***——……***嗞锐***——然后开始唱。每首歌都一样，用简单而迅速的蜂鸣音。他突然换了一首歌，开场是含糊的降调重音哨鸣，后面跟着更慢些的颤音。我流连于此，他又唱了其他歌，一共有不同的 6 首，每首都唱 20～30 遍。他的声音里，我听出歌唱季正渐渐终结。现在是 7 月中旬，雌鸟们早已决定了由谁来做后代的父亲，他对黎明的渴望已经消退了。他以一种闲适的节奏唱着，把每首歌都重复很多遍，而不是疯狂地在两三首歌间迅速切换，以此与邻居们交战。“终场。”他共鸣着。

暗眼灯草鹀
(Dark-eyed junco)：
重复的干巴巴的颤音，还带着一点儿灯草鹀典型的叮当声。还有太平洋和雾角的声音（375，2:27）

栗背山雀

越过啁鹀之后，我在松树间的小路上逡巡，倾听着……一只歌带鹀、一只比氏苇鹪鹩、一只黄喉地莺、一只灯草鹀、一只黄腰林莺……接着被一小群栗背山雀绊住了。他们的歌唱季也基本结束了，妈妈和爸爸开始养家糊口，一家全都在这儿。他们轻快地飞掠我身侧的枝条，停下来打量我，就像我也打量他们一样。我们面对面，彼此相望。他们是重为 10g 的神奇小鸟，有着华丽的栗色背部。他们每一只都看着一个比自己大一万倍的生物，这个生物上半部分是荧光黄色，下方有两根长长的黑柱子支撑着，也许我整个人都没什么奇妙之处，否则他们会想要点评一下。

好吧，他们开始评论了，叫着高音且尖锐的***喊－咿－叽－叽***，这是他们独有的***纪－滴***版本。“丢失哨音的山雀，”我这么想着。栗背山雀和我们横越大陆时听到的那些会哨鸣的山雀只有很远的亲属关系，后者包括卡罗山

栗背山雀
(Chestnut-backed chickadee)：
没有歌，只有各种各样的鸣叫声，包括特有的带鼻音的***喊－咿－叽－叽***（376，0:23；377，1:28）

雀、黑顶山雀和白眉山雀。在这最后一个早晨，在纽波特港的雾角声中，山雀迷宫的最后一块拼图拼上了。真棒。

黎明大合唱以一种慢速的、寂静的、参与者甚少的方式进行着。营地入口处，几个垃圾箱和四车道公路定向牌之间，一只单身白冠带鹀唱着海岸方言。东边高高的常绿树间传来一声***咿，喂哟***！宣告了一只绿胁绿霸鹟的存在。金翅雀在头顶叫着***不－气－我－哩，不－气－我－哩***。一只橙冠虫森莺以高音开场，接着突然将他的双分部歌曲切换到了更低的音频。

附近一棵树的树顶，一只牛鹂以飞行哨鸣宣告了日出。不过真古怪，我专心听着这哨鸣，它听来流畅不定，和我预料中的完全不一样，我以为一只经验成熟的成鸟应该唱出特别的、尖锐的、可重复的哨鸣音。这一定是一只正在学习本地方言的年轻鸟儿[1]，他的生活刚刚开始。我轻声把这几个字说了出来，“他的生活刚刚开始”，然后顿悟地笑了起来。我的思想就如他的哨音一样流畅不定，我心里有两个声音正在撕斗着，一个小小的声音说“终场”，但另一个越来越大的声音表明“是开始！”

还有一个声音在诉说，是一只发出哨鸣的山雀，属于黑顶山雀那一种。我听到同样高音的两声长哨音，就像***嘿 嘿***，一遍又一遍。我知道后面还会有别的歌，便继续听着，第二首歌终于登场，它由 4 个简短的哨音组成，有时达到 7 个，音高全都一样，***西－西－西－西－西***。他很快又回到***嘿 嘿***，轮流唱着这两首歌。这真不错，在陆地的尽头，黑顶山雀原来还有另一种歌曲方言。我真想知道，俄勒冈和华盛顿州的西部还有多少不同的鸟类方言，它们是不是全都被喀斯喀特山脉遮蔽隔绝，于是和北美其他地区的大量***嘿－衣羽***分离开来？

短嘴鸦
（American crow）：在简单的***呱***声后，隐藏着一只智慧生物。另外还有斑啣鸦的声音
（378，1:27）

附近的松树顶上停着一只乌鸦，它是最有智慧的造物之一。他有他的话要说，接着便开始了，他一边飞一边呱呱叫着，连带着他的智慧一起消失在远方。我渴望能跟随他，无论他去向何方。

7:00，周日早晨的营地渐渐活跃起来，但戴维还没有。

我想起他第一天说的话："最好不要在日出前起床。"那时我们还在弗吉尼亚州的约克敦，对他来说，旅程的结尾和开头一样。我爬回睡袋里，渐渐觉得在这样好的天气里再多睡一会儿也不错。

我们终于起身吃了又一顿燕麦粥当早餐，上路10周，我们仍然吃得很好。在这个安静的骑手区中，其他骑手也开始活动了，消息渐渐传开，说我们刚刚完成了一件大事，那是穿越美国之旅，是所有单车旅行路线的祖宗，走完了1976"二百周年骑行"的路线。访客络绎不绝，有的是一个人来，有的是两三个人来，他们全都在太平洋沿岸单车路线上掺了一脚。就像旅行车手常做的那样，我们交换故事，比较装备，一起庆祝，一切都很棒。

早餐过后，戴维和我一起在小路上漫步。鸟都安静了，仿佛不存在一般，不过我能听到他们无言的声音。我们很快就站在了太平洋边，呼吸着腥咸的空气，看着海鸥于风中俯冲鸣叫，欣赏着由某种古老的海底砂岩成分粉碎而成的沙滩，注视着一片作为70天旅行目的地的海洋。"欣喜若狂？"我问道，很疑惑我的感觉为什么不像刘易斯和克拉克看到太平洋时的感觉。"还是很冷。"戴维回答。

上午匆匆而过，闲适地吃完午饭后，我们找到单车，向南骑去。雾气被蒸发了，最后的骑行甚至比想象中还要完美：碧空万里，阳光温暖而灿烂，风改向了，现在它从北面吹来，温和地将我们推向前方。我们先是在假日海滩逗留了一会儿，然后去了洛斯特克里克，接着是奥纳海滩，又骑过其他的海滩，最后到达海豹岩。在这里，顽固的黑色玄武岩岬抵抗着海洋的进攻，海鸥聚集成一个大型群落，抚育他们的幼鸟。"这不可能是结束。"我对自己说，但我反应过来，"这"作为先行词并不明晰。

海豹岩南边，一个孤单的骑手正在接近，他的整体外貌看上去很熟悉……是约翰，是我们自堪萨斯后就再没见过的英国朋友！热忱的问候结束后，我们回到海豹岩，用热狗和一大桶俄勒冈黑莓庆祝我们的旅程。"马克和我是通过网上的一个骑行论坛碰头的，"约翰告诉我们，"我们俩搭档得不

西美鸥
(Western gull):
在海浪声之上，来自海豹岩岬的"长鸣"
（379，6:45）

错，不过到了怀俄明州，马克就想飞走了，于是他就冲到前面去。自那以后我就没见过他，不过我听说他离开我的那天骑了 180 英里。”马克还被“拘留了”，约翰说这事之前，我们便早已知晓，因为他在密苏里州乱穿马路。消息在骑手之间传递，可能是在路边说的，可能是在旅社留言簿上写的，或者是由微风轻轻吹来的，看起来像是那样。

过了沃尔德波特，戴维在海滨州立公园停下了，他要去游泳，能让别人甚至不想去踩踩水的水温也没吓住他。而我照着横穿美国的骑手惯例，把前轮浸在太平洋里，尽我所能地庆祝这标识旅行末尾的一刻。我们给彼此照了特写照片，我们的脸风尘仆仆，但是容光焕发。我们流连着，欣赏着从 5 月初就出现在我们脑海中的大洋。而我心里仍在琢磨，我人生中最棒的 70 天能如何改变余生。

“已经 5 点了，我们居然只骑了 17 英里。”我假装嫌弃地说。我们大笑起来，意识到我们创下了旅程中“没精打采”程度的历史纪录。戴维研究着地图：“让我们再骑 15 英里去沃什伯恩公园，那里好像有个安静的营地，还有一片不错的海滩。哦，还有一个给你的奖赏：这是一天中最适合骑行的时刻。”他提醒我。

刚过亚查茨，海边又升起了岩岬，在斯氏夜鸫和太平洋鹪鹩的曲调中，我们爬上佩蓓角，这是一块抵御海浪的巨型玄武岩，它在海底生成，现在已上升到所有人都能看见的此处。在黄昏柔和的光线里，在饱经风霜的西加云杉下，我们停驻前望风景。下方，波浪往伸向海面的玄武岩角上打出白沫，那里的潮池中无疑满是海胆、海葵、海星和其他生物。南边，来来去去的波浪爱抚着一片暗色的沙滩，那里的海岸成分并不是粉碎的砂岩，而是黑色玄武岩的细小微粒和卵石。西边什么也没有，只有蓝色的天和海，渐渐融进灰色的海平线。

太平洋鹪鹩
(Pacific wren):
充满了最高级的元素，如此小的一只鸟儿竟唱得如此热烈非凡
（380，7:33）

下了岩角，我们又停在魔鬼洞和库克窟处，海浪给玄武岩拍出裂隙，掏出空洞，并将继续重击。这里的玄武岩一点

儿也不像那些慢慢冷却形成的常规六角形岩柱，比如俄勒冈中部皮克彻峡谷里的；相反，这些枕状石块是因玄武岩一被喷出就在海中直接迅速冷却而形成的。岩石结构就像它能开口说话一般讲述了自己的故事。稍后，在全无任何“娱乐交通工具”的纯朴的沃什伯恩公园里，我们快乐地搭好了帐篷，然后前往海滩，为这次旅程做一个收尾：

好吧，我们在这里了，现在是7月13日晚上8:32，我们正走向海边倾听怒涛声……离日落还有半小时，我们准备吃一顿由意大利面、胡萝卜和乳酪组成的晚餐。这可是我们**第一次吃**！

“你是在录音吗？”戴维问，我评论了他旅行中最爱做的餐点，他可能有点儿被逗乐了，也可能有点儿恼火。不过他应该知道我也喜欢吃这个。

我点点头，继续道：

最后的15英里，光线和海洋超凡绝俗。“一天中最适合骑行的时刻。”我们大量拍摄照片。海洋在***咆哮咆哮咆哮***。我们沿路听到许多太平洋鹪鹩、鹪雀鹛和斯氏夜鸫。但海洋真的太壮观了，尤其是佩蓓角附近。在高处俯瞰海洋的感觉真是无与伦比，蓝的天，蓝的海，白色的波浪舔舐着沙滩，撞击着黑色的岩岬。

当我们尽情享受精美的晚餐时，太阳沉入太平洋，戴维推着自行车站在沙地里，这样我们就能看见阳光在他单车框架的剪影后面慢慢消失。日落半小时后，我们等到了满月，月光照亮了向东延伸的沿海丘陵。

稍后，戴维还留在沙滩上，用手机给朋友们打电话。他想的和我一样，“这不是结束”，但他的“这”比我的“这”更具象一点。他正在计划骑车从旧金山湾区南下直至南美最南端的火地岛。不久的未来，他的骑行还会继续。我回到帐篷里，窝在一片由松树、云杉、冷杉、雪松和铁杉组成的沿海雨林之

中，安定在杜鹃花、越橘、沙龙白珠树和石兰之间，太平洋在远处沉沉地怒吼着，我试图让这一天结束。

我的意识在俄勒冈海岸线上下飞掠，想象着日间与夜间此处独有的一切声响：离岸岛屿上的白腰叉尾海燕；斑海雀于黑暗中一路找到内陆的原始森林，在那里筑巢；海鸥、鸬鹚、海鸦和海鸠筑巢在岩岬上；海岸线上的蛎鹬、紫鹬和翻石鹬；海岸灌木中的鹪雀鹛；黑顶山雀和白冠带鹀的本地歌单。他们全都在这里，在太平洋的咆哮声中发表着意见。

我追溯着我们的路线，从 71 天前自大西洋始，先是于弗吉尼亚至俄勒冈的乡野间在州与州间飞掠，然后一天接着一天，逗留在真正特殊的个体边，沿路听着各种各样的声音。最值得纪念的声音涌到前方，接着又在浪潮中退去，这是从大西洋一路掠至太平洋的声浪，就如黎明的第一道阳光，就如每日横扫大陆鸟鸣声的浪潮。

鹪雀鹛
(Wrentit)：
在大陆的尽头，一曲雌雄二重唱：太平洋海岸灌木之歌
（381，1:47）

但它结束了。自孩提以来，我第一次撇开工作的暑假已然成为历史。我们自由骑行的美国发现之旅被太平洋突兀地截止。是时候回家了。我重新振奋精神，预备忍受工作场所里堆到天花板的那些垃圾，是时候再一次陷入我曾抛在身后的生活了……

哈！我想到这里时大声笑了出来，***我在骗谁呢？***我不可能再转变自己去适应家乡大学的工作生涯，再教几个班，再发表几篇研究报告，慢慢地窒息于大学政治和其他专业性的废话。我不干。在体验过这样自由的旅途后，**不**。10周前在大西洋，那个以我的名义开启这段旅程的人是谁？一个完全陌生的人。他在大陆中的某处消失了，遗失在了大草原的草海中。

新的人生开始了，我不再是克鲁斯玛教授。我们在海滩上为自己举行了毕业庆典，吃了一顿意大利面盛宴，听着日落月升的合奏。“我想它实际上是个简单的选择，真的。忙着活，或者忙着死。”安迪在《肖申克的救赎》中这么说——这是我一直以来最喜欢的电影台词。我做了我的选择，它早该发生。我选择生活，全心全意地生活，全心全意地倾听鸟鸣声，和所有愿意倾听的人一起大声为之欢庆。

尾声
他们现在在哪儿？
EPILOGUE——WHERE ARE EY NOW?

2016 年 1 月

在结束这次穿美之旅后不久，戴维就开始策划从加州的湾区骑行前往南美最南端的火地岛。这次冒险中的丰富经历足以让他向世界传达气候变化的讯息，他出版了一本书记录他的工作：《单车日记：2.1 万英里的气候发现之旅》（见 www.RideForClimate.com）。自此之后，戴维开始为气候科学发声，参加了许多关于气候变化的世界峰会（比如 2010 年的哥本哈根峰会和 2011 年的坎昆峰会），还参与了关于这些重要课题的公众教育。作为一名“数据记者”，他为赫芬顿邮报和气候中心组织等机构写作，还是斯科尔全球危机基金会的研究分析师。最近，戴维完成了一次历时 10 个月的骑行，与他的妻子林德赛一起横穿亚洲。有时，他也会停下来听一只鸟歌唱。

唐纳德自由了。结束了 2003 年这次穿越美国的自行车之旅后，回家才几周时间，他就离开了马萨诸塞大学的教授岗位。唐纳德一直在寻找方法与广大听众分享鸟鸣声的魔力，他的第一本书《鸟类的歌唱生活》于 2005 年出版，获得了“约翰·布罗奖”

的自然史写作奖，很快美国观鸟协会又为其颁发了第二个奖项。2008 年，唐纳德的两本《后院鸟鸣指南》由编年史出版社出版，之后，《季节性鸟鸣》在 2009 年由霍顿·米夫林出版公司出版。这些天里，他正在某处倾听鸟儿的声音，想着如何才能以最佳方式捕捉这些体验，以与他人分享。他总是停下来，听鸟儿歌唱。

注　释
NOTES

序言

1. **从东骑到西，还是从西骑到东？** 另请参阅伊肯伯里（Ikenberry，1996）。
2. **“自由地向西行。”** 见于亨利 · 大卫 · 梭罗《散步》《远足》文中，两篇文章于梭罗去世后的1862年6月发表在《大西洋月刊》的第266页。

第1章　出发

1. **一只知更鸟开始唱歌**。欲了解更多关于知更鸟及各种其他鸟类的信息，可参见我的其他书籍：《鸟类的歌唱生活》(2005)、《季节性鸟鸣》(2009)，以及东部和西部的《后院鸟鸣指南》(2008a, b)。您可在ListenigToAContinentSing.com网站听到所有的鸟鸣声。请参阅5页了解如何浏览该网站。
2. **棕林鸫……两侧鸣管**。其双鸣管的魔力亦可见于克鲁斯玛（Kroodsma，2005）声谱图第237—245页的展示。和其他鸣禽一样，棕林鸫在其气管基部有两个鸣管，他用左鸣管唱低音，用右鸣管唱高音。
3. **一棵宏伟的“进化树”**。关于更多“树的思考”，请见达尔文（2005）。
4. **Mitakuye oyasin**。“人类也是一种动物……哪怕是最细小的蚂蚁，哪怕是一只虱子，甚至是一朵最小的花……它们都是亲属。我们的祈祷文用Mitakuye oyasin这两个词来结尾，意思是‘一切都是我的亲属’，这一切包括了这片大陆上的每种生物：种植的、爬行的、跑的、蠕动的、跳的和飞的。”白河苏族的珍妮 · 理丁 · 克劳德（Jenny Leading Cloud）说。尔多斯和奥尔蒂斯（Erdoes and Ortiz, 1984）。

5. **自制易拉罐炉子**。见 http://www.wonderhowto.com/how-to-make-soda-can-stove-189957/。

6. **胜利！胜利！胜利！**有些野外指南建议的记忆符是***敌－克－利***！不过只要这记忆符能表现出这是一支响亮又如铃鸣般的歌就可以了。

第 2 章　和平与战争

1. **迷你光碟录音机**。我们在这次旅行中使用的主要是一台 Sony MZ-N707 迷你光碟录音机，它配有 Sennheiser ME66 短定向麦克风。

2. **“这只卡罗苇鹪鹩的歌真是展现出了惊人的变化性。”**戴维录下了这只雄鸟在 4 分半钟时间里唱的歌，它的实际序列如下：A A A B C B C B C B D B D B D D D D D D B D B D D D B D B D D C D B D B D B D B D B D B D E D E E E D E E E E E E E E E E E E E E E E。

3. **希望我们的野外指南能派上用场**。我们选择的是考夫曼（Kaufman）的野外指南（2000），它很轻，非常适合横穿全国的单车旅行。

4. **有着相似歌曲的邻居是很罕见的**。关于褐斑翅雀鹀如何互相学习，请见克鲁兹玛（Kroodsma，2005），第 313—320 页。

5. **“超过 5000 名死者及重伤者。”**莫尔文高地顶端一面写着“最后一日”的标识牌上如此阐述。

6. **6 万……联邦军的战亡数……邦联军的阵亡人数至今未知**。http://www.civilwarhome.com/casualties.htm。

第 3 章　柠檬水

1. **猫鹊乔纳森**。海鸥乔纳森是巴哈（1970）描述的一只超级海鸥。

2. **褐弯嘴嘲鸫……能唱 2000 多首不同的歌**。请见克鲁兹玛（2005）。

3. **《候鸟的飞行鸣叫》**。埃文斯和奥布莱恩（Evans and O’Brien，2002）。

第 4 章　蓝岭黎明

1. **“琼·柯里，曲奇小姐。”**让人难过的是，琼在 2012 年 6 月 16 日去世了，享年 91 岁。

2. ***摇摇救救呦呦扬扬飞呦***。西布利（2000）的记忆符。

第 5 章　弗吉尼亚高地

1. **一路直抵火地岛**。他做到了！见 RideForClimate.com。
2. **"为这见鬼的世界……界限"**。海斯（Hays，1995），第 xi—xii 页。
3. **《弗吉尼亚观鸟指南》**。约翰斯顿（Johnston，1997）。
4. **霸鹟没有去占个好位置**。查普曼（Chapman，1939）。

第 6 章　阿巴拉契亚

1. **这就是单元音……可以判定你是否归属于此地**。帕克特（Puckett，2000）。
2. **有一个更重要的因素**。蒙哥马利（Montgomery，2000）。
3. **唱着非本地歌曲的歌雀**。比彻（Beecher）等人（2000）。
4. **牛鹂……并非流浪鸟**。罗斯汀和弗莱舍（Rothstein and Fleischer，1987）。
5. **黄腹地莺可以升高或降低歌曲的音频**。莫顿和杨（Morton and Young，1986）。
6. **东部和西部鸟类的歌唱基因与歌曲……相异（柳纹霸鹟）**。塞奇威克（Sedgwick，2001）。要辨认外貌相似的霸鹟，基因是比羽毛更好的辨认指标。

第 7 章　布恩乡间

1. **他们好像……"……一种令人难受的、结结巴巴的版本"**。沃尔特·法克森（Walter Faxton）引用自本特（Bent，1942）。
2. **《禅与摩托车维修艺术》**。波西格（Pirsig，1975）。
3. **（旅鸽）的数量多得**……布洛克斯坦（Blockstein，2002）

第 8 章　天堂骑行

1. **罗伯特·富尔格姆的墓地**。富尔格姆（Fulghum，1991）。
2. **椋鸟……不受法律保护**。依照《候鸟法条约法案》（U.S.C.703 第 16 章，U.S.C.3571 第 18 章），除合法狩猎季节之外，如果你杀了其他任何一种鸟，或是你家的猫杀了任何一种，你就要被处以 5000 美元的罚款或监禁 6 个月。

第 10 章　重新上路

1. **斯皮札雀都有同一首歌**。斯库克（Schook）等人（2008）。

第 11 章　曙光拂过肖尼

1. **人类也可以玩大致相同的配对游戏**。在纳米比亚的一个半游牧族群中，17.5% 的新生儿由一位非婚姻配偶的男性抚养，31.8% 的女性有至少一个孩子属于上述这 17.5%。谢尔扎（Scelza，2011）。
2. **坐在 5 亿年前**。弗兰奇（Frankie，2004）。
3. **还是刚刚……的玫红丽唐纳雀**。亦见于艾略特（Elliott，2006）。

第 12 章　奥沙克山脉

1. **“那是什么？”“一只雄性红翅黑鹂……”**贝莱茨基（Beletsky）等人（1986）。

第 13 章　普雷里之光

1. **回忆着我所知的……少许信息**。以下是我曾从某只贝氏莺雀处录下的实际歌唱序列。每一行都用时 1 分钟，A、B、C 和 D 黑体加粗，显示他在唱了 3 分钟的 E～H 曲段后，又如何回到了这 4 段曲子：
   A B C A D C A C A E F E C F E G F E F E G
   F E G F E G F E G F E F E F E G F E G F
   E G E F E G F E G F E G F E G F E G D
   F E G D H B H B H B H B H B H B H C B H
   B H B A C A B H C A B C A C A
2. **从左鸣管迅速切换到右鸣管**。艾伦和萨瑟斯（Allan and Suthers，1994）。
3. **“开声乐课的知更鸟”**。彼得森（Peterson，2008）

第 14 章　堪萨斯之海

1. **黄昏鸟**。远古鸟类，常常因他们的拉丁名（*Hesperornis*）而闻名。

第 15 章　矮草草原

1. **鸟类学课程中……多年来**。见赖辛（Rising，1983）。
2. **一边唱歌……在他的领地里飞着十字形**。在仔细倾听后，我渐渐明白了，这只卡氏珀卡雀鹀的歌曲有 4 个版本，在十分多钟的时间里，他以分钟为单位，以下列序列鸣唱它们：

DBCBD, ACBD, CCBA, DCCBB, CDCAC, DCCBBCC, DD AABBB, DDCCAA, CDDBB, CCCAA。

3. **仓鸮……那里藏着两只耳朵**。见克努森（Knudson，1981）。
4. **鸮立即就得知了其猎物的具体位置**。人类的耳朵是对称排列的，我们能定位水平面（左右）上的声音，这个能力和仓鸮一样出色，但在定位垂直面（上下）的声音上，人耳的能力就很弱了。
5. **黄鹂科的研究报告**。关于杂交地带的更综合性的论述，可见赖辛（Rising，1983）。
6. **东部家朱雀……将一首歌重复多次**。东部和西部的鸟类有不同的歌唱习惯。比特鲍姆、巴普蒂斯塔和蒙丁格（Bitterbaum，Baptista and Mundinger，1975）。

第 17 章　落基山骑行

1. **远方俄勒冈州……栗肩雀鹀……方言**。克鲁兹玛（Kroodsma，1972）。
2. **紫绿树燕……“天堂之子”**。道森（Dawson，1923）。

第 18 章　蒿草和歌

1. **抢拍是一种明确的信号**。见纳吉布和基珀（Naguib and Kipper，2006）。
2. **社区中的……优胜者**。在优势地位的竞争中，雄鸟的歌曲可能是直接对雄鸟而唱，但许多种类的雌鸟看来才是竞争的主要原因。关于东部鸟类，请见塞克斯顿（Sexton）等人（2007）；关于褐斑翅雀鹀，见刘（Liu，2004）；关于壮丽细尾鹩莺，见达尔齐尔和科伯恩（Dalziell and Cockburn，2008）。

第 20 章　俄勒冈小道

1. **俄勒冈小道**。地质学信息来源包括怀俄明州地质调查局（http://www.wsgs.uwyo.edu/）、拉格森（Lageson，1988）及路边标识。
2. **就仿如众多搁浅的鲸**。见拉格森（Lageson，1988）。
3. **赢者吃掉输者的心脏**。后来，有人问起瓦沙基酋长关于他吃掉敌人心脏的事，据说他是这么回答的：“年轻人总是做蠢事。”

第 21 章　大提顿公园

1. **大提顿公园**。地质知识来自古德和皮尔斯（Good and Pierce，1996）。

2. **30 多年前在俄勒冈州研究的那些鸟（栗肩雀鹀）**。见克鲁兹玛（Kroodsma，1972）。我在研究院时曾研究过一只栗肩雀鹀，他在唱了两声自己喜欢的颤音后，立刻就会接上哨鸣，不过他至少总共有 43 种不同的颤音。我在 400 首歌曲中记录了 218 首不同的歌曲（不同的颤音序列），其中 175 首只出现一次。他是位不错的歌手，所有的栗肩雀鹀都是不错的歌手。

第 22 章　蹈火

1. **蹈火**。黄石的地质知识来自古德和皮尔斯（Good and Pierce，1996）。
2. **想弄明白这种欢迎方式的意思**。那是 2003 年，我们的那位巡警可能只是有点儿暴躁，但他的警告是对的。诚然，黄石欢迎单车骑手，但也会强烈要求骑手们当心各种危险：路面狭窄，大型房车的后视镜镜臂很长，还有熊、野牛和麋鹿（www.nps.gov/yell/planyourvisit/bicycling.htm）。
3. **我很确定我会再回来（黄石）的**。2009 年 6 月，我确实回去了，于某个清晨在上间歇泉盆地中倾听了鸟鸣声。那感觉很棒！

第 23 章　毛毛虫军队

1. **“向墨西哥进军的毛毛虫军队”**。路边的一块标识牌上说，这是克拉伦斯·达顿（Clarence Dutton）说的话，他是美国内战中的联邦政府军官，同时也是著名的美国地质学家。
2. **“伙计，我去过天涯海角。”**据吉奥夫·麦克（Geoff Mack）所写，唱这句歌词的是约翰尼·卡什。
3. **獭头岩**。见安波罗修（Ambrose，1996），第 261—262 页。
4. **比格霍尔谷……并不是……普通盆地**。阿尔特和海德曼（Alt and Hyndman，1986）。

第 24 章　约瑟夫通道

1. **约翰·吉本上校……被围困在河上林间的军队指挥官**。选自《比格霍尔国家战场步道指南》。
2. **（冬鹪鹩和太平洋鹪鹩）……歌曲差别巨大**。见克鲁兹玛（Kroodsma，1980）。
3. **终将被判定为两个物种**。2009 年秋天，他们的确被分为两种物种：太平洋鹪鹩和冬鹪鹩。见 http://www.aou.org/checklist/north/suppl/51.php。

第 25 章　刘易斯与克拉克

1. **杂色鸫在歌唱……鲜明的反差**。和隐夜鸫一样，杂色鸫在唱完一首歌后可能会选择与之极其不同的第二首歌。见惠特尼（Whitney，1981）。
2. **梅里韦瑟・刘易斯……描述这些杂色鸫**。见安波罗修（Ambrose，1996）。
3. **（洛克萨河）……持续上升的地面**。阿尔特和海德曼（Alt and Hyndman，1989）。

第 26 章　太平洋岛屿接踵而来

1. **前方是一片异域**。地质学知识来自阿尔特和海德曼（Alt and Hyndman，1989）。
2. **白鸟峡谷战役**。信息来自纪念遗址。

第 27 章　攀上俄勒冈

1. **对它（俄勒冈）的形成稍加了解**。毕晓普（Bishop，2003），是一本关于俄勒冈地质的杰作，文中关于俄勒冈地质的大多数信息都源自于它。
2. **岛屿……纷纷靠岸**。意象来自毕晓普（Bishop，2003），他是位科学家、摄影师及诗人。
3. **像港口里一条卸了货的船**。诗来自毕晓普（Bishop，2003）。
4. **我记得约翰・巴勒斯是这么写的**。本特（Bent，1949）。

第 28 章　地质混乱

1. **"用石头做的拌沙拉"**。见毕晓普（Bishop，2003），第 44 页。

第 29 章　喀斯喀特山上

1. **总有一天我会发表一篇论据充分的论文**。我们发表了！见拜尔斯和克鲁兹玛（Byers and Kroodsma，2009）。
2. **那些无所不知、脑子只有绿豆大小的专家**：整个故事又长又复杂，暴露了学术政治里潜藏的不那么可爱的一面，也涉及我对鸟鸣声研究获得的一点点有益的"回报"。我最终获得了胜利，我发表的钟伞鸟研究报告（克鲁兹玛等，2013）大受好评，荣获威尔逊鸟类学会年度最佳论文奖（http://www.wilsonsociety.org/awards/edwardsprize.html），同时被授予终身成就奖（http://www.wilsonsociety.org/awards/nicemedal.html）。

第 30 章　回到故里

1. **小小的研究课题……我的第一篇发表论文**。克鲁兹玛（Kroodsma，1971）。
2. **和鹪鹩一样大……以古怪的角度……翘起尾巴**。道森（Dawson，1923）。
3. **形成了海岸山脉**。见阿尔特和海德曼（Alt and Hyndman，1978）。

第 31 章　陆地尽头

1. **正在学习本地方言的年轻鸟儿（牛鹂）**。见罗斯汀和弗莱舍（Rothstein and Fleischer，1987），亦见于奥洛克伦和罗斯汀（O'Loghlen and Rothstein，2003）。